UMA PARTE DO MEU CORAÇÃO

UMA PARTE DO MEU CORAÇÃO

HELÔ DELGADO

1ª Edição

Santa Catarina - 2024

Qualis

Esta é uma obra de ficção. Nomes, personagens, lugares, datas e acontecimentos descritos são produto da imaginação do autor.
Qualquer semelhança com a realidade é mera coincidência.

Editora Responsável	Simone Fraga
Assistente Editorial	Lara Silva
Projeto Gráfico, Produção Editorial e Preparação de Texto	Qualis Editora
Revisão Ortográfica	Elaise Lima Amanda Bianca Paladini
Design de Capa	Renato Klisman
Diagramação	Marcos Jundurian
Imagens Internas	Shutterstock

DADOS INTERNACIONAIS PARA CATALOGAÇÃO NA PUBLICAÇÃO (CIP)

D352u
Delgado, Hêlo - 1985 -
Uma parte do meu coração/ Hêlo Delgado. — [1. ed.] —
Florianópolis, SC: Qualis Editora, 2024.
304 p. : il. ; 23 cm.

ISBN Impresso 978-85-7027-110-5
ISBN Digital 978-85-7027-109-9

1. Literatura Nacional 2. Drama 3. Ficção I. Título

CDD – B869.3
CDU – 83.134.3(81)

1ª edição – 2024

Qualis Editora e Comércio de Livros Ltda
Caixa Postal 6540
Florianópolis - Santa Catarina - SC -
Cep.88036-972

www.qualiseditora.com
www.facebook.com/qualiseditora
@qualiseditora
@qualiseditora
contato@qualiseditora.com

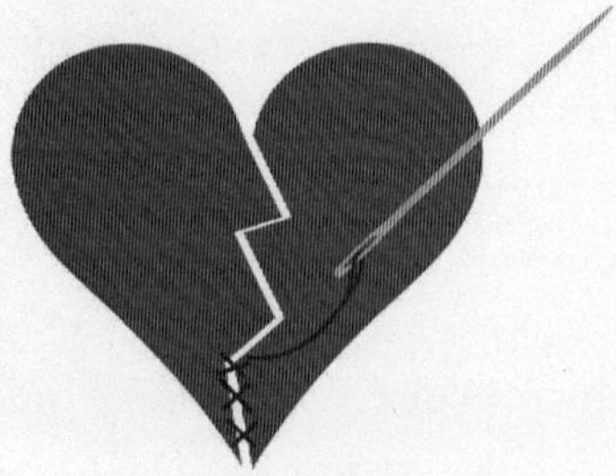

Prólogo

Sentada na calçada em frente ao muro da casa dos meus pais, aperto os dedos das mãos com força, torcendo e estalando as falanges. Meus joelhos tremem e meus pés batem repetidamente no chão. Abraço minhas pernas com a intenção de diminuir os espasmos. Não funciona e meu peito se agita, levantando e descendo no ritmo frenético da minha respiração.

Inspirar. Expirar. Inspirar. Expirar.

Um movimento involuntário que parece simples, mas está longe de ser realidade. Encosto a cabeça nos joelhos e intensifico o abraço, balançando o corpo todo para frente e para trás.

Vai dar certo, tento me convencer. *Tem que dar.*

Um casal fisga minha atenção caminhando do outro lado da rua. De mãos dadas e sorrindo, a moça vira o rosto para o namorado e diz algo que faz com que ele dê uma bela risada. Ele a puxa para si e coloca o braço em seus ombros, beijando o topo de sua cabeça com ternura. Uma cena cotidiana e adorável que esmaga meu coração, jogando na minha cara o que eu tenho e posso perder.

Não. Pensamento positivo.

Fecho os olhos e permito que uma cortina transparente imaginária bloqueie o afeto entre os pombinhos. Imagino, por alguns segundos, estar em outra dimensão. Outra galáxia. Outra vida.

Estaria sofrendo por antecipação como estou agora?

— Lúcia?

Meu batimento cardíaco dá um salto e abro os olhos, mas não ouso mudar de posição. Não quero que ele veja o quanto estou abalada. Com o queixo colado aos joelhos, prendo o olhar na figura que avança em minha direção. Seu corpo preenche minha visão e me dou ao luxo de observá-lo por um minuto. Não sei se poderei fazer o mesmo amanhã, cada momento é precioso.

Como mudou nos últimos meses. Passos desajeitados se tornaram certeiros. O sutil movimento de seu tronco e braços substituíram os gestos estabanados de um jovem em crescimento. A camiseta preta de algodão é estranha, está mais justa que o normal, exibindo músculos recém-adquiridos. A insegurança e os ombros caídos em derrota sumiram. O pescoço e o maxilar travados se unem à falta de vivacidade em suas íris, criando uma expressão de cautela e temor.

Simples assim, meu pesadelo se torna real.

Os cachos abundantes e vivos que emolduravam seu rosto, lugar que eu amava enfiar os dedos quando nos beijávamos, foram cortados rente à nuca num leve degradê rumo ao topo, onde nada sobrou, substituído por um *design* atual e meticulosamente ajeitado. Os sapatênis não possuem marcas de uso. O tom claro da calça jeans enfatiza o contorno dos quadríceps. O novo visual é um grande tapa na cara e só pode dizer uma coisa.

Ah, meu Deus!

— Você aceitou. — Minha voz soa fraca e distante, da mesma forma que me sinto ao lado dele.

— Lúcia… — Seus braços me envolvem e sua respiração aquece a minha nuca.

Desvio o rosto para o lado, incapaz de impedir os primeiros sinais das lágrimas.

— Por favor.

Saulo leva as mãos à minha face, tentando fazer com que eu olhe para ele. Balanço a cabeça com veemência. Não quero ver nosso destino estraçalhado em seus olhos. Não quero aceitar.

— Diga que o que estou vendo é uma alucinação, que estou errada e que você não aceitou — suplico em voz baixa.

Silêncio.

A garganta arde e solto um soluço esganiçado. Com o ato vêm as lágrimas, furiosas e inconsoláveis. Saulo não espera que eu me acalme, sentando-se às minhas costas e me posicionando entre as pernas.

— Eu te amo demais. — Encosta a cabeça na minha e me prende em uma espiral de angústia. — Independentemente de onde eu esteja ou do que estiver fazendo, quero que saiba que você é, e sempre será, o amor da minha vida.

— Eu também — respondo com dificuldade, sem saliva na boca, agarrando os braços que contornam meu peito.

Ele respira fundo e continua:

— Preciso que termine comigo.

— Não vou fazer isso.

— Lúcia, eu *preciso*. Não serei capaz de… — A fala morre antes de ser concluída.

Deus, como é difícil. Nem ele consegue tocar no assunto. Só de imaginar... Bile sobe por minha traqueia e faço um esforço descomunal para controlar minhas reações.

— Não posso. Não vou fazer isso.

— Lúcia...

— Não! — Elevo a voz e Saulo se afasta. Tento segurá-lo, mantê-lo junto a mim, só que ele se desvincula. É tarde demais para recuperar o que tivemos.

— Escuta, sei que você está sofrendo, também estou.

Solto uma risada amarga e cerro os lábios ao me levantar, perdendo o equilíbrio por um instante.

— Claro.

— Por que não acredita em mim? — Ele me acompanha e se ergue à minha frente, alto e decidido. Abrindo os braços, meu amigo de infância mostra o quanto está incomodado, só que não é o suficiente para que eu aceite. Jamais será. — Acha que eu quero isso? Você, mais do que ninguém, entende minha situação. Tudo o que peço é um ano. *Um ano*! Não tenho alternativa.

— Sempre existe uma alternativa. — A ironia perpassa minhas palavras.

— Nesse caso, não.

— Dói — digo em um suspiro, desviando o foco para o concreto.

— Eu sei.

— Não vou conseguir. — Dou um passo para trás, desejando me afastar o mais rápido possível.

— Termine comigo, estou implorando.

Uma buzina interrompe seu pedido e olhamos para o conversível vermelho chamativo que encosta em paralelo ao meio-fio, ao mesmo tempo. Um senhor de meia-idade coloca a mão para fora e bate na porta do carro:

— Vamos, garanhão! — O cara assobia e faz um gesto indecente. — Uma vida nova te aguarda!

Dou as costas para o carro. Em questão de milésimos de segundo, tenho a sensação absurda de que o chão começa a se mexer, sacudindo meu corpo e levando embora a habilidade de andar. É só impressão, óbvio. O chão continua firme, duro e gelado, igual ao balde de água fria que acaba de ser despejado em minha cabeça. Sim, também no sentido figurado. Na realidade, sofro de perda generalizada do controle muscular. Sem nenhuma surpresa, a vontade de vomitar surge com força, o gosto amargo invade meu paladar. Não será a primeira vez que a náusea dá as caras nas últimas vinte e quatro horas.

Chegou a hora. Ele vai mesmo me deixar.

É demais para mim, estou paralisada.

Vou desmaiar. Ou vomitar. Não sei qual dos dois acontecerá primeiro.

Quando penso que vou cair, sinto a proximidade de seu corpo às minhas costas e meu desespero alcança o ápice.

— Acabou — falo com os lábios trêmulos, cedendo ao seu pedido. Sei que ele ouve, pois suas mãos acariciam meus ombros.

— Prometo ligar. Manter contato. Enviar notícias.

Meneio a cabeça.

— Não quero.

— Lúcia…

— Não quero! — grito, fitando-o por cima do ombro.

— Lu! — Ele levanta a mão no ar, mas desiste, enfiando-a no bolso.

— Divirta-se na sua *vida nova*, vai ser ótima, *garanhão*.

Saio deambulando rumo ao portão de casa. Não quero olhar para trás. Eu me recuso a mostrar o quanto sua decisão me desestrutura. Escuto sua voz quando estou prestes a abrir a maçaneta.

— Um ano! Guarde minhas palavras! Eu volto daqui a um ano e vamos esquecer tudo isso, Lu! Eu te amo!

Bato o portão criando uma barreira física entre nós. Apoio as costas no metal em busca da firmeza que meus músculos perderam. Ouço o barulho da porta do carro abrindo e fechando, o motor acelerando, os pneus cantando na esquina. Espero que meu corpo absorva a pancada brutal, despedaçando-me em mil partículas de dor e sofrimento. A ânsia me faz inclinar o corpo para frente. Coloco para fora o que não comi de ontem para hoje. Não sai quase nada, mas continuo vomitando. O gosto e cheiro horríveis só servem para me lembrar de tudo de ruim que nos aconteceu na última semana.

Não sei quanto tempo permaneço imóvel, chorando e soluçando, perdida no vazio que antes era preenchido pelo Saulo. O que aconteceu? Como chegou a isso?

— Lucinha!

Uma voz distante perpassa minha melancolia, mas não é o suficiente para que eu sequer levante a cabeça.

— Minha nossa, menina, o que foi?

O peso do meu corpo cede no exato instante em que vó Marta me alcança. Minha visão se escurece e me deixo levar pelo sufoco que ocupa meu interior, desejando nunca mais acordar.

1

Vinte anos depois

Só mais três minutos.

Encaro os números vermelhos do painel. Com a minha falta de preparo físico, três minutos é quase uma maratona! Até imagino a esteira zombando do meu esforço. *Coitada, novata...*

Pingando de suor, arranco a garrafinha de água do suporte e tomo um supergole, sem me importar com as gotas que escorrem em meu queixo. Devolvo no lugar e aperto o passo, concentrando-me nas orientações que a instrutora da academia marcou na minha ficha: quinze minutos de esteira para aquecimento antes do treino.

Quinze. Minutos. Antes. Do. Treino.

Minhas canelas gritam, panturrilhas latejam e o que dizer da respiração? Está mais para afobação! Na teoria, quinze minutos parecia tão pouco! Inclusive cheguei à academia disposta a ultrapassar os quinze, no estilo *bater e dobrar a meta*. A teoria é linda, mas na realidade a história é outra. Sete minutos e quarenta e nove segundos custam a virar oito. Dez está de bom tamanho. Para que mais do que isso?

Ao meu lado, uma idosa miudinha caminha em ritmo constante quase sem esforço. Estico o pescoço para cima e vejo os números do seu painel. Vinte e sete minutos. Respiro fundo, renovando a expectativa. Se ela consegue, também consigo! Endireito a postura, olho para frente e fixo a concentração na parede.

Oito e doze.

Argh! Deus, vou morrer!

Viro a cabeça de um lado para o outro, como quem não quer nada. Que mal tem parar antes? É meu primeiro dia, mereço um desconto. Quem sabe no futuro, talvez não tão distante, atinjo e ultrapasso a marca da senhorinha.

Oito e vinte e seis.

Deu!

Disfarçadamente, aperto o botão que reinicia o cronômetro, a marcação das calorias, quilometragem e todo o resto. Bufando, desacelero a caminhada e apoio as mãos nas barras de proteção, deixando a cabeça pender para frente. Meu cabelo gruda no suor do meu rosto e pescoço. Preciso de um prendedor melhor. Uma tiara ou faixa. Algo que mantenha os fios no lugar. Agito a camiseta preta estampada com o logo de uma banda de rock, daquelas de algodão nada apropriadas para atividade física, permitindo que um pouco de ar circule entre o tecido grosso e meu abdômen.

Aqui não tem ar-condicionado, não?

Olho em volta e só encontro ventiladores. Também pudera, quem sente falta de um arzinho gelado em Poços de Caldas, cidade montanhosa no sul de Minas Gerais? Eu! A infeliz que resolveu se matar na esteira em pleno horário de almoço.

— Lúcia, tudo bem por aqui?

— Oi! — Levanto a cabeça e cumprimento a instrutora, que deve ser uns dez anos mais nova do que eu. Deve pesar uns vinte quilos a menos também.

Simpática, Adriana encosta o corpo na lateral do painel e sorri. Tento corresponder, curvando os cantos dos lábios, mas meu coração acelerado e a exaustão não permitem. Volto a bufar.

— Tirou foto do painel?

— Hã?

— O painel, para marcarmos seu progresso na quilometragem, lembra? Pedi que tirasse uma foto, lembra, no final de cada treino?

— Ah! — Engulo o mal-estar ao compreender que falhei não apenas em desistir da esteira antes do tempo programado. — Não lembrei.

Ela esboça um sorriso de quem sabe muito bem que estou mentindo e assente.

— Não se esqueça de tirar amanhã, é importante.

— Pode deixar! — Desço do aparelho, pegando minha garrafinha. — Espera, amanhã?

— Sim, você volta amanhã, fizemos uma ficha para seis dias por semana.

Tem isso ainda. Eu queria que fossem três, mas não tive sucesso. Também não estaria aqui caso não fosse estritamente necessário. Sei que estou fora do que a sociedade considera padrão de beleza, o ganho de peso acompanhou o avanço da idade, porém nunca me importei para os supostos problemas de saúde que eu poderia ter. Se quero ser mais esbelta? Às vezes, nos dias de TPM, quando não me sinto bem com nenhuma roupa. No mais, vivo bem do jeito que sou. Adoro comer e não me culpo por aproveitar o que o cardápio me oferece.

Só que *tenho* que emagrecer, não é uma escolha. Indicação médica. Então, aqui estou, suando em bicas, traçando rotas de fuga da musculação.

Adriana pressente minha intenção fujona e me acompanha rumo à outra sala, sem me dar brecha para escapulir. Musculação será. Com a ficha em mãos, ela me guia até os halteres e pega um par de dois quilos. Uma mocinha loira e magra, com uma roupa vermelha própria para academia, sorri para nós duas antes de pegar um par com dois de oito quilos. Oito. Quilos. Observo enquanto desfila pelo corredor e se senta no banco, dando início a uma série de supinos com peso livre, sem demonstrar dificuldade. Sequer uma gota de suor enfeita sua testa. Como aqueles braços finos conseguem erguer dezesseis quilos está além da minha compreensão.

Voltando o foco para Adriana, pego meus quatro quilos e começo o movimento de rosca, estendendo e flexionando os braços.

— Três de oito, né?

— Com pausa de um minuto — concorda, analisando se executo o exercício da forma correta.

Finalizo a primeira parte e, mesmo sem inteWnção, olho para a mocinha de antes, percebendo que seu exercício mudou. Com os braços esticados para cima, ela dobra os cotovelos para trás, levando um haltere de dez quilos para cima e para baixo. Quando foi que pegou outro haltere?

— Um minuto — Adriana avisa e volto a erguer os pesos. — Cuidado para não se distrair.

— Pode deixar!

Ela dá um tapinha em meu ombro e sai andando pela academia, prestando atenção nos outros alunos. Suspiro ao finalizar a segunda série. Ainda tenho cinco exercícios. Essa história de treino será mais complexa do que previ.

1 notificação de e-mail.
Deslize para abrir.

16 notificações de mensagem.
Deslize para abrir.

@nataliapc2 curtiu sua foto.
Clique para mais notificações.

#PartiuVerão

Programe a viagem dos seus sonhos, garantindo pacotes para o Nordeste com 10% de desconto.

Ao sentar no banco do carro, molhada até o dedão do pé, encaro a tela do celular, decidindo qual aplicativo acessar primeiro. Mensagens. Geralmente são mais importantes. Três do Nicolas, uma da minha mãe, sete do grupo da família, uma da Natália, três da Flavinha e uma de número desconhecido.

Prioridades.

Clico na Flavinha e confirmo que ela e a bisavó ainda estão na cabeleireira. Minha mãe avisa que está dirigindo até lá para encontrá-las. Natália pergunta se recebi o e-mail do churrasco. Nicolas quer conversar sobre as férias, daqui a duas semanas. A família enviou vários *gifs* e figurinhas de bom-dia, além de piadas com times de futebol. O número desconhecido quer saber se estou endividada e se preciso de empréstimo.

Deleto e bloqueio o desconhecido. Preciso de dinheiro, só eu sei o quanto, e ninguém mais tem que saber. Ligo para minha mãe e peço que leve a Flavinha e a vovó para a minha casa quando terminarem de se embelezar. Envio uma imagem engraçada para a família – minha função no grupo. Aviso Nicolas que nos falamos mais tarde. Quanto à Natália, churrasco? Que churrasco?

Mal termino de enviar a resposta e meu celular começa a tocar.

— Diga — atendo pelo *bluetooth* do carro e manobro para sair da vaga.

— *Lu! Onde você está?* — Natália soa muito empolgada, o que parece ter se tornado um novo padrão em sua condição atual.

— Saindo da academia.

— *Jura? Que ótimo!*

— Não tem nada ótimo, quase morri.

— *Para de drama, na próxima vamos juntas. Ando com umas dores nas costas, acho que preciso me alongar, levantar uns pesos…*

Agora quem ri sou eu. Paro no semáforo e aproveito para tomar mais um pouco de água. No mínimo três litros por dia, foi a recomendação da nutricionista.

— Ficou doida? De jeito nenhum vai fazer musculação!

Ela não está à minha frente, mas sei que revirou os olhos. Minha amizade com a Natália não é nova, nos conhecemos desde pequenas. Passamos a infância e adolescência na mesma sala de aula, no entanto, só nos tornamos próximas ao descobrirmos que éramos vizinhas, já adultas. Foi uma boa surpresa reencontrar uma pessoa querida do passado morando na casa ao lado da minha.

— *Ah, não, você também? Basta o Igor pegando no meu pé. Sério, ele estaria me carregando nas costas se pudesse.*

— E com razão, né? — Faço a curva para entrar na Avenida João Pinheiro e sou interrompida por mais um semáforo no vermelho.

— *Não precisa disso, gente, não estou morrendo!*

— Nat, o Igor te ama, deixa ele cuidar de você.

Um fato. Eles foram feitos um para o outro. Apesar de não termos sido melhores amigas quando jovens, eu me lembro deles na escola. E como não lembraria? Poucos casais se formam na adolescência e continuam juntos na vida adulta. Bem, isso não quer dizer que tiveram uma vida feliz e plena, *ah, não*! Os dois têm uma história longa que daria um romance sofrido com final feliz.

Acelero novamente e passo por mais quatro semáforos até ativar a seta e seguir para a rua da minha casa.

— *Eu sei, não tenho do que reclamar.*

Sou feliz por ela, de verdade.

— Vocês são tão fofos...

Ela ri e ficamos em silêncio. Estranho. Sempre temos algo para conversar.

— O que foi?

Natália limpa a garganta antes de responder:

— *Não viu o e-mail da Marcinha?*

— Marcinha? — Franzo as sobrancelhas ao tentar me recordar de algum e-mail.

— *É, da escola, lembra? Que dava as festas?*

— Ah, sim, claro que lembro! — Aciono o controle do portão e subo a rampa de entrada do condomínio, guiando até a garagem. — E que festas! Lembro de cada uma delas... — Desligo o carro e deixo a testa cair no volante. *Porcaria!* Comentário totalmente inadequado, a Nat tem um histórico nada agradável com as fatídicas festas da nossa adolescência. Fecho os olhos perante minha falta de tato. — Desculpa, não pensei.

— *Fica tranquila, a dona da festa não teve nada a ver com a consequência. E, quer saber, são águas passadas, certo?*

Realmente admiro a resiliência da minha amiga, não é qualquer pessoa que supera o que ela viveu e consegue seguir a vida com tranquilidade. Eu mesma não tive que enfrentar nem metade dos seus traumas e me arrepio só de cogitar estar em seu lugar.

Uma batida suave na janela do carro me faz erguer a cabeça e me deparar com a Natália. Ela inclina o pescoço para a esquerda, me observando, e esboça um sorriso encorajador, como se fosse eu quem precisasse de coragem. Com seus olhos verdes, pele clara e cabelo castanho, ela é uma leoa enquanto eu me assemelho a uma foca. Completamente fofa, sem graça e desajeitada.

— Oi. — Ela apoia o celular na barriga gigantesca e me aguarda travar o carro.

— Você não tinha que estar deitada? — comento, analisando a monstruosidade que ela carrega embaixo dos seios. Gêmeos. Eu tive uma só e já foi o bastante.

— Não aguento mais ficar em casa, é como uma prisão.

Arqueio uma sobrancelha.

— Prisão? Eu não reclamaria de ficar presa com o Igor. Meu Deus, ele é um espetáculo! — Abano o rosto e Nat ri baixinho.

— Tenta ficar com ele e o Gui falando na sua cabeça e não deixando você fazer nada. Eu me sinto uma inútil.

— Aham. — Abro a porta de casa e indico a entrada, sem acreditar em uma palavra que ouvi.

Sem esperar que eu feche a porta, ela caminha rumo ao sofá jogando o peso do corpo de lá para cá, como uma pata, equilibrando os quilos adquiridos na gravidez. Sei que suas reclamações são da boca para fora. Natália é apaixonada por seu marido e uma mãe extremamente dedicada. Além disso, Guilherme é superdivertido, eu adoraria ter um filho como ele para alegrar meus dias.

Sem que perceba, pego o celular e aviso ao Igor que ela está comigo. É instantâneo, ele agradece com um *emoji* de *joinha*.

— E a Mari? Quando volta? — Deixo o celular disfarçadamente sobre o balcão que separa a cozinha da sala e me viro encostando o quadril na parede.

— Só pro casamento. Tô morrendo de saudade — comenta com os olhos lacrimejando.

E lá vou eu com minha falta de sensibilidade pela segunda vez. Primeiro toco num assunto delicado, depois a deixo toda sentimental por lembrá-la da filha que mora em outro estado.

— Desculpa — pede ao limpar uma lágrima e tentar sorrir —, estou uma bagunça com esses hormônios.

— Sei como é. E o casamento? Como estão os noivos? — Desvio o rumo da conversa esperando que fique mais leve.

— Celeste está a mil, e meu pai, nossa, nunca o vi tão feliz! — Ela repousa a cabeça no encosto do sofá e entrelaça os dedos sobre a barriga. — É tão bom, sabe? Vê-lo assim, animado, fazendo planos.

— Aposto que sim. Posso sentir a animação de Celeste daqui de casa.

E, assim, caímos no silêncio pela segunda vez, o que me incomoda.

— Então — Nat titubeia, após alguns minutos —, e o churrasco?

— Não recebi e-mail nenhum.

Seus olhos me analisam em busca de evidências de blefe.

— Estou falando sério. — Cruzo os braços e me arrependo na mesma hora devido à camiseta úmida de suor.

— Me empresta seu celular.

— Pra quê?

— Quero ver se não recebeu mesmo. Vi seu contato entre os destinatários. A Marcinha não sabe ocultar os dados, temos acesso à lista completa de convidados. — Nat movimenta as sobrancelhas para cima e para baixo, com uma feição interessada.

Sem temer bancar a mentirosa, pego o aparelho e levo até ela, sentando-me ao seu lado para conferirmos. Desbloqueio a tela e vislumbro a notificação vermelha em cima do ícone do e-mail. Nat clica no aplicativo e, juntas, lemos o título de um e-mail não visualizado de marketing de "férias em cima da hora" de uma agência de turismo virtual.

— Agora acredita? Não recebi nada.

— Deve estar no *spam*.

Emudeço, processando. Ela não sabe, mas, há quase um século, programei minha caixa de entrada para redirecionar ao *spam* determinados e-mails com o potencial de acabar com o meu dia. Existe uma grande possibilidade do contato da Marcinha estar entre eles.

Bingo!

Nat aponta para o título em negrito: "Churrasco de reencontro comemorando 20 anos de formados".

Solto um gemido de agonia e deixo o corpo pesar no sofá, fechando as pálpebras.

— Viu? Eu disse.

— Por que me incluiu nessa? Podia ter se esquecido de mim!

— Olha só, ela não brinca em serviço. Tem lista de confirmação.

Abro os olhos e encaro a tintura amarelada do teto. Não quero ver. Não me interessa quem vai. Ir ao tal encontro de turma será o mesmo que me submeter a uma sessão de tortura. Gatilhos por todos os lados. Não estou com o menor interesse de revisitar meu passado.

— Quando vai ser?

— Daqui a um mês.

Resmungo um palavrão em voz baixa.

— Sinceramente, Nat, não vou. Você sabe o quanto vai mexer comigo.

— Sei, por isso acho importante que vá. Encare como um passo de superação. Uma etapa que precisamos percorrer juntas.

Levo as mãos ao rosto e seguro a testa.

— Não tenho estômago para enfrentar.

Natália se vira para mim e puxa meus braços para baixo, entrelaçando nossos dedos.

— Esse churrasco também vai mexer comigo. O que aconteceu na última festa que fui…

— Eu sei.

— Vai comigo. Por favor? Acho que será importante para que eu coloque um ponto final.

Seus olhos verdes passam tanta serenidade e resolução que, por um minuto, considero a ideia. Se ela consegue superar e encarar um trauma, talvez eu também consiga, afinal se passaram décadas.

— E o Igor? Não vai com você?

— Ele tem um curso presencial no mesmo fim de semana. E quero muito ir, quem sabe relembrar das histórias boas da época da escola pode me ajudar a ressignificar o que ocorreu. Devemos dar mais valor às lembranças positivas, certo?

— Faz sentido.

— Isso é um sim?

Meneando a cabeça, esboço um sorriso de conformismo.

— Só você para me fazer cogitar uma viagem no tempo.

— Posso confirmar sua presença? O prazo é hoje.

Solto um longo suspiro.

— Pode, com uma condição.

— Diga.

— Vou levar a Flávia.

— Perfeito! — Nat abre um baita sorriso. — Nós três ficaremos juntas o tempo todo. Serei seu apoio emocional e você será o meu.

Sua boa intenção é cativante, mas não deixo de sentir um frio na barriga. Não sou de festa com muita gente, principalmente com ex-colegas da escola. Diferente da Nat, a garota tímida de poucos amigos que foi embora da cidade e manteve segredo sobre seus problemas, eu era a extrovertida que queria conquistar o mundo e acabou ficando por aqui. A vida aconteceu. Meus planos não seguiram o curso desejado e estou em paz com as consequências. O problema são as pessoas.

Mesmo não querendo, minha vida sempre foi exposta para quem convive comigo. Todos sabem sobre o meu passado, o que fiz e deixei de fazer. O que é bom e ruim. Por um lado, tive apoio quando precisei. Por outro, ouvi conversas paralelas, comentários desnecessários e fui alvo de inúmeras piadas de mau gosto. Faz um tempo que estou fora do radar, aparecer num evento da turma do colégio pode reacender sentimentos há muito ocultos.

Não estou com a mínima disposição de ver o semblante de pena mascarado por sorrisos falsos.

Isso sem contar a possibilidade de... Nem quero pensar.

O ingrato do meu coração tem a pior das reações, disparando como um cavalo assustado.

— Nat, não sei se é uma boa ideia. — Meneio a cabeça. — Faz tantos anos.

— Ele não vai. Já conferi.

Minha garganta, de repente, fica seca como um deserto.

Sem dizer mais nada, ela me devolve. Leio os nomes e confirmações dos convidados e um nó se instala na garganta. A vontade de vomitar é imediata.

O nome dele age como um ímã, captando minha total atenção. Natália está certa, não confirmou. Minha respiração acelera e perco a sensibilidade dos dedos. É como se eu fosse transportada para outra realidade. Se meu corpo sente o impacto só de ler seu nome, vê-lo pessoalmente seria um pesadelo.

Inspira. Expira. Inspira. Expira.

Bloqueio o celular e encaro minha amiga, desviando o olhar para sua barriga imensa e voltando para sua feição ansiosa.

— Só por você, Nat.

— Obrigada! — Ela me abraça, com a barriga entre nós, indiferente ao meu estado de calamidade pós-treino.

Há exatos vinte anos não tenho notícias sobre a pessoa que um dia considerei a mais importante da minha vida. A pessoa que fez parte de mim na infância e na adolescência. Com quem fiz planos e tracei sonhos. O primeiro namorado... que ao me deixar, levou algo essencial da minha existência. Que partiu com a promessa de que voltaria em trezentos e sessenta e cinco dias.

E eu contei. Dia a dia.

Duas décadas se passaram. Espero não vê-lo por mais vinte, trinta ou quarenta...

2

Antes

— Espera, Lúcia!

Minha mãe vem apressada atrás de mim, segurando dois rolos de tecidos estampados. Eu carrego só um, toda desajeitada porque o trem é três vezes maior do que eu – em altura e circunferência.

— Não vejo a hora de chegar e mostrar pra vó — comento, equilibrando o peso em meus braços.

Mamãe percebe minha dificuldade e balança a cabeça em reprovação.

— Vou fazer seu prato preferido hoje.

Reviro os olhos. Ela não entende. Ninguém entende. Simplesmente não consigo comer, não tenho apetite para nada. E não é que eu fique sem comer, nada disso, só não sinto prazer como antes, então, como menos. Bem menos. Sei que não é saudável, vovó só falta me puxar pela orelha, até sopa na boca tentou me dar. Não adianta. Meu paladar está defeituoso, nada tem sabor, tudo é horrível.

E, para piorar, meu corpo começa a mostrar. Sempre fui pequena e magra, agora, minhas roupas estão despencando no quadril pontudo. Blusas e vestidos ficaram largos. É necessário um cordão para prender a calça que servia perfeitamente. Fazer o quê? Meu apetite vai voltar, só não sei quando.

Mas estou bem. É sério.

Empurro a porta de casa e manobro os rolos entre os sofás.

— Vó! Vem ver! — chamo, animada, e sigo para o quarto de costura.

— Que escândalo é esse? — Nicolas aparece no corredor, todo descabelado.

Opa, acho que acordei o meu irmão!

— Foi mal. Comprei tecido! — Tento erguer o pacote e mostro os dentes.

Ele resmunga algo ininteligível e volta por onde veio.

Entro no quartinho na expectativa de encontrar vovó sentada diante da mesa de recortes, mas a cadeira está vazia. Cerrando os lábios, encosto os rolos na parede entre as máquinas e olho por cima do ombro para minha mãe.

— Cadê a vó?

— Não tenho ideia. — Ela apoia os outros dois rolos junto aos que levei e limpa as mãos. — Cozinhando?

Fico em silêncio e apuro os ouvidos, tentando escutar ruídos vindos da cozinha.

— Será que saiu?

— Mãe? A senhora está em casa? — Mamãe volta pelo corredor e fico parada, pensando.

Ela não ia sair. Vovó se tornou minha cúmplice nos últimos dias, vivemos grudadas. Até dormimos juntas, o que é difícil confessar e me faz parecer uma menininha assustada de cinco anos. Mesmo envergonhada, não consigo dormir sozinha sem me debulhar em lágrimas e morrer por dentro. Na primeira noite, meus espasmos de choro foram tão altos que vovó apareceu no meu quarto e se deitou comigo. No dia seguinte, ela reorganizou os móveis e levou sua cama para lá. Desde então, unimos as camas de solteiro e adormecemos de mãos dadas.

Ela sabe que eu preciso dela. Sabe de tudo, todos os motivos deturpados e podres do término do meu namoro. Despejei minha angústia e decepção, contando os detalhes para vó Marta. Ela simplesmente me abraçou e me deixou chorar.

Esquisito. Tínhamos combinado de comprar novos tecidos para que me ensinasse diferentes pontos de bordado. Vovó estava me esperando, mas onde?

Saio do quartinho à sua procura, porém, antes de alcançar a porta, noto um envelope branco carimbado, aberto, em cima da bancada da máquina de interloque. Antes que eu possa alcançá-lo, minha mãe surge à minha frente, colocando-se entre mim e a máquina.

— Acho que ela não saiu, deve ter ido ao banheiro, já tentou lá? — Mamãe tenta me distrair, porém algo parece suspeito.

Coloco as mãos em seus ombros e ergo os pés para enxergar por cima do seu corpo.

— O que é aquilo?

— Nada, você sabe como é a sua avó, gosta de ficar guardando cada coisa.

É um fato, mas, nesse caso, soa improvável. Que a vó Marta tem apego a certas coisas e detesta se desfazer, todo mundo sabe, só que ela costuma guardar no quarto, não no seu ambiente de trabalho.

— Quer saber, o que acha de tomar um suco enquanto espera ela voltar? — Mamãe se desvincula das minhas mãos e me vira, guiando-me para fora do quartinho.

Estanco os pés no lugar.

— Mãe, o que está acontecendo? A vovó não some assim, do nada, e você está estranha.

Com um longo suspiro, ela me analisa e, por segundos, penso que seus olhos se enchem de lágrimas. O que só pode ser imaginação mesmo, já que não faz o menor sentido.

— O que foi?

— Filha, eu não queria tocar nesse assunto, mas é impossível. — Ela sobe a mão até meu rosto e seus dedos tremem ao acariciar meu cabelo. — Quando o Saulo se foi, ele disse que mandaria cartas?

Meu coração dá um salto e, com o suor escapulindo por meus poros, olha pelo canto do olho para o envelope aberto sobre a máquina de costura.

— Disse — solto num sopro. — É dele, não é?

Ela cerra os lábios e permanece muda.

— Fala logo, mãe! É dele?

— Antes de entregar a você, queríamos ter certeza de que…

No mesmo instante, paro de ouvir e desvio do seu toque. Com dedos trêmulos, pego o envelope. O carimbo data de treze dias depois da sua partida. E está vazio.

— Está com ela, né? — questiono com a voz oscilando.

Com o coração martelando, aperto o papel no punho e corro, tropeçando, em busca da minha vó. Ela abriu a carta e provavelmente está lendo escondida em algum canto da casa. Eu não sei se fico brava ou se agradeço. Mais importante, não tenho ideia de como ainda estou em pé.

— Vó! Cadê você?

— Cala a boca, Lúcia! — Nicolas responde do corredor.

— Não se mete! — retruco.

E, então, a cabeça da vovó surge na porta da cozinha com uma expressão tranquila.

Ergo o envelope amassado para que fique bem nítido o motivo da minha indignação. Seus olhos esbugalham e, mais do que depressa, ela caminha em minha direção.

— Onde você achou isso?

— A questão não é onde achei, é por que está aberta?

— Lúcia, por favor, entenda…

— A carta é pra mim, ninguém tem o direito de abrir!

Vovó solta um longo suspiro e deixa os ombros caírem.

— Lucinha, não queríamos que descobrisse assim — diz ao esticar a mão, na expectativa de que lhe entregue o envelope.

— Não, vó, é minha. Somente eu posso abrir e ler.

— Não é bem assim, filha — mamãe insiste e respondo com um olhar mortífero. — Íamos te entregar, mas achamos melhor conferir antes, pensando no seu bem.

— E quando chegar mais uma, também vou abrir — vovó rebate com a mesma falta de sutileza de quem violou a privacidade da neta.

— Mais uma? — falo entredentes, segurando para não chorar.

Vovó se aproxima devagar e passa a mão no meu cabelo. Eu me afasto, arfando.

— Lúcia...

— Nem vem! Essa não é a primeira? — Olho da minha vó para minha mãe, ambas com expressão de culpa e pena. Não sei o que machuca mais.

Com os lábios cerrados, vovó meneia a cabeça.

— A gente só quer te proteger — mamãe começa, mas levanto o indicador e ela fica em silêncio.

— Eu tenho dezoito anos, sei muito bem o que posso ou não aguentar. Quero as minhas cartas. Agora.

— Lúcia, não — vovó implora.

— Agora!

Derrotada, ela deixa os ombros caírem e vai até o quarto. Fico esperando, observando enquanto abre a gaveta dentro do armário e retira, do fundo, um envelope pardo.

— Por favor, não leia — ela pede, mas não estou interessada em sua compaixão.

Abro o envelope com agressividade, quase rasgando o conteúdo. Parada no meio do cômodo praticamente vazio, leio as primeiras linhas com a caligrafia esculachada do Saulo. O começo me faz sorrir entre lágrimas, é o *meu* Saulo, não o que fizeram dele. Ele conta da viagem e do hotel. Da comida e da falta que sente de mim. De nós.

Isso até chegar à quinta linha, quando ele tem a audácia de relatar as dificuldades do seu primeiro dia de trabalho. Impossível controlar a dor. Minhas lágrimas escorrem com gosto, molhando e marcando o papel.

— Ah, mas que merda! — Nicolas aparece e arranca a carta das minhas mãos. — Quem foi a inteligente que mostrou pra ela?

Ele junta todos os papéis e volta a enfiar no envelope apertado entre os dedos da vovó.

— Pronto, já viu, já leu, o estrago foi feito. — Meu irmão, dois anos mais velho, abaixa o tom de voz e me abraça. — A partir de hoje, Lu, deu! Nada de cartas. Elas vão chegar e eu vou guardar.

Assinto com a cabeça em seu pescoço, encharcando sua camiseta velha.

— Se um dia, bem longe, daqui a anos, quando o idiota do seu ex não passar de uma vaga lembrança do seu passado... — Ele levanta meu rosto para que eu possa fitar seus olhos.

Está embaçado, mas consigo ver sua determinação.

— Quando tivermos maturidade para lidar com suas escolhas e você quiser ler, tudo bem, estaremos ao seu lado. Mas até esse dia chegar, está proibido falar no nome desse escroto aqui dentro, tá?

Concordo, fungando.

— Você não vai olhar a caixa dos correios, eu me responsabilizo.

— É só por um ano — falo, tentando convencer não somente a minha família. — Um ano e ele vai voltar.

— Tudo bem. Esperamos até lá. — Nicolas aperta minhas mãos, passando segurança. — Ninguém vai abrir, ninguém vai ler. Não vamos ficar sabendo de nada sobre ele, tá legal?

Respiro profundamente, esforçando para me recuperar.

Inspira. Expira.

O que eu estava fazendo antes?

Tecidos.

Isso.

— Vó — minha voz sai distante —, eu trouxe t-três rolos de tecido.

Dias atuais

Vinte anos.

Balançando a cabeça, deixo a memória de lado e alcanço a esponja. Derramo uma boa porção de detergente e aperto para espalhar o sabão. Não tenho o costume de limpar a casa quando estou estressada ou chateada, meu normal é comer. Sim, sou daquelas que desconta a raiva, a alegria, a doença, a tristeza e a felicidade em uma barra de chocolate. Um pote de sorvete de pistache também não cai mal.

Tudo proibido pela cardiologista. Meus índices de colesterol, glicose e metabolismo não estão nada bem, então o que me resta? Lavar louça. Arrumar armário. Organizar pastas com moldes. Só não me peça para limpar banheiro e chão.

Pego uma xícara e dou início ao processo. Molhar, ensaboar, enxaguar, colocar para secar. Outra xícara. Um prato. Talheres. Repete.

Desde que a Natália passou a tarde aqui em casa e me falou do churrasco, tive *flashbacks* de um dos anos mais angustiantes da minha vida. Não sei porque as lembranças insistem em voltar nos momentos mais inadequados, fazendo-me divagar na nostalgia ridícula que só serviu para me decepcionar. É um assunto enterrado, deveria ficar imóvel e quieto no fundo da memória.

Saulo se foi. Acabou. E faz tempo.

Mas, aparentemente, minha cabeça não concorda. Meu consciente e inconsciente têm travado uma batalha diária e inconveniente, resgatando detalhes do que vivi nos primeiros anos pós-Saulo. Sorrio ao lembrar de como fui uma adolescente sonhadora, acreditando nas promessas e planos que fizemos. Eu iria me formar, estudar Jornalismo em outra cidade e voltar após quatro anos. Ele ficaria aqui, aprenderia a administrar a empresa que herdaria do tio e nos casaríamos. Teríamos uns quatro filhos, moraríamos em uma casa não tão grande, porém funcional, e seríamos o *slogan* de um comercial de margarina. Perfeitos, sorridentes e felizes.

Acreditei nisso. Mesmo depois, quando tudo deu errado e ele precisou partir para salvar o rombo financeiro da família, eu esperei.

Somente um ano.

Suspiro exagerando no sopro e Flavinha não deixa passar. Seus braços envolvem minha cintura e ela se enfia por baixo da minha axila, acomodando-se colada a mim. Encosto a bochecha em sua cabeça e inspiro o perfume do seu novo xampu. Eu não queria que fizesse luzes, mas vovó é incapaz de falar não para a bisneta. Minha filha de doze anos chegou em casa com as madeixas claras e um novo estoque de produtos para cabelos loiros.

— Ei, mãe — ela diz, levantando o rosto quase na altura do meu. Quase. Espichou uns dez centímetros no último ano, daqui a pouco vai me passar. — Tá tudo bem?

— Está sim. — Sorrio ao responder.

Ela me analisa por um instante.

— Não parece. Sua cara tá estranha. — Torce os lábios. — É por causa do papai?

Outra dor distinta alfineta meu peito e meu coração pula uma batida.

— Não, filha. — Meneio a cabeça.

— Tem certeza? Você não anda normal.

— Por que diz isso? — Solto o braço de seus ombros e volto a me concentrar na louça, evitando fitar seus olhos.

— Ah, sei lá, tá meio aérea.

— Talvez seja por outro motivo, menina — minha vó se intromete, entrando na cozinha lentamente, apoiada na bengala.

— Como o quê?

— Não sei, talvez um… — vovó começa e imagino que vai causar problema.

— Vó!

— Eu não ia falar nada de mais. — Ela se faz de ingênua. — Só que fiquei sabendo do churrasco da turma da escola.

A xícara escapa dos meus dedos, quica no chão e se espatifa em pedacinhos. A água ensaboada respinga da esponja, fazendo uma lambança no piso.

— Merda!

Com ar de quem sabe do que fala, vovó ergue as sobrancelhas.

— Flávia, pega o papel toalha, por favor?

Enquanto ela se ocupa em correr rumo ao suporte, aproveito para fuzilar minha avó com o olhar. Quando volta, divide duas folhas e me entrega. Seco as mãos e me agacho para pegar os estilhaços da louça. Um por um. Procrastinando.

— Fiquei sabendo da festa, tia Natália me contou — minha filha comenta, alegre, e seu entusiasmo me incomoda. Não é bom que crie expectativas, *nunca é bom*. — Deve ser tão legal ver todo mundo, tipo assim, depois de velho. Tudo casado, com filho.

— Humm... não acho — resmungo baixinho, mas ela me escuta.

— Por que não?

— É, por que não? — Vovó se senta na cadeira adaptada para dar suporte à sua perna e cruza os braços.

Jogo os cacos no lixo, envolvendo cada pedaço com bastante papel, antes de encarar as duas.

— Porque não vai ter nada interessante. Nem tenho amigas daquela época.

— Discordo. Sabe, Flavinha, sua mãe tinha muitos amigos, era... como vocês dizem mesmo? Popular?

— É. — Minha filha ri.

Lanço um alerta silencioso para que vovó não abra a boca.

— Foi na escola que conheceu meu pai?

— Oh, não, menina! — A idosa gesticula, batendo a mão na coxa. — Ela conheceu seu pai depois.

— Ah.

— Mas não fique decepcionada, ela pode te contar do primeiro namorado, aquele bonitão, que veio antes do seu pai. Era tão fofo, parecia casal de filme. Só que não deu certo porque...

— Vó, chega!

— Eu só ia falar que...

— Não!

Impossível controlar a Dona Marta. A perna não é a única parte do corpo que sofre as consequências do derrame. A cabeça, em especial a noção de juízo, foi severamente comprometida.

— Mas, mãe, eu quero ouvir! Deixa a bisa me contar.

— Não, já está bom por hoje. — Bato as palmas das mãos repetidamente, despachando a garota. — Hora do banho.

Irritada, Flávia encolhe os ombros e bufa, enchendo as bochechas de ar. Ela arrasta os pés de forma exagerada ao sair da cozinha.

— Ai, que saco!

— Sem palavrões, mocinha.

— Ai, que... — após me fitar pelo canto do olho, fecha os lábios em uma careta — bobo!

Aguardo pelo ruído dos seus passos subindo a escada e chegando no andar de cima, antes de enfrentar vó Marta.

— O que foi? — pergunta a inocente.

— Não quero que a Flávia saiba sobre o Saulo.

— Mas faz tanto tempo.

— Não importa, vó. Não é um assunto com o qual me sinto confortável e a senhora sabe muito bem disso. Como vou explicar para minha filha pré-adolescente o motivo do final do namoro?

— Tá, tá, tá, entendi. Só acho que passou da hora de aceitar o que aconteceu.

— Eu aceitei!

— Não. — Ela balança a cabeça em negativa. — Você cresceu, sofreu, conheceu o Bernardo, casou, foi feliz, teve a Flávia... mas nunca superou. Você, Lúcia, depois daquele ano, nunca mais foi a mesma.

— Ah, vovó, a senhora está ficando caduca!

— Caduca? — Ela ergue as mãos, exasperada. — Os cacos da xícara concordam comigo.

Jogo o pano de prato na pia e agarro as extremidades do granito. Não vou explodir com a minha vó. Uma idosa.

— O pano de prato também.

— Vó! Pelo amor de Deus, pensa no que está falando.

— Eu penso. Você nunca pensou. Nunca superou. O buraco que Saulo cavou no seu peito continua profundo e vazio.

— Vó...

— Está bem. Não vou insistir se você não quer ouvir. Só vou falar mais uma coisa. O envelope com as cartas está na minha gaveta. — Ela sorri quando meu nariz franze, percebendo que atingiu um ponto dolorido. — Setenta e duas cartas. Cinco anos de correspondências. Não sei por que ele parou de enviar. Talvez você descubra, se tiver coragem de ler.

Cinco anos?

Eu não sabia que ela ainda as guardava, muito menos que continuaram chegando por cinco anos.

— Você guardou?

— Disse que guardaria.

— Mas pensei que... depois do meu casamento... — Meneio a cabeça para agilizar o raciocínio.

— Não interessa quanto tempo passou. Não joguei fora as cartas do seu avô, não jogaria as do Saulo.

Enquanto tento me recuperar da vulnerabilidade que eu não esperava sentir, vovó se levanta devagar, apoiando-se na bengala, e começa a se retirar. Sem olhar para trás ou interromper seus passos, acrescenta:

— Guardei todas, numeradas. Só três abertas. Estão à sua disposição, quando quiser.

Fico sem saber como processar a informação de que minha avó – com sérios indícios de demência devido à idade e ao AVC – tem arquivado, até hoje, as cartas do Saulo.

Cartas que nunca li e nem pretendo ler.

3

Antes

Ah, seu cabelo! Macio, volumoso e perfumado. Aproximo minha boca da sua orelha, distribuindo beijos por sua mandíbula, naquele ponto bem abaixo do lóbulo, antes de prender a pele entre meus dentes. Puxo com delicadeza e sou correspondida com um apertão de mão cheia em minhas coxas. Um gemido assalta meus ouvidos e pressiono meu quadril em seu colo, bem no lugar em que mais preciso de atenção. Afundo o nariz na curva de seu pescoço e cravo os dedos em sua nuca, puxando para trás.

— Você poderia colocar um alargador — sugiro entre carícias.

— Não sei qual sua tara nisso. — Ele arfa e intensifica o ritmo da respiração.

— Ah, você não faz ideia...

Suas pupilas dilatadas estudam os indícios de desejo estampados em meu rosto. Olhos semiabertos, sopro de respiração ofegante, lábios cheios, vermelhos e sedentos por mais. As mãos sobem para minhas nádegas, aumentando o atrito entre nossos corpos.

— Como eu te quero! — Saulo beija o canto da minha boca e me invade com sua língua. É afobado, bagunçado e estonteante.

Com as mãos, afasto sua cabeça mais uma vez.

— Vamos esquecer — falo com dificuldade, concentrada em seus olhos para que possa ver que estou pronta. Mais que pronta. — Chega de esperar. Não aguento mais.

Ele suspira e joga parte do cabelo para trás, frustrado, ajeitando o que acabei de desarrumar.

Não! Volta essa maldita mão para baixo!

— Só mais uma semana. — Coloca o indicador sobre meus lábios para silenciar minha vontade. — Faltam só sete dias, muito pouco. — Como se quisesse convencer a si mesmo, agita a cabeça para cima e para baixo. — Não vou trapacear o que combinamos, Lu.

Empenhada em fazer com que mude de ideia, abro meus lábios e abocanho seu dedo, sugando e passando a língua lentamente. Mantenho o olhar fixo no seu rosto durante todo o processo.

— Porra! — Seu pescoço pende para trás ao mesmo tempo em que Saulo fecha as pálpebras. Sua virilha sobe involuntariamente, pulsando embaixo de mim. — Isso é tortura!

Eu amo cada segundo.

— Não temos que esperar — suplico, ainda brincando, testando seus limites.

Com um impulso para frente, Saulo me deita na cama sob seu corpo sem perder o contato delicioso entre nós. A única barreira que nos separa é meu short de malha e sua cueca. Muita roupa, na minha opinião.

Escorrego as mãos por suas costas, unhas passeiam pela coluna até alcançarem seus glúteos. Levanto meus quadris e empurro sua bunda para baixo, evidenciando minha intenção.

O combinado que vá para o inferno, quero que ele me possua aqui e agora!

— Lúcia. — Ouço seu gemido, à beira de perder o controle.

Ele sobe as mãos por minha cintura, resvalando a lateral dos meus seios até chegar em minha mandíbula. Apoiando os braços ao lado da minha cabeça, Saulo levanta o peito e, me fitando, começa a movimentar o quadril. Meus dedos soltam os músculos firmes do bumbum e agarram seus ombros. Minhas pernas se elevam de forma automática e se dobram quando arqueio a coluna. Ele não para, com movimentos frenéticos nos esfregamos um no outro, buscando aliviar anos de preliminares e provocações.

— Não vejo a hora de poder deslizar dentro. — Ele solta o corpo em cima de mim e mantém o ritmo, beijando meu pescoço.

— Agora? — Puxo seu cabelo pela milésima vez, tenho uma séria fixação com isso.

— Espertinha. — Saulo ri, sem perder o compasso.

— Por favor! — Minha voz sai tão desesperada quanto eu me sinto. — Estou quase lá.

— Ah, é? — Ele acelera o atrito e eleva as sensações para outro nível.

— Ah, meu Deus! *Ah, meu Deus!*

Solto a cabeça no colchão e cravo as unhas em suas omoplatas. Com um gemido mudo, fecho os olhos e sinto meus neurônios sobrecarregados entrarem em colapso. Uma explosão percorre meu centro e se espalha por toda parte. Quando recupero a capacidade de compreender, vejo seu sorriso satisfeito pairando sobre mim.

— Você tá bem?

— Hum-hum — resmungo sem conseguir falar, hipnotizada pelo brilho dos filetes dourados que se misturam ao castanho escuro dos seus olhos. Acho que nunca os vi tão vivos. Bem, isso segundos antes de ele cair em cima de mim, soltando todo o peso do corpo.

— Dessa vez você pegou pesado, quase não aguentei. — Sua voz sai abafada em meu ombro.

— Essa era a ideia, fazer você ceder.

Saulo levanta a cabeça e se apoia no cotovelo para poder me observar. Com a outra mão, acaricia meu cabelo espalhado pela cama.

— Falta tão pouco, Lu, esperamos até agora, pra que correr?

— Não sei. — Fico pensativa, franzindo o cenho, com medo de dizer o que anda permeando minha mente.

Ele aguarda, sem responder, só me olhando.

— Estou com um pressentimento ruim, não sei explicar.

— Deixa de bobeira. — Interrompe o carinho em meu cabelo e meneia a cabeça. — De onde saiu isso?

Empurro meu corpo para trás e me sento encostando a coluna na cabeceira, com o peito apertado e uma sensação de falta de ar. Abraço minhas pernas junto aos seios, adotando uma postura defensiva.

— Sexto sentido?

— Lu, estamos juntos há anos. Eu soube que te amava desde a primeira vez que puxei sua saia, no segundo ano, e você jogou aquele estojo de latinha na minha cabeça.

Sorrio com a lembrança.

— Nós crescemos juntos, vamos viver juntos. E, sinceramente, eu amo essa tortura de ter colocado um prazo para nossa primeira vez.

— A ideia mais idiota que já tivemos — completo com uma carranca.

— Não é idiota. — Ele se acomoda ao meu lado e puxa meu corpo para si, retomando a carícia em minha cabeça.

— Tinha que ser dezoito anos? Por que não escolhemos dezessete? — reclamo com o ouvido colado à sua pele, escutando o ritmo de seu coração.

— Não precisamos ter pressa. Vamos passar o resto da vida juntos, sexo não vai faltar.

Ergo as sobrancelhas e olho para ele.

— Convencido?

— Não, seguro. Daqui a uma semana, você, *finalmente*, faz 18. Sabe qual vai ser seu presente de aniversário?

Começo a rir antes de responder, imaginando a cena e adorando minha imaginação fértil.

— Seu pênis. Quero você nu, deitado, com um lacinho vermelho na base, a ponto de bala, só me esperando.

Saulo solta uma gargalhada gostosa.

— Você não tem jeito!

— E você me ama…

Dias atuais

Abro os olhos e contenho a vontade de gritar. Esmurro o colchão com as duas mãos, batendo com ímpeto. Rolo na cama, incomodada com o travesseiro, o colchão, o lençol e o edredom. É madrugada, faz mais de meia hora que acordei e não consigo pegar no sono. O silêncio da casa é perturbador, não tem nada para me distrair a não ser o celular, coisa que não quero pegar.

Tudo culpa do churrasco.

Eu estava numa fase tão boa, levando a vida com calma e tranquilidade. Minhas preocupações se resumiam na rotina escolar da Flávia, nas medicações e consultas da vó Marta, nos trabalhos que tenho que finalizar, na rotina da academia e seguir a dieta.

Essa sensação de vulnerabilidade não combina comigo. Não mais. E me incomoda ficar me lembrando dos pormenores do meu antigo relacionamento com o Saulo. Sim, *fomos* felizes. Sim, *foi* uma época maravilhosa. E, sim, mesmo não querendo assumir, ainda sinto algo por ele. Impossível não haver sentimento por um homem que desempenhou um papel tão relevante na minha juventude.

Na verdade, seria perfeito se pudesse esquecer tudo. Os *flashbacks* poderiam se esvair. Fiquei tantos anos sem que ele fosse um tema insistente na minha consciência, mas preciso admitir que a possibilidade de revê-lo me desestrutura. Não faço ideia de como reagiria e isso me preocupa. Está passando do ridículo perder o sono à noite porque me peguei pensando em nossos planos e promessas quebradas. Foi há vinte anos!

Ainda sinto uma pontada no peito e o gosto amargo na boca. Por que minha mente não consegue agir de forma racional quando ele está envolvido? Por que, de repente, estou dando voltas no passado, me apegando ao que não foi concretizado? Tive décadas para lidar com a situação e acreditava estar resolvido. Compreender que não superei é difícil de assimilar. Mas não tenho como negar, a insegurança e receio têm me acompanhado desde o momento em que vó Marta mencionou as cartas.

Será que outras mulheres se sentem assim? Apesar de terem seguido a vida e conquistado seus objetivos, têm algo ou alguém capaz de desestruturar o psicológico, como a menção do Saulo faz comigo?

Claro que não foi somente a menção do nome dele. A proximidade do churrasco, a insistência da vovó, descobrir que as cartas estão armazenadas dentro da minha casa... tudo contribui para o meu estado de espírito. Fecho os olhos e solto a respiração devagar.

As cartas.

Quem, independentemente da idade, tem psicológico para ler sobre...

Balanço a cabeça, desejando com todo o meu ser que as crises de ansiedade não retornem, porém sou incapaz de impedir que outra memória invada minha consciência.

Antes

Saulo está estranho. Aquele dia, no meu quarto, foi o último em que conseguimos aproveitar o tempo juntos, sozinhos. Desde então ele tem me evitado. No início, pensei que fosse devido à apreensão. Namorados desde os quatorze anos, aguardávamos ansiosamente a chegada dos dezoito. Amanhã será o grande dia. O dia D – ou será dia PV? O dia mais aguardado da nossa adolescência, um marco na nossa história. Muita pressão, sei disso, mas não vejo a hora, e o distanciamento repentino do meu namorado me incomoda demais.

Observo sua postura na cadeira, de costas para mim, debruçado sobre a escrivaninha, concentrado na tela do desktop. Ele parece frustrado, com algumas mechas do cabelo escapando do prendedor de tanta inquietação, esfregando o rosto, balançando a cabeça, agitando as pernas. Entre os dedos, mexe sem parar na minha pulseira de prata decorada de corações, presente que me deu quando completamos um ano de namoro.

Deve ser imaginação minha. Talvez esteja passando por algum problema com a família e precisa de tempo para se organizar. Não seria a primeira vez, seu tio é meio complicado. Viciado em jogo, afundou a herança que, um dia, será do Saulo. Não falamos muito sobre isso, é um assunto delicado e restrito. Sei, por cima, que a mãe dele teve que hipotecar a casa e refinanciar parte da empresa. Não entendo porque não afastam o cara. Deve haver algum tipo de tratamento, mas Saulo não gosta de falar sobre isso, então, prefiro não palpitar.

— Ei. — Vou até ele, puxando um banquinho para me sentar ao seu lado.

Saulo dá um sobressalto, nitidamente assustado, como se não se lembrasse de minha presença em seu quarto. Depressa, minimiza a janela que estava aberta na tela do computador e se vira para mim. Encasquetada, inclino a cabeça e mordo o lábio. Ele esconde alguma coisa, o que não é comum. Não temos segredos. Nunca tivemos.

Devagar e com os olhos presos em suas pupilas, levanto minha mão e coloco em cima da dele, sobre o mouse. De relance, noto que o cursor permanece acima do quadradinho da janela, na barra inferior. Sem pensar duas vezes ou permitir que desvie o olhar, aperto seu dedo, fazendo pressão suficiente para clicar no ícone. Saulo fecha os olhos e pende a cabeça para frente. A expressão em seu rosto é tão agoniante que fico perdida, sem saber se olho para ele ou para o anúncio que preenche a tela do computador. Ele vira a palma da mão que está no mouse e segura minha mão. Posso sentir seu tremor e isso é apavorante.

Pressentindo o aperto no coração, observo a tela.

— Saulo — digo em voz baixa —, não estou entendendo nada.

Ele respira fundo, mas não se move. Não diz nada.

— Por que tem um anúncio de... — Leio o título da página, evitando as imagens explícitas. — "Captação de Novos Talentos", aberto no seu computador?

Ele aperta ainda mais a minha mão, chega a doer.

Leio o restante do anúncio.

A produtora BigCatch, reconhecida mundialmente por seus curta e longa metragens de entretenimento adulto, está em busca de novos talentos. Procuramos adultos (homens e mulheres) de todas as nacionalidades. Se você tem entre 18 e 28 anos, disponibilidade para viajar, gosta de curtir a vida e se considera aventureiro, entre em contato pelo e-mail casting@bigcatch.com, anexando uma foto de rosto e corpo, trajando roupas íntimas, de frente e costas, junto aos dados para contato. Caso seu perfil se enquadre no que buscamos, enviaremos uma proposta com agendamento para teste de atuação e possível contrato. Agradecemos o interesse. Equipe Big Catch, desde 1980 realizando suas mais loucas fantasias.

— O que é isso? — Confusa, olho da tela para ele, sem chegar a nenhuma conclusão. Vejo que o ícone do e-mail está aberto e, sem pensar duas vezes, solto sua mão e clico no desenho minúsculo do envelope branco. Leio em voz alta: — "Olá, Saulo, como vai? Nossa equipe acredita em seu potencial e avaliou seu pedido. Gostaríamos de informar que sim, no seu caso, por se tratar de uma exceção, podemos dispensar o teste de atuação. Estamos bastante interessados e tomamos a liberdade de, junto a esse e-mail, anexar um roteiro e uma prévia do contrato para sua avaliação. Caso seja de seu agrado, propomos um bônus com condições especiais para o início imediato das filmagens..."

Petrificada, todo meu sangue parece congelar. O frio perpassa cada poro, adentrando e se espalhando pelo corpo. Meu esterno sobe e desce com o movimento exagerado da minha respiração. No impulso, levanto-me como se o banquinho e o *mouse* estivessem pegando fogo.

Levo a mão ao peito e me esforço para regularizar a respiração.

— Ah, meu Deus!

Saulo me abraça, desesperado, e tenta me confortar com o contato do seu corpo. Eu o empurro para longe e meneio a cabeça.

— Que história é essa? — Minha voz sai esganiçada e muito mais alta do que previ. Apontando para o computador como se fosse um verme nojento, encaro o amor da minha vida. — Que porra é essa?

— Meu tio...

— Pouco me importa seu tio! — Começo a rir de euforia.

— Lúcia — Saulo tenta novamente, mas estou tão irada que levo as duas mãos à cabeça e pressiono as têmporas.

Não quero ouvir.

— Fomos ameaçados. Minha mãe foi ameaçada.

Fecho os olhos e me esforço ao máximo para manter a calma e respirar. A segunda opção é fugir, esquecer que li essa porcaria e apagar a lembrança da minha mente.

Ele aproveita meu silêncio e despeja tudo:

— Semana passada, naquele dia em que fui na sua casa... cara, não quero nem pensar. Foi tão maravilhoso! Saí de lá me sentindo o homem mais feliz do mundo, Lu. Cheguei aqui nas nuvens e encontrei... Merda! — Saulo passa as mãos no rosto e continua com a voz embargada: — Cheguei aqui e encontrei minha mãe enlouquecida. Ela recebeu uma carta anônima exigindo que meu tio pague o que deve. Se ele não quitar a dívida em um ano, vão matar a mim e a minha mãe. Não tenho opção. Tenho que dar um jeito de pagar!

— Atuando em filme pornô? Você só pode estar de brincadeira! — Quero estapear Saulo, dar uma surra tão grande para colocar bom senso em sua cabeça. — Tem tanta coisa que você pode fazer! Vender a casa, os carros... a empresa!

Ele nega com um movimento curto.

— Acabou tudo. Nada mais é nosso. Ele perdeu tudo.

Não. Isso não pode ser verdade.

— Saulo, deve existir alguma coisa, sei lá, eu te ajudo. Podemos...

— Não, Lu, não podemos. Acha que não quebrei a cabeça pensando nesses últimos dias? Dinheiro rápido e numa quantia grande, só me prostituindo ou traficando, e não vou fazer nenhum dos dois!

Começo a rir com a ironia e pressiono a ponte do meu nariz, tentando processar o absurdo.

— E pornografia não é um tipo de prostituição?

— É um tipo de *atuação*. Vou interpretar um papel. A proposta é boa demais para deixar passar.

— *Boa demais*?! Por favor, Saulo, você não está falando coisa com coisa. Está pensando em levar isso a sério?

— O valor que a produtora me ofereceu quando soube que sou virgem é…

Bloqueio a audição e um gosto amargo se espalha em minha língua, subindo direto do meu estômago. Seguro a boca com as mãos por medo de vomitar.

— … você não está entendendo. Em um ano, com a proposta que me enviaram, consigo quitar a dívida e posso dormir em paz. Acha que é fácil pensar que você pode ser o próximo alvo? Se não se contentarem comigo e com a minha mãe, certeza que vão atrás de você, Lu. Não posso permitir isso.

— O que você fez?! — A umidade embaça minha visão. Pisco várias vezes, protelando o inevitável.

— Ainda não aceitei. Eu tinha que falar com você antes. Precisava ter certeza de que você entende.

— Você está querendo meu aval? Quer que eu concorde com essa ideia ridícula?

Saulo se aproxima de mim e, como defesa, eu me abraço e dou um passo para trás, criando uma distância considerável entre nós dois. Não quero que toque em mim. Esse não é meu namorado, ele nunca faria isso comigo.

— Lu, por favor, eu te amo.

— Você não está pensando em aceitar.

— Eu te amo e meu sentimento não mudará — repete, compenetrado em meus olhos, mas não sou capaz de corresponder.

Não consigo olhar para ele ou falar com ele. Imagens grotescas passeiam por minha mente. Zombam de mim. Dou mais um passo para trás e, meneando a cabeça em negação, alcanço a maçaneta da porta.

— Preciso de um tempo.

— Eu não tenho tempo. — Seus ombros caem. — Quando aceitar, preciso ir para o Rio de Janeiro no mesmo dia.

— *Quando*? Então está decidido? — A pressão no meu peito e o aperto na garganta são tão violentos que não sei como minhas cordas vocais ainda funcionam.

— Amanhã. O voo sai amanhã.

Ele não me deu um tapa na cara, mas o efeito é o mesmo. A faca foi enfiada e torcida bem no meio do meu esterno. Com a boca aberta e os olhos arregalados, solto um grito animalesco e dolorido. É como se todas as minhas vértebras fossem quebradas, uma a uma, sufocando e fincando meus órgãos internos. Milhões de agulhas alfinetam meu crânio e mal consigo ver o que está a um palmo da minha frente. Fecho os lábios e permito que as lágrimas encharquem meu rosto.

Desesperado, ele estica o braço para me alcançar, mas me desvencilho e saio correndo porta afora.

Melissa, minha sogra, tenta me barrar quando chego à sala. Ela segura meus ombros e, com apenas um olhar, compreende a profundidade do meu sofrimento.

— Lúcia... — Sua voz suave e repleta de compaixão me diz tudo o que eu preciso saber.

Ela sabe.

Sabe, concorda e apoia a ideia estapafúrdia que Saulo arrumou para livrar sua família da ameaça. Eu me sinto traída.

Traída, roubada e sozinha.

Antes que ele possa me alcançar, afasto-me de Melissa e disparo pela porta de entrada. Bato o portão e corro sem olhar para trás. Corro até estar bem longe deles. Corro até meus pés cederem e eu cair de joelhos no chão.

4

Dias atuais

— Ah, por Deus!

Uma bomba parece ter explodido dentro do meu crânio e não existe analgésico no mundo que tenha a capacidade de amenizar a dor. Noites maldormidas, lembranças indesejadas e raiva me assombram. Por mais que tentei voltar a dormir, foi impossível. O mesmo acontecia, no passado, quando eu me lembrava do dia em que descobri os planos sórdidos do meu ex-namorado.

Só que agora? Há muito tempo não pensava nele. Sim, de vez em quando, um fragmento de memória escapulia do arquivo que tranquei com correntes e cadeados, porém fiz questão de empurrá-la na profundidade e escuridão das memórias ultrapassadas. Eu não chegava a me angustiar, muito menos desencadeava sentimentos confusos como os que estão ressurgindo agora.

Levei anos para superar o baque da saída do Saulo da minha vida. As consequências de ele ter ido embora para se tornar um ator da indústria pornográfica me perseguiram por quase uma década. Nos primeiros dias, absolutamente nada parava em meu estômago. A perda de peso acelerada e as crises de enjoo pós-alimentação se intensificaram a ponto de ser necessário intervenção médica. Fui internada e diagnosticada. Bulimia nervosa com traços depressivos. Ansiolíticos, antidepressivos, anti-inflamatórios, vitaminas, simpatias e muita oração – os dois últimos por insistência da vó Marta –, passaram a fazer parte da rotina.

Disse adeus para a mudança de cidade, não tinha saúde nem disposição para vivenciar a vida universitária. No lugar do Jornalismo, frequentei psicólogos, fiz acompanhamento com psiquiatras, neurologistas, endocrinologistas, nutrólogos e nutricionistas.

Em um ano, ainda sofria com crises de ansiedade, mas estava preparada para reencontrá-lo. Eu me esforcei para aceitar a situação. Bem, aceitar não é o termo certo, eu me esforcei para *compreender*. Na minha cabeça, as ameaças e a dívida não justificavam sua decisão. Muitas horas de terapia e litros de lágrimas me forçaram a erguer a cabeça e enfrentar, afinal, seria por um ano.

Um ano sofrido, mas um ano.

Ou foi o que pensei.

No dia do meu aniversário de dezenove anos, fiz vovó prometer que ficaria de prontidão ao lado do telefone e me arrumei para ir à casa dele. Minha intenção era surpreendê-lo. Eu tinha recuperado parte do peso que perdi, meu psicológico estava mais estável e os exames de sangue apontavam índices aceitáveis – o que era uma excelente notícia após o vai e vem nas salas emergenciais. A casa da família dele estava vazia, mas eu já esperava por isso. Então, sentei na calçada e aguardei, Saulo chegaria a qualquer momento.

Meia hora. Uma hora. Três horas.

Quando completou seis horas, minha mãe apareceu para me buscar. Eu não queria ir embora, ele iria chegar. Foi o combinado. Saulo me decepcionou, mas nunca me enganou, confiava nele e na sua promessa. Permanecemos aguardando no carro por mais duas horas, até que ela conseguiu me convencer de que deveria ter acontecido algo e que seria melhor esperar em casa.

Os dias passaram e nem sinal do Saulo. Eu não acreditava mais na possibilidade de ter existido algum empecilho que o impediu de voltar para mim. Não era possível, com o pouco que conhecia sobre sua profissão, minha mente fazia questão de criar as cenas mais indigestas. Tão difíceis de engolir que a bulimia voltou desenfreada, ilustrando a tormenta que acontecia no meu interior.

Era definitivo. Custei a aceitar que me abandonou. Compreendi que a vida dele deveria ser muito boa por lá. Com qual propósito voltaria para uma cidade do interior quando tinha do bom, do melhor e a atriz que escolhesse, tudo patrocinado pela produtora?

Fui uma iludida. Uma garota ingênua que acreditou em histórias de amor com finais dignos de contos de fadas. Sonhava com felizes para sempre.

Pode soar exagero eu ter deixado a falta de uma pessoa ter tanta repercussão na minha vida. Só que estar com ele era essencial, não perdi somente um namoradinho qualquer de adolescência, perdi um amigo de infância, um companheiro de vida, um confidente.

Ao completar vinte anos, ganhei uma viagem. Eu, vó Marta, Nicolas, minha mãe e meu pai fizemos um cruzeiro pelo Nordeste. Eu sabia que a intenção da minha família era me distrair e não me opus. Meu aniversário deixou de ser apenas a data em que eu envelhecia, passei a comemorar mais um ano sem saber do Saulo. Fugir se tornou uma tradição bem-vinda. Aos vinte e um, eu e o Nicolas fomos para o Peru. Com vinte e dois, para o Chile.

No aniversário de vinte e três, quebrei o padrão. Viajei para Monte Verde, uma cidade aconchegante nas montanhas. Fiquei numa pousada romântica e fofa, exclusiva para casais. Foi o primeiro de muitos aniversários ao lado do Bernardo, meu novo amor.

— Lúcia? — Nat coloca a mão na minha perna e dou um salto no banco do carro. — O sinal está verde.

— Ah, sim. — Acelero e confiro pelo retrovisor se Flavinha continua com os fones de ouvido. — Nossa, nem vi, ando meio distraída.

— Meio? — Nat permanece me observando.

— O quê? — Olho para ela de relance. — Por que está me olhando desse jeito?

Natália suspira e inclina a cabeça para o lado.

— Você se parece comigo, às vezes.

Eu? De jeito nenhum. Nat passou por situações que nem imagino, nada comparado à minha dificuldade de lidar com os sinais de um trauma que resolveu bater na porta. Mesmo assim, sorrindo, dou corda ao assunto:

— O que quer dizer com isso?

Ela vira o rosto para frente e pensa por um instante.

— Eu também tenho pavor das festas da Marcinha. Só de lembrar sinto calafrio. — Com as mãos abertas, sobe e desce por seus braços, aquecendo uma suposta corrente de ar frio, o que não faz sentido, estamos em pleno verão.

— Nunca tive nada contra as festas.

— Não teve… mas pelo que notei, agora, tem. Não precisa ter medo. Ele não vem. — Ela me assegura pela vigésima vez.

— Não temos certeza.

Compenetrada no trânsito, não dou trela ao assunto e faço a última curva.

— Poxa! — resmungo ao ver a quantidade de carros estacionados. — A gente tinha tanto colega de sala assim?

Natália ri e o clima fica um pouco mais leve.

— Éramos adolescentes, né? Não vínhamos de carro. Mas pode ser que tenha convidado mais turmas, é a cara dela fazer isso.

Sem encontrar vaga e depois de fitar a barriga supergrávida da minha amiga, decido parar em frente à garagem. Posso voltar para tirar o carro, se precisar.

— Chegamos? — Flávia enfia o rosto entre os bancos da frente para perguntar.

— Sim.

— Posso levar o fone?

— Já conversamos sobre isso.

— Ah, mãe! Não vou ter nada pra fazer lá! — Ela desce do carro batendo os pés.

— Só muda o endereço — Natália comenta.

Meneando a cabeça, solto o cinto de segurança, pego minha bolsa e saio do carro. Dou uma ajeitada no vestido preto de corte reto, tentando alisar as partes amassadas. Quando Nat abre a porta, corro até ela para ajudá-la a descer, apoiando meu braço em sua cintura.

— Não estou inválida!

— Não mesmo, mas se acontecer alguma coisa com você, dois homens irados estarão à minha procura. Serei uma mulher morta, posso prever. — Caminho abraçada a ela pela calçada até chegarmos à porta. — Já imaginou? — Aperto o interfone e volto-me para ela, abrindo as mãos, simulando o anúncio de uma manchete de jornal. — Mulher encontrada gravemente ferida após levar uma surra de dois marmanjos. Motivo? Foi descuidada e deixou a amiga grávida se espatifar. A amiga e os gêmeos passam bem, a mulher está internada sem previsão de alta.

Nat me dá um cutucão na cintura, rindo. Quando abre a boca para responder, a trava do portão faz um estalo. Dou um passo rumo à entrada, mas Nat me detém.

— Lu, se alguma coisa ou alguma pessoa te incomodar, vamos embora na hora, tá bem?

Estudo sua feição e assinto.

— Te digo o mesmo.

— Estou falando sério. Se acontecer qualquer coisa, alguém fizer piadinhas ou, sei lá, *ele* virar assunto, a gente cai fora.

— Não será necessário. Estou bem.

Nat me analisa por um momento, interpretando as entrelinhas.

O que posso dizer? Não faço ideia de como vou me sentir. Se o nó na garganta indica alguma coisa, estou ferrada.

— Duas décadas. — Limpo a garganta, me livrando temporariamente do incômodo. — Saulo não tem mais nenhuma importância.

— Quem é Saulo?

Droga. Esqueci que Flavinha está escutando tudo. Por que não deixei que ficasse com o fone de ouvido?

— Ninguém.

— Uma mosca insignificante que ficou no passado — Nat diz enquanto pego a mão das duas e entramos na casa, de cabeça erguida.

Levamos uns bons minutos descendo o lance de escada. Natália reclama da minha velocidade de tartaruga, no entanto, não me deixo abater, zelo nunca é demais.

Quando finalmente alcançamos o último degrau, Marcinha aparece com os lábios tão inflados que me assusta. Não só os lábios, seu rosto inteiro está esquisito.

— Lúcia e Natália! — Ela se aproxima e dá um beijo com meio abraço em nós duas. — Quantos anos! Fiquei muito feliz quando vi que viriam!

— Nós também — respondo com uma animação forçada. Nat cutuca minha cintura, de novo. Espero que a Marcinha não perceba.

— E quem é essa moça? — Inclinando o corpo para o lado, observa Flávia, parada atrás de mim. — Sua filha?

Concordo e seus olhos me medem da cabeça aos pés, procurando semelhanças físicas entre nós duas. Só o branco dos olhos! Flávia puxou ao pai, cabelo claro volumoso, olhos castanhos e pele parda. Se eu ainda fosse magra, teríamos essa característica em comum, mas meu corpo não entra em um manequim trinta e oito há milênios.

— Entrem, fiquem à vontade! Quase todos já estão aqui. — Como uma boa anfitriã, Marcinha nos guia pelo salão, levando-nos até um sofá mais ao fundo.

Reconheço alguns dos convidados, mas não paramos para conversar com ninguém. Assim que nos deixa a sós, Natália comenta:

— Ela fez alguns procedimentos no rosto.

— Afinou o nariz. Aplicou boas doses de botox.

— Diminuiu as bochechas e preencheu os lábios.

Caímos na risada.

— Somos duas velhas mexeriqueiras.

Um garçom passa nos oferecendo água e cerveja. Aceito a água e ele deixa o balde na mesinha lateral, caso eu mude de ideia.

— Mãe, olha, o Junior tá aqui! — Flávia aponta para o canto, onde um mocinho magrelo está bufando para um adulto que não reconheço.

Observo a reação da minha filha, levantando a mão e acenando timidamente para o menino. Ele retribui e desvia o olhar.

— O Junior estuda na sua escola, né?

Ela assente.

— Vai lá — dou uma cotovelada em seu braço —, melhor falar com um amigo do que ficar ouvindo música.

— Para, mãe! Não sei se ele quer falar comigo.

Troco um olhar com a Nat.

— Escute a sua mãe, Flavinha, talvez ele seja tímido e tenha vergonha de vir aqui.

— Será? — Ela olha com esperança para minha amiga.

— Você pode tentar. Tem uma cadeira vaga perto dele, vai lá, como quem não quer nada. Se ele não te der moral, volta pra cá.

Flávia considera a sugestão por uns minutos. Ao mesmo tempo, o garoto finge não estar olhando para ela. É bonitinho.

— Tá legal. — Flavinha se levanta, estufa o peito, arruma a blusinha por cima do short jeans e vai até ele.

Eu e Natália observamos toda a aproximação. O brilho no olhar dele quando percebe que ela está chegando. A insegurança nos passos dela. A falta de jeito com que se cumprimentam. A expressão de indiferença que ele encena quando Flávia se senta na cadeira. As mãos dela agarrando a barra do short. Ele passando a mão no cabelo para disfarçar o nervosismo.

— Coitado — Nat comenta.

— Vai sofrer.

— A Flávia é muito bonita.

— Nem me fale — digo, pensando nos problemas que ela pode ter com futuros amores.

— É oficial, nós somos, mesmo, duas velhas mexeriqueiras.

— Exatamente. — Sorrindo, abro a garrafa d'água e tomo um gole. — É bom isso, ficar aqui, rindo e falando bobagens. Obrigada por ter me convencido a vir.

Nat me observa por um minuto.

— Você não estava por perto quando o Igor ressurgiu na minha vida. Nossa, eu estava uma bagunça.

— Imagino. — Bebo mais um pouco d'água. — E olha como tudo se encaixou, vocês estão felizes, a bagunça valeu a pena.

— Cada segundo. Mas o que eu queria dizer é que entendo como você deve estar se sentindo. Não importa a idade, Lu, podemos nos sentir inseguras de alguma forma. Só Deus sabe como fiquei vulnerável quando o Igor se materializou na porta da minha casa.

Fico em silêncio, processando o que ela diz.

— Falo do fundo do meu coração, não se martirize por se sentir vulnerável. Você não é e nem precisa ser a mulher maravilha o tempo todo.

— Difícil pensar assim chegando nos quarenta.

— Sentimento não tem idade.

— Não mesmo.

— Pode contar comigo se a barra apertar.

Agradeço a solidariedade em silêncio, mexendo na barra do vestido. Essa sensação confusa é momentânea. Não tenho com o que me preocupar.

Cruzo as pernas e puxo o vestido para baixo, mesmo sabendo que é um pouco curto para pernas grossas. Não vai resolver, minhas coxas continuarão parecendo ter o dobro do tamanho, como acontece sempre que estou sentada. Balanço um dos pés, fitando minhas sapatilhas vermelhas. Presto atenção nos convidados, quem sabe não reconheço alguém? Sorrio e aceno para uma turma que está nas mesas, na parte da frente do salão.

— Nat, a Miranda está aqui! Vamos lá falar com ela…

Começo a me levantar para ir até eles quando Nat aperta minha mão, segurando-me onde estou. Olho para ela e seu rosto está tão pálido que me assusta. Com o coração disparado e sem dizer nada, procuro entre as pessoas o responsável por tê-la deixado assim.

Por favor, não seja o Saulo.

Não ele.

E então eu vejo, perto da porta de entrada, um casal cumprimentando a Marcinha. A moça magra e elegante. O homem bem alinhado e simpático. Danilo e Elisa. Nat não precisa explicar, solto a respiração e encosto a cabeça no seu ombro.

— Ufa! — Exagero na bufada, almejando recuperar o clima descontraído. — São só os abutres. E eu com medo de ser o *meu* embuste. Essa foi por pouco.

Natália encosta a cabeça na minha e ri baixinho.

De mãos dadas, observamos o casal enquanto são guiados à outra mesa, longe da gente, graças aos céus! Não quero ter que socorrer minha amiga de um parto prematuro.

— Não a-cre-di-to! — O grito eufórico faz com que nossas cabeças se virem simultaneamente para a porta. — Você veio!

Ah, não.

O cabelo castanho em corte degradê. A camisa preta de manga três quartos. A calça jeans escura, levemente desbotada, com caimento perfeito. As costas largas, cintura e quadril estreitos.

Não, não, não.

— Lúcia. — A voz da Natália soa longe, como se não estivesse do meu lado.

Tudo acontece em câmera lenta. O abraço empolgado e afetuoso da Marcinha. Os braços dele se levantando, envolvendo sua cintura. Os passos que dão para trás para se olharem. Ela está de frente para mim, mais fácil de observar. Os dentes de porcelana brancos se escancaram em um sorriso. Com um movimento sutil, os olhos dela me encontram e se arregalam ao notarem que estou assistindo, piscando rapidamente, tentando omitir a apreensão.

Dando um passo para o lado, o corpo dele, ainda de costas para mim, se encosta em uma silhueta feminina, apoiando a mão na sua lombar. O cabelo cacheado, longo, iluminado e muito bem definido, parece ter saído de um comercial de cosméticos. O vestido preto justo exibe um recorte profundo na coluna, demarcando as curvas e cada milímetro de gordurinha inexistente. O sapato – adivinhe! – vermelho, com salto finíssimo, grita dinheiro e designer.

— Lu. — Nat coloca a mão no meu rosto e tenta fazer com que eu olhe para ela.

É inútil. Estou travada. Meu coração tropeça nas batidas, minha garganta seca, meus neurônios entram em pane, meus músculos viram geleia e meu estômago...

Lentamente, ele se vira. Primeiro vejo a orelha. Uma íris castanha. O nariz. O contorno da boca. A outra íris. Estupefata, não consigo parar de encarar. Meus lábios tremulam, meus dentes batem um no outro. Minhas mãos congelam e as pernas se inquietam, chacoalhando involuntariamente.

— Lúcia — Nat diz baixinho —, ah, o que eu fiz!

Ele me vê. Inclina a cabeça e esboça um sorriso sarcástico, segundos antes de puxar para si a mulher escultural e dar um beijo na lateral dos seus lábios, sem desgrudar os olhos de mim.

Solto a mão de Natália e, no impulso, faço o que sei fazer melhor. Fujo. Saio correndo, tampando a boca para não causar uma cena bem no meio do salão. É a conta de entrar no banheiro, deixar a porta bater às minhas costas e me jogar diante do vaso, colocando para fora tudo o que comi hoje.

5

Inspira.

Expira.

Ar preenche meus pulmões e solto devagar.

Inspira.

Expira.

As pontadas na cabeça insistem. *Ele não pode me machucar.* Tento me convencer, recordando-me das sessões com a minha primeira psicóloga, a que me ouviu nos momentos mais críticos.

Inspira.

Expira.

Eu tenho controle sobre o meu corpo. Repito internamente, de novo e de novo.

Duas décadas.

Minha vida mudou. Ele não é mais o mesmo, não possui poder sobre mim. É praticamente um estranho.

Inspira.

Expira.

Ele está do outro lado da porta, teve a cara de pau de aparecer.

Inspira.

Expira.

E veio acompanhado.

Inspira.

Expira.

E daí? Meu racional tenta me resgatar do fundo do poço que se tornou minha mente. *Eu me casei! Eu amei! Eu vivi! Tenho uma filha linda, fruto desse relacionamento.*

— Mãe? — A voz da Flavinha ressoa pela porta. — Tá tudo bem?

Aciono a descarga três vezes e encaro a água limpa do vaso. Eu me desencosto da parede, determinada a enfrentar seja lá o que me aguarda do outro lado da porta.

— Sim, tudo bem — respondo antes de abrir a torneira e jogar água no rosto, amenizando os vestígios da crise. Espero que seja um caso isolado, não quero passar por aquele inferno novamente.

Eu tenho controle.

Saulo não foi meu único amor, foi simplesmente o primeiro e uma ilusão infantil. Não posso permitir que sua presença abale tudo o que construí em todos esses anos.

Foi um susto.

Não esperava vê-lo, minha reação foi consequência da surpresa.

É passado.

Inspira.

Expira.

— Mãe...

Fito a porta. Apesar de jovem, Flávia consegue me interpretar como ninguém.

— Já vou.

Analisando meu rosto mais pálido do que de costume, amaldiçoo por não ter pensado em trazer maquiagem. Foi tudo pelo ralo quando o lavei. A palidez causada pelo enjoo é evidente. Dou umas batidinhas nas bochechas e mordo os lábios, é bom que a circulação faça seu trabalho e deixe minhas faces coradas. Limpo debaixo dos cílios, fazendo o possível para ocultar o rímel escorrido. Mais dois beliscões na maçã do rosto e... pronto! Quase imperceptível.

Exibindo um sorriso forçado, abro a porta e encontro Flavinha de braços cruzados, com o ombro apoiado na parede. Seus olhos me estudam e uma sobrancelha se levanta.

— Por que saiu correndo?

— Não saí correndo. — Limpo a garganta com uma tosse, mascarando com o punho fechado sobre os lábios.

— Alguém me ensinou que é feio mentir. Você vomitou, mãe?

Derrotada, desço a mão e solto um suspiro.

— Tem a ver com aquele homem, né? Que entrou com aquela mulher que parece modelo?

Levo a mão à boca, de novo, e começo a tossir para valer.

— Ele que é o Saulo? Não sou burra, até o Mateus percebeu. — Ela revira os olhos.

— Mateus? — Aproveito a deixa para mudar de assunto. — O que aconteceu com o Junior?

— Também estava lá! A gente tava conversando quando todo mundo ficou em silêncio. Deu na cara, mãe.

Pego sua mão e aperto, procurando a firmeza que não sinto.

Inspira.

Expira.

— Você me conta quando chegar em casa? — ela pede e assinto.

Não tenho como fugir. Não da minha filha.

— Tá legal. Então… — Flávia estufa o peito e levanta a cabeça, dando um leve puxão na minha mão — vamos, a Natália está sozinha. O Gui vai ficar puto se ficar sabendo.

— Flávia! Olha a boca!

Ela ri e parte do peso no meu coração se esvai. Não sei pontuar exatamente quando minha filha deixou de ser apenas uma menina, mas me orgulho demais da pessoa que está se tornando.

De cabeça erguida, permito que me guie pelo estreito corredor. Entramos no salão e, sem soltá-la, foco a atenção no sofá que abandonei há alguns minutos. Natália acena assim que nos vê, sem ocultar a preocupação.

— E aí, o que perdi? — comento, alisando o tecido do vestido.

— Os gêmeos mexeram.

— Jura? Não creio! — Coloco as palmas das mãos sobre a barriga, grata pela leve distração. — Onde?

Nat ri e olha para mim com um semblante engraçado. Ficamos na expectativa de um chute.

Alguém limpa a garganta atrás do sofá e me deparo com um mocinho que ainda não tinha visto.

— É… — Ele fica todo sem graça quando tem a atenção de nós três. — Flávia?

Deve ser o tal Mateus. Ele aparenta ser uns bons anos mais velho que minha filha, mas não chega a ser tão distante, de acordo com a quase barba nas laterais do rosto.

— Eu já vou, só um minutinho — ela reponde e se vira para mim. — Mãe, você tá bem?

— Estou.

— Tem certeza?

— Larga de bobagem e vai com seu amigo.

Ela fica em dúvida, olhando de mim para ele.

— Anda, pode ir, não vou sair daqui.

— Eu cuido da sua mãe, Flavinha.

Assentindo, juntos dão a volta no sofá e se afastam, conversando.

— Cadê o Junior? — Escorrego as mãos um pouco mais para baixo, cercando outra parte do barrigão, e ergo as sobrancelhas para minha amiga.

— Não saiu do lugar. — Ela ri.

— E quem é esse Mateus? — Aponto para a direção em que eles foram.

— Filho do Danilo e da Elisa.

— Não sabia que eles tinham um filho.

— Não tinham, é recente.

— Tenho que me preocupar?

— Nada! Ele é bonzinho.

— Se você diz...

Nat dá um pulo no sofá e move as minhas mãos para o outro lado da barriga. Sinto uma elevação e abro a boca, extasiada.

— Que coisa mais gostosa!

Ela sorri de orelha a orelha e, por um minuto, esqueço onde estamos e o que nos cerca. É tão lindo ver o brilho da felicidade em seus olhos, sentindo as ondas pela movimentação dos bebês. Porém, como um carma, minha tranquilidade dura pouco e a curiosidade me toma.

— Pra onde eles foram?

Com um semblante de pesar, ela olha para frente. Eu não preciso explicar quem são *eles*, Natália sabe.

— Estão passeando, cumprimentando.

— Todo mundo? — Franzo as sobrancelhas.

— Sim. Pode olhar, se quiser, estão de costas, perto da Miranda.

Furtivamente, mantenho as mãos espalmadas na minha amiga e tento espiar entre os fios do meu cabelo. Natália cai na risada.

— Desculpa, sei que rir é inadequado. Acho que estou tão nervosa quanto você. Eu jurava que ele não viria. Não sei como teve coragem.

Balanço a cabeça e endireito a postura, evitando olhar para onde o casal perambula. Nat segura a minha mão com carinho.

— Você vai ficar bem. Vai ficar tudo bem — reafirma, pressionando com força, tanta força que começa a esboçar uma feição engraçada. — Humm... tenho que ir ao banheiro. Estava segurando, mas não dá mais.

— Vou com você — digo, levantando-me e estendendo a mão para ela.

Juntas, cruzamos os poucos metros que nos separam do corredor de onde acabei de sair. Deixo Natália na porta e me encosto no mesmo local que Flávia ficou antes, aguardando seu retorno. Não demora, pouco depois, caminhamos com os braços intercalados, rumo ao sofá.

— Quando podemos ir embora? — resmungo quando falta cerca de um metro para alcançarmos nosso destino.

— Embora? Sem me cumprimentar?

Praticamente todos os pelos do meu corpo se eriçam com a proximidade da voz. Perto. Muito perto. À minha direita. Eu paro e Nat fica agarrada ao meu braço. A voz masculina soou diferente do que me lembro. Mais grossa, sem as oscilações hormonais.

— Não vai fazer essa desfeita com um amigo de infância.

Amigo.

Puxo o braço da Natália com total intenção de ignorar o comentário e seguir adiante. Damos um passo à frente, evidenciando a falta de interesse em sua presença. Bem, isso é o que quero que ele sinta, no entanto, meu rosto denuncia a catástrofe sentimental no meu interior.

Com dois passos certeiros e confiantes, Saulo barra nosso caminho, não nos restando outra opção a não ser encará-lo. Está sozinho, nem sinal da acompanhante. Seus olhos castanhos estudam os meus.

— Natália. — Inclina a cabeça num cumprimento. Um sorriso sarcástico aparece em seu rosto.

Correspondo erguendo o queixo e reprimindo tudo. Meu coração acelera, meu emocional se encontra em frangalhos e os pulmões trabalham dobrado. Sei que meus dedos tremem e que meus pés perderam a firmeza. Minha garganta se contrai, obviamente, e engulo a saliva, empurrando a bile para baixo. De novo, não.

Ele não vai me desestabilizar.

Não vou dar esse gostinho.

— Saulo — Nat responde.

— Lúcia — ele pronuncia meu nome devagar.

Não respondo, sou incapaz de desviar o olhar de sua expressão de ironia.

Um segundo.

Cinco.

Trinta.

Saulo aguarda, mas insisto no silêncio. Ele solta a respiração, um pouco frustrado.

— Então vai ser assim? Tanto tempo e não vai me cumprimentar?

Por um milésimo de segundo, imagino a palma da minha mão acertando em cheio aquela bochecha ridícula. Seria tão lindo. Em vez disso, lentamente, levanto o pulso e analiso o bracelete rendado que tatuei na véspera do meu casamento. Fingindo ser um relógio, suspiro alto e digo:

— Tá vendo, Nat? — Levanto os olhos para ela, necessitando do apoio emocional, e volto para meu pulso. — Quarta-feira passada, comemorei trinta e oito anos. Pelas minhas contas — ergo o rosto para ele, fitando, com o máximo de frieza que possuo, suas pupilas dilatadas e seu maxilar travado —, são exatos vinte anos e três dias de atraso. Então… é, vai ser assim. Acho que não tenho nenhuma obrigação de falar com você.

— Não acha imaturidade? — Saulo alfineta.

Ah, substantivo errado, bonitão.

— Imaturidade… — Uma palavra tão simples, mas que evoca todos os motivos que eu tenho para me afastar dele. — *Imaturidade*?

— Não sei como explicar seu comportamento de outra forma, como fez questão de dizer, você tem quase quarenta anos. Eu, sinceramente, espero mais de uma mulher com essa idade.

— Seu filho da pu…

Nat aperta meu braço com o seu, mas estou pouco me importando.

— E me diz uma coisa — ele prossegue, antes que eu possa despejar duas décadas de sofrimento em cima do seu cadáver, porque é isso que ele vai ser quando eu terminar. Apontando para a aliança dourada em meu anelar esquerdo, emenda: — Cadê seu marido? Estou ansioso para conhecer o sujeito que ocupou o meu lugar.

— Saulo! — Natália se exalta, só que não permito que fale por mim.

— Meu marido? Que direito você tem de vir aqui e me perguntar sobre…

— Lu, deixa quieto, ele não merece.

— Merece, Nat, ele quer saber, ele vai saber. — Continuo encarando seus olhos, sem me abater. — Bernardo, o meu marido, está enterrado no Cemitério Parque, em um lindo campo gramado, embaixo do maior arranjo de rosas brancas que você pode imaginar. Faço questão de pagar uma floricultura mensalmente para cuidar e repor cada botão que murcha, deixando claro para qualquer um o quanto ele é amado — finalizo com os lábios trêmulos. Tive tempo para digerir sua morte, só que a pontada não deixa de ser dolorida.

Saulo arregala os olhos e seus lábios se fecham em uma linha reta. Passando a mão no cabelo, desarruma o penteado, deixando as pontas crespas desordenadas.

— Lúcia, eu não sabia… — Tenta corrigir, mas não quero seu remorso.

— Não mesmo — meneio a cabeça com veemência —, aliás, não sabe de nada que aconteceu nesses vinte anos. Você queria o quê? Que eu estivesse te esperando até hoje?

Sei que outras pessoas estão prestando atenção enquanto lavamos roupa suja, entretanto, nada vai me fazer parar. Como um trem desgovernado, as palavras vão saindo, dando vazão a sentimentos há muito tempo trancafiados.

— Você é engraçado, Saulo. *Você* sumiu. *Você* foi embora e me deixou. *Você* não voltou. *Eu* tive que ficar e engolir a realidade de que meu primeiro amor me abandonou para atuar na indústria pornográfica! — Ouço algumas vozes espantadas ao redor, mas que se explodam! Não é segredo para ninguém. — Você não faz ideia do impacto que sua escolha teve em minha vida. Enquanto você curtia um catálogo de mulheres, eu tive aversão ao sexo por anos! Eu não conseguia falar, ver ou imaginar alguém transando sem vomitar.

— Lúcia — Nat me chama, só que não terminei.

— As imagens não saíam da minha cabeça! — Solto o braço da Natália e aperto os dedos na minha têmpora. — E sabe o mais hilário? Nunca assisti nada! Tenho quase quarenta anos e nunca assisti a uma cena erótica! É como uma fobia, tenho pavor só de pensar em passar perto! — Sentindo falta de ar, coloco a mão no peito, pressionando meu esterno, recuperando o fôlego para continuar. — Sabe quando, *finalmente*, perdi minha virgindade? Quer saber quando me senti confortável e consegui eliminar as imagens e o mal-estar que acompanhavam a simples menção de sexo?

Saulo me observa, quieto, e uma sensação de vitória me possui. O sarcasmo sumiu do seu rosto.

— Um mês depois do meu casamento, eu tinha vinte e cinco anos! Não fui capaz de aproveitar nem a minha lua de mel!

— Mãe?

— Só um minuto! — Ergo o dedo e aponto para o lado, no auge da fúria, incapaz de identificar quem tentou falar comigo. — Então, Saulo, não venha para cima de mim com sarcasmo, como se eu fosse a culpada, desfilando com uma mulher de corpo perfeito, perguntando sobre o Bernardo e exigindo maturidade. Você não chega a ser um décimo do que meu falecido marido representou pra mim.

— Mãe! — Flávia ergue a voz e tem minha atenção na hora.

Ah, meu Deus!

Quanto será que ela ouviu? Analiso o rosto da Natália antes de olhar para a Flavinha e sua expressão apreensiva me diz tudo. Sim, minha filha ouviu boa parte do meu desabafo desordenado.

— Oi, filha — respondo ofegante, momentaneamente sem saber o que fazer. Eu tinha certeza que sairia dessa situação constrangedora com a cabeça erguida. Agora, vendo seus olhos marejados, um reflexo dos meus, estou completamente aturdida.

Ela aponta na direção do Saulo e seu pescoço se move como se engolisse algo com gosto ruim. Por Deus, que não comece a ter crises de vômito!

— Ele que é foi seu namorado na escola? Que a bisa falou?

— Sim. — Assinto, inconformada por ter passado esse papelão na frente dela.

— Por causa dele que você ficou triste na última semana? — ela continua, baixinho.

Eu sei que mais pessoas podem ouvi-la e não me envergonho ao confirmar com um gesto de cabeça. Ela desvia o olhar e passa a encarar Saulo, analisando o primeiro homem que marcou a minha vida.

— Você tem razão, Natália. Ele é uma mosca insignificante. Tem que ficar no passado. Meu pai foi um homem de verdade. — Flávia pega a minha mão e me puxa, indicando a saída. — Podemos ir embora?

Sem dizer mais uma palavra, aceno para a Marcinha e pego a mão da Nat.

— Podemos.

Só quando estamos a caminho da porta que tenho noção da quietude que assombra o salão. Paciência! É tudo verdade, que os convidados se divirtam com as novas informações. E que Saulo sinta na pele, nem que seja por minutos, o escrutínio e exposição que vivenciei sozinha naquele primeiro ano. Estou cansada de me pintarem como coitadinha. Eu sofri, fato, mas sei muito bem como me defender.

Saio da festa da mesma forma que entrei, com a cabeça erguida e determinada a esquecer esse episódio. Só espero conseguir segurar a onda de náusea até chegar em casa.

6

Antes

— Vó, o que acha desse?

Concentrada nas rendas exibidas pela atendente, ela ergue a cabeça e analisa o molde que acabei de escolher. Franzindo as sobrancelhas, meneia a cabeça.

— Esse não, muito reto. Encontra algo mais arredondado na base para dar efeito de volume.

Dou as costas para ela e volto para o balcão. Engraçado como as invertidas da vida mudam nosso destino. Há nove meses, eu passava longe do quarto de costura da vovó e, nos meus dezoito anos, dispensei todas as vezes que ela tentou me ensinar.

Hoje, entre as prateleiras com rolos multicoloridos que vão do chão ao teto da loja, sinto-me em casa. Adoro mexer com os tecidos, botões, alinhavos, linhas e agulhas. Gosto do cheiro de óleo, tintura e algodão. Amo brincar com as combinações. Passo horas na máquina, criando novos modelos, finalizando acabamentos e bordando, sem notar que o tempo passou. O ruído do motor e do pedal agem como um calmante para a minha mente inquieta. Aos poucos e sem que eu percebesse, o quartinho de costura se tornou meu refúgio da realidade.

Devolvo o molde ao lado da pilha de papéis e começo a analisar um por um, descartando os mais retos. Não tem muita opção, quando chego ao final, separei apenas dois, mas prevejo que não será do agrado da vovó. Mesmo assim, volto até ela com um em cada mão.

— E esses? — Mostro à minha frente, na expectativa.

Como o previsto, ela balança a cabeça em negativa.

— Não… se quer um vestido rodado, a barra tem que ser mais trabalhada. Precisa de movimento.

Frustrada, abaixo as mãos e faço biquinho, pensando no que podemos fazer.

— Será que acho em revista?

— Acha. — Vovó inclina a cabeça, considerando. — Vai dar trabalho, Lucinha, pegar um molde em miniatura e passar para o papel. Pode dar errado se não prestarmos atenção. Além disso, nossa folha acabou.

— Ainda bem que o que não me falta é tempo!

Sorrio, lembrando que uma das duas maiores bancas de revista da cidade está localizada no mesmo quarteirão da loja em que estamos. E, melhor ainda, tem uma papelaria atravessando a rua. São as vantagens de morar em cidade pequena e tudo se concentrar ao redor de uma rua do centro.

Deixo de lado os moldes inúteis e dou um beijo em sua face.

— Já volto.

— Aonde você vai? Não terminamos de escolher a renda!

— Vou na banca, depois na papelaria.

— Ihhh, esse sorriso está me assustando.

— Relaxa, vó — digo, já saindo da loja. — É rapidinho, não vai nem sentir minha falta!

Torcendo para não encontrar ninguém que conheço no pequeno trajeto, aperto o passo. Eu me tornei uma eremita ultimamente, sem a menor vontade de rever amigos da escola que não mudaram de cidade. A notícia do término do meu namoro com o Saulo deu o que falar porque perdemos nossa formatura de terceiro ano. Ele, óbvio, estava bem longe daqui. E eu estava de cama, mas, de qualquer forma, não teria ido. Nossa falta teria passado despercebida se fôssemos alunos discretos, só que eu era representante de sala e, pior, fazíamos parte da comissão de formatura. Já pode imaginar que não caiu bem. Fofocas e comentários foram irrefreáveis. Alguns ridículos, outros divertidos, como nossa suposta fuga para nos casar porque eu estava grávida.

É. Teve isso.

O que me conforta é que apenas um pequeno círculo de pessoas tem conhecimento da verdade. E por "pequeno círculo" quero dizer minha família, somente aqueles que confio em não soltarem a língua. Como quase não saio de casa, raramente sou confrontada pelas especulações.

Em menos de três minutos, estou na esquina. Mais alguns passos e estou na porta da banca. É simples, um corredor comprido, repleto de prateleiras com todo tipo de revista e jornal que você possa imaginar. Sigo até o fundo, sabendo exatamente onde encontrar o que procuro, e pego a primeira revista de costura com moldes.

— Esse não. — Ouço um rapaz, atrás da prateleira na minha lateral direita.

— E esse aqui? — outro responde.

— Já vi, meio sem graça.

Olho entre o vão da prateleira e vejo os ombros de duas pessoas. Desinteressada na discussão, volto a folhear as páginas centrais, onde ficam os moldes para destaque. Viro a revista de ponta-cabeça, tentando visualizar como ficaria em tecido.

— Olha esse!

— Não.

Os dois continuam argumentando.

— Véi! Olha isso!

— Que foi agora?

Solto uma baforada, devolvo a revista e pego outra, recomeçando o processo.

— Esse cara… conheço ele. Não era da sua sala?

— Quem?

— Aquele… qual o nome dele mesmo?

A segunda voz começa a rir.

— Não estudei com nenhum Clark Holtz.

— Não, né, idiota! Todo mundo sabe que não se usa o nome verdadeiro pra fazer essas coisas. — Pausa. — Eu tenho certeza que é ele…

Ouço um estalo de dedos.

— Já sei! Aquele que fugiu com a namorada grávida.

— O Saulo? De jeito nenhum! — O segundo rapaz abaixa o tom da voz, mas não deixa de soar incrédulo.

Com a revista inclinada e aberta em quatro partes, fico sem me mover. O papel treme em minhas mãos, fazendo barulho. Tento dobrá-la, inutilmente, e acabo deixando do jeito que está, por cima das outras. Eu não quero olhar, porém meus pés são teimosos e caminham até a entrada da seção reservada. Nenhuma porta ou cortina separa os ambientes, eu costumava brincar sobre isso com minhas amigas. A gente sempre conseguia ver as capas dos filmes e pôsteres à venda. Era engraçado, ficávamos comentando sobre as poses e a coragem das modelos.

Mas, agora? Não é nada divertido.

Com o coração a mil e os pés travados no chão, apoio meu ombro na beirada da prateleira de metal, transferindo para ela o peso do meu corpo. Sei que não serei capaz de andar. Reconheço Iago e seu amigo instantaneamente. Os dois estão concentrados na contracapa de uma revista que vem com filme.

— Impossível — Ele devolve a revista na prateleira. — E tem mais, eles eram praticamente casados desde o jardim de infância. Saulo não era virgem.

O desgosto sobe por minha traqueia com um caroço desconfortável e não consigo evitar o barulho esganiçado que minha garganta produz. Tarde demais, levo a mão à boca, mas a onda de enjoo é mais forte que eu. O chão escuro da banca recebe a nojeira. Quase na mesma hora, uma mão se apoia em minhas costas e outra segura meu cabelo, me auxiliando enquanto esvazio o estômago da forma mais patética possível.

Inclinada para frente e muito envergonhada, fito os dois pares de tênis que me rodeiam. Ambos com respingos de vômito. Eu quero morrer. Quero sair correndo sem que eles me vejam. Pensando nisso, tento me afastar, mas meu corpo cede e quase caio em cima da sujeira.

— Ei — a mão solta meu cabelo e me segura em pé —, melhor esperar um pouco para andar.

Sentindo todos os sinais de fraqueza que acompanham as crises, começo a chorar. Lágrimas caem em abundância pelo chão, piorando a bagunça.

— Quem vai limpar essa sujeira? — uma mulher pergunta.

— Nós limpamos — Iago responde e seus tênis abandonam meu campo de visão.

Com o peito subindo e descendo, concentrando-me em estabilizar a respiração, eu me esforço em processar o que ocorreu. Permaneço alguns minutos arqueada para frente, protelando. Ele vai saber quem eu sou e vai somar dois mais dois. Meu segredo já era.

— Eu queria ter fugido grávida.

— Desculpa, o que disse? — Ajeitando meu corpo de forma que eu fique em pé, ele coloca meu cabelo atrás da minha orelha e começa a se agachar para ver meu rosto.

— Nada. — Levo as mãos à cabeça e, com o sangue voltando a circular, encosto a têmpora na prateleira, finalmente revelando meu rosto.

Dois olhos castanho-claros me fitam sem revelarem muita coisa. Quase imperceptivelmente, suas pupilas dilatam e um leve franzir nas sobrancelhas denunciam o reconhecimento, mas ele disfarça.

— É, sou eu.

— Eu quem? — Ele curva um dos cantos da boca para cima.

— A ex-namorada do…

— Passou o enjoo? — O rapaz me corta.

— Eu… — Respirando fundo, no meio de tanto embaraço, agradeço com um movimento de cabeça, antes de levá-la de um lado ao outro. — Não.

— Tudo bem, vem cá.

Com cuidado, ele me guia pelo corredor da banca até uma banqueta de madeira. Enquanto me faz sentar, vejo Iago voltando com um balde e um pano, sumindo atrás daquela prateleira maldita.

— Odeio pornografia — comento com o olhar fixo nas capas.

— Sabe — ele se agacha diante de mim e cruza as mãos, com os cotovelos sobre as coxas —, também nunca foi minha praia.

Ergo a sobrancelha. Quer me convencer depois do diálogo que acabei de ouvir? Ele revira os olhos.

— Tá legal, *era*, não é mais.

Não digo nada. O que ele está tentando fazer?

— Meu nome é Bernardo.

— Lúcia.

— Muito prazer, Lúcia. — Bernardo sorri e estende a mão para mim.

Dias atuais

Os fones de ouvido da Flavinha ficam escapulindo das minhas orelhas sem parar. O encaixe é incômodo, entra em conflito com meu piercing no tragus, então tenho que ficar recolocando o tempo todo, é uma canseira.

Vinte e cinco minutos e treze segundos. Sorrindo, pego o celular e tiro uma foto dos números vermelhos. Progresso! Eu me considero uma vitoriosa. Um mês e uma semana de academia, quatro quilos a menos, seis centímetros mais fina na cintura, fui do manequim cinquenta e dois para o cinquenta. Ainda não repeti os exames, mas estou confiante.

— Tá animada, hoje, hein? — O tom brincalhão do Iago faz com que meus lábios se curvem para cima.

Ele, assim como eu, precisa se cuidar melhor após descobrir uma pré-diabetes. Quando ficou sabendo que comecei a frequentar academia, resolveu me acompanhar. Por sua personalidade impulsiva, eu jurava que não ia durar uma semana. E – quem diria? – aqui estamos, juntos, em pleno domingo, nos matando na esteira.

— Terminei.

— Já?

Observo o suor escorrendo pela lateral do seu rosto enquanto corre.

— Parte dois, aí vou eu! — Dou um tapinha no seu ombro e pego a minha garrafa. Aumento o volume do fone, querendo distância da música modinha que toca na sala de musculação.

Perdida nos arranjos dos sucessos dos anos 1990 – bem tiazona, como zomba minha filha –, ajusto a carga do primeiro aparelho e me sento com as pernas para cima. Apoiando os pés no suporte emborrachado do *legpress*, empurro a superfície quadrada para frente, aguardo dez segundos em isometria e relaxo, repetindo.

Até que frequentar a academia seis dias por semana não é tão ruim quanto imaginei. Hoje, por exemplo, está sendo ótimo para descontar o estresse e a frustração de ontem. Vou sair daqui totalmente renovada, com a endorfina em alta, preocupada somente com a rotina normal. Nada de pensamentos retrógrados ou embates vergonhosos. Nenhum ex para me desestabilizar.

Com o som no máximo, o corpo grudando e os músculos berrando, termino a sequência e vou para o segundo exercício, acenando para um rosto conhecido que treina no mesmo horário que eu. O único problema do domingo é que pessoas parecem brotar de todos os lados e a musculação fica sobrecarregada. Todo mundo quer treinar de manhã. Sorte que o aparelho que preciso está vazio. Limpo o banco com uma toalha encharcada de álcool e me deito de bruços. Apoio a lateral do rosto no estofado e puxo a carga para cima com minhas canelas.

A posição permite uma visão privilegiada do ambiente, então observo outras pessoas treinando. Algumas como eu, desengonçadas e adeptas ao treino há pouco tempo, outras com os músculos tão definidos que nitidamente acordam, comem e dormem na academia. Termino a primeira série ofegante e descanso a bochecha no encosto, olhando para o fundo da sala. Pauso a música para verificar a lista de exercícios que tenho pela frente e estou prestes a voltar a ficha no lugar quando uma figura conhecida cruza meu campo de visão.

Ah, não!

Como uma erva daninha que insiste em aparecer num jardim florido, o mal-estar no estômago dá as caras, movimentando o que comi no café da manhã, implorando passagem por meu esôfago. Minha traqueia, por sua vez, trava, desempenhando seu papel, forçando meu organismo a não se render ao impulso da náusea.

Pisco repetidamente, desejando ter sido uma ilusão de ótica. Saulo não estaria aqui. Na cidade, tudo bem, já me conformei, mas na minha academia?

Soltando a respiração devagar, mando os pensamentos confusos para longe e volto a cabeça para a posição adequada, aperto *play* e dobro os joelhos, subindo e descendo a carga de trinta quilos.

Viu só? Trinta quilos!

Repito o movimento oito vezes e fecho os olhos, perdendo-me na guitarra agressiva de *Crawling*. Permito que o som que eu curtia na virada do século me carregue para outra época, quando a letra da música era apenas um conjunto de palavras que eu tentava decorar no caminho de ida e volta para a escola. *Linkin Park* não é a banda mais adequada para ouvir no momento, milhões de lembranças acompanham os agudos e graves do vocalista, e Saulo fez parte de todas elas.

Finalizo o exercício após duas repetições e me levanto, alongando as panturrilhas, furiosas por terem sido sobrecarregadas. Pego minha ficha e a garrafinha, seguindo para outro aparelho sem levantar a cabeça. Dou um passo e esbarro com tudo em alguém.

— Ai! — Levo a mão à boca, com o sangue subindo e fervendo minhas bochechas. O fone escorrega da orelha, interrompendo os gritos do Chester, e a garrafinha sai rolando pelo chão emborrachado. — Desculpa.

Não consigo ver seu rosto antes que se agache para pegar minha garrafa, porém o mundo parece parar quando vislumbro a grossa cicatriz no dorso da mão direita. Inflo as narinas, puxando a maior quantidade de oxigênio possível. Vou precisar de cada partícula. O ar inspirado percorre meus canais respiratórios como se fossem agulhas, pinicando até chegarem aos pulmões. Meu sangue, eufórico pela pane que meu organismo possivelmente sofrerá, distribui as agulhas para toda parte. A tremedeira é imediata. Fecho os punhos, travo minhas pernas, contraio o abdômen e torço para que minha barriga se comporte.

A mão masculina envolve o plástico e ele se levanta. Em completo silêncio, estende o braço em minha direção e, sutilmente, analisa meu rosto, descendo o olhar por meu cabelo, voltando aos olhos, seguindo para o nariz… demorando em meus lábios e pescoço. Involuntariamente, inclino o pescoço para cima e encaro sua boca a tempo de ver parte dos dentes superiores morderem o lábio inferior. Suas narinas também se inflam. Subo para o cabelo. Eu devia estar muito fora de mim ontem, como não notei o brilho dos fios grisalhos entre os escuros?

Não sei quanto tempo ficamos nos encarando descaradamente. Segundos, talvez minutos. Estacados no meio do corredor, indiferentes à movimentação da academia. Tempo suficiente para registrarmos cada detalhe. A camiseta branca, tênis verde-limão, o volume retangular no bolso da bermuda azul. A falta de fones de ouvido. Pelos na perna, nos braços. Nenhuma tatuagem visível. A camiseta justa delineando os bíceps, trapézios e peitorais, seguindo o contorno da cintura. Aposto que não tem nem quinze percentual de gordura.

Muito diferente da minha figura. Continuo pequena, bem, no que condiz à altura. Não cresci nenhum centímetro depois dos dezoito. Já meu manequim diminuiu e aumentou drasticamente. O tecido sintético da minha roupa revela boa parte dos quarenta percentual de gordura corporal, acumulados na cintura, quadris e pernas. Também ficam à mostra seis das minhas tatuagens, distribuídas pela lateral do pescoço, pulso, antebraço, panturrilha, coxa e canela. Meu cabelo ainda é liso – herança da minha mãe –, mas o castanho-escuro sem graça foi abandonado há séculos, dando espaço para várias tonalidades. No momento, o corte reto no ombro exibe fios pretos com rosa-choque enfeitando a porção inferior.

O abismo entre nós ultrapassa a questão temporal.

— Ei, Lu, tá tudo bem por aqui? — Iago me socorre, abraçando meu ombro e se colocando ao meu lado.

Em qualquer outra situação, eu o empurraria para longe, fazendo piada com seu suor, mas não agora.

— Sim, foi só um esbarrão. — Solto um suspiro e, desviando o olhar para a mão do Saulo, pego minha garrafa, antes de me virar para Iago. — Já terminou o treino?

Ele limpa a garganta e, mesmo sem mover a cabeça, olha de mim para o meu carma, antes de responder:

— É… não?

— Ótimo! Eu também não. — Agarro a cintura do meu amigo e, com as pernas bambas, começo a andar, levando-o para o aparelho mais longe possível, fingindo que aqueles minutos não ocorreram.

7

— Lúcia, entenda que só estou desabafando, mas que vontade de dar uma surra nele. — Iago solta entredentes, assim que o empurro para longe.

— Eu sei. — Cambaleio até o bebedouro, colocando um pé diante do outro, torcendo para que meu corpo não demonstre como meu psicológico está afetado. Meu estômago revira no ritmo do coração frenético. — Preciso gastar energia. Ter outro foco.

— Eu não sei o que dizer.

Se Iago, que sempre tem um comentário na ponta da língua, não sabe, imagina eu?

— O que ele está fazendo aqui? — digo, pensativa.

— Agora? Tá se alongando nas barras, lá no fundo, com os olhos presos em você.

Encaro Iago com uma carranca, fazendo o possível para não ceder e procurar por Saulo.

— Não foi uma pergunta literal!

— Ah, desculpa. — Meu amigo sorri e cerra os lábios. — Não sei, pra te falar a verdade, estranhei ele ter ido ontem, pelo que fiquei sabendo…

— De verdade? Não quero saber, não quero nenhuma informação. — Deixo bem claro antes que revele algo que me persiga, desencadeando milhões de imagens desnecessárias.

Iago suspira e coça a cabeça.

— Foi mal, Lu, estou meio perdido em como agir. Sei que não gosta de saber nada sobre ele, mas se seu ex começar a frequentar a academia…

— Exato, não preciso ficar sabendo. De absolutamente nada.

Desenrosco a tampa da garrafa e aciono a torneira, enchendo o recipiente plástico até que a água escorra pela borda. Levo à boca e dou uns goles generosos, concentrando-me em acalmar o ânimo e a indisposição estomacal. Beber toda essa quantidade de uma vez, quando a probabilidade de colocar tudo para fora é alta, não é inteligente, mas, na altura do campeonato, estou apelando para qualquer antídoto contra ex-namorado que não deveria estar na minha cidade.

— Eu tenho uma ideia. É meio infantil, mas podemos dar boas risadas depois. Não me empurre.

Iago me olha com propósito, apontando o indicador para mim, e, em segundos, cola o corpo às minhas costas. Seus braços me envolvem devagar, cercando minha cintura, e seu queixo repousa em meu ombro direito. A intimidade é tão estranha que fico petrificada como uma estátua. A última pessoa que me abraçou assim foi Bernardo.

— Relaxa, Lu — ele sussurra e dá um leve beliscão na minha barriga. — Não é nada romântico, é só para mandar uma mensagem.

Eu me contorço por reflexo e o movimento faz com que meu quadril esbarre em sua virilha. Iago intensifica o abraço, não permitindo que eu me afaste. Para completar, beija meu pescoço.

— Se eu sentir qualquer coisa na minha bunda, você vai ver! — ameaço entre-dentes, voltando o rosto para ele.

— Vai por mim, está dando certo. — Iago desce um pouco a mão. — Ele até parou de se alongar.

Por mais que eu queira virar o rosto e conferir o que Saulo está fazendo, permaneço imóvel, com os olhos fixos na parede, ciente de que meu amigo está tirando proveito da insanidade e indo longe demais. Ele me vira sem perder o contato entre nós e se aproxima.

— O que você...?

Sua boca está a milímetros da minha e o pânico me toma.

— Nem pense em me beijar!

Iago sorri e, quando acho que vai grudar os lábios nos meus, abaixa o rosto e lasca um beijo estalado no meu pescoço. Eu me afasto com um empurrão e solto uma risada espontânea. Só ele para me fazer rir na beira de um ataque de nervos. Bato sua mão para longe quando tenta me abraçar novamente e puxo a barra da regata para me livrar de algumas gotículas de suor que pipocaram na minha testa. O movimento deixa à mostra o cós absurdamente alto do meu short de nylon e expõe uma faixa das dobrinhas salientes na minha cintura.

Meu corpo redondo nunca foi um problema para mim. Vivi lutando contra a balança, porém num sentido completamente oposto à maioria das mulheres. Cada quilo a mais era uma festa, sinal de que o distúrbio alimentar abandonava meu organismo e minha saúde se restabelecia. Exibir a pele branca e flácida não me causa nenhum constrangimento. Sou bem tranquila quanto à minha imagem.

— Mais gostosa a cada aniversário — Iago comenta.

— Seu melhor amigo está se revirando no túmulo. Como foi que me tornei sua amiga, mesmo? — Desço a camiseta e saio andando sem ocultar o sorriso.

— Você me ama! — Iago se apressa atrás de mim. — Não vou sair do seu lado. Qual aparelho vai fazer agora?

Seria ótimo me esconder atrás dele, me distrair com suas piadas e provocações. Iago é a companhia perfeita para a função de guarda-costas da amiga com histórico de crises de ansiedade. E por esse motivo decido dispensá-lo. Tenho que enfrentar as consequências – físicas e psicológicas – que me perseguiram no final do meu primeiro namoro, mesmo que seja tardio. É uma necessidade de vida, embora sempre soube que tocar no nome dele evoca sentimentos que eu não gostaria que existissem, escolhi a saída mais fácil. Não pensar no assunto em vez de superar. A vida foi acontecendo, priorizei outras questões e deu certo. Bem, até agora.

Preciso mudar de atitude. Saulo é um problema meu e vai continuar sendo caso eu mantenha o padrão de comportamento desencadeado na adolescência. É fácil me esconder atrás de um diagnóstico e despejar em crises de vômito a pressão psicológica que eu deveria digerir. A verdade é que eu nunca quis confrontar nada relacionado a ele. Não com dezoito, com dezenove ou vinte e cinco anos, quando abri o coração para a possibilidade de um novo relacionamento com alguém que *ocupou* o lugar dele.

O que Saulo incitou ontem é verdade. Bernardo foi, aos pouquinhos, preenchendo o vazio deixado por meu ex. Claro que não me orgulho em admitir que foi exatamente o que ocorreu, mas não quero e nem vou pensar de forma negativa sobre o meu marido. Eu o amei muito. Ainda amo. E perdê-lo foi tão dolorido quanto ser abandonada por Saulo. A diferença é que, no caso do meu segundo amor, ele não teve opção, a falha cardíaca foi silenciosa e irreversível.

Com os dedos da mão direita, mexo em minha aliança, girando o aro de ouro no dedo, pensando em como Bernardo agiria se estivesse ao meu lado. No apoio que faria questão de demonstrar. Na maneira de brincar e se fazer de desentendido. Na sua paciência e habilidade de encarar os momentos difíceis. Se estivesse vivo, ele me confortaria segurando a minha mão e dando um pequeno aceno com a cabeça. Ele me daria força com um singelo olhar. Diria para não ter medo e que ficaria ao meu lado, juntos enfrentaríamos o desafio. Sentindo sua presença permeando o ar ao meu redor, descarrego meus temores ao soltar o gás carbônico preso em meus pulmões.

— Pode treinar normalmente. Não se preocupe comigo.

Iago pisca, incerto.

— Não quer que eu fique com você?

Nego com a cabeça.

— Mas e se…

Coloco a mão em seu ombro. Preciso que confie em mim. Com uma expressão serena, nada próxima da realidade, garanto:

— Se ele tentar falar comigo, sei me defender.

— Lúcia...

Levanto a mão, impedindo que continue. É melhor que desista.

— Quero enfrentar essa batalha sozinha. — Curvando o canto da boca para cima, esforço-me em acreditar na resolução das minhas palavras. — Já passou da hora.

— Então Saulo voltou.

— Eu vou bem, obrigada por perguntar!

Encaro Nicolas, irritada por mal ter entrado na minha casa e partir para a inquisição. É óbvio que alguém tagarelou a notícia do momento para ele. Minha família não sabe guardar segredo.

— Vai mesmo? — Ele dá um sorriso torto e me abraça apertado.

Fecho a porta às suas costas e ele entra com a mala em mãos.

— A Flávia está lá em cima e a vovó no quarto.

Nicolas me olha de relance e ergue a sobrancelha. Sei que ignorar o assunto é sinal de fraqueza, mas não vejo meu irmão há um mês e não quero que nossa primeira conversa seja profunda. Ainda bem que ele me compreende e não força.

— Que cheiro maravilhoso! O que tem pro almoço?

— Frango assado. Farofa. Arroz. Salada. — Enumero com os dedos.

A carranca é instantânea.

— Que ofensa! Não teve a capacidade de preparar um almoço pro seu querido irmão? Você já foi melhor, Lúcia.

Meneio a cabeça.

— Vai ficar aqui duas semanas, quer comida na boca também?

Ele ri e repousa a mala encostada ao sofá. Ouço meu celular tocando em algum lugar da casa, mas não me preocupo em atendê-lo.

— Tenho altos planos. Tadeu chega na terça e pediu o seu número.

— Não quero nem ouvir.

— Ele é gente boa, Lu. Dá uma chance pro cara.

— Estou muito bem e feliz sozinha. Homem só dá problema.

— Um homem, você quer dizer. Não me inclua no pacote. Você sabe que sou o melhor!

— Aham.

— E você me adora!

— Claro. — Vou até a cozinha para ajeitar a mesa e ele me segue.

— Lu, falando sério, como você tá?

Pego duas travessas, uma para o frango e outra para o arroz, e começo a dispor pratos e talheres.

— Estou bem. Mamãe e papai devem estar chegando, por que não vai lá em cima falar oi para a Flavinha? Ela está superanimada por você ficar aqui e não na mamãe. — Mantenho o olhar preso em minhas mãos, concentrada em cortar o frango que esqueci de pedir cortado.

— Lu. — Nicolas se aproxima e segura a minha mão, entrando na minha frente. Ele faz com que eu erga a cabeça e não me deixa opção a não ser olhar em seus olhos. — É sério, teve alguma crise?

— O que você acha? — Aperto os lábios em linha reta.

— Filho da puta. — Suas pálpebras se fecham e ele respira fundo.

— Na verdade, não foi a mãe dele que se prostituiu.

— Sem sarcasmo.

— Desculpa — suspiro —, estou confusa, beirando os quarenta, sou mãe e viúva! Devia saber como lidar com isso. Não entendo porque me atormenta tanto. Faz vinte anos, Nico! Saulo estava enterrado, não tinha nada a ver com a minha vida. Não mais.

Meu irmão me abraça e encosto a cabeça em seu peito. Ele sempre foi uns bons centímetros mais alto e seu gesto é acolhedor.

— Quando se trata de coração, não importa a idade. Você ainda deve ter sentimentos por ele.

— Mas não faz sentido! — Balanço a cabeça.

— Faz, sim, e idade não significa nada. Sentimentos são atemporais. Não interessa se anos se passaram e você teve uma vida sem ele. Seu coração e o que tem aqui dentro — Nicolas coloca o indicador em minha testa — são mais profundos.

Ele se afasta para poder fitar meus olhos.

— Pensei que seria mais fácil, ou melhor, que não teria que lidar com isso nunca.

— Sabe que pode contar comigo.

— Para qualquer coisa? — Inclino a cabeça e franzo as sobrancelhas. — Tipo, cortar o frango para sua querida irmãzinha?

— Boa tentativa! — Nicolas dá um tapinha nas minhas costas e grita: — Cadê a minha sobrinha favorita?

Eu pego a tesoura e retomo a tarefa gordurosa, lambuzando meus dedos à medida em que despedaço a carne. Até que não foi ruim falar sobre o Saulo com meu irmão. Não que tenha resolvido alguma coisa, os espasmos musculares na minha garganta continuam. De relance, vislumbro a caixinha de remédios de madeira decorada, que ganhei no dia das mães. Não quero voltar a tomar o ansiolítico, mas que saída terei se as crises de vômito persistirem?

Enquanto me ocupo, ouço minha filha correndo no andar de cima.

— Já pensou em usar luvas? — Nicolas palpita ao meu lado e recebe um olhar de censura. Ele levanta as mãos e anda para trás. — Tá bom, não vou comentar nada.

— Tio! — Flávia exclama ao entrar na cozinha e pular no seu colo.

— Calma lá, mocinha! Você não é mais tão pequena — diz, mas retribui o afeto. — Minha namorada não vê a hora de te conhecer... quer dizer, eu não via a hora de te ver!

A gafe chama minha atenção.

— Namorada? Desde quando? — Paro a tesoura no ar para poder encará-lo.

— Ah — ele limpa a garganta e titubeia —, é, desde...

Gaguejando. Meu irmão está gaguejando. Isso é bizarro.

— Que história é essa, Nicolas?

— Então, é uma história meio esquisita.

Estou preparada para tirar cada novidade dele, mesmo que seja à força, quando um som estridente nos interrompe. Claro. Lógico. É óbvio que o interfone iria tocar bem na hora em que Nico engoliria o orgulho de pegador do século para revelar quem foi *a escolhida*.

— Salvo pelo gongo! — Ele faz drama, bufando.

Aponto o indicador e o dedo do meio para meus olhos e para os dele.

— Ah, mas vai me contar! — aviso antes de pegar o interfone, esquecendo-me completamente das mãos engorduradas. Porcaria. — Quem é?

— Pegou a cesta? — Uma voz feminina indaga.

— Peguei. — A voz masculina responde, abafada.

— E a sacola?

— Também.

Escuto a conversa, sorrindo. Sem aguardar uma resposta dos meus pais, abro o portão.

— Chegaram? — Vovó aparece na sala, apoiada no andador. — Ah, é só você, neto mal-agradecido que nem lembra da vó.

Implicância da boca para fora. Nico caminha até ela e, com cuidado, a abraça. Enquanto trocam cumprimentos, Flavinha me ajuda a limpar a sujeira que fiz no interfone. Quando volto para o frango, percebo que ela pegou meu celular.

— Mãe, tem duas ligações perdidas.

— Vê de quem é, por favor, deve ter sido a minha mãe.

Corto os últimos pedaços e, sem repetir o erro de não limpar as mãos, levo a travessa para a mesa.

— Número desconhecido.

— De Poços? — Pego a marmita de arroz e despejo na segunda travessa.

— Não.

Quem me ligaria no horário do almoço, num domingo?

— O DDD é do Rio de Janeiro.

— Rio? Quem me ligaria do Ri… — Todo sangue do meu rosto se esvai antes que eu termine a frase.

Saulo.

A vontade de me retrair é esmagadora.

Não basta aparecer na festa e na academia, agora vai começar a me ligar?

— Mãe, você tá bem?

Meneio a cabeça vigorosamente, recusando-me a aceitar que, de alguma maneira, ele conseguiu meu número. Não deve ser. Saulo não tem motivo para me ligar.

— Ô de casa!

Escuto meu pai, ansiosa por deixar o assunto cair no esquecimento.

— Filho! — A voz embargada da minha mãe chega à cozinha.

Mais uma vez, espero que todos os pensamentos e inseguranças que tenho a respeito do meu ex-namorado sumam da minha mente, e vou para a sala. Posso ter uma avó que pode ser enxerida, irmão insistente, pai um pouco distante e mãe superprotetora, mas são a minha família. Não vou permitir que o passado permeie nosso tradicional almoço de domingo, principalmente por Nico estar aqui.

Sentindo a presença da Flavinha ao meu lado, pego sua mão e aperto, garantindo que estou bem. Ela devolve com um aperto mais forte do que o meu. Sei o que o gesto quer dizer, ela vai deixar passar, por enquanto, e na primeira oportunidade irá me encher de perguntas. Só não sei como vou responder ou se terei coragem de revelar tudo o que sofri para a minha menina.

8

Antes

— *Lúcia*!

O berro da minha mãe vai acabar quebrando os vidros das janelas do meu quarto.

— Ela vai te matar. — Saulo ri descontrolado e eu tampo sua boca com meus dedos.

— Fica quieto! Ela não sabe que tamo aqui.

Ele murmura algo por baixo da minha mão.

— Shhhh! — Faço sinal para fechar o bico, colocando o indicador sobre meus lábios. — Quer que ela ache a gente? Você também vai ter que tomar banho.

Seus olhos se arregalam e ele balança a cabeça, horrorizado. Não tem muita iluminação debaixo do estrado da minha cama, mas consigo ver seus olhos escuros.

A gente fez um pacto, banho nunca mais. Ontem, nos safamos quando dormimos na casa dele. Hoje, nossas mães conversaram e descobriram que não seguimos as regras.

Devagar, solto sua boca e desço a mão.

— Tenho uma ideia — ele começa e faço não com a cabeça.

Saulo tem as piores ideias, sempre acabam mal.

— Mas vai dar certo!

Levo a cabeça de um lado ao outro. Não. Não mesmo.

— Vamos, Lu, só me escuta!

Reviro os olhos, mas escuto meu melhor amigo.

— É bom que seja mesmo — cochicho, observando sua cara de sacana.

Não sei porque sigo seus planos, sempre dão errado e nossos pais nos deixam de castigo. Da última vez, ficamos quase um mês sem poder dormir na casa um do outro, só porque pintamos a cadelinha *poodle* da tia dele. A bichinha ficou tão fofa com os pelos roxos. Como a gente ia adivinhar que não podia usar tinta guache em cachorro?

— Quando ela passar, a gente corre e pula a janela. — Seu sorriso aumenta a cada palavra.

— E vamos pra onde?

— Pro circo.

Franzo a sobrancelha, considerando.

— Podemos fugir com o circo. — Penso em voz alta.

Saulo concorda, assentindo.

— *Lúcia*! Se não aparecer em três segundos... — A voz de mamãe faz eco no corredor.

— Temos só uma chance. — Ele espia, colocando a cabeça para fora do esconderijo, antes de se arrastar. — Vem!

Com a mão esticada para mim, Saulo me ajuda a sair de baixo da cama e, sem mais um pio, disparamos para a janela. Quando meu corpo está com uma perna para fora e outra para dentro, vejo minha mãe empurrando a porta do quarto. Tomada pelo medo de ser pega no flagra, pulo de qualquer jeito, despreocupada com a queda.

— Aiiiiiii! — Saulo solta um berro embaixo de mim.

Eu me levanto depressa e caio no choro quando vejo meu amigo. Quando caí, a mão dele ficou presa sob o corpo e um dos ossos está saltado. Fecho os olhos, desesperada, sem acreditar no que estou vendo.

— Já era a nossa fuga — ele diz com a voz falhando.

— Eu quebrei a sua mão! — grito em pânico.

Saulo não responde e me apavoro ainda mais, sem saber o que fazer e sem coragem de olhar para ele. Não demora para que minha mãe apareça na janela.

— Minha Nossa Senhora! Não se mexa, Saulo!

— O que vocês aprontaram agora? — Nicolas pergunta perto de mim. — Puta merda! Tem uma coisa bem estranha com a sua mão!

— Eu sei — Saulo responde. — Lu, olha pra mim.

— Não. — Balanço a cabeça sem ousar abrir os olhos.

— Lu, por favor, eu estou bem. É só um ossinho fora do lugar.

— Um ossinho o caramba! — Minha mãe corrige. — Vamos para o hospital agora! Ligamos para sua mãe de lá.

Pelo movimento ao meu redor, sei que estão indo para o carro enquanto eu me acovardo contra a parede da minha casa.

— Aonde você pensa que vai, Nicolas? Fique com a sua irmã!

— Mas...

— Pode voltar para casa! E dê um copo de água com açúcar pra Lúcia, ela está em choque.

— Mas, mãe...

— Nicolas! Faça o que estou mandando!

Com isso, ouço a porta do carro bater e o motor funcionar. Quando só escuto o silêncio, Nico cutuca meu braço.

— Pode abrir os olhos, eles já foram.

Eu sei, mas não consigo reagir.

— Lu, você me escutou? Pode abrir os olhos…

E o peso do meu corpo se torna leve. Perco o controle, desmaiando no chão.

Dias atuais

O toque do celular me interrompe pela milésima vez. Desligo a máquina de costura, deixando de lado o tecido da calça em que estou trabalhando para conferir a tela. Rio de Janeiro. De novo. Deslizo a barrinha, finalizando a ligação sem remorso. Mas que inferno! Estou lotada de pedidos para responder, trabalho para fazer, clientes para atender, e o número desconhecido insiste em me importunar.

Desde domingo, tenho recebido, no mínimo, quatro chamadas por dia. Ignorei todas. Eu sei, deveria bloquear, mas não tenho essa capacidade. Não tenho tanta certeza de que seja o Saulo e a conversa rápida que tive com Nicolas me fez refletir sobre meus sentimentos. Aceitei de vez que preciso conversar com Saulo para afastar todas as lembranças e dúvidas que me corroem. Ou, ao menos, fazer com que sejam menos doloridas dando um ponto final definitivo para a nossa história.

Alongo os braços e a coluna, esticando o corpo para cima, antes de pegar meu notebook. Acesso a parte administrativa da Lu.Cost. Sou tomada por orgulho ao ver a lista com mais de cinquenta pedidos à minha espera. Encomendas de pastas, bolsas, porta-livros e *nécessaire* personalizadas, todas com prazo de um mês para a confecção. A loja e a marca são populares na internet. Ainda bem que levei a sério o conselho do meu irmão quando me deu a ideia de criar um site para divulgar meus produtos. Viver somente com a barraquinha na feira de artesanato da cidade não rendia muito lucro.

— Como vai a empreendedora da família? — Nicolas apoia um braço no meu ombro e exagera no beijo em minha bochecha esquerda.

— Você não morre nunca! — Sorrio ao olhar para ele.

Ele vira a cabeça para o lado, observando meu "escritório" – um puxadinho no térreo de casa, adaptado para que vovó possa perambular sem dificuldade.

— Estava falando mal de mim para quem? — brinca, alcançando meu celular com seus dedos ávidos e olhos curiosos.

Sem perder tempo, resgato o aparelho de suas mãos antes que desbloqueie e tenha acesso às chamadas e mensagens. Amo meu irmão, mas não quero ter que ficar dando explicações desnecessárias.

— Comigo mesma.

Com feição de quem duvida, ele puxa um banquinho para se sentar ao meu lado e estuda a página aberta no computador.

— Sucesso, hein?

Um pouco sem jeito com o elogio, sorrio e tomo o chá que preparei há duas horas e deixei na garrafa térmica.

— Você deveria vender roupas também. — Ele manuseia o tecido recortado que separei para confeccionar uma calça pantalona para Flavinha.

— Já falamos sobre isso, Nico, não quero expandir o negócio e me perder nos prazos da produção.

— Mas você é muito boa, Lu, vai levantar uma bela grana. Suas clientes amam seus produtos, já viu sua classificação nas avaliações? Não existe índice negativo.

— Porque faço bem-feito.

— Exato, imagine uma linha de vestuário? Vai bombar.

Enquanto ele examina o recorte, ajusto a outra parte do tecido sob a agulha e desço a sapata. Posiciono as mãos sobre a parte que não será costurada e aciono o pedal, deslizando o tecido de acordo com o molde.

— Você tem tanta facilidade, deveria me ouvir — Nico comenta por cima do zumbido do motor da overloque. — Eu tinha razão quando sugeri o site.

Finalizo o trabalho na lateral de uma das pernas da calça e levanto o pé do pedal, voltando a atenção ao meu irmão.

— Se criar uma linha de vestuário, terei que contratar outras pessoas para trabalharem comigo. Só vai dar dor de cabeça.

— Mas, pensa comigo, o lucro da Lu.Cost cobre todos os seus gastos fixos mensais e ainda sobra.

— A loja não é a minha única renda.

— Vai tentar me convencer de que usa a pensão da Flavinha ou a aposentadoria da vó? Eu sei que não mexe na poupança das duas. — Nicolas ergue as sobrancelhas acentuando as marcas de expressão na testa.

Esse é o lado ruim de ter um irmão ciente do extrato da minha conta bancária.

— Onde eu estava com a cabeça quando te deixei administrar o site? — falo na brincadeira. Se não fosse por ele, meu comércio virtual teria sofrido morte súbita ao nascer. Enquanto entendo de espessura de agulhas e pressão do ponto, Nico é especialista em economia, organização financeira e marketing virtual. A Lu.Cost não teria nome no mercado se ele não estivesse por trás.

— Para com isso. Um dia você vai me ouvir. — Nicolas beija a minha testa e se levanta. — Vou ao parque com a Flavinha e a vó Marta.

— Vão demorar?

— Não nos espere pro almoço.

Assinto e volto a apoiar o pé no pedal.

— Vou terminar aqui e sair para treinar.

— Na academia do clube? Vê se consegue liberar minha entrada? Quero curtir a piscina com minha sobrinha nesse calor.

— Tem piscina aqui no condomínio. Pequena, mas tem.

— Nem se compara, né?

Nicolas sempre gostou de piscina, eu que tenho sérios problemas com água gelada.

— Vou tentar.

— Me avisa se tiver que pagar.

— Pode deixar! — Viro o rosto por cima do ombro para vê-lo saindo do quarto.

Com os três fora de casa, terei tempo de sobra para finalizar a calça e adiantar o recorte das bolsas encomendadas. Para acelerar o processo, corro até a cozinha em busca de uma xícara de café. Não espero que esfrie, tão logo a cafeína desce por minha garganta, sento a bunda na cadeira e retomo a costura.

Quase três horas depois, a calça está praticamente pronta e quinze bolsas – moldadas previamente – foram finalizadas. Rendeu mais do que imaginei. Faço uma pausa para comer e me preparar psicologicamente para enfrentar o treino. Não, eu não morro mais durante os cinquenta minutos. As dores musculares e cansaço se tornaram parte da minha vida, quase não sinto. Os quilômetros na esteira e as repetições da musculação deixaram de incomodar. Fiz amizade com alguns ratos de academia e não me comparo com as meninas esbeltas, após meses de treino, aprendi que ralam tanto quanto eu.

Subo ao meu quarto, escolho uma regata estampada com logo de banda dos anos 2000 e jogo por cima do top azul bebê. Não encontro a bermuda *dry fit* entre as roupas limpas, mas passo longe das *leggings*. O calor forte me obriga a colocar um short, deixando exposta metade da tatuagem de caveira mexicana que adorna a parte frontal da minha coxa. Desço a escada prendendo o que consigo do cabelo, certa de que meu reflexo no espelho estará cabuloso. Vários fios escapam, curtos demais para se comportarem e aceitarem o elástico.

Dou uma passada rápida no escritório para pegar a pochete – sim, aquela bolsinha brega que voltou à moda. Pode ser do século passado, mas a minha é linda, exatamente do tamanho do celular, e eu que fiz. A propósito, o modelo está à venda no site e teve excelente aceitação.

Como não treino sem os fones de ouvido, mesmo irritada por caírem sem parar, pego no quarto da Flávia e enfio no bolso. Por último, o celular e a chave do carro. Envio uma mensagem para o Iago avisando que estou saindo. Aproveito e mando uma para a Natália, quero saber se os bebês continuam no útero, e, para manter o bom humor no grupo da família, envio um GIF engraçado para descontrair.

O trânsito tranquilo da tarde de terça-feira permite que eu chegue no clube em dez minutos, o que acho ótimo. Menos tempo para pensar na probabilidade de esbarrar no Saulo. Não o vejo desde domingo e acredito que já esteja bem distante de Poços. Em outro estado. Outro país... enfim, a uns milhões de quilômetros daqui.

Passo pela portaria e caminho pelos corredores que rodeiam a quadra de basquete para chegar à academia. O verão está tão quente que entro na sala de esteiras pingando de suor. Ao dar os primeiros passos, lembro que esqueci de perguntar sobre a piscina na secretaria.

Ignoro o balãozinho vermelho em cima das chamadas perdidas e sintonizo minha lista de músicas favoritas, perdendo-me na melodia das baladas do início do século. Se tem uma coisa que tem o poder de me acalmar, é a música, então deixo me levar pela nostalgia, sendo tomada por uma sensação de bem-estar instantânea. Observo as senhoras que caminham ou pedalam ao meu lado, sem me sentir inferior por não ter o mesmo pique delas. Cada uma no seu ritmo, respeitando seus limites.

Vinte e cinco minutos parecem voar, quando dou por mim, estou acessando a câmera do celular e tirando foto do painel, feliz pelo meu progresso. Adriana vai ficar contente, a nutricionista vai achar o máximo e a cardiologista soltará um "muito bom, Lúcia, continue assim". Mas o melhor é a minha satisfação, se desafiar e alcançar sua meta não tem preço.

Ao entrar na sala de musculação, sinto-me levemente sufocada. Eu poderia culpar o calor de dezembro ou o esforço no aeróbico, porém estaria me iludindo. Desde o esbarrão, fico apreensiva quando entro para malhar, nervosa com a possibilidade do Saulo se materializar e estraçalhar meu foco.

Preciso dar um jeito na minha ansiedade, retomar o controle do meu emocional. E daí se ele aparecer? Só poderá me afetar se eu permitir. A grande questão é, por que, após décadas, ainda mexe tanto comigo? Eu mudei, superei, vivi, sofri e amei. Não fiquei parada no tempo à espera de uma resolução milagrosa.

Sentimentos são atemporais, foi o que meu irmão disse e creio que tenha razão. Quantas pessoas adultas têm dificuldade de lidar com traumas que adquiriram na infância? O meu foi no final da adolescência, e por mais vulnerável que eu possa parecer, preciso admitir para mim mesma que o passado continua bem vivo na minha memória. Ainda digo mais, sou sujeita a gatilhos psicológicos que evocam náusea, dor de estômago e vontade de sumir.

Normalmente não sou assim, consigo abstrair, porém, nas últimas semanas, estou fixada no passado. A necessidade de fazer algo para mudar esse ciclo é forte dentro de mim. Tem que haver alguma coisa que eu possa fazer, e não estou aqui falando sobre técnicas terapêuticas e tratamento farmacológico. Fui refém de medicamentos e não pretendo voltar a usá-los. Para me livrar desse tormento tem que ser algo impactante, que eu nunca tive coragem de enfrentar e que seja certeiro. Sabe quando recomendam enfrentar o medo de altura indo para um lugar bem alto? Terá que ser drástico para que faça efeito.

Viro o celular na mão enquanto descanso uns minutinhos antes de encarar a parte pesada do treino, ponderando tudo o que considero gatilho.

Fotos. Diários. Filmes.

E se...

Não. Não tenho estômago para pesquisar o nome dele na internet, que dirá assistir a uma de suas atuações. Precisa ser algo que desencadeie o trauma, mas não tanto.

Posso conversar com alguém. A mãe dele?

Não. Não será impactante o suficiente para arrancar o mal pela raiz.

Observando o vai e vem dos sócios do clube, penso no que a vó Marta sugeriu.

As cartas. Acho que chegou a hora de ler.

A vibração do celular corta meu raciocínio. Talvez atender o número desconhecido seja a solução. Com os dedos trêmulos, aceito a chamada do Rio de Janeiro e levo o aparelho ao ouvido, dando as costas para a sala de musculação.

— Alô?

Incerta e com as emoções irradiadas por cada pedacinho do meu ser, ouço uma voz feminina respondendo do outro lado da linha ao mesmo tempo em que meus olhos registram Saulo caminhando em minha direção, sem nenhum celular à vista.

9

Ele passa reto.

Saulo passa por mim, faz um aceno curto com a cabeça, fitando-me de soslaio, mas não tenta falar comigo. E eu fico estacada, com o celular pendendo na mão direita, incapaz de processar o que a mulher diz em meu ouvido, muito menos que meu ex passou por mim como se fosse algo totalmente casual.

Pisco algumas vezes para me recompor.

A voz continua, mas a lentidão do meu cérebro me impede de compreender o que é dito.

— Desculpa, não posso atender agora. — Desligo a chamada e enfio o celular na pochete.

Permaneço de costas para a movimentação da academia enquanto a ficha cai. Não é o Saulo que está explodindo meu celular com ligações. E, de novo, ele está aqui, a meros metros de distância.

Esperando pela reação negativa do meu corpo, corro ao banheiro para jogar água fria no rosto. Com as palmas das mãos em concha, umedeço as faces e pescoço, sentindo falta de alguma coisa relevante. Tem algo estranho. Analiso meu reflexo e quase não consigo distinguir minhas pupilas, a tonalidade ônix das íris parecem ainda mais escuras, engolindo as pupilas. Olho para baixo, para a minha barriga. Está tudo certo com meu corpo, com exceção da tremedeira.

Eu não estou passando mal.

Eu não estou passando mal!

A taquicardia está presente, a dificuldade de respiração também. O suor e tremor são visíveis. O frio na barriga também deu as caras, mas a garganta? Só um leve desconforto, nada comparado às intensas crises de refluxo e enjoos.

Interessante.

Sorrindo para o espelho, pego duas toalhas de papel e seco o rosto, ainda sem acreditar que estou me sentindo bem. Compreender que nem sempre terei crises e que podem ter sido episódios isolados, supera qualquer insegurança que eu poderia estar sentindo. Incrível! Principalmente sabendo que Saulo está por perto.

De certa forma, é exatamente o que eu queria, caiu como uma estrela cadente do céu. Uma oportunidade de ficar diante de uma situação estressante e destrinchar os espinhos do meu passado. Determinada e confiante, jogo os papéis no lixo e saio do banheiro, pronta para me desafiar mais um pouco.

Inconveniente. É o adjetivo certeiro para descrever meu ex.

Através do espelho gigantesco da academia, acompanho os movimentos dos bíceps contraindo e relaxando. O peitoral sobe e desce em ritmo constante enquanto as pernas permanecem estáticas, com os pés apoiados no suporte do banco. Seus braços empurram a barra seis, sete, oito... e param. Não que eu esteja contabilizando. Ou prestando atenção.

Saulo se senta, passando a mão no cabelo. Deveria fazer como qualquer ser humano normal e usar a pausa ajeitando fones de ouvido – que ele não está usando –, mexendo no celular ou tomando água. Mas, não, prefere me importunar com aquelas íris cor de avelã que me acompanham por onde vou sem um pingo de sutileza. Incomodada por ter me tornado seu foco, olho para cima, levanto-me e pego a barra. Agora, quem puxa o aparelho expondo a total falta de massa magra sou eu. Completo a série em menos de vinte segundos, soltando com cuidado para não fazer barulho.

Alcanço a garrafinha no chão, disfarçando a vontade de lançar um rápido olhar para o banco de supino. Droga. Ele continua parado, com os olhos fixos em mim. Mais que depressa, pego o celular e finjo interesse, só me atrevendo a erguer a cabeça quando ele volta a se deitar e retoma o exercício.

Meus olhos teimam em ficar observando. Não é nada fora do comum, nada que eu não tenha visto ou feito em dias de treino, só que a carga emocional me aprisiona. É hipnotizante. Meu coração dispara à toa e pequenas lembranças passeiam por minha mente. Coisas bobas e supérfluas, como os incontáveis finais de semana que dedicamos a jogar videogame. Competíamos constantemente, tentando superar a pontuação um do outro. Foi antes do nosso primeiro beijo, na época em que éramos apenas amigos, sem malícia. Ele dormia na minha casa com frequência e, para o horror da minha mãe, mais de uma vez, não tomávamos banho. Tudo pelos recordes.

Um filme passa por minha cabeça. Momentos bons e engraçados são substituídos por outros agoniantes, como a segunda vez em que ele foi parar no hospital, morrendo de dor de barriga. Foi terrível, saiu da escola mais cedo, vomitando, e passei a noite inteira implorando para o meu pai me levar lá, mas só consegui visitá-lo na manhã seguinte. Lembro como se fosse ontem de quando me mostrou o curativo da cirurgia de apendicite. Claro que fiz birra e consegui passar o dia no hospital, segurando sua mão mesmo enquanto cochilava.

Perdida no túnel do tempo, tudo se torna abafado e distante. A música, as pessoas, o calor, nossos conflitos. Sorrio para o espelho no exato instante que Saulo volta a se sentar. Ele me fita e corresponde erguendo os cantos dos lábios. Pega desprevenida, agito a cabeça, lembrando do tanto que chorou quando retirou os pontos que levou no dorso da mão, naquele fatídico dia em que pretendíamos fugir com o circo.

Na imaginação, sou transportada para uma realidade paralela onde Saulo não me deixou e permanecemos melhores amigos. O brilho em seu olhar me enlaça na nostalgia. Não é uma questão de beleza. Saulo sempre foi bonito, mesmo desengonçado, na adolescência. Sua versão adulta é uma atualização melhorada do jovem magrelo que ocupou meu coração.

O encanto se esvai quando, ainda trocando olhares, pela visão periférica, noto duas garotas na faixa dos vinte anos caminhando até ele. O interesse na expressão delas é como um balde de água fria, derretendo nosso breve momento de contemplação. Detesto cada segundo da cena que se segue. Cabelos jogados para o lado, mãos apoiadas em quadris, risadas e sorrisos falsos. As garotas encenam e seduzem, provavelmente igual a todas as atrizes com quem ele contracenou.

Fecho os olhos e solto uma longa lufada de ar, dando um basta em minha imaginação fértil.

Com os pés firmes na realidade, sinto Saulo me espiando algumas vezes durante a interação, claramente incomodado, como se estivesse suplicando para que o tempo voltasse atrás e o clima entre nós permanecesse ameno. Impossível, o buraco é bem mais profundo e cheio de camadas.

A visão das jovens dando em cima dele desencadeia o que fiquei tão feliz de não ter sentido antes. Espasmos musculares travam minha garganta. Lutando contra o aperto das paredes da traqueia e rezando para que meus canais lacrimais não se manifestem, ajeito a regata e saio pelo corredor.

A vantagem da pochete é que não tenho que pegar nada no guarda-volumes. Sem ter mais o que fazer na academia, aceno para o Iago aos fundos. Ele faz sinal de que vai me ligar mais tarde, com um semblante preocupado. Respondo com um joia e sigo para a saída, entornando toda a água da garrafa. Desconecto o fone do celular e corro ao banheiro para lavar as mãos.

Encarando o espelho pela segunda vez, sinto a fúria ocupar o lugar da angústia, espalhando-se por meu corpo. Odeio isso. Cada reação involuntária descarrega o que não quero recordar. As semanas internada, o sofrimento psicológico, a dificuldade em retomar à vida, de construir uma vida!

Quero que ele vá embora. Que suma daqui. Até entendo ter vindo para a festa, mas frequentar a academia? O que ainda faz em Poços?

Saio do banheiro convicta em esquecer o que aconteceu, esforçando-me em pensar nos forros das bolsas que tenho que confeccionar ao chegar em casa.

— Lúcia, espera!

O pedido vem acompanhado do ruído das solas dos tênis no chão, bem perto de mim. Fecho o cenho e não interrompo a caminhada pelo corredor. Carro. Tenho que chegar no meu carro.

— Lúcia!

A voz dele é urgente, o que ignoro, enfiando a mão na bolsa em busca da chave. Desço os degraus da fachada do clube em linha reta, desativando o alarme.

— Eu sei que não quer, mas temos que conversar.

Meneio a cabeça, convencendo a mim mesma de que não, não temos o que conversar. Abro a porta e me sento desajeitada atrás do volante, batendo a testa no retrovisor. Levo a mão para fechar o carro e me mandar daqui, porém Saulo é mais rápido e segura meu antebraço, posicionando seu corpo como uma muralha, impedindo-me de sair do lugar.

O contato da sua pele na minha funciona igual a um lançador de chamas, espalhando-se como se meu sangue fosse altamente inflamável. Em segundos, meu coração falha e meus olhos marejam. É angustiante. Vê-lo é demais. Senti-lo é insuportável. Com a visão fixa no cinza da direção, permaneço imóvel. Ele precisa se tocar. Já fez muito estrago.

— Lu.

Sua voz é doce, tão doce... Não quero reagir, mas fracasso. Fecho os olhos e permito que uma lágrima escorra, cerrando os lábios trêmulos. Saulo suspira, soltando o ar como se estivesse se recompondo. Por um milésimo de segundo, penso que talvez também seja difícil para ele. Que talvez se arrependa de tudo o que fez e queira se desculpar, se redimir.

Não, esse pensamento insano é somente uma parte da ilusão de nosso antigo relacionamento.

— Não quero te fazer mal, só esclarecer alguns pontos. Por favor, me escuta.

Lentamente, Saulo solta meu braço. Quando acho que vai se afastar, alcança minha mão e, ativando uma descarga sensitiva descomunal, minha resolução vai para o saco. O movimento circular de seus dedos resgata sensações indescritíveis, alcançando as profundezas do meu inconsciente e todos os desejos sublimados pela dor. Após acariciar a palma com suavidade, entrelaça os dedos nos meus fazendo pressão, mas sem machucar. Preciso afastá-lo, mas me falta força.

Por que estou deixando isso acontecer? Meu cérebro implodiu, é a única justificativa.

Sem virar para ele, cubro meus olhos com a mão direita, omitindo as dezenas de lágrimas prestes a desfilarem por meu rosto. Tento pedir que se afaste, mas aparentemente minhas cordas vocais tiraram férias. E onde foi parar o mal-estar no estômago e a pressão na garganta? É um excelente momento para aparecer, veja bem, eu poderia vomitar em cima dos tênis verde limão.

Só que... nada. A náusea sumiu.

— O que você quer? — vocalizo baixinho, com muita dificuldade.

Ele aperta minha mão e se agacha.

— Sei que é complicado, que temos histórico.

Solto uma risada engasgada, mas ele não se detém.

— Sei que te machuquei. Queria ter agido diferente na festa, só que não consegui. Te ver foi... um choque.

Nervosa, começo a rir com vontade. Choque! Se alguém tem o direito de se sentir chocada sou eu!

— Sabia que seria melhor não ter ido, foi mais forte do que eu. Há quatro meses tenho evitado frequentar os lugares que... — Saulo suspira — ... nossos lugares. Estou cansado de me esconder, de sair e ficar na expectativa de que você atravesse a rua enquanto aguardo o semáforo, ou que passe por mim no supermercado. Queria acabar com isso de uma vez.

Espera.

— *Quatro meses?*

Seu polegar passeia pela lateral do meu indicador e eu sei, *sei* que preciso puxar minha mão para longe dele.

— Sim. Faz quatro meses que voltei.

Ah, meu Deus!

— Voltei? — repito como uma idiota, concentrando-me no fato de que Saulo, meu ex, ator da indústria pornográfica, voltou para ficar em Poços de Caldas.

Ele tem a decência de soltar uma risada nervosa.

— Assumi a empresa, como planejamos, lembra?

Se eu lembro?

— Você volta com duas décadas de atraso e quer conversar sobre o que *planejamos*? Faça-me o favor!

Inacreditável.

Sua petulância não tem limites.

Puxo minha mão com tudo e, pela primeira vez nesses minutos torturantes, fico de frente para ele, analisando sua expressão assustada diante da minha resposta. Os olhos arregalados suplicam racionalidade, coisa que não vai existir nesse momento. Ele pode ser bonito, mexer com meus sentimentos e podemos ter uma trágica história de amor, mas é inadmissível que tente me ganhar com promessas não cumpridas.

Rapidamente, trato de colocá-lo em seu lugar. Conteúdo sublimado e nostalgia que se percam para sempre na minha memória!

— O que você esperava? Um abraço carinhoso repleto de esperança e nosso tão sonhado final feliz?

— Lúcia, não é assim que imaginei que fôssemos nos encontrar. Muito menos conversar.

Os filetes dourados em suas íris quase me convencem de suas boas intenções. Quase.

— Mas é assim que vai ser! Você teve sua chance, eu te esperei e você fez o quê? Me deixou como uma trouxa, sofrendo pelos cantos, literalmente sem condições de andar sozinha. — Envergonhada por ter assumido o quanto fui fraca, tento empurrar seu corpo para o lado e segurar o apoio da porta, pronta para fechá-la na sua fuça. — Se o que te preocupa é esbarrar em mim pela cidade, é fácil resolver, some daqui! O que serão mais vinte anos?

Sem perder o equilíbrio, Saulo não sai do lugar quando tento fechar a porta e me encara com uma expressão acusatória.

— Você leu as cartas?

Minha risada é insana até para meus ouvidos.

— Não leu, né?

— Tá legal, vai transferir a culpa pra mim? Me explica como eu conseguiria ler?

Saulo meneia a cabeça.

— Você não tem ideia do que...

— Não, Saulo, quem não tem ideia é você! Não quero ouvir suas desculpas! Não quero te ver! Não quero saber se voltou ou o que está fazendo da vida!

— Lúcia — Saulo diz com a voz baixa —, por tudo o que vivemos e que você sabe que foi verdadeiro, me escuta, precisamos encontrar uma forma de...

— Não precisamos de nada! — vocifero e Saulo se levanta, andando para trás com as mãos abertas.

Não espero mais nenhum segundo, fecho e travo a porta. Com os batimentos frenéticos e a pele em chamas, dou a partida e saio praticamente voando da vaga, querendo distância do meu ex-melhor amigo. Não me orgulho do meu comportamento impulsivo, porém preciso me colocar em primeiro lugar. Se continuasse ouvindo, não sei o que poderia acontecer comigo.

Quatro meses.

Balanço a cabeça, inconformada.

Precisamos conversar? Não. Temos é que ficar longe um do outro.

10

— Mãe, deixa eu voar de *paraglider*?

A pergunta é tão inusitada que minha cabeça gira para o lado tal como o elástico de um estilingue após disparar uma pedra. Flavinha, que há poucos minutos tagarelava com a Natália sobre a roupa que vai usar na ceia de Natal, morde o lábio inferior em expectativa. Apesar de não se parecer fisicamente comigo, ela herdou vários dos meus trejeitos. Cravar os dentes nos lábios é um belo exemplo.

— Acho que precisa crescer um pouco mais. Quem sabe daqui a uns dois anos?

— Mas eu já tenho tamanho, estou quase da sua altura. — Ela dá alguns passos até ficar parada ao meu lado, inclinando e enfiando a cabeça no meu campo de visão. — Por favor?

Volto a me concentrar no ajuste da cintura, posicionando o alfinete no exato local em que a costura precisa ser solta.

— Andou falando com o Gui? — Nat entra na conversa.

Flávia assente.

— Ele disse que pode me levar.

— Quando?

— Amanhã. Ele chamou a gente pra ir na rampa, eu e o tio Nico.

— Levante os braços — peço e puxo o tecido da saia para cima, com cuidado para não espetar minha amiga com os alfinetes. — Ainda bem que o casamento é hoje, não sei se teria como afrouxar os pontos pela quarta vez — comento ao me sentar diante da mesa. Pego a tesoura de ponta fina e desfaço parte da costura, atenta ao que preciso modificar para que meu trabalho fique perfeito.

— Adoro a vista daquele lugar — Natália divaga.

— Já voou com o Gui, tia?

Tecnicamente, Natália não possui parentesco com a minha família, mas nos tornamos tão próximas que laços sanguíneos não fazem diferença.

— Já.

Sua resposta me surpreende e ergo os olhos para espiá-las, sem levantar a cabeça, prevendo a empolgação da minha filha.

— Jura?

— Aham, três vezes.

— Ai, que tudo! — Flavinha aperta as mãos, sem me decepcionar. — Tá vendo, mãe? Até a tia Nat voou! Por que eu não posso?

Porque você tem uma mãe que morre de medo de te perder?

Paraglider? É pedir para despencar do céu e quebrar o pescoço.

— Boa tentativa. — Puxo a linha branca, dando um apertão nos pontos para que não se desfaçam e me levanto.

Sei que não é justo, mas depois que Bernardo se foi, eu me tornei um pouco controladora e pretendo continuar assim até que Flávia complete dezoito anos. Ou trinta. Se eu puder evitar, não coloco a vida dela em risco em hipótese nenhuma.

— O Guilherme sabe o que está fazendo, Lúcia, não tem com o que se preocupar — Nat emenda, claramente por dentro do meu conflito interno.

Ser mãe é maravilhoso, seria melhor ainda se eu pudesse garantir que a Flávia nunca sofrerá ou passará por dificuldades.

— Ele disse que me leva de graça! Ainda vamos economizar! — a espertinha informa e Natália ri.

— A questão não é o dinheiro.

Com o vestido amontoado nas mãos, passo por cima da cabeça da Nat, auxiliando a supergrávida que não consegue amarrar cadarços sozinha.

— Ah, mãe, por favor…

— Vou pensar.

Mal termino a fala, Flávia dá um murro no ar.

— Eu não disse que sim. — Ergo as sobrancelhas numa reprovação silenciosa.

— Ainda… — Ela sorri e seu bom humor contagia.

Ajeito a queda do tecido, fazendo com que o caimento realce a barriga gestante, e dou um passo para trás, orgulhosa do resultado.

— Você está tão bonita!

Nat vira a saia branca com um leve tom em lavanda de um lado para o outro, balançando a barra.

— Ficou ótimo! — Ela se observa no espelho e seus olhos brilham. — Obrigada, Lu!

Feliz com sua reação, começo a guardar a tesoura, agulhas, alfinetes e carretéis em seu devido lugar. Sou meio perfeccionista com meu material de trabalho, fico possessa quando perco alguma coisa.

— Nossa, que mulher linda é essa? — Vó Marta entra no quartinho empurrando o andador. — Manda um beijo pro seu pai, querida, e diga para aquela noiva dele que seus dias estão contados. Quando ele me conhecer, vai ver o pedaço de mal caminho que perdeu e largar a Celeste na mesma hora. Escreve o que tô falando.

— Vovó! — repreendo na brincadeira. Além de não estar em condições de seduzir ninguém, vó Marta é muito amiga da Celeste.

— Pode deixar, Dona Marta. — Natália se aproxima e a abraça. — Bem, tenho que ir, se Mariana não conseguir me maquiar, vai ter um treco.

— Como se precisasse de maquiagem. — Beijo sua bochecha em despedida.

— Pode ficar tranquila com o lance do *paraglider*, o Gui é responsável, só tem banca de molecão — diz em meu ouvido.

Movimento a cabeça concordando. O filho da Natália realmente é uma figura, troca de namorada na mesma velocidade em que muda a cor do cabelo. Na semana passada estava roxo, ontem vermelho vivo.

— Flavinha, pode acompanhar a Nat até a casa dela?

Ela assente e minha amiga reclama:

— Eu estou grávida, não inválida! — Apesar da fala, aceita o braço da Flávia e as duas seguem para a sala.

— Diz isso para a barriga que te engoliu! — emendo quando estão saindo pela porta da frente e recebo um dedo do meio disfarçadamente estendido, apontando para baixo, paralelo a seu quadril.

Ainda ocupada com a organização, separo os forros e as partes externas das bolsas que confeccionei de terça para cá, ordenando de acordo com a data dos pedidos. Mais tarde, vou me preocupar em fixar as alças e tratar dos detalhes finais da personalização. Foi uma semana corrida e mais pedidos aguardam na caixa de entrada.

— O que foi? — pergunto ao notar que vó Marta continua parada no mesmo lugar, me observando como uma águia à procura de comida.

— Não posso ver minha neta trabalhando?

Lanço um olhar rápido para ela, flagrando o semblante de culpa. A cada ano que passa, vovó fica mais ousada, acho que a idade aumenta na mesma proporção em que o juízo diminui.

— O que fez agora?

— Puxa vida! Não fiz nada! — O tom esganiçado da última sílaba diz o contrário.

— Vó!

— Lúcia!

— A senhora sabe que não estou num bom momento para seus esquemas.

— Quem disse que estou planejando alguma coisa?

Ah, claro, como se eu acreditasse na sua inocência. Desde que me entendo por gente, sempre está planejando alguma coisa.

É inútil discutir, então procuro por meu celular. Faz horas que ativei o modo silencioso, o que é extremamente necessário quando tenho trabalho a fazer. Mas, agora, com o vestido da Natália pronto e os pedidos com a produção adiantados, sobra um tempinho para interagir na internet e ouvir um audiolivro – minha mais nova obsessão.

Comecei a me aventurar na literatura quando conheci Bernardo. Ele devorava um livro atrás do outro e eu não entendia o que tinha de tão interessante nas milhões de páginas em que ele passava horas compenetrado. Viciado em fantasia, aos pouquinhos me convenceu a ler um, depois outro… e mais um. Foi natural. O interesse cresceu a cada nova aquisição. Li suspense, policial e terror. Romances bonitinhos e comédias desceram fácil. Os dramas vieram depois, quando consegui administrar melhor a carga emocional desencadeada pelos casais com histórias difíceis, separando o que era ficção e a minha realidade.

Um ano e meio antes de nos casarmos, por influência do meu marido, entrei na faculdade de Psicologia. No segundo ano do curso, li o primeiro livro com conteúdo adulto. Já havia superado a dificuldade de falar sobre sexo e começava a me aventurar na vida sexual, mas era difícil me identificar com as cenas. Não era raro transferir meu trauma para a protagonista do romance e querer botar fogo no livro. Até o dia em que uma professora me desafiou a ler algo que me incomodava, afirmando que precisava ter contato com todo tipo de transgressão, mesmo fictícia, para me preparar para o que eu poderia ouvir na clínica.

E lá fui eu, aprender a me distanciar de tudo o que temia e ter contato com cenas potencialmente prejudiciais ao meu psicológico. Não era seu gênero predileto, mas Bernardo me ajudou, lendo comigo. A ingenuidade e boas intenções acabavam no instante em que o casal de protagonistas viraram polvos, com a mão naquilo e aquilo na mão. Foi natural, quando percebemos, estávamos encenando a história do nosso jeitinho, nada determinado ou com prazo para acontecer. O final feliz demorou, mas nos tornamos especialistas nas preliminares. Foi ótimo para o nosso relacionamento, definitivamente fui capaz de me desvincular do impacto causado pela escolha profissional do meu ex. Depois, me casei e, antes do que esperava, descobri que seria mãe.

Veja bem, não é porque sou viúva que romance é inexistente em minha vida. Amar, de verdade, é um mero detalhe que só causa dor. Quem disse que ter um namorado é fundamental para amar e sentir? Quando o livro é bom, a leitura pode mexer tanto com o psicológico que sequer precisamos do ato propriamente dito. E, no momento, estou arrebatada de paixão por um motoqueiro que aparece no terceiro volume de uma série de MC's. Qual é o problema de ser fictício e morar em outro país?

Pensando nisso, acesso o aplicativo para retomar a leitura.

— Lá vai ela, se enfurnar no celular.

— Mereço uma pausa, né, vó? Trabalhei o dia todo.

Guardo o celular no bolso traseiro da bermuda e a ajudo a virar o andador. O quartinho é pequeno demais para que consiga manobrar sozinha.

— E o que está ouvindo agora? Outro livro em inglês?

— Exatamente.

— Se tiver tradução e homem pelado na capa, me passa.

Minhas faces queimam ao recordar o dia em que vovó pegou um dos meus livros por acaso, achando que era dela. Quando dei falta e saí à procura, custei a encontrar. Até que vi a Vó Marta agindo de forma muito suspeita, encolhida no sofá, lendo uma Bíblia enorme que mal cabia em suas mãos. Ao dar a volta, vi que a malandra tinha escondido o meu livro dentro da capa da Bíblia, e lia o sexto capítulo, justamente a primeira cena de sexo do casal. Explícita. Em um acordo mudo, trocamos olhares e deixei vovó com o livro, fingindo que não vi nada.

— Fica tranquila, eu compro o traduzido.

— Livro mesmo, não gosto de ler naquele negócio.

O *negócio* é meu inseparável leitor digital, que comprei há seis anos.

— Depois que você começou a ouvir, parou de comprar livro.

— Pode deixar, vou escolher uns títulos bons, todos no papel.

— Esquece os títulos! Quero livro com homem na capa. E também nada daqueles lenga-lenga de autoajuda ou de psicologia. Só servem como sonífero.

— Pode deixar, vó. Livro físico, homem na capa, nada fofo.

Na sala, vou com ela até o sofá, mas não pretendo fazer companhia. É a primeira vez que tenho uma pausa maior para descanso, e desde que Nicolas se apossou da minha cama, não tenho uma noite de sono completa. Minhas pálpebras pesam e sei que um bocejo está a caminho.

— Vai ficar bem se eu subir e deitar por meia hora?

Vovó me encara como se eu fosse uma pessoa estúpida.

— Certo, qualquer coisa grita.

A idosa, que amo mais do que tudo, estica os braços e me inclino para aceitar seu abraço.

— Descansa, querida.

— Vou fazer isso.

Eu me afasto e subo os degraus, pegando o celular para acessar o aplicativo dos livros antes que possa parar para pensar na vida. Se bem que não tenho do que reclamar, com muita dedicação, eu e Bernardo construímos uma estrutura familiar e financeira estável. Não tenho luxos, como viajar para o exterior ou manter um guarda-roupa abarrotado de roupas de grife. Tivemos que fazer escolhas e ter um lar foi a prioridade.

Entro no meu quarto e paro diante dos três painéis de fotos que montei e emoldurei no ano passado, montagens de várias fotos minhas com o Bernardo. Observo a serenidade e alegria estampados em seus olhos em cada uma delas. Sou fisgada pela minha preferida, tirada depois de um dia cansativo, quando ainda morava com a minha mãe. Trabalhei até tarde na madrugada e ele me fez companhia usando a mesinha onde eu passava e cortava os tecidos, absorto em escrever a conclusão da sua monografia. Em dado momento, eu me distraí e passei a prestar atenção nele, concentrado nos livros de economia: em como movimentava a mão rabiscando o caderno, nos inúmeros marcadores distribuídos no meio dos livros, nos grifos amarelos no texto, no modo como mordia o lábio superior e franzia as sobrancelhas em concentração. Ele não precisava virar a noite comigo, mas fazia questão. Foi quando tive certeza de que havia encontrado meu segundo amor e que precisava valorizá-lo.

Não foi fácil me namorar, eu tinha uma bagagem emocional que extrapolava o limite da normalidade. Não seria qualquer um que aceitaria ficar ao meu lado enquanto eu vomitava por causa de outro homem. Ou que estivesse disposto a esperar meses para me beijar. Anos para me tocar. Aturar crises de vertigem sempre que fôssemos ao cinema e os atores encenavam cenas de paixão.

Naquele dia, entendi o quanto ele era especial. Aproveitei sua concentração e me levantei sem fazer barulho, caminhei em silêncio e puxei sua cadeira para trás. Bernardo levou um susto e quase caiu, encarando-me, aturdido. Simplesmente me sentei no seu colo, afundei o rosto em seu pescoço e apertei os braços ao seu redor com intensidade. Confuso, ele segurou minha cintura. "Quer casar comigo?", soltei, sem rodeios, ciente de que era o certo a fazer. Estávamos juntos há três anos, ele merecia muito mais e eu estava pronta para retribuir com todo meu ser. De início, ficou chocado, mas, quando repeti a pergunta, Bernardo me apertou contra o peito, enchendo meu rosto de beijos. Era sua resposta. Em um ano viajamos em lua de mel.

— São Bernardo — Nicolas diz às minhas costas, abraçando-me na altura do peito e repousando a cabeça em meu ombro.

— Não vi que tinha chegado.

— Ainda apaixonada por ele?

— Eternamente — digo, observando meu sorriso na foto.

Nico sobe e desce um dos braços em meu bíceps, claro sinal de conforto.

— Eu me lembro desse dia como se fosse ontem.

— Eu também.

Começo a rir da lembrança de ter sido flagrada por meu irmão, aos beijos e sentada no colo do meu namorado, no maior amasso.

— Saí de lá traumatizado.

— Dramático. O mico valeu a pena, eu não teria essa foto se você não estivesse bisbilhotando. — Dou um longo suspiro. — É a minha preferida.

— A vida não pegou leve com você, mana.

— Não... mas foi boa. Olha como éramos felizes.

— Bernardo foi um cara muito bacana.

— Foi. — Emocionada, limpo o canto do olho. Tivemos uma boa vida juntos. A saudade é difícil de administrar, mas não impossível. — Eu me casaria com ele de novo. Trezentas vezes.

— Você me inspira. É muita força dentro de uma pessoa tão pequena.

Dou uma cotovelada nele e me afasto, rindo.

— Topa tomar uma, mais tarde? — Nico sugere.

— Não tô a fim de sair.

— Beleza, quem sabe faço uma janta caprichada pra gente?

— Humm... gostei da ideia.

Meu celular escolhe esse exato momento para tocar. Confiro o visor com suspeita de ser o número do Rio, que ainda não descobri a quem pertence. Ergo o indicador pedindo uma pausa na conversa para atender e minha expressão assustada não passa despercebida por meu irmão.

— O quê?

Coloco a mão sobre o aparelho para responder em voz baixa:

— É o Gui, a Nat entrou em trabalho de parto.

11

— Vai pro hospital? — Nicolas me segue enquanto pego uma troca de roupa e levo ao banheiro.

— Não, vou esperar, certeza que a família inteira estará lá.

Ele assente e eu suspiro, difícil disfarçar que não estou preocupada com a Nat, porém também sei como as horas do parto são tão íntimas que até mesmo amigas próximas precisam aguardar o melhor momento para visitar. Por isso enviei uma mensagem carinhosa desejando que tudo corra bem, ela responderá quando o tumulto passar.

— Vou ligar para a Mariana para confirmar. Preciso de uma distração.

— Tomar uma ainda está de pé — Nico me recorda.

— A janta também?

— Sem dúvida. O que quer comer?

— Querer não é poder — comento, pensando no torresmo e na porção de batata frita que invadiu meu pensamento.

— Esquece a dieta, Lu, só por hoje, um dia não vai comprometer seu progresso.

Sim, a nutricionista disse que uma ou duas refeições mais calóricas não atrapalharão o esquema, mas tenho medo de escorregar e comer feito uma condenada. Sentindo as mãos do meu irmão massageando os nós de tensão em meu trapézio, concluo que, por um dia, tudo bem.

— Costela ao molho *barbecue*. Batata rústica. Vinho.

Beber é raro, mas um pressentimento me diz que vou precisar sair da minha realidade por um tempinho. Amanhã, vida normal.

— Feito.

— Partiu supermercado? — Ergo a sobrancelha e estico os lábios num sorriso nada convincente.

— De jeito nenhum! Vou fazer a comida, você se ocupa com os ingredientes.

Sabia! Desde criança Nicolas tem aversão a fazer compras, perguntei só para mexer com ele mesmo, afinal, para que servem os irmãos?

Empurro Nico para fora do banheiro, fecho a porta e visto a roupa da academia. Ignoro o arrepio nas costas e a leve euforia no peito. Ir à academia faz parte da minha rotina, mas saber que Saulo pode estar lá mudou tudo. Saio de casa apreensiva, treino me esforçando para manter o foco e não permitir que meus olhos passeiem pelas pessoas em busca de uma silhueta conhecida. Ainda bem que o treino de hoje é rápido. Uma pena que não posso pular a esteira, principalmente por saber que vou me esbaldar nas calorias mais tarde.

Com o cabelo preso num coque, verifico o espelho só para garantir que não vesti nada do avesso – o que não me surpreenderia –, e desço para o andar de baixo. Encontro Nico, vó Marta e Flavinha espalhados pela pequena sala. O ambiente foi dividido pela metade para possibilitar a construção do quarto da vovó, o que resultou num cômodo pequeno e aconchegante, com apenas um sofá vermelho retrátil e um painel de madeira na parede, onde fixei a TV.

— Traz sorvete?

— Vou pensar.

— Você não me deixou voar com o Gui, me agrada, mãe… de flocos.

Encaro Flavinha enquanto Nicolas ri.

— E de coco — vó Marta emenda.

— Vou pensar.

— Você é muito cha…

Vovó começa, mas meu celular toca e, de novo, é o número do Rio. Não deixo passar.

— Alô?

— Olá, boa tarde! Gostaria de falar com Lúcia Freitas, a responsável pela Lu.Cost? — A mesma voz feminina de antes me cumprimenta.

— É ela. — Curiosa, lanço um olhar cauteloso para meu irmão, que, na mesma hora, endireita a postura e passa a prestar atenção no que falo.

— Perfeito! Desculpe a insistência, sei que deve ter compromissos, mas preciso tratar de um assunto com urgência.

— Quem é?

— Mônica Dias, assessora da Anabella Furtado, já ouviu falar dela?

Inclino a cabeça para o lado e sinto meu queixo pender.

— Como?

— Anabella Furtado, empresária e estilista?

É claro que conheço Anabella, quem não conhece? A mulher é mundialmente famosa, dona de um império. Nico sempre a venera sobre sua carreira de sucesso, que começou com uma pequena fábrica de sapatos numa cidadezinha no interior. Seus modelos ganharam notoriedade e ela investiu pesado, ampliando o negócio pelo Brasil, América do Norte e Europa. Caiu no gosto das famosas e se concretizou como uma das estilistas mais influentes e copiadas da década.

— Talvez já tenha ouvido falar na Bella Fur? — Mônica continua.

— Sim — limpo a garganta —, conheço, claro. É... em que posso ajudá-la?

— Ótimo! Vou direto ao ponto. Anabella quer te conhecer pessoalmente e pediu para marcarmos uma reunião o mais rápido possível.

Meu semblante deve ter assustado o Nicolas, em segundos está ao meu lado, tentando ouvir a ligação.

— Reunião? — indago, sem acreditar ou criar expectativas. Não faz sentido uma designer famosa querer me conhecer.

— Exato, temos uma proposta de investimento e gostaríamos de saber quando a senhora terá disponibilidade para vir ao Rio de Janeiro?

— Ir para o Rio?

— Infelizmente, a agenda da minha cliente não permite que ela se desloque até a sua cidade. Os eventos do final do ano são intermináveis. Espero que compreenda.

Paro para pensar rapidamente no que estou ouvindo. Eu não sou louca de correr para outro estado só por causa de uma ligação, não posso arcar com um rombo na minha carteira nesse momento, isso sem considerar os prazos das encomendas que ainda não confeccionei.

— Olha, não posso ir para o Rio agora, eu...

Mônica me interrompe.

— Não tem que se preocupar com gastos, enviaremos o jatinho para buscá-la. Verifiquei com o aeroporto local e temos permissão para pouso quando necessário. É só me passar o melhor dia e horário que organizamos os detalhes.

Meu Deus! Parece que acordei em outra vida.

Fico quieta e pensativa por alguns segundos. O que uma grife de luxo quer comigo? É tão absurdo que nem reflito sobre a possibilidade de ser um trote. A história é muito bem elaborada para ser brincadeira.

— Humm... após o Natal? Desculpe, estou meio sem saber o que pensar.

— Sei que minha chamada foi uma surpresa e entendo sua reticência, mas, acredite, Anabella está ansiosa para conhecê-la e fará o que puder para garantir que a senhora chegue ao Rio confortavelmente. Pode me informar seu e-mail pessoal? Facilitará os trâmites do voo. E também pode trazer um acompanhante, se desejar.

— Sim, meu irmão. — Nicolas desencosta a cabeça da minha e me encara, levantando e descendo o queixo em indagação.

— Certo, só um segundo.

Aproveito a pausa para cobrir o celular e sussurrar para o Nico:

— Aguenta aí, já te explico.

— Lúcia? — Mônica chama novamente.

— Sim.

— Dia 26, às nove?

— Pode ser.

— Perfeito! Vou enviar mais informações por e-mail. Obrigada e desculpa se fui inconveniente em algum momento.

— Imagina.

Informo meu e-mail e nos despedimos. Confusa, olho para a tela do celular, mal acreditando no que acabou de acontecer.

Bella Fur.

Uau!

Quando me recomponho, guardo o aparelho na pochete e me viro para os três que aguardam que eu diga alguma coisa. Solto um longo suspiro antes de começar:

— Parece que estou indo pro Rio de Janeiro.

Eu rezei tanto, pedi com fervor e minhas orações foram atendidas. Não vi nem fumaça do Saulo na academia. Parte de mim está aliviada, mas a outra parte reluta em me deixar em paz, fazendo com que analise o caos da nossa última interação. Se ele voltou para ficar, preciso me conformar com a ideia de frequentar os mesmos lugares que ele. A academia, por exemplo. Malhar com o estômago se contorcendo não é nada prazeroso.

Deixo para refletir sobre o Saulo em outro momento e empurro um carrinho pequeno pelos largos corredores do supermercado, passeando entre as prateleiras. Escolho dez batatas inglesas limpas e de tamanho médio e levo para pesar. Como já comprei o corte de carne adequado no açougue, sigo para os condimentos, onde pego o molho e algumas ervas diferenciadas para o tempero. Nicolas cozinha maravilhosamente bem e faz meses que não como algo preparado por ele, só de pensar minha boca saliva. Com quase tudo certo, vou para o corredor dos vinhos. Estou compenetrada analisando rótulos quando uma pessoa para ao meu lado em uma distância mais próxima do que considero adequada. Dou um passo para a esquerda, colocando alguns centímetros entre nós, porém ela me imita, não deixando muito espaço.

— Ouvi tanto sobre você...

Com os olhos presos na garrafa de vinho chileno, não percebo de primeira que a fala foi direcionada a mim. Devagar, subo o olhar, deparando-me com as costas de uma mulher mais alta que eu. Seu cabelo encaracolado aparenta ter saído do salão, brilhante e definido, com comprimento e volume invejáveis. Ela estende o braço para alcançar um vinho tinto português, uma das marcas mais caras do setor, analisando o rótulo. O relógio em ouro rosê combina com o conjunto de pulseiras com berloques.

Ela claramente me confundiu com alguém.

— Perdão, o que disse? — Devolvo a garrafa de vinho barato na prateleira.

— Que ouvi muito sobre você — repete ao colocar a garrafa na sua cesta de compras.

Sobre mim?

Espera um minuto. Estudo sua blusinha amarela de tecido leve e decote canoa, caída por cima do ombro, revelando uma delicada tatuagem de flor de lótus. A calça jeans clara é justa, exibindo as curvas bem distribuídas. Mesmo sem usar salto, ultrapassa minha altura uns vinte centímetros. Por mais que me esforce, não me recordo de...

Lentamente, ela se vira para mim, revelando seu rosto. Respiro fundo. A acompanhante do Saulo. A moça exuberante que foi com ele à festa da Marcinha.

Que ótimo!

Exatamente o que preciso para interromper o fluxo de adrenalina resultado da chamada da Mônica, do treino e por me preocupar com a Natália parindo gêmeos.

O calor do verão despenca dez graus e, para variar, não possuo capacidade de disfarçar o que me aflige. Sem nenhuma dúvida, meu rosto demonstra o desgosto de estar aqui, sem opção. Quer dizer, tenho opção, posso dar as costas e fingir que esse imprevisto não aconteceu, mas estou exausta emocionalmente e, falando a verdade, quero saber o que ela quer comigo. Por que me abordou?

Ignoro a reação involuntária do meu sistema de defesa e inspiro uma quantidade generosa de oxigênio, estufando o peito ao retribuir a intensidade de seu olhar.

— Sei que se lembra de mim. Eu sou a Vitória, é um prazer te conhecer. — Ela oferece a mão para que eu a cumprimente e, por educação, aceito. Sua pele tem uma tonalidade escura linda e seu toque é suave, bem diferente da minha palma grossa e com calos. — Queria ter me apresentado na festa, mas não tive oportunidade.

— É mesmo? — Não contenho a surpresa.

— Ah, Lúcia, temos tanto o que conversar. — Ela confere depressa o relógio e volta a me olhar. — Tem um tempinho?

— Bem, eu... — Olho para o carrinho com as compras que Nicolas aguarda. — Não posso, preciso levar as compras pra casa.

— E depois?

Encafifada com sua insistência, pondero se seria prudente encontrá-la. Não sei, meu sexto sentido costuma não se enganar, algo no jeito dela me diz que tenho que ouvir o que quer me dizer.

— O que você é do Saulo?

— Amiga.

— Só isso? — O arrependimento bate forte quando a pergunta sai no impulso. Não tenho nada a ver com a vida dele ou com seu *status* social.

Ela sorri e vejo que seus dentes são tão brancos e alinhados que chega a ser uma afronta para pessoas como eu, com dentes normais.

Vitória repousa a mão no meu braço e não sei como interpretar o gesto.

— Vamos, posso te acompanhar até o caixa e te seguir com meu carro até sua casa, se não for problema.

Ah, é problema! Seja lá o que quer me dizer, não será na frente da minha família inteira e não precisa saber o caminho da minha casa.

— Tenho uma ideia melhor, sabe o Parque Municipal?

Ela acena que sim.

— Não é necessário me seguir, moro perto, assim que deixar as compras, te encontro na entrada da avenida.

— Combinado.

Com isso, Vitória solta meu braço e volto a empurrar o carrinho, afastando-me dela.

— Lúcia? — Ela chama e olho por cima do ombro. — Obrigada, sei que não deve ser fácil.

Assinto ao caminhar rumo ao caixa.

Você não imagina o quanto.

Eu devia ter pensado mais antes de aceitar conversar com ela. Vou me arrepender. Na verdade, já estou me arrependendo. Fui guiada pela curiosidade e me esqueci completamente de que a mulher lindíssima *conhece* o Saulo. Eu também conheço, mas não tenho ciência de nada que ele fez nos últimos anos. Ela pode ser namorada dele enquanto não somos nem colegas! Pior que isso, só fazemos mal um para o outro. Impossível sair ilesa de uma conversa dessas.

Imaginar o que pretende me contar embrulha meu estômago. É irônico, eu devia ter conversado com o próprio Saulo, afinal, ele pediu por isso, praticamente implorou. Nesse ponto, tenho que admitir o quanto sou fraca, achando que falar com alguém que o conhece é mais fácil do que confrontá-lo. Ledo engano.

Desço do carro pressentindo a chegada de uma crise, mas não vou me deixar abater. Provavelmente, a mulher se sente ameaçada por uma ex-namorada de infância e pretende esclarecer meus interesses. Não quero me preocupar em excesso, então direciono minha energia para a viagem para o Rio que farei em dois dias.

Caramba!

Eu, indo para o Rio de Janeiro, rumo a uma reunião de negócios com uma empresária mais do que bem-sucedida, do topo da alta costura mundial. Por curiosidade, durante o treino, pesquisei pelo site da Bella Fur e dei uma espiada. Sabe quanto ela ganha com a venda de uma bolsa na loja virtual? Quinze mil reais. Quinze. Mil. Reais. Em. Uma. Bolsa. Para minha renda alcançar esse valor, preciso dar meus pulos e me esforçar por quatro meses! Muito surreal.

Com passos inseguros no gramado do parque, eu me aproximo da mulher deslumbrante à minha espera. Seu sorriso simpático não me acalma, meu coração continua prestes a cometer um crime contra meus pulmões, martelando incessantemente. Girando a aliança no anelar esquerdo, paro ao seu lado e indico para entrarmos no Parque. Caminhamos até os pinheiros, atrás das quadras abertas. Não me preocupo com a alta probabilidade de sujar a roupa, já estou numa situação lastimável de suor e apreensão. Sento-me na terra, perto das raízes espessas que surgem por cima da grama. Vitória se senta sobre uma das raízes.

— O que quer comigo? — Pego uma pinha do tamanho da palma da minha mão e sinto a textura da superfície espinhosa.

— Direto ao assunto — Vitória responde, rindo.

— Não tenho motivos para fazer curva. Se quer falar comigo, é sobre meu ex, então prefiro que seja assertiva e breve.

Seus olhos castanhos e redondos me observam por um tempo.

— O Saulo não pode nem sonhar que estou falando com você.

E eu não te devo nada… penso, mas não externalizo. Meu coração acelera ainda mais, como se estivesse em um campeonato de *triathlon*. Ignoro o infeliz e sua mania de se alegrar sempre que o nome do meu ex é mencionado.

— Não tenho contato com ele, então é desnecessário se preocupar. — Jogo a pinha para longe e pego um matinho ressecado, comprido e espesso, deve ser folha do pinheiro. Brinco com ele, espetando o chão, incapaz de encará-la.

— Eu sei. — Ela suspira. — E é por isso que te procurei. Você acha que sabe o que aconteceu nesses vinte anos, mas não tem a mínima noção de como foi a vida dele.

— Vai me dizer que foi difícil? — comento com ironia, meneando a cabeça. Meus dedos voltam para a aliança, procurando o conforto que Bernardo sempre me passou.

— Sem dúvida.

— Está bem! — Com dificuldade de ficar aqui, esperando que ela desenvolva melhor o que disse, levanto-me e começo a andar, porém ela me impede apenas com uma fala.

— Saulo te ama, Lúcia. Sempre te amou.

12

Cética, analiso os traços bem delineados de seu rosto. Ela não pode estar falando sério, Saulo não me via há anos e foi ele quem me deixou para trás.

— Desculpa, mas isso é muito improvável. Ele nem me conhece mais. Amor, Saulo e Lúcia não combinam na mesma frase.

— Só estou aqui, agindo pelas costas dele, porque sei o quanto ele sofre e que confiaria em você, se estivesse disposta a ouvi-lo.

Mantenho a fachada, fingindo não estar emocionalmente abalada com o que escutei.

— O Saulo não me ama. Não mais.

— Cansei de aconselhá-lo a não te procurar depois do episódio na festa, achei que seria melhor te dar um tempo e tentar uma aproximação em outra hora. Mas ele é teimoso e, quando se trata de você, mete os pés pelas mãos. Aposto que me ignorou.

— Na mosca.

— Escuta, só vim atrás de você porque acho que precisam conversar e esclarecer essa janela temporal. Nem que seja para colocarem um fim nessa história.

— Pra mim o final foi muito bem estipulado, dezenove anos atrás, quando ele prometeu que voltaria e não deu as caras.

Vitória cerra os lábios e meneia a cabeça.

— Discordo. Por que saiu correndo quando viu Saulo chegando comigo no sábado?

Meu silêncio responde por mim e ela é esperta demais para não perceber.

— Vai me dizer que, de repente, sentiu uma vontade enorme de ir ao banheiro, justo no momento em que chegamos? Olha, se o que vocês viveram na adolescência era tão forte quanto ele me contou, imagino o que deve ter sentido ao vê-lo após tantos anos.

Mordendo o lábio inferior, desvio o olhar, evitando que ela possa ler a resposta em meus olhos.

— O que você é dele? — A suspeita de que possa ser algo mais do que amiga é difícil de assimilar, fato que odeio admitir.

— Amiga.

— Só amiga?

— Eu e o Saulo temos uma relação que vai além da...

Quando ela não dá continuidade, fecho as pálpebras e solto um suspiro carregado de *eu sabia*.

— Amizade colorida — concluo, chutando uma pinha para longe. — Olha, não quero ser grossa, mas não tem necessidade de marcar território.

— Como é?

— Não sou uma ameaça para o seu relacionamento, fica tranquila. Ele escolheu seu caminho há séculos, tem liberdade para sair com quem quiser, fazer o que quiser. Só reagi daquela forma porque me surpreendi. Ele não me deve nada.

— Certo. — Ela me fita com o canto dos olhos. — Então você não sentirá nada se eu disser que conheço mulheres que querem ficar com ele? E que vou ajudá-lo a ser feliz com quem ele quiser?

Em nanossegundos, imagens do meu ex com dezenas de mulheres invadem meus pensamentos. Minha mente é perversa, distorcendo lembranças e criando cenários indigestos. Por muito tempo, nos primeiros anos afastados, mesmo sem querer, eu me pegava pensando nos raros momentos íntimos que tivemos, porém, em vez de visualizar meu rosto, via mulheres diferentes.

Após muitas sessões de psicoterapia, aos poucos, deixei de me torturar, abraçando outra realidade. Casada com Bernardo e feliz com a vida que construímos, em mais de 15 anos, quase não pensei no Saulo ou no que ele poderia estar fazendo. Evidente que algumas vezes recordava de algo que vivemos, mas não era tão intenso, eu conseguia separar as coisas. Agora, parece que voltei no tempo. As reações, a apreensão, o receio e a insegurança. Sinto como se estivesse andando por corredores infinitos, repletos de imagens vívidas e em realidade aumentada.

Só que um mero detalhe mudou.

Tento desviar o curso da minha imaginação, mas minha mente é sádica e adora se divertir às minhas custas. As terríveis imagens gráficas com rostos e corpos desconhecidos são substituídas pela mulher que conversa comigo. Seios fartos e firmes, pernas longas com coxas definidas, bumbum redondo e empinado, costas lisas e cintura fina. O cabelo longo e brilhante se movimenta em ritmo constante enquanto ele...

Meu sangue ferve e os músculos da garganta não decepcionam, pressionando a traqueia com vontade. O impulso é certeiro, levo a mão ao casco da árvore mais próximo para apoiar o peso do meu corpo enquanto coloco tudo para fora, absolutamente tudo. Vitória se levanta e coloca a mão nas minhas costas. Ela afasta parte da franja que caiu em meu rosto devido aos espasmos causados pelo vômito.

Sentindo-me vulnerável e constrangida, quando recupero a capacidade de raciocinar, limpo a boca e tusso algumas vezes, cuspindo a saliva amarga. Chateada por meu organismo ter reagido da pior maneira possível, permito que ela me guie até o outro lado dos pinheiros, onde nos sentamos diante dos campos de futebol. Deixo o pescoço pender para frente e Vitória segura a minha mão. Não me esquivo, solidariedade é uma qualidade que poucos possuem.

Após um tempo, quando respiro melhor e meu estômago desiste de me punir pela audácia da minha imaginação fértil, levanto a cabeça e observo os meninos que jogam bola. Aceito o chiclete de menta que Vitória oferece.

— Terminou há dezenove anos, uma ova.

Solto uma risada engasgada.

— Eu...

— Não precisa se explicar. Só para deixar claro, não temos amizade colorida, nem pretendo apresentá-lo para nenhuma mulher. — Vitória me solta e entrelaça os dedos, apertando os polegares. — Não quero mentir pra você e muito menos ser o gatilho para outra crise, mas quero ser o mais honesta possível.

— Não tenho mais o que vomitar.

Ela assente e me encara.

— Me ouvir pode ser uma merda, só que é melhor saber de uma vez, certo?

A incerteza é perceptível no seu tom de voz, um forte indício de que não vou gostar do que tem a dizer. Assinto, independentemente do meu sexto sentido ser contrário à minha decisão.

— Eu e o Saulo não temos nenhum envolvimento amoroso, mas já atuamos juntos.

Eis que minha imaginação acertou em cheio.

Ergo as sobrancelhas e volto a observar os meninos. Rapidamente, as roupas coloridas, bola e traves se transformam num borrão, perdendo a nitidez entre o acúmulo de lágrimas em minhas pálpebras. Forçando meus lábios a permanecerem fechados, assinto, tentando por toda lei não pensar no que ela acaba de confirmar. Dói muito. Os pulmões pesam e o coração vacila. Ainda bem que a garganta e o estômago se comportam, sem conteúdo para expelir após o vexame de minutos atrás.

— E provavelmente sou sua melhor amiga — ela retoma depois de uma pausa —, além de ser sua madrinha de sobriedade.

O termo chama minha atenção como um neon amarelo fluorescente. Seco os olhos com o indicador e o polegar e me viro para fitá-la, ignorando o mal-estar que sua revelação me causou.

— Madrinha de sobriedade?

— Sim. — Vitória esboça um sorriso complacente. — Ele está sóbrio há quatro anos.

Dou um tempo para que meu cérebro sobrecarregado reflita sobre essa novidade. Quatro anos sóbrio? Na adolescência Saulo era careta e se importava demais em ser um bom filho para se envolver com qualquer tipo de droga. Nem álcool ou cigarro, que tínhamos acesso fácil, ele gostava.

— Por que sua surpresa não me surpreende? — Vitória comenta. — Se tivesse lido as cartas, não estranharia nada do que estou falando.

— Você sabe das cartas?

— Você ainda as tem?

Perguntamos ao mesmo tempo e, constrangida, confirmo com um aceno. Vitória suspira alto e me fita com semblante de decepção.

— Eu disse que sei de tudo o que aconteceu, não estava inventando. O que me incomoda é saber que você guardou tudo o que ele te enviou e não tomou nenhuma iniciativa. Continua pensando que ele é o vilão da história.

Eu poderia interceder e argumentar que por mim não teria guardado nada, mas que minha avó fez questão. No entanto, seria apenas uma tentativa ínfima de amenizar meu sentimento de culpa. A verdade é que, quando ele ainda as enviava, eu não tinha psicológico para lidar com os gatilhos; e quando o tempo passou, eu estava em outra. A vida foi passando, os problemas mudando e o foco no meu traumático primeiro amor foi substituído por outras questões relevantes – como o meu casamento, o nascimento da Flavinha, a morte do Bernardo. Eu não tive vontade de revisitar meu passado e preciso admitir que pensar nessa possibilidade ainda me amedronta. Confirmar a suposição de que eu posso ter errado em relação ao Saulo é árduo, saber que nossas vidas poderiam ter tomado outro rumo é demais para mim.

— Nesses anos todos, você não teve curiosidade em descobrir o que ele queria te contar? Como pôde fazer isso? Anos se passaram, não ler quando estava com o coração partido é compreensível, mas e depois?

— Eu não consegui — assumo com a voz baixa, corroída pelas verdades em suas perguntas.

Vitória meneia a cabeça.

— O pior é que tudo pode ser considerado um grande mal-entendido, a meu ver, totalmente desnecessário. Conheci o Saulo um pouco antes de ele ter a primeira recaída. Eu estava junto quando escreveu a última carta.

— Ele teve recaídas?

Definitivamente não gosto disso. Inferno, por que Saulo se envolveria com drogas?

Ela meneia a cabeça.

— Lúcia, jamais vou entender o que você passou quando ele foi embora, mas precisa acreditar em mim. Tudo o que você viveu, sofreu, Saulo também sentiu. Não foi só você. Imagine o peso que ele carregou por ter desistido do amor da vida dele para entrar no ramo?

— Como se ganhar cachê para transar com um leque de mulheres lindas, fáceis e gostosas não fosse o sonho de qualquer garoto de dezoito anos. — Solto uma lufada de ar ao reagir como sempre fiz, escondendo-me atrás de uma muralha de negação, um mecanismo de defesa que tive anos para aperfeiçoar.

Quando olho de relance para Vitória, vejo sua expressão reprovadora. Por um instante, me esqueci com quem conversava, esqueci que ela também é linda, gostosa e atriz pornô.

Ah, claro, e foi paga para ir para a cama com o meu ex.

Ela demora para responder, o que penso ser proposital. Fico remoendo o que disse, com plena consciência de ter reagido de forma impetuosa. A mulher está aqui, revelando uma parte da vida do Saulo e faço o quê? Insulto e ofendo. Palmas para mim.

— Sua fala, além de preconceituosa e machista, é extremamente egoísta. Se você não fosse a mulher de quem meu melhor amigo fala com tanto carinho, pode ter certeza de que eu não perderia mais um segundo do meu tempo ao seu lado. Se acredita mesmo no que acabou de dizer, não merece o pedestal em que ele te coloca.

Um tapa na cara não seria tão eficaz para dosar um pouco de sanidade na minha cabeça oca. Mereço o esporro.

— Acho que um pedido de desculpa não vai amenizar, né?

Vitória nega com a cabeça.

— Bem, mesmo assim, desculpa. Pensar nele me faz… — O quê? O que exatamente pensar no Saulo faz comigo? — Tenho o péssimo hábito de me defender da pior forma, agindo por impulso em vez de raciocinar.

— Entendo que é um assunto delicado, só por isso não fui embora. — Ela cruza as pernas sobre a grama. — Voltando ao que eu dizia, se você tentar se colocar no lugar dele, só por uns minutos, vai ver que não estou exagerando no drama. Saulo era muito novo, abriu mão da namorada para salvar a vida da mãe dele, uma decisão pesada e honrosa.

— Acha que não aceitei? Que não compreendi suas motivações? — Aponto o indicador para o meu peito. — Eu esperei, Vitória, fiquei aqui como uma idiota aguardando que ele retornasse. Foi um ano horrível, mal sobrevivi às crises de bulimia, mas esperei, mesmo sabendo o que ele estava fazendo. Eu aceitei.

— Aí que você começa a se enganar.

— Ah, é? — Nem sei porque continuo respondendo, ela não vai compreender. — Ele não voltou! Saulo não cumpriu o que prometeu. Eu passaria por cima da profissão, esqueceria aquele ano com o maior prazer para tê-lo de volta, mas não aconteceu! Ele me deixou sem nenhuma explicação!

— Impressionante como você não consegue aceitar que o erro não foi só dele.

— Quer dizer que errei?

— Sim, Lúcia, ao menosprezar as cartas.

Jogo os braços para cima, inconformada.

— Sério? Tudo bem, tentei ler a primeira, me explica como eu teria psicológico para ler o relato da perda da virgindade, coisa que tínhamos sonhado em viver juntos? Ele te contou isso? Que terminamos no dia do meu aniversário? Bem no dia em que combinamos de ultrapassar essa fase juntos? E, depois, me enviou uma carta contando com foi sua primeira experiência?

Ela só me encara.

— Como eu teria estômago para ler a descrição do que ele sentiu? Por que foi exatamente o que encontrei na primeira carta que abri! Como, Vitória? Até hoje não tenho condições de fazer isso!

— Por que você ainda o ama.

— Isso é ridículo! Essa conversa é ridícula! — Arfo, enraivecida.

— Lúcia, não sei o que exatamente ele escreveu, mas acredito que se tivesse lido até o final, teria evitado muito sofrimento. Seu e dele.

Pressiono as laterais da cabeça, na altura dos olhos, prevendo a chegada de uma bela cefaleia.

— Para sua informação, ele não deu conta de contracenar com a atriz.

Desço as mãos e, automaticamente, giro a aliança.

— Ele te amava tanto que foi um desastre, nem ereção ele teve.

Balanço a cabeça com os olhos fechados. Mas ele filmou. Lembro do dia em que conheci Bernardo. Ele e Iago viram o VHS na banca, estou certa disso.

— A história não acaba aí. Alguém que estava no *setting* sugeriu que ele bebesse e que tomasse uma pílula para relaxar e, você sabe, funcionar, deixando um frasco ao seu alcance. Saulo tinha recebido metade do cachê e transferido tudo para a mãe, tinha um dever a cumprir. Ele gravou as cenas, só que estava fora de si. A pílula era um alucinógeno, Saulo teve sua primeira vez crente de que era com você. Delirando, durante os quarenta e cinco minutos, que a atriz ruiva tinha seus olhos, seu cabelo e seu corpo. Ele foi praticamente violentado, não teve consciência de nada, não sabia com quem estava nem o que fazia. E esse momento teve um impacto drástico nos anos seguintes. Ainda tem, na minha opinião.

Por um momento, sinto como se minha alma flutuasse para longe do parque. De todas as formas e posições em que imaginei meu ex no set de filmagem, nunca passou pela minha cabeça que ele precisou ser drogado para conseguir ter uma relação.

— Isso… — começo, mas minha voz falha. Impossível colocar em palavras o vazio no centro do meu peito.

Vitória não espera que eu processe, dando continuidade.

— E o ritual se repetiu várias vezes, ele começou a comprar a droga porque só pegava "no tranco" fazendo uso de alguma substância. Foi um ano se afundando, ele se tornou dependente sem perceber ou sequer querer. Não sei o que você pensa, mas eu acho isso muito deprimente.

Se o que ela diz é verdade…

— Um ano?

— Exato, quando completou um ano, ele não teve coragem de voltar, não queria te ver enquanto fazia uso de alguma droga, não considerava justo. Naquela altura do campeonato, Saulo estava mergulhado no vício, ele me contou que te explicou em uma das cartas que não poderia vir. Ele pedia para você aguardar, que ele iria melhorar.

— Não sei o que pensar.

Ela sorri, meio sem jeito.

— Eu tinha uma ideia de que seria complicado ouvir a verdade.

— Não fiz de propósito.

— O quê?

— As cartas. Eu tentei, mas…

— Não precisa se explicar pra mim, como eu disse, você e ele têm muito o que conversar, meu papel aqui foi plantar a semente da dúvida, porque sua convicção está te cegando. Precisa enxergar que Saulo não é o pervertido que você criou aí dentro — ela indica minha cabeça com o dedo —, não desvalorize o sofrimento dele.

Sem mais o que dizer, eu me levanto e aguardo que Vitória me acompanhe.

— Tenho muito o que pensar.

— Se realmente considerar tudo o que falei, acho que cumpri o meu papel de amiga. Não é fácil passar por cima da ética para que você comece a pensar na história por outra vertente, mas creio que foi por um bom motivo.

— Sinceramente, não sei se te agradeço. — Solto um sorriso emblemático. — Foi há tanto tempo…

— Tempo é o que menos importa quando o sentimento é profundo como o de vocês.

— Talvez.

Ela sorri e se aproxima abrindo os braços, pedindo permissão para me abraçar. Um pouco desconfortável, faço um movimento sutil com a cabeça. Quando ela me envolve, escuto baixinho:

— Sei que não é uma má pessoa, espero que essa angústia chegue ao fim.

O contato com seu corpo, por incrível que pareça, é reconfortante. Não se engane, não seremos melhores amigas, é só uma constatação.

Seguimos lado a lado rumo à saída do parque, caminhando em silêncio pela pista de *cooper*. Os raios de sol do fim da tarde me forçam a criar uma sombra encostando a mão na testa, como a aba de um boné.

— Obrigada por ter me escutado — ela interrompe o passo para se despedir —, e desculpe a franqueza.

— Imagina.

— Te dar o número do celular e pedir que ligue pra ele vai ser pedir demais?

— Vai, ainda não me sinto preparada. Preciso pensar e processar tudo que me contou.

— E pedir seu número para passar para ele?

Dou uma risadinha e meneio a cabeça.

— Não custa tentar. — Ela ergue os ombros. — A propósito, você é linda. Eu, no lugar do Saulo, também estaria correndo atrás. — Dando-me as costas, ela diz em voz alta para que eu escute perfeitamente. — Não se engane, se você não fosse o grande amor de uma pessoa que admiro e eu não torcesse por um final feliz, pediria seu número pra mim. Você faz muito o meu tipo.

Isso foi uma cantada?

Meu queixo está no chão.

— Mas você não...? — indago como uma idiota.

Ela disse que contracenou com ele, não disse?

Ouço a gargalhada de longe.

— Sou atriz, lembra? Sou paga para fingir gostar de qualquer coisa. — Vitória lança um olhar divertido ao responder e pisca para mim. Sem mais nenhuma palavra, entra em uma pickup branca, deixando-me com um monte de pontos de interrogação.

13

Antes

— Ganhei!

Saulo dá um pulo do sofá e começa a rebolar, rodando o quadril com gingado, erguendo o controle com a mão direita, igual a um cowboy comemorando com o chapéu.

Fecho a cara, nada feliz. Ele pode dançar o quanto quiser, não vou me contentar até ganhar.

— Mais uma. — Aperto o botão que libera a troca de personagens e clico em um que sei a sequência de botões para ativar o poder especial, totalmente determinada a eliminar o jogador que Saulo escolheu.

— Desiste, Lu, você perdeu o jeito.

Contorço os lábios e aperto *start*, aguardando ansiosa a contagem regressiva.

Três, dois, um!

Enlouquecida, aperto os botões freneticamente, querendo acertá-lo antes que comece a me chutar. Frustrada, vejo seu personagem se jogar no ar e espernear meu peito. O coitado do meu lutador vai andando para trás, bambeando enquanto leva os golpes, sem reagir até que o asiático volte os pés no chão.

— Espera só pra ver — ameaço e começo a movimentar os dedos rapidamente.

É inútil. Meu personagem não reage!

— Uhhh, cadê "a melhor"? — Saulo me desafia, atiçando ainda mais minha vontade de acabar com a raça dele.

Desisto de lançar o poder e, antes que ele consiga me chutar pela terceira vez e ganhe o *round* sem levar um arranhão, meto um gancho de direita que acerta da barriga ao queixo do personagem.

Satisfeita, corro atrás do prejuízo fazendo o que nenhum jogador que se preze deve fazer, mas quem está preocupada com a reputação? Eu que não! Aperto o murro sem parar, investindo contra ele incessantemente até que fique parado, aguardando o *grand finale*.

— Aí, não! Apelou, perdeu — ele reclama ao ver seu jogador ser executado assumindo a forma de bebê.

— Quem é bonzão agora?

— Ganhar no murro não vale!

— Claro que vale!

Não vale, mas meu orgulho não será ferido com tanta facilidade.

Mais que depressa, ele reinicia a partida e nos enfrentamos pela… não sei… trigésima vez? Perdi a conta de quantas vezes começamos, porém estou bem ciente de que ele ganhou dezessete vezes. Preciso desempatar esse número.

Horrorizada, vejo a mulher que escolhi ser dividida ao meio na finalização da feiticeira de cabelo preto e branco. Solto o controle no sofá, irritadíssima.

— Cansou de perder? — Saulo sorri, descarado, erguendo e abaixando as sobrancelhas.

Sua felicidade me deixa uma fera.

— Me dá isso aqui! — Como se ainda tivesse sete anos, tomo o controle da mão dele e desligo o jogo.

— Luuuuu — ele chama, cantando.

Eu ignoro.

— Lu! — Saulo enfia a cara na minha frente e não gosto nada da sua expressão de vitória, independentemente de estar segurando para não rir. — Não fica assim, perder vinte vezes é normal.

Ah, como eu queria que meus olhos soltassem faíscas e queimassem meu namorado. Nem o fato de estarmos namorando vai me alegrar, sou uma péssima perdedora.

— Você fica tão bonitinha brava. Sabe o que vai ser muito legal?

Encaro Saulo sem alterar o semblante de tédio.

— Quando a gente tiver filhos, você vai poder ganhar deles.

— Não quero ter filhos.

Ele ri e balança a cabeça.

— Claro que quer! Já pensou umas três mini-Lúcias emburradas por que foram contrariadas?

— Três?

— Por quê? Acha muito? Eu quero ter uns quatro, odeio ser filho único.

— Ah, não! Não, não, não. Já olhou pra mim? — Observo minha barriga por baixo da baby look rosa. — Daqui não saem quatro bebês, nem sei se quero um.

Os pés dele aparecem bem perto dos meus ao mesmo tempo em que ele enlaça os braços ao redor dos meus ombros. Subo o olhar lentamente, pouco preparada para tirar proveito de nosso novo rótulo. Namorados. Ainda é novidade e passamos a maior parte do tempo aperfeiçoando beijos, mas ele já disse que me ama. Acho que nunca foi um segredo.

Estou quase sorrindo quando percebo que ele me enganou direitinho, distraindo-me com essa conversa de filhos. Se não fôssemos namorados, eu o empurraria para longe, mas, como somos, dou uma mordida em sua bochecha e caio na gargalhada quando ele grita, apertando minha pele.

— Você vai pagar por isso!

É o que escuto antes de sentir seus lábios mordiscando meu pescoço.

— Eu não vou ter filhos, mas quero treinar pra ter.

Saulo meneia a cabeça sem se afastar.

— Daqui uns anos.

Dias atuais

— Claro que pode! Não é mesmo, Lúcia?

Chacoalho a cabeça, dispersando a lembrança repentina. Caramba, minha mente anda recebendo uma overdose de recordações como essa, situações simples e momentos que não significaram muita coisa. É esquisito, parece que minha consciência havia bloqueado a maioria, destacando apenas a parte ruim. No entanto, agora, por Saulo estar invadindo meu espaço, sou bombardeada por diálogos e cenas bonitinhas de quando éramos ingênuos e sonhadores.

— Lúcia? — Nicolas me chama, de novo.

— Sim, pode — respondo, assentindo, como se não tivesse divagado e perdido o assunto.

— Falou é lei — vovó comenta, deixando-me confusa.

Nossa, estou completamente por fora.

Levo a taça de vinho à boca e entorno um gole considerável, escondendo-me atrás do gesto. Um pouco de vinho escorre pelo canto dos meus lábios, e, ao pegar o guardanapo, esbarro no copo da Flavinha. Observo o vidro tombar sobre a mesa. Ainda bem que está vazio.

— Tá tudo bem, mãe?

— Claro, por que não estaria? — Limpo a garganta.

Nico aponta para o queixo e, automaticamente, limpo o vestígio da minha embriaguez. Não que eu tenha exagerado, sou do tipo de pessoa que não pode beber muito, fraca ao extremo, então não me surpreende a falta de coordenação motora, devaneios e distrações.

— Você tomou a garrafa inteira e mal tocou na comida. — Vó Marta franze o nariz, me estudando.

— E acabou de permitir que a Flavinha voe de *paraglider* — Nico emenda.

— Não fiz isso! — Paro com a taça no ar, prestes a tomar mais um pouco.

— Fez sim. — Vó Marta se diverte com meu desespero. — Tava viajando na maionese. Dançou.

Flávia sorri, triunfante.

— Vocês armaram pra cima de mim! — Olho de um ao outro, compreendendo o que fizeram. — É obvio que ela não vai voar.

— Ah, não! Você deixou, não pode voltar atrás, falou é lei. — Flávia repete o lema que usamos em casa, pega seu prato e leva para a pia.

— Aonde pensa que vai? — enrolo a língua, mas completo a frase, graças a Deus.

Sem responder, minha filha sai apressada da cozinha. Não demora para que eu ouça o barulho da porta da frente.

— Ela foi pra casa do vizinho — Nicolas explica.

— Mas o Guilherme não vai estar lá... os gêmeos — digo arrastado. — Ou vai? — Confiro a escuridão pela janela. — Que horas são? Preciso visitar a Nat. — Tento me levantar, mas Nico me segura no lugar, fazendo-me sentar novamente.

— Não tão tarde quanto você pensa, e você não vai sair daqui, não desse jeito. Pode visitar sua amiga amanhã. Deixa que cuido da minha sobrinha. — Nico limpa os lábios e se retira indo atrás da minha pré-adolescente.

Desajeitada pela falta de firmeza muscular, como um pouco das batatas e da costela. Magníficas, por sinal. Solto um gemido alto e vó Marta ri abertamente.

— Humm, isso tá tãaaaaoooo bom! — Mastigo, engulo e tomo mais um gole do vinho. — Você comeu, vó?

— Aham.

— Eu queria cozinhar igual ao meu irmão, mas nãaaooo sei. — Exagero na dramatização, erguendo o indicador e mexendo para lá e para cá. Suspiro pesado antes de comer mais um pouco. — Só sei costurar. Linhas, agulhas, tecido — pontuo minhas ferramentas de trabalho —, domino tudo! Mas sabe o que não domino?

Relutante, vovó fica quieta. Tão quieta que nem parece minha vó.

— Aqui. — Coloco o dedo em meu esterno, bem no meio do peito. — Não consigo, vó, tem hora que dói.

Sua pele fina e enrugada toca suavemente o dorso da minha mão.

— E não vai conseguir, ninguém domina o coração, Lúcia.

— Mas eu quero — retruco, totalmente levada pelo álcool.

— Por que isso agora?

— Eu vou pro Rio.

— Sei. E seu coração está no Rio.

— Não. *Não*! Vou pro Rio a trabalho. Não tem nada a ver com o Saulo. Ele já era. Acabou.

— Ahhhh, então estamos falando sobre o Saulo.

Não. Ele não. Eu não quero falar sobre o Saulo. Quero falar sobre a Bella Fur. Anabella Furtado. Europa. Bolsas e sapatos chiquérrimos. Quinze mil reais. Mas a Vitória atrapalhou tudo. Saulo e drogas. Vômito. Pornografia. E... eu fui cantada por uma mulher. Não foi qualquer mulher, um mulherão.

E, agora, o *paraglider*.

Vovó ergue as sobrancelhas e faz uma cara esquisita.

— Quem é Vitória?

Ah, Deus! Eu disse em voz alta?

— Disse. E o que Saulo tem com drogas?

Droga. Como não vou sair dessa tão facilmente, melhor esclarecer.

— A Vitória contou. Ela é tão bonita, vó. Eu faço muito o seu tipo, mas ela não quer porque ele me "ama". — Enrolando a língua, faço aspas com o indicador e o dedo do meio.

— E você quer?

— A Vitória? Não!

— Lúcia, você não tá falando coisa com coisa.

— Claro que tô! Presta atenção — aponto para a vovó —, ela piscou pra mim. Assim, ó. — Abro a boca em um "o" e pisco com o olho esquerdo.

— Quem é Vitória? — Ela ergue as mãos para cima.

— Amiga dele! Tá tudo nas cartas.

A vó Marta para de me responder. Dou mais umas garfadas, só que a comida está com gosto estranho.

— Bebeu de barriga vazia.

Solto um gemido alto.

— Vomitei tudinho.

— Quando? Hoje?

Concordo com a cabeça.

— Voltou a ter crise? Desde quando?

— Desde que ele voltou.

Vovó me analisa, preocupada, mas continuo tagarelando, sem nenhuma trava.

— Disse que tenho que ler as cartas. Que temos que conversar. Eu sou viúva. E, aí, tem a academia. — Levo a taça aos lábios e noto que acabou. Procuro pela garrafa e vejo vó Marta escondendo-a furtivamente sob a mesa. — Ei! Meu vinho!

Ela meneia a cabeça.

— Bebeu demais da conta. Não vai fazer bem pro seu estômago.

— Ihhhh, relaxa, vó! Eu só vomito quando penso nele. Quando vejo ele. Ou quando... Ele não sai daqui! — Pressiono o meio da minha testa.

— Acho que você quer dizer que ele não sai de outro lugar, um pouco mais embaixo.

— Credo, vó! Eu tô aqui, abrindo meu coração, e a senhora tá pensando em safadeza?

— Ô, cabeça oca! Ninguém tá pensando naquilo, estou falando de outra coisa, sabe, aquela que fica no meio do peito e que dói?

Humm.

Sem controle dos meus atos, caio na gargalhada. A euforia é tamanha que lágrimas escorrem e deixo que rolem por minhas faces. A risada rapidamente se transforma em choro e começo a soluçar com vontade. Escuto vovó arrastando a cadeira e se levantando. Sei que deveria ajudá-la, mas sou incapaz de me mover. Meu peito se contrai e os espasmos alcançam meus ombros, que sobem e descem, sincronizados com o movimento da minha barriga.

— Lucinha, não tem que carregar o fardo sozinha. — A voz carinhosa da vovó me consola.

Cansada de fingir estar bem, seguro minha testa enquanto meu peito se abre e coloca para fora toda minha aflição. Um rio escorre dos meus olhos, molhando meu rosto e meu braço. Que merda.

Que. Merda.

— Desculpa. — Foi o que quiz dizer, mas não sei se foi o que saiu.

— Desculpar o quê, minha menina?

— Fazia tanto tempo! Tanto tempo que eu nem pensava nele. — Fecho os olhos e tento respirar fundo, mas é inútil.

— Não pensava mesmo? Nadinha?

— Não! Eu tinha esquecido! — minto na cara dura. E ela sabe, tanto que nem perde saliva refutando. — Por que isso agora? Por que ele teve que voltar e entrar na minha vida sem convite?

— Não sei, não dá pra entender essas coisas do coração.

— Eu não sei o que fazer, vó — assumo, baixinho.

— Vem aqui, quero te dar um abraço.

Ergo a cabeça e vejo que ela está em pé, apoiada na mesa. A perna debilitada não aguenta seu peso. Devagar, alongo a postura e me levanto. Ciente de que não conseguiria "fazer o quatro" em hipótese alguma, caminho lentamente até ela, com cuidado para não me desequilibrar. Abraço vovó com delicadeza, se mal estou suportando meu peso, que dirá o dela! Apesar de ser um tanto desajeitado, me conforta. Aos nos afastarmos, ela limpa minhas lágrimas.

— Não posso nem beber mais, fico toda emotiva — comento, rindo.

— Hoje tem a bebida pra culpar, mas quero que fique bem todos os dias. E que resolva logo essa questão com Saulo.

— Não quero resolver nada — insisto —, mas acho que não tenho outra alternativa.

— Vai te fazer bem.

— Mas não hoje.

Vovó ri.

— Claro que não!

— Nem amanhã.

— Lúcia…

— Depois do réveillon? Quem sabe após a Páscoa?

— Se ele realmente voltou, o quanto antes será melhor, não acha?

É. Eu sei. Vovó tem razão. A Vitória tem razão. E Saulo talvez tenha razão.

Talvez.

— Claro que eu tenho razão.

— Eu não disse isso.

— Mas pensou. — Com essa, vovó segura o andador e começa a arrastá-lo.

Eu fico parada, observando enquanto ela empurra e se esforça para acompanhar a geringonça. Pode ser impressão minha, só que parece estar se movendo mais lentamente que o normal.

— Vó?

Ela se vira e, por um momento, analiso os vincos causados pela idade no seu rosto pálido.

— A senhora está bem?

— Tô, ué, por quê?

— Por nada. Acho que estou mais bêbada do que imaginei. — Balanço a cabeça e ela retoma a caminhada, bem quando me lembro de um detalhe importante. — Ah, vó?

Ela para novamente.

— Que foi agora?

Engulo o excesso de saliva, lutando contra as paredes da minha garganta que, de repente, resolveram me lembrar de sua existência. Respiro profundamente e expiro sem pressa, protelando meu martírio.

— *Ondeestãoascartas*? — falo correndo, arrancando o curativo de uma vez.

— O quê?

— As — paro para tossir — cartas.

Vovó me olha com apenas uma das sobrancelhas arqueadas.

— Não ouvi.

Meus ombros caem em derrota. Ela faz de propósito. Suspirando, digo pausadamente:

— Onde guardou as cartas?

— Do Saulo?

Dai-me paciência!

— Sim, vovó! As cartas do Saulo, onde estão?

— Ah! Finalmente vai ler? — Ela se anima com a ideia, mas, não, obrigada, não quero testemunhas quando eu cometer essa loucura.

— Só me diz onde encontrá-las, vó.

— No seu quarto, embaixo da cama.

Inclino a cabeça, pensativa. No meu quarto? Impossível, eu que arrumo, sei exatamente o que tem lá: nada.

— Quando…? — Estudo o semblante de culpa da espertinha à minha frente.

— Humm… desde… humm… — Ela cerra os lábios e enrola para responder.

— Vovó!

— Talvez eu tenha pedido pra Flavinha colocar a caixa lá — ela desvia o olhar —, hoje de manhã.

Por isso tava com cara de criança que foi flagrada com a mão no pote de açúcar, mais cedo! Eu sabia que tinha aprontado alguma!

— Ficou maluca, vó? E se a Flávia lesse, por curiosidade?

— Que mal tem? Ela só descobriria que você teve um grande amor na idade dela.

— Aquelas cartas não são declarações de amor! — retruco instantaneamente, recuperando parte da sobriedade.

— Isso é o que você pensa.

Sem se estender e visivelmente cansada, vovó se retira, deixando-me estupefata. *Isso é o que você pensa.* É o que penso mesmo! Lembro dos poucos parágrafos da primeira que tentei ler. Declaração de amor, que nada! Métodos de tortura, isso sim!

Sozinha com meus botões inebriados, deposito a louça suja na pia. Sei que as cartas são importantes, mas, aparentemente, protelar é meu novo sobrenome. Inacreditável. Vinte anos se passaram e ainda não me considero pronta para ler. Acho que nunca estarei. O que isso diz de mim?

14

Na manhã seguinte, pulo da cama como se estivesse em brasa. A recordação do dia anterior me invade e me arrumo para ir à academia o mais rápido que posso.

Cartas? Não. Não agora cedo. Pode me chamar de covarde o quanto quiser, não é seu estômago que está na reta, e não pretendo iniciar o dia passando mal.

Quando cruzo a cozinha, ignoro as piadinhas da vovó e do Nico, fingindo que nada diferente aconteceu. Dentro do carro, tento falar com a Nat, mas o Igor atende e me explica que ela está descansando após uma noite turbulenta com os bebês, e garante que vai transmitir meu recado. Uma pena, queria visitá-la antes da musculação, quem sabe mais tarde, após ter descansado um pouco.

Academia será.

Meia hora depois, suando em bicas, estou engajada numa discussão muito profunda com meu melhor amigo:

— Ficou doido?

— Mas é a verdade!

— Nunca! Nem se compara!

— *Street Fighter* era o melhor *game* de luta, Lúcia, admita.

— De jeito nenhum! — Enfatizo balançando a cabeça. — Os gráficos do *Mortal Kombat* eram muito superiores, sem contar as finalizações — argumento ao subir os degraus metálicos barulhentos dos dois lances de escada. Iago vem logo atrás de mim, persistindo num tópico em que sou pós-graduada.

— Mas o clássico é sempre melhor, não tem o que discutir.

— Você é um iludido.

Iago ri e me alcança perto do bebedouro, onde encho a garrafa.

— Já que é tão difícil aceitar a derrota, vou resumir em duas palavras: *Finish Him*! — falo com a voz grossa, imitando a frase icônica que aparece no final de cada partida do jogo. Enquanto ele gargalha, continuo: — Se não foi o suficiente, tem mais três: *Babality*, *Animality* e, meu favorito, *Fatality*.

— Credo, Lúcia, sério? — Iago faz uma careta perplexa ao ouvir meu gosto peculiar pela cena sanguinária que acaba com a raça do adversário de forma nem um pouco delicada.

Minha consciência está tranquila, o videogame é um ótimo catalizador de agressividade e estresse. Bem, sabe como é, eu jamais deceparia uma pessoa na vida real.

Alguém desobstrui a garganta perto da gente, mas não me preocupo em conferir quem é.

— *Brutality*.

Reconheço a voz. Meu coração responde de imediato, ignorando meu esforço em manter a calma. Ah, órgão infeliz! Existe necessidade de se assanhar como um cachorrinho pidão, abanando o rabo à espera de um pouquinho de afago?

— Esqueceu do *Brutality*, o meu preferido.

Iago reage dando um passo adiante, envolvendo meu ombro com o braço. Diferente da última vez, eu me afasto dele na mesma hora, eliminando sua tentativa de fingir que temos algo a mais. Eu não preciso encenar estar namorando ou saindo com meu amigo como desculpa para evitar uma conversa com Saulo. Na semana passada foi uma situação à parte, seu retorno me pegou desprevenida e considerei uma boa ideia demonstrar superioridade. Agora, não me sinto confortável com o fingimento.

Imaginei que vir à academia na manhã da véspera do Natal criaria uma possibilidade de vê-lo, no entanto, ficar em casa curtindo ressaca não é para mim. Tudo bem, confesso, talvez eu esteja fugindo de uma certa caixa que foi guardada embaixo da minha cama. Ou talvez esteja criando distrações para não ficar remoendo as informações que Vitória revelou na tarde de ontem. Sim, também é provável que eu esteja uma pilha de nervos pela perspectiva de encontrar com Anabella Furtado, daqui a dois dias.

Evidente que não vim malhar com o intuito de esbarrar no meu ex. Além de ser óbvio que não me sinto culpada por ter deixado me levar pelo egoísmo e ignorado suas cartas por todo esse tempo.

— É. — Viro meu corpo lentamente, de modo que possa fitar seu perfil. — Esqueci mesmo.

Eu me preparo psicologicamente para a onda de náusea quando encaro suas íris. Como seria fácil me perder e mergulhar de cabeça em sua profundidade. Seus olhos sempre foram transparentes, mas falta algo que não sei denominar.

— Desculpe intrometer, estava passando e ouvi. Eu não devia…

— Não tem problema — solto depressa.

Saulo teve sua primeira vez crente de que era com você. Delirando, durante os 45 minutos, que a atriz mais velha e ruiva tinha seus olhos, seu cabelo e seu corpo. A frase atormenta meus pensamentos, trazendo milhões de interrogações que não quero deliberar. Se ao menos eu pudesse ter certeza de que conversar com ele não me magoaria, ou que não fosse abrir ainda mais a ferida que teima em cicatrizar...

Ele sobe a mão e corre pelo cabelo, movimento que capta meu olhar, finalizando meu devaneio. Os fios secos indicam que acabou de chegar, não tem sinal de suor. Meus olhos acompanham o braço e desço o olhar para sua boca, fechada em linha reta.

— Lúcia?

— Humm? — Desvio a atenção para Iago, que está com os olhos dançando entre nós.

— Vamos? — Ele indica as esteiras com um aceno de cabeça.

Mesmo sabendo que posso me arrepender e que ainda não parei para refletir sobre sua suposta dependência química, nem o que essa informação vai significar para nossa história, balanço a cabeça em negativa. Iago estranha, fitando-me com as sobrancelhas arqueadas.

— Pode ir — confirmo, assentindo. — Já vou.

Iago hesita, mas desiste e me dá as costas. O movimento de sua cabeça mostra nitidamente a insatisfação com a minha atitude. Ele sente tanta falta do Bernardo quanto eu, e o luto nos aproximou, é compreensível que se preocupe com a viúva do seu melhor amigo. Mais para frente, se necessário, vou tirar um tempo para esclarecer os pontos.

— Ele não gosta de mim — Saulo comenta.

— Ele é superprotetor.

Meu desejo é virar o rosto e estudar cada marquinha que adquiriu nesses vinte anos, entretanto, continuo focada no meu amigo. Bem, minha visão permanece fixa nele, porém o restante do meu corpo está hiperalerta da proximidade da versão adulta do meu primeiro amor.

— Vocês se conhecem há muito tempo? Lembro dele vagamente, na escola.

Pelo visto, Saulo quer manter diálogo sobre coisas banais, o que para mim está ótimo. Falar sobre o tempo. Trabalho. Rotina. Amizades.

— Uns dezenove, dezoito anos.

Diferente do que pensei, meu estômago embrulha, discordando que seja fácil falar com ele sobre Iago. Principalmente das circunstâncias em que o conheci.

Inspira.

Expira.

— E vocês... — Saulo pausa, alheio à batalha travada por minha traqueia e esôfago — Namoram? Ou algo do tipo?

Solto uma gargalhada. Sua ignorância é um bálsamo, aliviando meu desconforto imediatamente. Tomando coragem, fico de frente a ele, colocando minha resistência à prova. Meu Deus, sua presença é de tirar o fôlego! Apreensiva, prendo a atenção à sua testa, esforçando-me para não abaixar o olhar. Seus olhos são perigosos, a boca me desafia e o conjunto... nem vou entrar nesse quesito.

— Não!

— Pareciam bem íntimos na semana passada.

O comentário é inocente, mas a entonação sugere uma pontada de ciúmes.

Saulo? Com ciúmes? De mim? Até parece!

Sem perceber, meus olhos sutilmente deslizam para baixo, mas, depressa, me recupero, e passo a ler o aviso colado à parede, atrás dele. Sendo honesta, eu tento ler, todavia minha concentração está drasticamente prejudicada.

— Ah, aquele dia? Não foi nada.

Percebendo meu empenho em prestar atenção em qualquer coisa, menos nele, Saulo encara o aviso, olhando para trás. Na mesma velocidade de um raio, meus olhos grudam na extensão de seu pescoço, estudando cada pedacinho, da gola da regata preta até a orelha. Espera, aquilo é um buraco de alargador? Eu me recordo de ter pedido que fizesse e não sei o que sentir quanto a isso. Então ele fez, mas estava longe de mim.

Pisco algumas vezes, recompondo-me. Quando Saulo vira o rosto, passa a centímetros da minha cabeça, fazendo com que eu dê um passo para trás. *Sério, mesmo, Lúcia? Dá para ser mais indiscreta?* Juro que não foi proposital, cheguei perto sem notar o que fazia.

Diante da minha falta de jeito, ele sorri, mordendo o lábio inferior.

Deus me ajude, mas qual o protocolo para lidar com ex? Vomitar é uma péssima saída. Fugir ficou no passado. Evitar é egoísmo. Quase enfiar o nariz no pescoço dele também não é o ideal!

— Você está bem? — Seus dentes somem quando os lábios se fecham, atento a qualquer movimento meu.

— Ressaca, sabe como é, né? Uma taça aqui, outra ali, para aliviar o estresse... quando você vê, está trançando as pernas. — Falar a verdade não foi difícil, embora ele esteja me fitando com certa apreensão.

— Sei — responde, curto e grosso, deixando-me encafifada.

No instante em que desvia o olhar, compreendo que falei mais do que devia. Arregalo os olhos e levo a mão ao cabelo novamente, sentindo necessidade de ocupar as mãos com alguma coisa. Eu não tenho o mínimo de noção! Estava indo bem, socializando e mantendo um diálogo superficial. Saulo tem madrinha de sobriedade, teve "recaídas", e aqui estou eu, contando que enchi a cara na noite anterior. Sutileza é meu sobrenome.

— Desculpe, eu não quis... — Droga! Ele não sabe que falei com a Vitória, sabe? Só sei dar gafe!

Saulo me observa enquanto solto o cabelo e torço tudo para cima, prendendo a parte que se comporta com uma piranha antiquada, daquelas que mudam de cor quando expostas ao sol. Não me critique, é brega, mas a melhor. Assim que meus fios param de cair, ajeito a franja atrás da orelha e flagro seus olhos avaliando meu corpo todo, descendo por meus seios, cintura e pernas. Meu manequim não é o mesmo de duas décadas atrás e, de repente, estou extremamente consciente do acúmulo de gordura que preenche minhas roupas.

Há tempos deixei de me importar com medidas e passei a me ver de outra forma, e me aceito como sou. Então por que, perto dele, sinto-me vulnerável? A opinião dele sobre o meu tamanho me incomoda? Sou tranquila quanto a isso, mas, não sei, ele pode pensar que fui desleixada ou... inferno! O que ele pensa não deveria importar. Correção: o que ele pensa não *importa*. Afinal, o que Saulo representa para mim? De melhor amigo passou para namorado, depois para ex que me deixou, seguiu como assunto traumático até se tornar a pessoa de quem não gosto de me lembrar. E hoje? Não é mais que um ex que frequenta a mesma academia que eu.

— Você está diferente — Saulo pontua ao enfiar as mãos nos bolsos do short vermelho.

Involuntariamente, faço a mesma coisa que ele acabou de fazer.

— Um pouco. — Respiro fundo ao analisar sua regata preta, short vermelho e tênis branco. Um relógio esportivo e duas pulseiras de couro preto evidenciam as veias estufadas. Demoro alguns segundos na cicatriz, mais clara que o tom escuro da sua pele. — Tem frequentado a piscina? — Solto num rompante, sem pensar.

— Por quê?

— Sua pele está mais bronzeada.

— De vez em quando. — Ele sorri, nitidamente satisfeito por eu ter notado. — Você lembra como gosto de nadar.

Claro. Meu cérebro não me deixa pensar em outra coisa, criando a imagem do Saulo saindo da piscina com gotículas de água pingando do cabelo. As gotas percorrem o pescoço e deslizam sobre a pele vibrante de suas costas, alcançando o cós da sunga e...

Estou lendo muito romance. É a única justificativa.

— As piscinas daqui são ótimas, você devia aproveitar — ele emenda.

— Como você sabe que não frequento a piscina?

Saulo ergue as sobrancelhas como se fosse óbvio. Não está errado, minha pele é branca demais, denuncia que passo a maior parte do tempo longe do sol, enfurnada no quarto de costura. E ele reparou.

— Estou indo pro Rio de Janeiro, talvez pegue uma praia por lá — revelo no impulso.

— É mesmo? — Ele cruza os braços e me sinto vitoriosa por não encarar seus bíceps.

— Vou a trabalho.

Muito próximo da nossa realidade, não? As pontas dos meus dedos começam a tremer e, antes que irradie para o restante do meu corpo e meu estômago decida se unir à festa, fecho os punhos, cravando as unhas nas palmas. Por que toquei no assunto? O bate-papo seguia razoavelmente bem. Eu tive que destruir o clima.

Clima? Que clima, Lúcia?

— Que coincidência.

— Pois é. — Solto um suspiro exasperado. Acho que a conversa fiada foi longe demais. Aponto para as esteiras. — Bem, o papo está bom, mas o treino me aguarda.

Sinceramente, não sei se terei condições de completar o treino. Meu intuito é me acalmar e a única maneira será me distanciando dele. Foi uma boa conversa, rápida e leve, excluindo o final. É um progresso, certo? Com um aceno rápido, eu me viro e começo a andar.

— Lúcia, espera. — Seus passos certeiros avançam a curta distância que criei entre nós. — Sei que hoje pode ter sido uma exceção, mas agradeço por ter perdido seu tempo falando comigo.

Por que me sinto pior ouvindo a insegurança em sua voz? Não tenho que me compadecer de nada.

— Saulo, eu…

— Me escuta, falar com você foi a melhor parte do meu dia.

— O dia mal começou. — Só para garantir, confiro o horário no relógio da parede, confirmando que são nove horas da manhã. — E é véspera de Natal, estou certa de que logo outro evento irá superar um simples bate-papo.

Ele meneia a cabeça e fico desconcertada.

— Não quero estragar o momento, mas, preciso saber.

Ele me olha com intensidade e, por um milésimo de segundo, encontro o que procurava mais cedo: o brilho. Falta brilho em seu olhar e, seja lá o que for que ele queira saber, faz com que seus olhos brilhem com esperança.

Apesar de prever que irá tocar em assunto proibido, e uma parte de mim se opor, preencho meus pulmões com oxigênio, estufando o peito, e me preparo psicologicamente. Talvez Vitória esteja certa quanto ao Saulo ter sofrido com nossa separação.

— Diga.

— Por acaso, você chegou a ler… — Suas palavras morrem e meu estômago dá um nó.

— Não — eu me apresso a dizer. — Eu tentei.

Saulo assente com pesar e esfrega a nuca, frustrado.

— Bem, isso…

— Não é fácil — confesso, retribuindo seu olhar mais uma vez sem vida, aceitando que ambos estamos marcados por traumas que queremos esquecer. — Acho que, se você quiser, a gente poderia…

Ele aguarda em silêncio enquanto elaboro o que oferecer. Meu coração está na boca e as palavras na ponta da língua. Sei o que quero, mas é como se eu patinasse no gelo e caísse repetidamente. Como explicar quando não sei direito como reagir? Quero falar com ele? Quero evitá-lo? Quero escutar de sua boca o que Vitória me contou? Quero assumir que ainda existe algo dentro de mim que se rebela sempre que ele aparece, nem que seja em pensamento?

Sim, para todas as interrogações.

Estou pronta para encarar? De jeito nenhum!

Quero resolver? Sem dúvida!

Inspira.

Expira.

Limpo a garganta para que minha voz não falhe e, tomando coragem, pergunto:

— Quer sair comigo, um dia, pra conversar?

15

— Arrumou tudo? — Minha mãe pergunta da porta, observando a bagunça em cima da minha cama.

— Sim.

— Documentos?

Sorrio, não importa a idade, mãe é sempre mãe. Ela entra no meu quarto e fica diante dos quadros com as fotos na parede.

— Peguei. — Falta só a identidade porque não ando com ela na bolsa, carrego apenas a carteira de habilitação.

Vou para a mesa de cabeceira e me agacho, abrindo a última gaveta. Na pasta de documentos, pego meu RG. Bato o plástico algumas vezes na minha palma, pensando se não estou me esquecendo de nada. Repasso a lista, item por item. Cartão do plano de saúde. Cartões de visita da Lu.Cost. Kindle. Documentos. Cartão de Crédito.

De relance, vejo a lateral da caixa que Flavinha guardou debaixo da cama. *A caixa*. Que ainda não consegui abrir. Eu poderia inventar bilhões de desculpas para justificar o motivo de não ter lido assim que voltei da academia sem terminar o treino. Eu tentei, subi na esteira, dei uns quinze passos e desisti. Sem me despedir de Iago, apenas parei e dei o fora. Correr sem sair do lugar, dentro de quatro paredes, é muito similar ao que tenho feito com a minha vida. Eu precisava de espaço e de ar. Sentindo-me sufocada e bombardeada por um turbilhão de emoções, abandonei meu carro na porta do clube e andei.

Andei, andei e andei um pouco mais.

Andei por horas, sem rumo, até que minhas pernas e pés implorassem por trégua. Exausta, me sentei na calçada e liguei para o meu irmão, explicando tudo. Ele me achou e chamamos um carro por aplicativo, para nos levar para o meu carro.

Levanto e empurro a gaveta com o pé. Em cima da cama está o que separei para colocar na bolsa – peça única que me orgulho de ter criado. Solto o botão preto, admirando a estampa do tecido alaranjado que encontrei um tempo atrás e considerei perfeito para um novo modelo. Com cores mais chamativas do que costumo utilizar, aumentei as dimensões dos bolsos e do interior, confeccionando algo novo e diferente do que está na moda. Foi um experimento que funcionou perfeitamente bem, tanto que amei o resultado e peguei para mim. É exclusiva, não está disponível na loja virtual, nem pretendo colocar. Às vezes, precisamos nos sentir especiais. Essa foi a minha forma de me recompensar pelo trabalho que sempre faço para os outros.

Deslizo o zíper preto, separando a alça dupla da mesma cor, e começo a guardar cada objeto. Absorvente de emergência. Lápis e rímel. Protetor labial. Carteira. Celular. Caixa de remédios. Caneta. Bloquinho. Protetor solar. Lenço umedecido e de papel. Óculos escuros. Meu novo fone de ouvido, que não despenca das orelhas – acabei de ganhar de Natal, que Nicolas seja abençoado!

— Pronto?

— Sim, tudo. — Fecho a bolsa e encaixo as alças no ombro.

Dou uma olhada no que ficou na cama, só por precaução, e paro para olhar os painéis, admirando o sorriso de Bernardo. *Torça por mim*, peço e sorrio, sentindo-me bem. Muito bem. Pego a mochila azul-marinho, estampada com pequenas flores de cerejeira, modelo básico disponível no catálogo da minha marca, e desço a escada atrás da minha mãe.

— A medicação da vovó está no armário, em cima da pia — recordo.

— Você já disse.

— A tabela com os horários e dosagem estão fixadas na geladeira.

— Eu sei.

— E a Flávia não pode voar de *paraglider*, não importa o argumento.

Mamãe ri.

— Também já disse. Não se preocupe, Lu, é a minha mãe, a minha neta e temos celular.

Eu sei. Mãe é mãe, né? O ditado popular também serve para mim. Embora ela saiba a rotina da minha casa, vai ficar no meu lugar por uns dias. Lanço um sorriso bem na hora em que Nicolas entra na sala e estende os braços para levar minha mochila e bolsa para o carro.

Antes de sair, vou ao quarto da vovó para me despedir. Bato na porta anunciando minha presença, e vó Marta inclina a cabeça para longe do livro, espiando-me pela lateral. Ela nem se importa mais em esconder a capa com o torso nu do modelo que segura apenas uma toalha na frente do corpo.

— Gostando do livro?

— Uhh! Uma beleza!

Embora a resposta seja positiva, algo está esquisito. Eu me aproximo da cama e me sento na beirada, segurando seu braço com cuidado.

— Você tá bem, vó?

Ela assente, sem dizer nada.

— Tem certeza?

Vovó solta um suspiro longo.

— Vá, Lucinha, corra atrás do seu sonho, não ligue pra mim.

— Mas não estou indo atrás de nenhum sonho, tenho tudo o que quero aqui, na minha casa. Se a senhora não estiver bem, não vou a lugar nenhum.

Ela fecha os olhos e pega a minha mão, deixando o livro de lado.

— Você precisa ter sonhos. A vida não tem graça sem sonhar. E você merece.

Sinto um aperto no peito e meus olhos lacrimejam com suas palavras. Além de ser minha mentora, é minha melhor amiga, a pessoa que mais compreende as dores que vivi.

— Promete uma coisa pra mim. — Vó Marta dá umas batidinhas no meu braço e abre os olhos. — Você vai ser feliz.

— Mas eu sou feliz.

— Não. Me escuta, me deixe dizer tudo.

Fecho a boca e aguardo que termine, ouvindo o ritmo de sua respiração.

— Você passou por muita coisa, não teve uma vida completa, mesmo acreditando no contrário. Você tem só trinta e oito anos, tem muito pela frente. Eu, com meus oitenta e seis anos, sei do que estou falando. Você não fez a faculdade que queria, não seguiu a carreira que desejava, não se casou com o grande amor da sua vida. Você se privou, perdeu o encanto quando Saulo partiu e se contentou com o que estava ao seu alcance. Costurar foi fácil, você seguiu o que eu fazia, dentro de casa; e Bernardo caiu no seu colo. Foi um bom casamento, vocês se amaram, mas ele não está mais aqui. Tem coisa que a gente *precisa* viver e nem tudo ocorre como desejamos. O que mais quero é que você escute seu coração e corra na direção que ele indicar, mesmo se parecer loucura. Pare de brigar com seus sentimentos, só assim conseguirá se soltar das amarras do que aconteceu no passado. Você tem um dom, consegue transformar o que é pequeno em algo precioso, e tenho certeza de que, no fundo, você quer mais. Hoje, ser dona de uma loja e educar sua filha é o suficiente, daqui a dez anos, quando olhar para trás, vai saber que faltava alguma coisa. Eu entendo o que tô falando, vivi quarenta anos sem seu avô, não quero isso pra você. A vida é muito maior que profissão e maternidade.

Com dificuldade, vovó levanta o corpo e a ajudo a se sentar, adicionando almofadas às suas costas. De repente, ela parece tão miúda e frágil. A finitude do ciclo da vida é assustadora, minha vontade é desistir da viagem e ficar com ela. Não gosto nem de pensar no dia em que não estiver mais aqui. Ela se acomoda e endireita a coluna, me estudando.

— Seus olhos mudaram — comenta, e, automaticamente, apalpo minhas olheiras. — Não é disso que tô falando! O brilho voltou. Fraco, mas voltou.

Aturdida, encaro vó Marta. Interessante ela dizer isso quando, dois dias atrás, era eu quem observava a falta de brilho no olhar do Saulo. Não que uma coisa tenha relação com a outra. Trata-se apenas de uma coincidência.

— Lúcia, você não nasceu para ficar enfurnada num quarto de costura. Tem que correr atrás do tempo perdido.

— Não sei do que está falando, vó.

— Ah, sabe! Seus olhos recuperaram o brilho justo quando um certo alguém voltou. Não perca a oportunidade de amar de novo. Eu não tive, seu avô foi o único homem que amei e viver sozinha é cansativo.

Abro a boca para retrucar, mas ela é ágil.

— E não venha me falar no Bernardo. Nós duas sabemos que ele foi um tapa-buraco.

— Vovó, pelo amor de Deus! Não admito que a senhora fale assim dele.

— Não estou falando dele, pare de mentir para si mesma! Estou falando de você e da vida que tem pela frente. Bernardo foi um homem excelente e você o amou, todos nós vimos. Ainda ama, mas jamais foi apaixonada por ele.

Fico incapacitada de argumentar quando meu peito se contrai dolorosamente.

— Eu amo o Bernardo, nunca duvide disso. — Minha voz sai embargada. — Amo demais.

— Eu sei, Lúcia, mas não é desse tipo de amor que estou falando.

Ela me puxa para poder me abraçar e a emoção atinge o ápice. Choro por mim, por Bernardo, pela vovó e... pelo Saulo. Não vou me enganar. Choro por ele também.

— Seu marido nunca fez seus olhos brilharem. — Vó Marta passa a mão na minha cabeça. — Era um querido, mas seus olhos... Ah, Lucinha, você não via seus olhos com o meu conhecimento de vida.

Intensifico o abraço, compreendendo sua linha de raciocínio. Não concordo com tudo e ficaria horas justificando, porém é compreensível. Ela, assim como eu, perdeu o marido jovem, e pelas histórias que me contou, era um romance digno de novela.

— Amo você, vó. — Eu me afasto e esboço um sorriso, limpando os vestígios das lágrimas.

— Eu também te amo, querida. Promete que vai ser feliz?

— Vou tentar.

— Não é o bastante. Prometa. Preciso ouvir.

Solto uma risada curta.

— Tá bom, prometo.

— Mesmo?

— Sim, vó, prometo que vou ser feliz.

— E que não vai fugir dos seus sentimentos.

— Não vou, juro.

— Ótimo. — Ela suspira como se estivesse muito cansada, o que me lembra uma coisa.

— Tomou sua medicação hoje? — Normalmente, eu que a faço tomar, só que com a viagem, deixei aos cuidados da minha mãe.

Sua expressão de seriedade é o suficiente para me convencer de que estou exagerando.

— Está bem, não vou mais te atrapalhar, tem um CEO à sua espera.

Aponto para o livro esquecido sobre a colcha xadrez da cama. Teimosa, ela nunca me deixou trocar o pedaço de pano horroroso por um novo edredom. Extremamente apegada a tudo que lembra meu avô.

— Sim, senhora! Você leu a parte do gelo? — Vovó sorri com malícia e pega o livro.

— Li.

— E a do chocolate?

— Também. — Dou risada, sabendo exatamente quando acontece a cena picante. Com um beijo rápido na sua testa, eu me afasto. — Até mais, vó.

— Vai lá e arrebenta — ela diz quando estou quase saindo do quarto.

— Não é uma competição! — Sorrio, mesmo assim.

— Mas minha neta é foda! Vai lá e mostra que é a melhor no que faz.

— Acho que tem gente sendo influenciada demais pela literatura. Vou pensar dez vezes antes de comprar o próximo livro.

— Não ouse! Tá me ouvindo?

— Beijo, te amo! Juízo!

— Lúcia! Não me deixe sem livros!

Aceno fazendo tchau e deixo vovó para trás. Claro que estou brincando, faço questão de parar na primeira livraria que encontrar para trazer um novo romance. Quem sabe, dessa vez, compro um de época? Recebi indicações maravilhosas no grupo de leitoras que participo.

Estou quase na porta da frente quando, no impulso, viro o corpo e encaro o topo da escada. Eu não deveria, mas as palavras da vó Marta dançam por minha mente. A tentação é forte. Pondero por cinco segundos e a porta abre de supetão.

— Que demora, Lúcia! Vamos nos atrasar. — Nicolas me repreende e volta para o carro ao notar que eu estava no meio do caminho da saída.

Flávia e minha mãe nos aguardam, lado a lado. Não me dou o luxo de pensar duas vezes, em vez de segui-lo, subo os degraus de dois em dois. Aposto que vovó está ouvindo o barulho dos meus passos e sorrio com a certeza de que é o certo a fazer, mesmo que eu sofra no processo.

Ofegante, agacho-me ao lado da cama e puxo a caixa, abrindo a tampa. Minha boca se abre em choque. Começo a folhear, o coração pulando entre os pulmões ao reconhecer a caligrafia em tinta azul e preta. Os envelopes, lacrados e amarelados pelo tempo, estão separados por ano e data. Vovó teve trabalho. Todas as cartas estão meticulosamente armazenadas em sacos plásticos.

Sem tempo para raciocinar, encaro os saquinhos e pego o primeiro da pilha, com a data de postagem mais nova; e a última, com envelope rasgado. Fecho a caixa e empurro para onde estava, rezando para que minha filha não se aventure enquanto estou fora de casa.

Escuto a buzina e fico furiosa com meu irmão. Saio pela porta soltando fogo pelas ventas.

— Ficou doido! A Nat está com dois recém-nascidos em casa! — vocifero ao fitá-lo pelo vidro da janela do carro.

Ele esqueceu, está estampado no semblante de arrependimento.

Meneando a cabeça, eu me viro para duas das três mulheres mais importantes da minha vida.

— Juízo. — Dou um abraço rápido na mamãe, levando a mão com as cartas para as suas costas. Não que seja um segredo, mas não quero explicar nada nesse momento. — Qualquer coisa, me ligue.

— Boa viagem, mãe. — Flavinha me abraça. — Pode deixar que cuido delas.

— Nada de *paraglider* — reforço ao dar um beijo em seu cabelo. — Quero mensagens de manhã, de tarde...

— E de noite, já sei — ela termina por mim.

— Vou sentir saudade.

— Eu também — diz quando seguro a maçaneta da porta.

Ao me sentar no banco do passageiro, Nicolas prende os olhos em minhas mãos e ergue as sobrancelhas.

— Cale a boca.

Ele ri e dá a partida.

Abro o vidro para que Flávia me ouça e faço um tchauzinho.

— Manda foto dos bebês!

Ela assente com a cabeça e fica nos observando descer rua abaixo. Faço o mesmo, olhando as duas através do retrovisor, ficando para trás.

Quando o portão do condomínio se fecha, finalmente encaro as cartas.

Inspira.

Expira.

Nico me observa pelo canto do olho, no semáforo.

— Eu pedi para não comentar.

Ele responde meneando a cabeça e voltando a dirigir.

Pego a bolsa e, com cuidado, guardo os saquinhos no canto, ao lado da carteira.

Vou ler.

Só preciso de mais alguns minutos.

16

Antes

— Não aguento mais.

Viro o corpo de lado e contraio os músculos do rosto, fazendo a maior força para não abrir os olhos. Dormir é impossível.

— Juro que foi a última vez.

Eu pareço um frango assando, daqueles que papai compra no domingo, que ficam girando para lá e para cá, sem descanso, até que o moço da padaria finca um garfão e o retira de dentro do forno. Aperto o travesseiro em cima da cabeça tentando abafar o som.

— A última vez foi na semana passada. No mês passado. Ano passado!

A voz aumenta, aproximando-se do quarto, e puxo o travesseiro para baixo, contrariada. Sem me mover, espio as sombras que ofuscam a luz entre o chão e a porta. Sinto vontade de chorar ao pensar nas outras noites em que escutei a mesma discussão.

— Toda vez a mesma coisa! Promessas sem fundamento e dívidas. Até quando vou ficar limpando a sua barra?

— Não exagera.

— Ah, por favor! Você não tem um pingo de consideração, age com irresponsabilidade, como um adolescente. Eu juro por Deus, se acabar com a minha família...

— Pare de drama. — Uma risada acompanha a fala.

— Acha engraçado? Perco o sono dia sim, dia não, preocupada com seu paradeiro, sem saber se foi preso ou, sei lá, coisa muito pior.

— Até parece, Melissa! É inofensivo.

— Isso até me ligarem do hospital.

— Quer saber, cansei dessa encheção de saco!

As sombras somem do vão da porta.

— Gilson! Não dê as costas pra mim!

Eles se afastam e agradeço por não ouvir mais. Finalmente, posso dormir. Volto o travesseiro ao lugar certo e enfio as mãos por baixo da fronha, pronta para pegar no sono. Minutos depois, continuo acordada. O término da discussão não foi o suficiente para me acalmar. Não consigo parar de pensar no Saulo. Será que ele ouviu?

Fico quieta, atenta a cada ruído no corredor. Tenho que fazer alguma coisa, então aguardo até que as luzes sejam apagadas e a casa fique em silêncio. Devagar, empurro os lençóis para longe e me levanto. Deixo meu chinelo para trás e caminho até a porta. Grudo a orelha na madeira, verificando qualquer barulhinho. Quando tenho certeza de que todo mundo foi dormir, giro a maçaneta com cuidado e abro a porta bem devagar, esticando o pescoço e a cabeça para frente. Furtivamente, saio para o corredor e fecho a porta. Não quero que ninguém perceba que saí da cama. Lentamente e nas ponta dos pés, vou para a segunda porta à esquerda. Ao chegar no meu objetivo, repito todo processo e encosto a coluna contra a porta assim que a fecho, soltando a respiração.

Consegui. Ninguém viu.

Como meus olhos estão acostumados com o breu da escuridão, sem dificuldade vejo ele deitado na cama. Meu peito dói ao registrar sua posição, encolhido no canto, perto da parede. Eu não tinha que estar aqui, sei que é errado, só que preciso ver se ele está bem.

Sem dizer uma palavra, nem pensar na bronca que podemos levar, eu me deito atrás dele e abraço seu corpo. Só quero ajudar meu amigo. Saulo está imóvel como uma pedra, mas seu peito sobe e desce. Não demora muito para que suas mãos me encontrem.

— Minha mãe te mata se te pegar aqui. Ela proibiu.

Solto uma risada baixinha, concordando com o aviso.

— Não posso fazer nada, meus pés fazem o que dá na telha.

Dessa vez, ele quem ri. Após um tempo em silêncio, Saulo começa a subir e descer a mão no meu braço.

— Não precisava ter vindo.

— Eu quis.

— Obrigado.

Tirando a mão de cima dele, Saulo se vira de frente para mim. Não consigo vê-lo direito, mas sinto que me observa, assim como estou fazendo. Desajeitado, passa a mão no meu rosto. O contato é esquisito, uns dias atrás, a gente ainda brigava e discutia por tudo. Agora, mudou. Ele me escuta e, às vezes, segura a minha mão. Abraçar e fazer carinho é novidade, não sei se é certo, mas parece tão certo.

Nossas famílias não curtiram muito *a mudança*. Na quinta, quando a gente chegou da escola de mãos dadas, Melissa não ficou brava, só arregalou os olhos e ligou para minha mãe na hora. As duas criaram um tanto de regras chatas. Não podemos ficar sozinhos em casa sem um responsável, e o Nicolas não conta como "responsável". Posso dormir na casa dele e ele na minha, mas em quartos separados. Vovó fica passando pela sala quando estamos jogando videogame. Assistir filme no quarto dele com as luzes apagadas? Só com a porta aberta. Como se a gente fosse cometer algum crime.

Está virando perseguição e não fizemos nada de errado.

Saulo desce a mão por meu rosto e seu polegar escorrega sobre meus lábios. Acho que não foi por querer. Ele para, mas não tira o dedo da minha boca. O toque é tão leve que sinto cócegas e, por reflexo, passo a língua nos lábios. Saulo respira fundo e eu também. Não sei explicar porque meu peito aquece e, de repente, tenho vontade de ficar mais perto dele. Muita vontade.

Bem devagar, seus dedos somem e reaparecem. Saulo se concentra no meu lábio inferior, depois sobe um pouco e toca o superior. Sua outra mão segura meu rosto e solto o ar, sentindo um milhão de coisas ao mesmo tempo. Abro a boca para perguntar o que ele está fazendo, justo quando sua testa encosta na minha. Ai, meu Deus! O nariz dele encosta no meu, indo para cima e para baixo. Seguro seu ombro, procurando... não sei o quê. Meu coração está tão maluco que não decide se bate para valer ou se para de bater.

Levanto o queixo e encosto a boca na dele. Saulo inspira e repete o movimento, passando os lábios de leve sobre os meus. Meu coração bate sem parar. Eu não imaginava que beijar meu melhor amigo seria tão gostoso. Nós já tentamos fazer isso uma vez, aos oito anos, quando brincávamos de pega-pega e nos atracamos. Foi uma experiência nojenta, combinamos de nunca contar para ninguém e limpamos o vestígio na gola da camiseta. Só que agora é... diferente.

— Saulo. — É o que consigo falar.

— Eu sei, Lu, eu sei — ele diz num suspiro e, sem perder tempo, cola a boca na minha novamente.

Dias atuais

Pela da janela do carro que nos buscou no aeroporto, admiro a imponência do Pão de Açúcar. É tão bonito como dizem. Estar no Rio mexe comigo, é impossível não pensar sobre os desencontros entre mim e o Saulo. Queria que minha experiência fosse memorável e sem desvios, focada apenas na oportunidade de trabalho e na viagem em si, mas tenho uma ideia de que não será assim. Infelizmente, a cidade maravilhosa é o cenário dos meus pesadelos, representa uma ferida profunda e mal cicatrizada, não existindo beleza que sobreponha dores antigas. Ao ser convidada para conhecer a Anabella Furtado, imaginei que o Rio de Janeiro em si seria somente o pano de fundo para o *glamour* que a estilista carrega. Ledo engano.

À medida que atravessamos a cidade, tento não pensar nas cartas dentro da bolsa, abraçando-a em meu colo. Estou uma bola de nervos, girando a aliança freneticamente e com as pernas inquietas. Nicolas percebe a agitação e puxa minha mão para segurá-la. Sorrio em resposta, não vai funcionar, estou muito apreensiva.

— Ei, já estamos chegando.

Diferente de mim, Nico veio algumas vezes ao Rio de Janeiro, então conhece a cidade. Eu me sinto mais familiarizada e confortável com São Paulo, devia ter sugerido para nos encontrarmos lá.

— Senhora, seu marido tem razão, chegaremos em, no máximo, quinze minutos. Quer que abaixe a temperatura do ar-condicionado?

Olho para o Nicolas e, juntos, caímos na risada.

— Ele não é meu marido.

— Lúcia é minha irmã.

Informamos simultaneamente. As faces do motorista coram de imediato.

— Me desculpe pela suposição.

— Imagina! O senhor não é o único que confunde, fique tranquilo.

Na realidade, estou mais do que agradecida pelo erro, foi o suficiente para me distrair e aliviar parte da ansiedade. Nós não somos fisicamente parecidos, então não foi uma, nem duas vezes que alguém presumiu que éramos um casal, principalmente na época em que ele me acompanhava nas viagens. Homem e mulher reservando apenas um quarto? Muitas vezes nos deparamos com cama de casal, quando no ato da reserva informamos serem duas de solteiro.

Rodamos por mais alguns bairros famosos antes de estacionarmos diante de um hotel à beira-mar em Copacabana. O motorista garante que cuidará de nossas malas e nos informa que a Mônica está à nossa espera, na recepção. Com a bolsa a tiracolo, entro no amplo e iluminado saguão, reparando nos lustres e decoração luxuosos. Observo a forma impecável como os funcionários estão vestidos, todos com uniforme social discreto, e penso que meu vestido florido pode ter sido uma escolha infeliz. A sandália nude também parece estar completamente fora dos padrões que me cercam, um scarpin seria mais adequado. Nicolas não tem com o que se preocupar, escolheu uma camisa azul-claro de manga três quartos e uma calça jeans escura, modelo casual, porém bem distante do meu estilo *verão, vou te usar*.

— Ainda bem que chegaram a tempo, Anabella tem um compromisso importante e inadiável daqui a meia hora, então precisamos nos apressar.

Uma mulher de média estatura, com traços de descendência oriental, nos aborda. Seu longo cabelo castanho-escuro passa da cintura e combina perfeitamente com o tom de pele. O terninho cor de creme enfatiza sua postura de executiva. Ela estende o braço, indicando o elevador.

— Podem vir por aqui, por favor.

Assim que a porta dupla se fecha, deparo-me com espelhos cobrindo o interior.

— Nos falamos brevemente por telefone, sou a Mônica, muito prazer, senhora Lúcia. — Ela oferece a mão num cumprimento e sorri, exibindo os dentes simétricos. — E o senhor?

— Nicolas, irmão da Lúcia.

— Muito prazer. Fizeram boa viagem?

Mônica mantém a conversa amena enquanto eu assimilo que posso estar a minutos de entrar em pane. Anabella Furtado não é pouca coisa, é *tudo* no mundo da moda.

— Sim, tudo certo.

— Ótimo! Temos um quarto reservado para vocês pelo tempo que decidirem permanecer no Rio, é só me comunicar com antecedência quando pretendem voltar para que eu possa agilizar a burocracia nos aeroportos.

— Ah, não, não vamos ficar, viemos somente para a reunião. — Eu me apresso a informar. Não tenho a intenção de falir bancando as diárias de um hotel desse porte. Deve ser uma fortuna que provavelmente não tenho capacidade de economizar.

Mônica me estuda por alguns segundos.

— Lúcia, posso te chamar assim?

— Claro.

— As diárias são por conta da Bella Fur, Anabella ficará ofendida se não aproveitarem a vista espetacular da suíte presidencial, pelo menos por dois dias. Ela fez questão de ceder o quarto para que sua estadia seja memorável.

Procuro não demonstrar meu espanto.

— Não se preocupe com as despesas, o hotel faz parte da rede administrada por Anabella e seus irmãos. Para eles, trata-se de uma cortesia, e são bastante generosos, posso lhe garantir.

O elevador apita, salvando-me temporariamente de ter que responder. Sério que ceder uma suíte presidencial é algo habitual para essa família? É muito fora da minha alçada.

— Por aqui. — Mais uma vez, Mônica indica o caminho pelo corredor que desemboca em uma única porta, abrindo sem cerimônia. — Devo lhe avisar que Anabella está com o tempo apertado e a reunião será breve, espero que a proposta seja de seu agrado — diz ao entrarmos numa sala decorada em branco e champagne. — A propósito, amei sua bolsa. Só um minuto.

Com isso, ela se retira por uma porta de vidro e eu fito os olhos arregalados do meu irmão, levantando a sobrancelha.

— Meu Deus! — ele comenta sem emitir som.

— Eu sei! — respondo da mesma forma, movimentando apenas os lábios.

Nosso diálogo mudo é interrompido pelo som de saltos de sapato estalando. Prendo a respiração e me viro para ver a mulher responsável por alterar o curso da moda brasileira, em carne e osso. De baixa estatura e magra, ela caminha até nós dois, acompanhada por Mônica e um homem que não me é estranho.

— Olá, Lúcia, fico feliz por ter conseguido se deslocar até aqui para conversarmos.

— O prazer é todo meu! — Minha resposta sai um pouco ofegante, mas que culpa tenho eu? É a Anabella Furtado!

Ela cumprimenta o Nicolas sem cerimônia e volta a me encarar.

— Mônica deve ter adiantado que minha empresa, especificamente a marca Bella Fur, tem interesse em seu trabalho e que temos uma proposta a lhe fazer?

Seus olhos verdes se concentram em mim.

— Sim, foi o que me falou por telefone.

— Perfeito.

Anabella leva alguns segundos me observando da cabeça aos pés e eu me sinto sob a luz potente de um holofote. Não tenho vergonha do meu físico, amo minhas tatuagens e meu cabelo colorido. Minhas roupas complementam meu jeito de ser e fazem parte de quem sou. Mas ser avaliada por uma perita em moda e tendências é o mesmo que colidir com um iceberg e ter sua proa coberta por gelo.

— Esse vestido… é seu?

— Sim.

— Confeccionado por você?

— Sim.

— E sua bolsa?

— Também.

Seu sorriso largo derrete a geleira e, de repente, sinto-me maior que um gigante. Anabella Furtado gosta do meu estilo. Isso é um baita elogio.

— Bem, vamos ao que interessa. Evidente que te chamei aqui porque quero trabalhar com você. Minha filha comprou uma bolsa da Lu.Cost e não desgruda do acessório há dois meses. Para mim, isso indica potencial. Em resumo, quero incorporar sua marca à Bella Fur e disponibilizar alguns modelos por todas as lojas da franquia, incluindo Europa, América do Norte e América Latina.

Perplexa, encaro a multimilionária, que segue explicando.

— Pensei em começarmos com três modelos exclusivos e personalizados, serão vendidos por encomenda. É a forma como você trabalha atualmente, estou correta?

Limpo a garganta e tento não soar como uma tola.

— Sim, isso mesmo.

— Se concordar, elaboraremos um plano de produção para cada um dos modelos. Você ficará responsável pelo design e fabricação, da mesma forma que trabalha hoje, porém iremos acompanhar o processo de perto, avaliando e dando sugestões quando necessário. Com o design aprovado, enviaremos os tecidos e qualquer material que necessite. Todos os custos de produção serão arcados pela Bella Fur.

— Espera, você quer que eu seja uma costureira da Bella Fur?

Os três me observam por um momento, antes de gargalharem.

— Não, querida, eu me expressei errado. Queremos que a Lu.Cost seja a cara da nova linha da Bella Fur. Queremos a sua autenticidade e personalidade na empresa. Vamos elevar a irreverência e rechear as prateleiras de cores, será um novo viés no mundo *fashion*. Seu trabalho vale muito mais do que imagina e pretendo mostrar seu talento para o mundo todo, se me permitir.

— Terei que abrir mão da minha marca?

— De jeito nenhum. Você assinará suas criações, pode usar seu próprio nome ou Lu.Cost, como desejar. De início, podemos pensar em anunciar como *Bella Fur, por Lu.Cost*. O que acha?

O que eu acho? Acho que dormi em casa e acordei sonhando.

— É interessante.

— Ótimo. Um dia fui como você, eu jamais ofuscaria seu nome ou sua marca. Mas estamos falando de negócios, o meu domínio, e aposto que teremos sucesso nesse projeto.

— E a parte financeira? Como será? Vou receber salário?

— Ah, Lúcia — Anabella meneia a cabeça —, você costura há muito tempo?

Dou uma risadinha.

— Há mais de vinte anos.

— Se não estou errada, nesse tempo trabalhou em casa fazendo pequenos projetos, criando peças para amigos e familiares... só recentemente que investiu em loja virtual.

— Sim, foi exatamente assim.

— Imaginei. — Ela lança um olhar rápido para o Nicolas e volta a se concentrar em mim. —Bem, o que posso dizer? Prepare-se para entrar em outro mundo. Vamos elevar seu potencial e valorizá-lo. Creio que conheça minha marca e meus produtos?

Assinto.

— Ainda não é nada certo, mas, digamos que aceite criar uma linha exclusiva para a Bella Fur. O que acha de o valor inicial de cada bolsa ser de 23 mil reais?

17

— Bella Fur! — Abro um sorriso para o telefone e sento o traseiro na areia, sem me importar com os grãos que grudam na umidade das minhas pernas e quadris.

Ouço a risada da Natália do outro lado da linha.

— Tão bom assim?

— Estamos falando da Anabella Furtado! A mulher é um furacão, ficamos no máximo quinze minutos em reunião e saí de lá em choque. — Estico os dedos na areia, sentindo a textura e leveza. Não sou muito fã de praia, mas Nico me convenceu a aproveitar o resto da tarde fora do hotel. — Ela quer uma linha exclusiva das minhas bolsas. *Minhas bolsas*, Nat! Sabe o que isso significa?

— Desfiles em Milão, Paris, Nova Iorque, São Paulo... Minha amiga vai ser famosa!

Solto a areia e admiro as ondas infinitas do mar de Copacabana. Quando Anabella, Mônica e o homem – que até agora não consigo me lembrar de onde conheço, mas tenho certeza de que já vi – foram embora, poucos minutos após ela ter comentado sobre "valores", meu irmão me convenceu que um mergulho seria a melhor forma de abaixar os níveis exorbitantes de adrenalina.

— Eu não tinha pensado em fama.

— Duvido.

— É sério. Fiquei tão eufórica em conhecê-la que nem passou pela minha cabeça.

— Então é bom começar a pensar, Lu. Só um minuto.

É quase imperceptível, mas escuto um chorinho de bebê. Caramba, a Natália está com as duas mãos cheias, literalmente, e eu atrapalhando com as loucuras da minha vida.

— Voltei. Desculpa, o Igor trouxe o Rafael pra mamar.

— Posso desligar se estiver ocupada.

— Não! Quero saber tudo.

— Mas, Nat, você tem coisa mais importante...

— Lúcia, deixe de bobagem, você é importante e o celular está no viva-voz. Acha que não vou fazer uma exceção para comemorar o reconhecimento da minha amiga?

Emocionada, abraço minhas pernas. Estou rodeada de pessoas maravilhosas, meu irmão, minha filha, minha mãe, pai, avó, Iago, Nat e seus filhos. Não falta quase nada para que eu me sinta plena e completa. Sinto que estou quase lá.

Suspiro em contemplação e admiro a paisagem com lágrimas nos olhos.

— Você não está chorando, né?

— Manteiga derretida é meu novo apelido.

— Ao menos são lágrimas de felicidade, essas eu aprovo.

— É, são.

Vejo Nico saindo do mar e sei que preciso desligar o telefone. Temos que ponderar os pormenores da proposta que estarão no meu e-mail. A reunião, segundo a Mônica, foi somente um vislumbre generalizado sobre o contrato. Anabella gosta de conhecer pessoalmente seus investimentos para testar compatibilidade. Ela não faz negócios com quem não possui os requisitos que almeja. Aparentemente, eu tenho e passei no teste.

— Preciso desligar, Nat. Dá um beijão nos fofinhos, por mim.

— O Rafa está recebendo o beijo agorinha. Depois entrego para o Caetano.

— Não esqueci que estou te devendo uma visita.

— Relaxa, Lu, e viva a sua vida! Estarei aqui quando voltar, à sua espera.

Eu me despeço e fico no aguardo do Nicolas, que parou para conversar com um garoto. Aproveito para me alongar, na esperança de que o sol faça seu trabalho e seque a lycra do meu maiô. Ah, não, esse não fui eu que fiz, trabalhar com nylon e moda praia não é para mim. Sorrio para a estampa de caveira da peça única que comprei pela internet. Foi amor à primeira vista. Não dava para resistir ao cinza chumbo com as caveirinhas flutuando por todo lado. Tinha que ser meu. Cheguei a me arrepender de ter comprado porque foi praticamente ignorado por meses, visto minha inexistente ida a piscinas. Mas para o Rio? Eu tive que por na mala.

— Acho que dá pra ir de *bike*. — Nicolas se joga ao meu lado, apoiando o cotovelo na minha coxa.

— Ai! — Empurro seu braço. — Pra onde?

— Arpoador. Dizem que é lindo. Em todas as vezes que estive aqui, nunca consegui ver o pôr do sol de lá. — Ele arruma o cabelo para trás. — Topa?

— Só tenho que tomar uma ducha.

— Nem pensar! Você demora mais de uma hora no banho, vamos perder o espetáculo.

— Mas estou parecendo um frango empanado!

Ele dá de ombros.

— Sério que não dá tempo?

Nicolas balança a cabeça.

— Rapidinho, juro! Vapt-vupt?

— Nada feito. Ainda temos que alugar a *bike*.

— Vai me fazer entrar na água gelada, de novo? Não tem dó da sua pobre irmãzinha?

Ele apenas me fita com olhar divertido.

— Minha *pobre irmãzinha* está com os dias de pobreza contados. Vinte e três mil por cada bolsa? Inacreditável.

Não contenho a comemoração espontânea. Fecho os punhos e faço uma dancinha sem sair do lugar, rebolando a cintura e movimento os braços em círculo, como se eu estivesse mexendo numa panela. Meus ombros sobem e descem, acompanhando o ritmo da dancinha brega.

— É muito bom te ver feliz, Lu.

— Estou nas nuvens!

Não que eu não goste do estilo de vida que levo na minha cidade interiorana, em meu quarto de costura. Mas a perspectiva de mudança leva minha expectativa às alturas. Estamos falando de passos grandiosos, completamente fora da minha realidade.

— Pode voltar pra Terra! — Nicolas joga um punhado de areia em meu peito.

— Ah, seu infeliz!

Parto para cima dele, pulando e girando o corpo com intenção de empanar cada pelo à mostra. Ele ganha na força, só que em público tenho vantagem. Como duas crianças, rolamos na areia, gargalhando. Quando se trata de irmão, idade é um mero detalhe.

O empurra-empurra nos deixa ofegantes. Pensando melhor, idade importa sim. Assopro os grãos em meus lábios e, quando ele me solta, reparo na sujeira do meu maiô.

— Olha o que você fez! — As caveirinhas sumiram por baixo da camada de lama.

Caminho rumo à água. Se vamos andar de bicicleta, quero que meu corpo esteja livre do grude. Assar o meio das pernas passeando pelo Rio de Janeiro? Não é a minha intenção.

Nicolas vem no meu encalço e me viro, sorrindo. Ele corresponde e nos encaramos por um minuto.

— Tudo está se encaixando, Lu — diz pouco antes de adentrar no gelo do Ártico.

Nem precisa me corrigir, sei que o Ártico não banha o Brasil, foi uma figura de linguagem.

— Está, tudo está dando certo — respondo ao mergulhar também.

Bem, quase tudo, ainda tenho cartas não lidas e uma pessoa me esperando voltar. Eu, no Rio a trabalho, Saulo, em Poços, à minha espera. Ironia, nos vemos aqui!

— Que saco!

Jogo as cobertas para longe, suando em bicas. É inútil perder tempo tentando dormir. Já li, vi TV, comi, verifiquei minha caixa de entrada, joguei no celular e tomei um litro d'água. Minha bexiga ainda não me incomoda com o excesso de líquido que ingeri, mas não vai demorar para começar a marcha ao banheiro.

Pelo ronco absurdamente alto, sei que Nicolas está no décimo sono. Eu queria tanto – depois do pôr do sol digno das telonas e do e-mail fantástico que recebi da Anabella – que meu padrão de sono voltasse ao normal e que eu caísse como uma pedra na cama. É impossível, nem o som das ondas e dos carros que cruzam a avenida conseguem silenciar minha mente.

Fecho os olhos e tudo volta. Saulo, Vitória e vó Marta passeiam por meus pensamentos como se fossem amigos inseparáveis e não há nada capaz de me distrair. Nem as fotos dos bebês da Nat aliviaram o redemoinho infernal de pensamento.

A tentação é grande e, pela primeira vez em séculos, sinto que vou acabar cedendo. Será um passo para a superação. Tenho que acreditar nisso ou não sairei do lugar. Posso fazer as mais ridículas escolhas, mas não vou me arrepender de ter ficado mais um dia criando desculpas.

Antes que eu possa inventar algo irrelevante para me ocupar, pego minha bolsa e enfio a mão no fundo do forro. Procuro pelos envelopes, encontrando de primeira. Sem me preocupar em vestir uma roupa decente, sigo em linha reta para a varanda onde, mais cedo, passei alguns minutos debruçada na borda da piscina particular, analisando as cláusulas do contrato que vai mudar o curso da minha vida. Será simples, tenho algumas dúvidas burocráticas, no entanto, a proposta é mais que satisfatória.

Eu me sento em uma *chaise lounge* branca e analiso a caligrafia do Saulo sob a luz dos pontos de iluminação espalhados pela piscina privativa. Os papéis pesam uma tonelada em minhas mãos. Tenho plena consciência de que as palavras aqui escritas têm o poder de virar meu mundo de ponta-cabeça. Tudo o que sei sobre o passado dele, além do que imaginei, descobri recentemente. O pouco que fiquei sabendo bastou para me fazer questionar se a realidade foi mesmo tão pesada para ele quanto foi para mim.

Saulo trabalhou na indústria pornográfica e, para conseguir atuar, se drogou. Teve recaídas em alguns momentos. Não voltou depois de um ano, conforme o combinado, por estar fazendo uso. É o suficiente para me deprimir. Quero mesmo abrir a caixa do passado? Não, mas preciso.

Com cuidado, pego o primeiro envelope, aquele que me fez passar mal e que vó Marta escondeu. Eu me preservei por anos, ciente do que a leitura poderia desencadear. Deixo-o de lado e observo o outro, o último que recebi. Branco, com meu antigo endereço escrito em preto. Intocado. Tateio as extremidades e rasgo a lateral. Uma folha envelhecida, dobrada em quatro, me desafia. Sem me deixar abalar, desdobro o sulfite e cerro os olhos.

Lu,

Eu estou voltando. Caralho. Mal vejo a hora de te ver, te abraçar e passar o resto dos meus dias com você. Desculpa a letra, minha mão tá suando e a caneta fica caindo sem parar. Eu tô nervoso. Tô morrendo de medo da sua reação. Será que está tão ansiosa quanto eu?

A Vitória e o pessoal do NA falaram que preciso esperar mais um pouco. Lembra dela, né? Minha madrinha? Não quero te fazer esperar nem mais um segundo. Cinco anos é muito mais do que planejamos e espero que você me entenda. Eu tinha que ficar limpo e ter certeza de que não corria o risco de pisar na bola com você. Te fiz sofrer demais nesse tempo todo, acho que seis meses sóbrio é seguro. Estou confiante.

Sei que nem sempre fiz sentido, falando pra você viver a vida e me esquecer, para logo em seguida implorar como um idiota para que rasgasse a carta anterior e me desse mais uma chance. Não sei em que pé estamos agora, mas tenho que arriscar e confio em você, Lu. Confio na gente, na nossa história, no nosso amor. É de verdade, coisa pra vida inteira. Não vou abrir mão.

E se o tempo longe fez você pensar o contrário, eu sei como te convencer. Se bater a porta na minha cara e não quiser reatar (não acho que é o que vai acontecer, mas a Vitória diz que preciso pensar na pior hipótese), tenho um plano B. Acredite, Lu, você é minha. Sempre vai ser.

Amanhã, quando eu chegar na sua casa, bem no dia do seu aniversário, vou levar o maior buquê de rosas brancas que encontrar na cidade. E eu espero, do fundo do meu coração, que você esteja preparada para receber todo amor que carrego dentro de mim. Porque não cabe em meu peito.

Te amo demais,

S.

Obs.: quando você receber e ler essa carta, estará em meus braços, planejando nosso futuro, no meu novo apê. Nosso apê. É a minha segunda surpresa, mas você já vai saber. Espero que goste. Sei que vamos fazer o tempo perdido valer a pena. Já está pronta pra ter filhos? ;)

Igual a uma pessoa com dificuldade de interpretação, releio a carta três vezes, perplexa. Faço as contas, sabendo exatamente onde, com quem e o que eu estava fazendo no meu aniversário de vinte e três anos. Monte Verde. Bernardo. E infinitas declarações de amor.

Não sei como meus órgãos ainda estão funcionando.

A carta treme em meus dedos. Quanto mais me recordo do que eu vivia naquela época, mais as peças se encaixam. Horrorizada, começo a lembrar dos detalhes, afundando-me cada vez mais no desespero.

Rosas brancas.

Tenho certeza de que ele cumpriu o que disse na carta. Eu vi o buquê.

Ah, meu Deus!

O pesadelo é mais aterrorizante do que previ. E achei que a insistência da vó Marta para que eu converse com Saulo é por ela se preocupar com o meu futuro, e não querer que eu fique sozinha. Ah, mas não é mesmo! Vovó tem culpa no cartório. O imenso buquê de rosas brancas enfeitou uma das mesas de costura por duas semanas. Eu e o Nicolas tentamos, de todas as formas, descobrir quem havia enviado, e ela não disse nada. Concluímos que vovó tinha um admirador secreto e, repetidas vezes, eu a incentivei a procurar pelo homem misterioso. Ela desconversava.

O arranjo de flores se tornou uma brincadeira familiar e Bernardo passou a presentear vovó com uma única rosa branca todo sábado. *Para a senhora mais linda e requisitada da cidade*, foi o que ele escreveu no primeiro cartão. Vovó ria e sumia para dentro do quarto com a flor. Todas as vezes, com o rosto rubro e olhos brilhando. Pensávamos que se sentia constrangida por, hipoteticamente, estar aceitando agrados de alguém que não fosse meu avô.

Rosa branca. A mesma flor que adorna o túmulo do meu marido.

Inacreditável.

Será que ela sabe de mais alguma coisa? É óbvio que viu e falou com Saulo quando eu estava viajando com o Bernardo. Nem imagino o que conversaram, principalmente por saber que, depois dessa, não recebi nenhuma carta. Seja lá o que aconteceu, foi o suficiente para que Saulo desistisse de me procurar.

E vovó sabia. Em todos esses anos, vovó sabia e não me disse nada. Não tenho nenhuma dúvida de que ele se abriu com ela.

— Eu vou matar a minha vó! — vocifero, inconformada.

Antes que meus canais lacrimais resolvam atrapalhar a nitidez da minha visão, volto para o quarto e pego o celular. Com total ciência de que posso me arrepender e de que estou prestes a me deparar com o que sempre evitei, acesso o único aplicativo no qual possuo perfil social. Minha loja está em todas as plataformas, mas eu? Somente em uma e a conta é privada.

Sem dar ouvidos para os sintomas da crise que se aproxima, clico no campo de busca e digito o nome dele. Corro os olhos pela lista com o resultado e, insatisfeita, testo todas as combinações possíveis com seus dois sobrenomes. Entro em vários perfis, nenhum dele. Exasperada, forço minha mente a se lembrar de um apelido ou algo que deixei passar e que possa ter usado para criar uma conta. Saulo tem um perfil. Quem não tem?

Fecho os olhos com pesar ao recordar o dia em que conheci Bernardo. Com pouco controle sobre meus dedos, digito o pseudônimo que nunca fui capaz de esquecer: Clark Holtz.

E, olha só, centenas de perfis com um rosto que conheço muito bem. Encaro o celular, incerta de que deixar minha impulsividade agir seja uma boa ideia. Vou me arrepender. A contração das paredes da minha garganta são um claro indício do que acontecerá a seguir.

Foda-se.

Clico no único resultado verificado e solto a respiração.

Que Deus me ajude.

18

Antes

— O que você tá fazendo?

Vovó pega um banquinho e se senta ao meu lado, diante da tela do computador.

— Já ouviu falar algo sobre blogs? — Olho para ela ao perguntar.

Ela ajeita os óculos e contorce o cenho ao estudar o navegador aberto.

— Broches?

— Blogs. Vi uma matéria na revista, é tipo um diário, só que fica na internet. — Clico nas datas enfileiradas na lateral direita da página. O design de morcegos com o fundo roxo é adorável.

Ela inclina o pescoço ao fitar a nova página, onde uma garota relata o que achou do último filme que assistiu no cinema.

— Humm. E qualquer pessoa pode ler?

— Acho que sim. — Acesso outro link, dessa vez, ela fez pipoca e ficou em casa com os amigos.

Vovó tira os óculos e se vira para mim.

— Na minha época, os diários eram secretos.

— Mas é um negócio interessante, olha só... — Passeio pelos ícones, descobrindo mais sobre a vida da... — *Rebelcat*. Até o apelido dela é legal. — Fito vó Marta, mas sua expressão desaprova meu interesse.

Ela aponta para o desktop que ganhei quando fiz dezessete anos.

— Não acho legal colocar o que você faz da vida aí, nessa caixa. As pessoas não precisam saber de tudo. Não tem graça. O mistério deixa a vida mais interessante.

Volto para a página de pesquisa e acesso outro blog, dessa vez com um *layout* mais suave. Desenhos de nuvens flutuam no fundo rosa bebê. Torço o nariz. O primeiro é mais divertido.

— Essa aqui não fala da vida dela — pontuo e vovó examina a tela.

— Mas fala da vida dos outros. Pra saber dos outros é só ir na casa da Tiana, a casa amarela na esquina, ela vai te contar tim-tim por tim-tim tudo o que se passa no bairro. Quem brigou com quem, se a Carmen traiu o marido de novo, ou se tem alguma mocinha grávida.

— O que minhas garotas estão fazendo, debruçadas no computador?

Por cima do ombro, pisco para o meu namorado.

— Estou mostrando alguns blogs pra vó. Achei um bem divertido, da *Rebelcat*.

Ele se aproxima, parando atrás da gente.

— Não sei se acho inteligente colocar tudo na internet — ele opina e vovó estufa o peito.

— Você sempre foi um jovem muito esperto, Saulo.

— Obrigado, vó. — Rindo, ele se abaixa e beija minha face.

Meu rosto se vira à procura de mais contado e vovó limpa a garganta, exagerando no barulho.

— Acho que minha presença, agora, é desnecessária. Como vou competir com um garoto bonito desse jeito? — Ela se levanta e sai do meu quarto, comentando: — Juízo, hein?

— Sempre! — Saulo responde e se volta para mim. — Eu amo a sua vó.

— Ela é a melhor.

— Queria que a minha fosse como ela.

Fico sem responder. A família dele é complicada e desunida. Não bastam os problemas do tio, seus avós se mudaram para outra cidade e mal se importam com quem ficou para trás.

— Então está pensando em fazer um blog? Concordo com a Dona Marta, é exposição demais.

— Ah — faço beiço —, então não quer montar um comigo? Podíamos nos denominar Casal Perfeito e publicar seus planos de ter uma creche.

— Não, dessa vez você não vai me convencer.

Cerro os olhos e faço minha melhor cara de determinação.

— Será?

Ele tira minha mão do mouse e acessa um terceiro blog, um que eu tinha evitado de propósito. Minha careta é instantânea.

— Esse é divertido. — Ele roda a bolinha em cima do mouse, descendo a tela pelas postagens com fotos de crianças.

— Eu não diria divertido, é engraçadinho.

Ele ergue as sobrancelhas e me preparo para a inquisição. Não sei o motivo, mas de um tempo para cá, Saulo está obcecado por crianças. Colocou na cabeça que vou ser mãe dos seus quatro filhos. Duas meninas e dois meninos. O que nego toda vez que ele toca no assunto. Eu, mãe! Ideia absurda! Não sei nem pregar um botão, imagina cuidar de bebês.

E tenho só dezessete anos, não vamos nos esquecer.

— Olha que fofura esse menino!

Às vezes, Saulo parece a minha avó ao ver uma criança na rua. Para ela, são todas lindas e fofas, enquanto só consigo reparar no nariz sujo de meleca, na mão agarrando qualquer coisa a seu alcance e nos pés maltratando o chão no meio de um acesso de birra.

Eu, hein, tô fora!

Ele pega um papel da minha gaveta de rascunhos e escreve o endereço do blog.

— Gostou, né? Viu, blogs são legais.

Ele só balança a cabeça.

— As histórias que a autora conta são legais. — Ele rabisca mais um pouco e guarda o papel no bolso da bermuda.

— Nem pense que vou divulgar o que nossos filhos fizerem.

Devagar e deliberadamente, Saulo vira o rosto para mim e ergue apenas uma das sobrancelhas.

— Então teremos filhos?

Percebo que falei asneira e me apresso em corrigir.

— Não! Falei da boca pra fora.

— Ah, não, falou é lei. Quatro filhos.

Minha família e suas regras idiotas.

— Sou muito nova para ser mãe. Ou pensar em ser mãe. Daqui a dez anos, a gente conversa sobre isso.

— Dez anos? Muito tarde, Lu. Aos vinte e sete teremos três e você estará com a quarta no forninho. A terceira vai ser uma mini-Lúcia, com seu cabelo preto e seus olhos. Nossos meninos, mais velhos, vão ter que se desdobrar para brigar com os moleques que sonharem em dar em cima da Luciazinha.

— Tá me confundindo com um coelho?

— Vem, cá! Coelhinha!

Saulo ri e vem para cima de mim, como um predador. Fecho os olhos e aguardo, ansiosamente, que me agarre, desejando ser punida por contrariá-lo. Não no sentido literal, óbvio, sei que ele vai me encher de beijos. E vou amar cada toque. Cada carinho.

Fechado.

Ah, porcaria!

O primeiro e principal resultado é de um perfil privado. Frustrada, encaro a foto redonda e minúscula que, apesar de exibir o "ator" sem camiseta, revela pouquíssimo.

Clark Holtz segue cento e quatorze pessoas.

E tem seiscentos e vinte mil seguidores.

É muita coisa. Seiscentos e vinte mil seguidores? Deve ser *fake*. Algum fã criou a conta e compra seguidores? Não domino muito esse tipo de envolvimento virtual, mas sei que a loja é seguida por quase quatorze mil e eu sigo metade disso, uma quantidade que batalhei para conseguir, promovendo as postagens e interagindo diariamente.

Eu não queria deixar rastros ou dar a impressão de que estou procurando por ele, então o perfil ser bloqueado é realmente um problema. Bloqueio o celular, irritada. Preciso pensar. Jogo a cabeça para trás e fito o escuro do céu noturno como se fosse a paisagem mais interessante que vi na vida. Se o perfil for de um fã, não reconhecerá o @lmfreitas. No entanto, caso seja verdadeiro, serei descoberta na hora.

Decidida, pego um comprimido de calmante natural no fundo da minha mochila. Vai ser o único jeito. Entorno o remédio com água e volto para a *chaise*, esperando que o som das ondas e a maresia agilizem o efeito. Leva alguns minutos, mas sei que posso seguir com meu plano quando meu peito parece acalmar e a garganta para de arder.

Sentindo-me mais leve e totalmente desperta, desbloqueio o celular e clico no botão azul. *Seguir*. Pronto. Solto a respiração. São quatro e quinze da manhã. Pelo horário, provavelmente terei que aguardar algumas horas até que *Clark Holtz* aceite minha solicitação. Descanso o aparelho sobre a perna e fecho os olhos, refletindo. O que acabei de fazer é grande. Nunca imaginei, um dia, procurar pelo alter ego que me aterroriza. E, por incrível que pareça, não sinto tanto medo.

Uma vibração suave me tira das divagações e encaro a notificação na tela iluminada do celular.

[lmfreitas]: Clark Holtz @clarkholtz pediu para seguir você.

Calma, coração, pise no freio da euforia. "Ele" pode não ser "real". Pouco provável que Saulo esteja acordado a essa hora, em plena madrugada. Muito menos visitando perfis de quem pede para segui-lo.

E agora? Era isso que eu queria, não? Bem, na verdade, não, só queria ser mais uma entre os seiscentos e vinte mil, e não uma entre cento e quatorze.

Ah, Lúcia, por favor! Não vai deixar que um pedido de amizade interfira! Destravo o celular e aceito o pedido, instantaneamente recebendo a notificação de que minha solicitação para segui-lo foi aprovada.

É isso. Primeiro passo dado.

Inspira.

Expira.

Tomo coragem para descer a tela e ver as imagens compartilhadas, imaginando se, do outro lado, ele também está vasculhando a minha vida pessoal.

A última foto que postou é manjada, daquelas tiradas na academia depois de um treino. Com a pele brilhando, cabeça inclinada e sorriso torto, Saulo encara o espelho e ergue o celular. Que clichê! Só falta a legenda ser algo como #dehojetápago.

Great day at the gym. Ok, I know what you curious people want to know and yes I did talk to HER again. No, this time we didn't argue. It was good. It was more than good, it was awesome.

Treino top. É, sei o que vocês, bando de curiosos, querem saber e, sim, falei com ELA. Não, dessa vez não discutimos. Foi legal. Foi mais que legal, foi ótimo.

Ah, meu Deus!

Preciso reler.

Ele…?

Rolo a tela, passando o olho rapidamente por algumas fotos aleatórias, buscando outra pós-treino. O tênis verde limão age como um ímã, estampando a sétima foto. *Clark Holtz* está sentado, segurando um altere. Sem perder tempo, vou direto para a legenda.

Guess what? It was a random day until I saw HER again. I followed your advice suckers and you were wrong. It was hard and painful. Not a good day. At all.

**O dia foi tranquilo até ELA aparecer. Segui os conselhos e vocês erraram. Foi foda. Um dia tenso.

Ele não traduziu o xingamento, mas sei muito bem que *suckers* significa idiotas. Curiosa, começo a ler os mais de duzentos comentários.

@lolasc4 I can't believe it! Did you tell her everything?
@katesmith_a What a bitch! Forget her already. She doesn't deserve u.
@jhoshtvman oh man. Sorry to hear that. Good luck next time.
@mandinhatop3 sério? Que vaca!
@thaisvixen69 larga essa vadia e vem pra minha cama?
@thesuperwooozyfeeling O.O
(...)

Oh.

Certo.

Então Clark *conversa* com seus seguidores, expondo parte da sua vida pessoal e, aparentemente, segue conselhos.

Uau.

Eu não esperava por isso. Sei lá, pensei que postasse fotos de, você sabe, conteúdo explícito? Ou algo do tipo. Nunca, jamais, imaginei que usasse o perfil para conversar abertamente sobre sua vida pessoal. E não sei muito bem o que pensar sobre isso. Devo me sentir incomodada? Brava? Talvez, porém meu peito não entende assim. É meio deprimente, acho. Por que será que faz isso?

Não tenho tempo para pensar, enquanto acesso mais uma foto, o balãozinho de notificação aparece.

[lmfreitas]: Clark Holtz @clarkholtz te enviou uma mensagem.

É lá vai meu coração disparando de novo! Tento me convencer de que é apenas uma mensagem. Às cinco da manhã. Quantas pessoas passam a madrugada conversando com ex? Não é nada de mais. Comecei a seguir, ele retribuiu e agora quer... o que ele quer? Minha cabeça está uma confusão e meu corpo não ajuda, ignorando o efeito do calmante natural que tomei há pouco. Tremendo da cabeça aos pés, clico no balãozinho, acessando as mensagens privadas.

Lúcia?

Inspira.

Expira.

Saulo?

Idiota. Idiota. Idiota.

Observo os três pontinhos aparecendo na tela e prendo a respiração.

Confesso que estou surpreso. É você mesma?
Esquece. Sei que é.
Vi suas fotos.
Pôr do sol no Arpoador...

Okay. Bate-papo leve e casual. Isso eu consigo levar.

Foi lindo.

Rs
Sei.

Você já...
Esquece, claro que já.

Umas duas vezes, meu apto não era tão perto.

Ahh.

Foi em mais algum lugar?

Ainda não.
Acho que vou aproveitar a praia mais um pouco, antes de voltar.

Tá sozinha?

Não, trouxe o Nico.

Ele é uma figura.

Sim, é. Ele me ajuda com a Lu.Cost.

Sua loja?
Foi sobre ela que veio pro Rio?

Foi, tive uma proposta meio irrecusável. 😉

Vai ficar até quando?

Acho que mais um dia.
Vou passar o réveillon em Poços.
E o Nico tem compromisso com uma suposta namorada secreta.

Tá em Copacabana?

Sim. De frente pro mar.
A vista do hotel é maravilhosa.

Lu, por que está acordada?

Muita ansiedade pra administrar.

Entendo.
Tem insônia? Ou é por estar longe de casa?

Insônia.
E vc?
Por que não tá dormindo?

Pelo mesmo motivo.

Humm.

É.

Acho que vou ver o nascer do sol, depois tento dormir.
É estranho estar longe de casa, sem horário
e coisa pra fazer.

Quer companhia?

Claro.
Bora ficar acordado, namorando a beleza do céu.

Já viu o sol nascer da praia?

Nunca.
Talvez eu desça e resolva isso. 😜

Sozinha?

Não, não tenho coragem.

E se alguém for com você?

Ihhh, o Nico não vai acordar por nada.
Vai ter que ser da varanda do hotel msm.
Que por sinal é linda.

Tá em qual hotel?

Lettora Classic.

Sei qual é.
Desce na recepção.
Tô aí em quinze minutos 😉

Kkkkkkk
Essa foi boa!
De Poços ao Rio são 9hs de ônibus, 6 de carro.
Saulo?
🤨
Ei?
Tá de brincadeira, né?
Saulo?
Oiiiii?
???

Ele não falava sério, não é? Não. Evidente que não.

Inquieta, balanço os pés, encarando o chat do celular por uns três minutos. Nem sinal dele.

Caramba, será que devo descer e conferir se está vindo aqui? Mais importante, eu quero encontrá-lo? E se não for ele? Se for algum estranho fingindo?

Meneio a cabeça. Ideia ridícula. Era ele, sei que era.

Só por garantia, troco o pijama por um vestido amarelo e pego um casaquinho branco de tecido leve. Deixo o celular sobre a cama com um recado para o Nicolas, vai que ele acorda e não voltei. Ir para a recepção não é perigoso. O local é cercado por câmeras de segurança. Calço o chinelo e saio sem fazer barulho, com o peito explodindo em expectativa.

19

Confesso que chego afoita e receosa ao térreo do hotel. O pior que pode acontecer é tudo isso ser uma brincadeira, mas meu pressentimento não falha e agita meu interior com a possibilidade de ver Saulo ao vivo e em cores.

Sento-me em um dos sofás pretos dispostos pela lateral da recepção arredondada e bato os pés no chão. *Contenha-se, Lúcia, você já o viu algumas vezes nos últimos dias, não precisa se apavorar.*

Mas será que esse sentimento confuso é pavor? O coração palpitando e as mãos trêmulas indicam que sim, entretanto, parece mais ansiedade do que qualquer outra coisa. Obviamente, após ler uma carta e ver que ele conta sobre mim na internet, possuo novos elementos para analisar.

Minha mente vai explodir!

Passo a mão no cabelo, arrumando o rabo de cavalo pela terceira vez. Olho para baixo e vejo que meu vestido é curto demais. Ao me sentar, a barra sobe consideráveis centímetros, quase deixando a caveira totalmente à mostra. Droga.

Eu me levanto puxando a barra do vestido para baixo e começo a andar de um lado para o outro. O recepcionista da madrugada me observa por cima da tela do computador. Coitado, ter que se preocupar com a sanidade de uma hóspede não deve ser algo interessante. Dou as costas para o rapaz e retomo meu caminho, andando em círculos.

Eu me precipitei. Devia ter ficado no conforto do quarto luxuoso, naquela varanda com vista espetacular. Viro de frente para o balcão de mármore e encaro o elevador à esquerda. É, foi um equívoco. Saulo deve estar se divertindo às minhas custas. Será que respondeu minhas mensagens? Talvez apenas deixou o celular de lado para ir ao banheiro e acreditei que ele estaria no Rio.

Como sou trouxa.

Iludida.

E patética.

Constrangida, sento-me no sofá. Preciso remoer minha gafe antes de voltar para a suíte com o rabo entre as pernas. Tiro o casaco e cubro minhas coxas, por precaução. Não quero assustar o recepcionista que está sendo obrigado a ter uma boa visão das minhas pernas. Lanço um sorriso sem graça em sua direção e ele responde, simpático. Imagina o que está pensando? Quem é essa louca que fica andando sem parar pelo saguão às cinco da manhã?

Derrotada, desisto de aguardar e me preparo para subir. A decepção é aterradora e me desestabiliza. Pelo visto eu queria encontrá-lo, mais do que gostaria de aceitar. Dou dois passos rumo ao elevador, carregando o casaco, com a cabeça pendendo. O vazio pesa.

— Lúcia? — A voz é clara como os raios do nascer do sol que pretendo admirar, causando um colapso em minhas terminações nervosas.

Viro-me sem demora, perplexa por Saulo estar realmente aqui.

Ele. Está. Aqui. Aproximando-se devagar, analisando a minha reação, em câmera lenta como nos filmes. E eu não corro para me jogar em seus braços como fazem as atrizes. Certeza que se as mocinhas estivessem na minha pele, também não fariam isso. Meu susto é tão grande que não consigo me mover.

— Estava indo embora? — Ele franze as sobrancelhas.

— Âhnnn… — Sorrio enquanto meus neurônios pegam no tranco e voltam a funcionar. —Achei que tivesse caído em uma brincadeira.

— Não tem nenhuma brincadeira, Lúcia, falei que viria e aqui estou.

— Tô vendo. — Continuo sorrindo feito uma boba.

— Então, vamos? Nascer do sol na praia? — Saulo estende a mão e, em vez de me perder debatendo se devo ou não, aceito o gesto.

Ele se vira e começa a me conduzir. Dou uma olhada por cima do ombro para o recepcionista, lançando um sorrisinho básico. Ele faz joia com os dois polegares.

— Você veio correndo? — indago ao sairmos do hotel. O vento frio não ameniza o calor do meu corpo.

— De carro, por quê? — Ele me fita de soslaio, mas mantém o rosto focado à frente.

— Nada. Curiosidade.

Ele aperta minha mão e entrelaça nossos dedos. Sua mão está quente, suando.

Saulo está nervoso?

— Não sabia que estava no Rio, quer dizer, hoje, não sabia que você estava no Rio… hoje.

— Cheguei ontem à noite, comentei que era coincidência você vir pra cá, lembra?

Comentou?

— Na academia tocamos no assunto, que era coincidência você vir a trabalho pra cá.

Ah.

— Sim, pensei que tinha se referido a... bem, antes. — Travo um pouco para continuar, sentindo o desconforto reverberar em meu peito e garganta. — Não sabia que você ainda trabalhava no ramo.

Ele voltou a trabalho.

Foi bom enquanto durou, suspiro exasperada. O arrependimento por ter lido a carta e me aventurado por seu perfil social me pega de jeito, eliminando minha euforia. As imagens terríveis retornam. Um emaranhado de braços, pernas, cabelo, misturados ao ritmo do movimento...

Solto sua mão no impulso e me agacho rente à via, perto o bastante dos veículos para que eu me preocupe, vagamente, em ser atropelada. Respiro fundo com a cabeça abaixada, esperando que a onda de náusea acabe.

Mente idiota e sádica do inferno!

— Lu? — Saulo se agacha ao meu lado, apoiando a mão bem no centro das minhas costas. — O que foi?

Engulo algumas vezes, limpo a garganta, tusso. Saliva abundante é uma porcaria. Respiro com a boca aberta, assoprando.

Ele passa a mão no meu cabelo, tentando fazer com que eu me vire para ele. Com o olhar fixo na bermuda cáqui, esforço-me em tranquilizar o estômago. Ele está aqui, comigo. "A trabalho" não quer dizer que estava filmando. Eu acho.

Lentamente, ergo a cabeça. Meu peito se expande a cada inspiração. E, Jesus, como me sinto pequena e frágil. Quebrada. Como pode uma única frase me desestruturar assim?

Suas pupilas negras me observam, atentas. As íris cintilam, preocupadas e intensas. De repente, recordo-me das palavras da vó Marta. O brilho está ali, me encarando, me desafiando a corresponder. Estou preparada para retribuir?

— Desculpa, eu... — Como explicar? Limpo a garganta e endireito a postura.

Saulo continua com uma mão no meu rosto, ao passo que a outra aperta minha mão.

— Tenho crises, às vezes. É involuntário.

— Foi algo que eu disse?

Com lágrimas atrapalhando a visão, pisco algumas vezes e cerro os lábios. Completamente insegura e detestando minha vulnerabilidade, movimento a cabeça para cima e para baixo.

— Não exatamente, mas são coisas que eu penso quando... — Fecho os olhos e suspiro. Encará-lo é dolorido, mas chegou a hora.

Saulo dá um passo adiante e me estuda em silêncio. Sua mão sobe e desce em meu rosto, uma carícia sutil e delicada, como se eu fosse o mais precioso diamante.

— … quando seu trabalho está envolvido.

É automático e quase imperceptível, mas suas pupilas diminuem consideravelmente e o brilho se torna opaco. Como mágica, estava lá há poucos segundos, porém, assim que toquei no assunto, se foi. Quase me sinto culpada por ter causado essa perda, seu rosto assume uma seriedade que não reconheço e me agoniza. Quem é esse Saulo?

Antes que eu possa dizer mais alguma coisa, ele se vira e me guia pela faixa de pedestres. Atravessamos a avenida e, ao pisar no famoso calçadão de Copacabana, compreendo que esse caminho não tem volta. A magnitude do que vamos fazer ao nos sentar na areia e olhar para o horizonte, mesmo que o diálogo seja quase inexistente, será definitivo.

Ignoramos o quiosque fechado e procuramos o acesso à praia. Tiro meus chinelos para sentir os grãos de areia entre os dedos, gelados pela maresia. De mãos dadas, seguimos ao que parece ser uma bancada natural de areia, um amontoado irregular e perfeito. Os pelos do meu braço se arrepiam com a brisa, visto meu casaquinho antes de me sentar ao lado dele e olhar fixamente para o Atlântico.

Fico quieta por um minuto, processando a situação e deixando que meus sentidos se acostumem com o que me cerca. Estou na praia, mais próxima do meu ex do que estive em vinte anos. O ar do litoral refresca minhas vias aéreas e me permito sentir algo mais do que angústia. Carinho, amizade e cumplicidade. Tivemos isso, era natural. Não creio que tenha sumido.

Enfio meus pés na areia e brinco, levando o pé para lá e para cá, desenhando um arco com a ponta do dedão. Não gosto muito de sol, então praias não são, para mim, destinos de viagem. No escuro e deserta, porém, é outra história. Permeada por mistérios e resquícios daqueles que se divertiram durante o dia. Mesmo com o trânsito passando às nossas costas, a serenidade é uma dádiva.

— Fiquei perdido por muito tempo — Saulo começa, fitando o vai e vem das ondas.

— Eu sei.

Ele vira o rosto para me olhar em questionamento e sorrio assentindo, encontrando sua mão ao lado do meu quadril. Reúno nossos dedos, sem medo. É só o Saulo, tento me convencer.

— Li uma das cartas.

— Quando?

— Ontem — assumo, soltando a respiração.

— Você guardou por todo esse tempo?

— Não exatamente, achei que tinham sido descartadas há séculos.

Ele assente, contemplando.

— Vó Marta guardou, eu não tinha ideia, ela me contou no início do mês.

— Sua vó é uma caixinha de surpresas, sempre gostei dela. — Saulo morde o lábio e sorri, curioso e, ao mesmo tempo, apreensivo. — Por uns meses, no começo, achei que fosse receber uma resposta, mesmo sabendo que te pedi para não me procurar. Mas tinha esperança.

— Não consegui ler na época. Para me proteger, minha família guardou.

— Qual delas você leu?

— A última.

— Ah, aquela. — Saulo ergue as sobrancelhas e fecha os lábios, voltando a atenção para o mar.

— É, *aquela*. — Encaro nossas mãos e aperto seus dedos entre os meus, sentindo a aspereza da cicatriz. O céu não está mais tão escuro, posso ver com nitidez o risco com tonalidade mais clara delineando sua pele escura. — Eu estava fora da cidade quando você voltou, fui passar uns dias em Monte Verde — acrescento, justificando nosso desencontro.

Saulo concorda com a atenção fixada no horizonte. Os raios de sol estão fracos e tímidos.

— Sua vó me contou. — Ele suspira e passa a mão no cabelo. — Antes de me enxotar da sua casa.

Eu sorrio, mas não é por estar alegre, se trata mais de um conformismo.

— Ela deve ter te assustado.

— Quase me bateu com a bengala. E me xingou de cada coisa. — Ele sacode os ombros, rindo. — Eu pensava que seria fácil, sabe? Que voltaria e que conversaríamos, esclarecendo tudo, declarando amor eterno. Não imaginava que você tinha seguido a vida. Na verdade, pedi que você fizesse exatamente isso em algumas cartas, mas no fundo não era o que eu queria, nem o que esperava. Você era minha, Lu, mesmo longe. — Ele volta a me fitar. — Saber que você partiu pra outra, que estava viajando com outro, que tinha alguém no meu lugar… acabou comigo.

Desvio a atenção do mar para seu perfil e me dou o luxo de observá-lo. As linhas de expressão no canto dos olhos. Os fios grisalhos charmosos entre os negros. O traçado simétrico de seu nariz, boca e queixo. A minúscula marca de catapora abaixo da sobrancelha. As suaves sardas e pintas esporádicas que enfeitam a maçã do rosto. A orelha e o bendito buraco vazio no lóbulo.

É o *meu* Saulo… mas, ao mesmo tempo, é uma pessoa totalmente diferente.

Com plena ciência de que não tem mais volta, abro as portas das recordações mais doloridas e deixo que minha mente mergulhe em tudo o que me faz sofrer, visualizando aqueles primeiros anos e todas as internações. Eu me vejo parada diante da casa dele, com os ossos da clavícula apontando sob a pele fina. Sentada, balançando o corpo, contando os minutos até que ele nunca apareça.

Eu me lembro do momento em que vó Marta me achou vomitando ao bater o portão de casa, quando ainda esperava que ele desistisse daquela loucura e me surpreendesse, afirmando que não passava de um grande mal-entendido. O cheiro do escapamento do conversível vermelho, a mudança de visual, a determinação em seus olhos ao confirmar a realidade do meu pesadelo.

Sentimentos infantis e mal elaborados, guardados e transformados em doença. Não foi uma, nem duas psicólogas que tentaram me convencer de que meu vômito era uma fuga, uma forma que meu corpo encontrou de responder a tudo o que eu não quis enfrentar e acabei engolindo. Literalmente, meu estômago tentou, repetidas vezes, colocar para fora o conteúdo indigesto. Nunca parou porque eu não quis dar voz, não quis elaborar, era mais fácil continuar engolindo.

Era difícil demais permitir que os sentimentos viessem à tona. Eu não sabia o que poderia acontecer caso mudasse minha forma de lidar. Acostumei com as crises e com as consequências. Aos dezoito, dezenove e vinte anos, não havia nada mais importante para me preocupar do que meu *status* de coitadinha abandonada pelo ex. Hoje, eu tenho. Minha vida tem um valor imensurável e não vou permitir que esse "conteúdo mal elaborado" continue interferindo e me desestabilizando. Não sou mais ingênua, tenho plena capacidade de enfrentar algo que me desestruturou no passado.

É agora ou nunca.

Pela primeira vez em duas décadas, sei que esse momento será um divisor de águas com o poder de mudar meu futuro. Se Saulo estará incluído ou não, impossível saber, mas eu *preciso* falar. Preciso dar esse passo. Então incorporo a coragem repentina e começo:

— Não foi bem assim — esclareço, rodando a aliança no anelar —, o Bernardo nunca ocupou o seu lugar. Ele conquistou o lugar dele e sempre respeitou o seu lugar.

— Meu?

Já estou no inferno, melhor ser honesta e acabar logo com isso.

— Você sempre teve um lugar — digo com a cabeça erguida, fitando o oceano. — Por mais que Bernardo tenha sido especial e muito importante pra mim, não tinha como te substituir, Saulo.

Arrisco olhar para ele, curiosa em como reagiu à minha confissão. Sorrio ao notar que o brilho voltou. Ele me encara com tanta esperança que meu peito se aquece, irradiando calor por todo lado. Sinto a pressão de seus dedos em minha mão no mesmo instante em que a outra alcança meu rosto. Nos movimentamos lentamente, presos na intensidade do diálogo e no vínculo que sempre existiu. É quase imperceptível, minha testa encosta na dele e fecho os olhos, absorvendo essa sensação nova, porém conhecida. Nostálgica, magnética e carregada de sentimento sublimado.

Ele acaricia meu pescoço, minha nuca, e milhões de neurônios respondem. A emoção é tão forte que nem tenho tempo de pensar nas imagens que me perseguiram e assombraram por tanto tempo. É arriscado e meu coração bate frenético com a sobrecarga de adrenalina. Se eu me mexer e alterar o ângulo da minha cabeça, nossos lábios se encontram. Abro os olhos e encaro os dele marejado de lágrimas, o brilho mais visível e maravilhoso. É reconfortante constatar que Saulo também não é imune à carga emocional do momento.

— Esse lugar… — ele diz baixinho, sua voz sedutora soa mais grave que o normal. O sopro das palavras toca minha pele e solto um breve suspiro. — … ainda está vago?

20

— Sempre esteve. Está. E vai continuar assim. — Inclino o pescoço para a esquerda, mas mantenho certa distância.

— Mesmo? — Ele move o rosto milímetros para a direita.

— Vai. — Assinto, afastando-me devagar, indo contra todos os impulsos que imploram que eu continue ali, perto dele. Seria um erro beijá-lo antes de esclarecer tudo ou ao menos tentar.

— Talvez eu consiga te fazer mudar de ideia. — Saulo ergue a sobrancelha e, com as duas mãos, puxa nossos dedos entrelaçados para o seu colo.

— Talvez.

Ele segura minha mão com cuidado e passa a acariciar meu braço, seguindo o contorno do bracelete indiano tatuado no meu pulso. O momento é importante demais para deixar o assunto passar batido, então me concentro em voltar para o que importa.

— O Bernardo sempre soube da nossa história, tinha consciência de estar se envolvendo com uma bomba-relógio emocional. Ele me confortou, me ajudou e foi minha âncora.

Saulo aquiesce com um aceno rápido de cabeça.

— Como ele faleceu? — Sua voz soa cautelosa, o assunto é tão delicado para ele quanto para mim, por motivos distintos.

— Morte súbita, aos trinta e um, pouco antes do aniversário de cinco anos da Flavinha. Ela mal se lembra dele.

— Sinto muito.

— Foi um susto, mas tive tempo para assimilar. — Solto o ar num sopro. Eu estou bem com o *status* de viúva, tenho saudade, claro, porém não caio no choro sempre que mencionam a morte do meu marido. Retomo a conversa, a necessidade de colocar tudo para fora é surreal. — Quando nos conhecemos, eu tinha acabado de ter uma crise de vômito, lavando o chão de uma banca de revista.

— Aí, ele apareceu e salvou o dia.

É, pode-se dizer que sim, bem previsível.

— Eu tinha vomitado porque ouvi, sem querer, uma conversa dele com o Iago, sabe? Meu amigo da academia?

Saulo assente e dou sequência, respirando fundo para não perder a coragem.

— Eles estavam escolhendo uma daquelas revistas que vinham com filme pornô e disseram o seu nome, o meu nome… Ficou nítido que seguravam um filme seu. — As lágrimas tomam conta dos meus olhos, mas não permito que a emoção me interrompa. — O boato na cidade era que a gente tinha fugido pra casar porque eu estava grávida. Irônico, não? Eu era virgem.

Minha risada sem graça não convence. Saulo se aproxima, apoiando o braço em meus ombros, puxando-me para perto. Deixo que minha cabeça repouse na dele. Seguro sua mão com ainda mais firmeza. É confortável e singelo, nada programado. Não quero ficar pensando no que estamos fazendo, no quase beijo ou no clima que nos envolve. Nossa história e os anos que ficamos separados estão em pauta e devem ser prioridade.

— As pessoas podem ser muito maldosas.

— Não era maldade, é normal, criam histórias para o que não sabem explicar. — Volto a mexer os pés na areia. — Mas o importante é que durante aquele mico na banca de revista ficamos amigos. Demoramos para ter um relacionamento. Eu não estava pronta.

— E ele foi um cavalheiro, te esperou enquanto você esquecia seu primeiro amor — comenta em tom sarcástico, mas percebo a mágoa permeando sua voz.

Movimento a cabeça, confirmando.

— Muito. Esperou anos. Aquela viagem no meu aniversário de vinte e três, foi em comemoração a um ano de namoro. — Exatamente quando rolou nosso primeiro beijo, só que não vou elucidar essa informação.

Saulo afunda o nariz no meu cabelo e inspira.

— Eu devo ter desejos sadomasoquistas. Ficar aqui, ouvindo você falar de outro homem…

— Acho que sinto a mesma coisa sempre que penso no seu trabalho. — Corto o assunto, tocando na ferida, escancarando a dor.

Desobstruo a garganta, engolindo a saliva inevitável. O pior que pode acontecer é que eu tenha uma crise, porém, daqui para frente, não vou permitir que elas ditem a minha vida, muito menos irei me acovardar atrás de impulsos que fogem do meu controle. Dizem que enfrentar o medo é a melhor forma de eliminá-lo, teoria que colocarei à prova.

Inspiro profundamente e a maresia invade meu olfato, a umidade e o cheiro característico do litoral auxiliam a solidificar minha determinação e acalmar os espasmos da minha traqueia.

— As crises de bulimia nervosa surgem quando imagino tudo o que você fez, o que viu, o que viveu.

Saulo ergue a cabeça e inclina o pescoço para trás, contemplando o céu quase sem nuvens. Ele meneia a cabeça antes de me encarar.

— Lúcia, sinto muito por ter causado tanto sofrimento. Não fiquei sabendo da bulimia, só do namoro, do casamento e, mais tarde, que você teve uma filha. — Ele meneia a cabeça, desviando o olhar para o horizonte, e me contenho para não cair no choro.

Sua intensidade é tão verdadeira que sinto as amarras causadas pelo tempo e a distância se dissolverem. Os nós intrincados e perversos vão se desmanchando a cada olhar, expressão e palavra que pronunciamos.

Meu Deus, o que eu fiz?

— Eu devia ter lido as cartas, devia ter...

— Não ia mudar nada — Saulo intervém, prendendo o olhar no meu. — Naquela época, pensei que estava pronto, mas levei anos para compreender que não tinha condições de me manter longe dos vícios, era só uma questão de tempo até que eu cedesse e acabasse com nosso futuro.

Eu queria me sentir aliviada, no entanto, não sou capaz. Será que teria mesmo caído em tentação?

— Você teve uma filha. Lembra que a gente tinha longas discussões sobre isso? Você sempre era contra. Eu me convenci de que conseguiria te dobrar. Bem, achei que seria eu. — Ele ri sem um pingo de humor e minha garganta se aperta.

Claro que me lembro das conversas e dos seus planos malucos que incluíam quatros filhos. Posso tentar acreditar que eram apenas brincadeiras, só que no fundo havia o desejo.

— Você sempre quis ser pai.

Ele movimenta a cabeça para cima e para baixo, com os lábios cerrados.

— Meu Deus, Saulo, eu...

Ele ergue os ombros.

— Não tem culpa nenhuma, não deve se crucificar. Quando nos despedimos, não tínhamos como prever que seríamos atropelados pela vida.

Agarro meu cabelo e puxo os fios, quem sabe as pontadas doloridas amenizem a pressão? Não me arrependo de ter tido a Flavinha, muito menos do que vivi com

Bernardo, mas aceitar que Saulo também sofreu é incômodo. Minhas têmporas martelam, implorando por alívio.

— Eu devia ter lido. Devia ter insistido. Eles esconderam as primeiras, Nico, minha mãe e a vovó, com medo de que eu fosse sofrer. Você não tem noção de como foi difícil te ver partir com a pior das imagens na cabeça. — Engulo em seco, ciente de estar pisando em cacos de vidro. — Eu só ficava bem quando conseguia me distanciar do que me fazia lembrar de você. Minha casa, meu quarto, minhas coisas… todas estavam ligadas a alguma lembrança de um momento nosso. Tive que aprender a conviver com sua ausência, reestruturar minha vida do zero. Fiz anos de terapia, primeiro para superar e aceitar que você não voltaria. Na minha cabeça, você havia desistido de mim por ter se apaixonado pela nova vida que levava.

— Eu sei que não vai justificar, mas se você soubesse da metade do que passei, talvez pudesse se tranquilizar um pouco. — Ele aperta meu corpo contra o dele e eu, por um segundo, penso que seria muito melhor se eu estivesse em seu colo, demonstrando com minha pele como estou aflita.

— Será? — pergunto com a voz embargada, tirando proveito do abraço para ter ainda mais contato, querendo sentir nossa conexão por completo. — Será que saber vai me fazer bem? Eu não tinha uma crise há dezessete anos e reapareceu quando te vi na festa, esfregando na minha cara o que sempre temi. — Procuro suas íris e sigo, com os lábios denunciando minha vulnerabilidade. — Saulo, olha bem para mim. Estou longe de ser aquela garota doce e sonhadora, fui quebrada, remendada e voltei a funcionar. Tenho uma vida muito boa e tudo indica que meu futuro será ainda melhor, mas não saí ilesa. Eu mudei, meu corpo mudou… como mudou! Fui de "carne e osso" para sobrepeso, depois obesidade, e não ligo para isso. De repente, você aparece com uma mulher, e que mulher! Foi como uma facada, meu antigo pesadelo ganhando vida. O seu corpo perfeito, o jeito que você a segurava pela cintura, o beijo no canto dos lábios…

Ele não me deixa continuar. Em segundos, ajoelha-se à minha frente e segura minhas mãos. Em algum lugar o sol está surgindo, mas estamos tão envolvidos que o esplendor da estrela de fogo não passa de um detalhe.

— Não é nada do que você está pensando, Lu — implora e suas pupilas dilatam, hipnotizando-me.

Meu coração, coitado, vai pedir férias depois dessa conversa e ainda exigir pagamento pelas horas extras.

— Minha relação com Vitória é profunda, mas não nesse sentido. Ela foi comigo porque insisti. Eu precisava de um escudo, de alguém que me conhece e que me impediria de cair em tentação. Estou há um ano, quatro meses e dezoito dias sem beber. Dois anos e meio sem fazer uso de narcóticos e nicotina, vivendo um dia de cada vez. Eu sabia que você estaria lá, vi seu nome entre as confirmações. Pensei que fosse uma boa ideia acabar com isso e mostrar que eu estava na cidade. Levar uma amiga foi minha forma de me proteger. Não faz ideia do tanto que você mexe comigo.

Álcool. Psicotrópicos. Alucinógenos. Entorpecentes. Estimulantes. Calmantes.

A lista de substâncias que estudei nas aulas de psicopatologia desfilam por meus pensamentos, com seus nomes complexos e efeitos colaterais dignos de filmes de terror. Eu me perco imaginando quais coquetéis ele usou e como reagiu, resgatando o que já vi na TV, seja em ficção ou noticiários. Lembro também do que Vitória me contou sobre seu primeiro filme, quando Saulo foi ludibriado a usar um alucinógeno. Um estupro. Maquiado como mal da profissão, mas não deixa de ser um estupro.

Abaixo a cabeça e Saulo solta minhas mãos. No segundo seguinte, segura meu rosto, uma palma de cada lado, em conchas, fazendo com que eu corresponda o seu olhar. O brilho está lá, intenso e magnético, aquecendo a minha alma. Odeio confirmar que vovó tem razão. Sem nenhuma dúvida, meus olhos também brilham e não é resultado das lágrimas.

— Na minha cabeça você estava casada e feliz. Meu tio fazia questão de me atualizar sempre que me visitava, como se fosse engraçado me ver perdendo a cabeça por uma ex-namorada. — Ele solta o ar num sopro. — Decidi ir à festa para pôr um ponto final, colocar minha determinação à prova. Te ver fazia parte do meu processo de melhora. Depois, tentaria pedir desculpas. Ia concluir um dos únicos passos do programa que não alcancei, precisava me perdoar e ser perdoado. Ainda preciso.

A maré deve ter mudado com a chegada do sol, o vento balança meu casaco e alguns fios que se soltaram quando agredi meu couro cabeludo. Ele ajeita meu cabelo e me contenho para não ceder ao toque, hiperalerta à reação do meu corpo a qualquer sinal de contato. É algo que eu não me recordava com clareza.

— Queria me convencer de que passou — Saulo continua —, de que você não é mais um gatilho, um risco de recaída, e que eu poderia morar na cidade que amo sem nos prejudicar. Minha expectativa era te ver com seu marido e mostrar que eu estava bem. Confesso que parte daquele show foi resultado do meu orgulho idiota, eu queria sair por cima. E a Vitória…

— É a personificação da mulher gostosa e sem defeitos que eu sempre imaginei contracenando com você — termino seu raciocínio num rompante.

Recordando-me de quando ela me abordou no supermercado e da roupa que usava na festa. De seu corpo extremamente bem cuidado. Os seios fartos, redondos e no lugar certo.

O quadril não tão largo, mas no conjunto com a cintura fina se destaca consideravelmente. Nas pernas exibindo os quadríceps sem furinhos de celulite; todos os músculos das costas e braços suaves e femininos. A barriga chapada com zero de gordura, nem sentada deve ter dobrinhas. A pele de porcelana, sem um resquício de qualquer marca de expressão, sardas, acne ou manchas causadas pela idade.

Saulo me fita com um semblante de culpa e desobstrui a garganta. Sua língua surge entre os lábios, umedecendo o inferior rapidamente. Ele meneia a cabeça, suspirando, mas não permito que me corrija ou tente me convencer do contrário. É isso que ele quer, não? Entender como funciona minha mente após o trauma causado por suas escolhas?

— Não me corrija.

Ele balança a cabeça com mais vigor, segurando minhas faces para que eu não desvie o olhar e solto uma risada desconfortável.

— Olha para mim. Olha bem para mim. Eu sou o oposto das mulheres do seu convívio.

— Você é linda — ele começa, mas interrompo antes que entenda errado.

— Eu sei disso, acredite, não tenho problema com meu peso, amo cada tatuagem e marca que possuo na pele, adoro a cor do meu cabelo. Meu corpo conta uma história e me orgulho muito dela. Faço academia e tenho lutado contra a balança por uma questão de saúde, não de autoestima. — Ergo as sobrancelhas enfatizando minha fala. — A questão aqui é outra, conhecer uma de suas colegas de trabalho colocou um rosto e um corpo na minha imaginação. Apesar de termos nos separado há décadas, dói.

A curva de seus lábios para cima me confunde. Ele acha graça? Ou seria resignação?

— Lúcia, cada palavra que sai da sua boca me surpreende. Eu te admiro pra caramba.

Sorrio com os lábios unidos.

— E sobre meu trabalho…

Puxo o ar para dentro dos pulmões e me preparo para a pancada. Sei que vai machucar.

— Não vou negar que contracenei com mulheres como a Vitória, que têm convênio com cirurgiões plásticos e não saem de clínicas de estética. Não foram poucas.

A ponta da faca perfura as camadas de tecido da minha pele a cada afirmação. Travo a mandíbula em repulsa. *Não foram poucas*. Era o que eu queria, não? Colocar tudo a limpo?

Ele se aproxima, arrastando os joelhos na areia, sem tirar as mãos do meu rosto.

— Como eu te disse, sempre encarei como trabalho, nada mais que isso. Os filmes são produzidos com a intenção de seduzir e convencer o consumidor. Querem vender cada vez mais. Quem está do outro lado da tela não faz ideia de como é a realidade.

— Sei que usou drogas para… — As palavras saem forçadas e fracas.

Seus olhos me estudam por alguns segundos até soltar a respiração, resignado.

— Eu não conseguia. Diretores e roteiristas esperam que atores encarnem o personagem, que se sintam no roteiro, que seja natural. Eu queria acreditar que eram apenas papéis, ser profissional e me desligar emocionalmente, mas não rolou. Quando cheguei no Rio, percebi o quanto fui ingênuo. Eu não podia voltar atrás, tinha muito a perder se não desse certo. Tinha que dar certo. Assumi um compromisso. Então não parei para pensar nas consequências e aceitei o que me foi oferecido.

Assinto, completamente focada em sua voz. Nem o som das ondas, das asas das gaivotas e do aumento do movimento dos carros me farão desviar a atenção. Cada detalhe é essencial para que eu tente compreender suas ações.

— Eu só via você, Lu. Em todos os atos, todas as cenas, todos os toques. O rosto e corpo que você imagina não existiu, foi sempre o seu.

21

Sei que não foi um mar de rosas, principalmente a primeira vez, mas como abordar um assunto tão delicado?

Saulo me observa, sem se intimidar.

— Me deram um comprimido, um alucinógeno. Eu não sabia o que era, na época, só tomei e gravei as cenas. Era tão potente que, para mim, minha primeira vez foi com você, exatamente como sonhamos.

— Você foi violentado.

Ele assente.

— Não me toquei da gravidade do que aconteceu comigo e levei um bom tempo para compreender. Eu estava consciente quando aceitei a droga, mas disseram que ia relaxar, não me dopar. Depois, pensei que fossem ossos do ofício e continuei usando. Caí na real anos depois, quando estava em outro momento da minha vida profissional. Não gosto muito de lembrar daqueles primeiros anos, é uma parte obscura da minha vida.

É demais. Fecho os olhos e os lábios, trincando os dentes, a vontade de chorar é absurda. Respiro somente pelas narinas, com receio de me descontrolar e colocar tudo a perder. Como reagir diante de tudo o que ele está revelando?

— Você fez uso contínuo? — Recobro minha sanidade e consigo raciocinar. Preciso fazer isso por ele. Eu me abri, ele tem todo o direito de fazer o mesmo.

— Sim. No primeiro ano vivi chapado para atuar. A droga me dava coragem para enfrentar o que tinha que fazer no trabalho e quando passava o efeito, outro comprimido me ajudava a esquecer o que eu estava fazendo comigo e com você. Quase me definhei com a culpa, foi um mergulho sem fim.

— Por isso não voltou.

— Não queria que você me visse daquele jeito e não tinha economizado o suficiente para voltar. Então continuei usando, esperando melhorar para te procurar.

— Demorou cinco anos.

— Foi.

— Então por cinco anos você atuou dopado.

— Quatro anos e meio, parei uns meses antes de voltar pra Poços, quando fui atrás de você.

— Mas acabou de dizer que trabalhou por dezesseis anos.

— Sim, dezesseis. — Ele assente e morde o lábio superior.

Meus cálculos não batem.

— O que aconteceu depois da carta?

O olhar intenso perde a vitalidade no instante em que ouve a minha pergunta. Estava ali há um segundo e sumiu.

— Depois da decepção do milênio? Eu me joguei.

— O que quer dizer com isso?

Ele desvia o olhar.

— Digamos que... não tem como explicar de outra forma... — O pesar em sua voz é nítido e me magoa, me preparo para escutar o que com certeza vai me abalar. — Eu aproveitei. Não me sentia mais culpado, fui abandonado e não via mais motivo para não me jogar.

— Se jogar no quê?

— Em tudo. Voltei pro ramo, era a única coisa que eu sabia fazer. Mergulhei na boemia. Mas foi diferente, eu quis aproveitar. Virou farra. Eu não usava por dependência ou para amenizar a culpa, não quando retomei o vício. Não precisava mais me dopar para atuar. Se tornou diversão. — Ele pausa e me encara. As íris apáticas contradizem a alegria que ele relata. — Ou me convenci de que era por isso e não por ter levado o maior fora do século. Levei anos para entender que me escondi por trás da diversão. A Vitória foi fundamental para que eu enxergasse dessa forma.

Processo a informação por alguns minutos.

— Então você realmente curtiu fazer pornô? É isso?

Ele expira e parece tão cansado, como se não quisesse assumir algo que é inevitável. Meu peito aperta em apreensão. Será que faz diferença ele ter gostado ou não? Ter atuado sob efeito de psicotrópicos ou ter feito por escolha?

— Eu não via esperança na vida, Lu. Eu tinha um propósito e batalhei para chegar lá. Quando caí na real ao te procurar e descobri que você estava em outra, entendi que meu esforço não foi o suficiente. Fracassei. Enquanto você se recuperou, se casou e viveu, eu afundei. O meu sonho foi destruído depois daquela última carta. Eu tinha quitado a dívida do meu tio, passado todos os bens pro meu nome, comprado um apartamento e montado uma casa pra gente. Você tem noção? — Ele ri, sem jeito.

— Estava pronto para assumir outra realidade, louco para brincar de casinha. Teria o que sempre sonhei, viveria numa cidade pacata com a minha garota, esqueceria as doideiras daqueles cinco anos. Com tudo desabando, caí no mais fácil, voltei pro Rio, aceitei uma proposta em Los Angeles e me mandei.

— Foi para os Estados Unidos?

— Fui, morei lá um tempo, foi uma fase... — Ele limpa a garganta. — ... complicada.

Eu me esforço em não revirar os olhos imaginando a *dificuldade*.

— Foi quando comecei a levar minha carreira a sério, era a única coisa que eu tinha, única coisa que sabia fazer. — Ele evita o contato visual antes de prosseguir. — Eu era considerado bom no meu trabalho, muito bem remunerado. Sem esperanças, deixei minha mãe tomando conta dos negócios e mergulhei no que a vida me proporcionava. Sexo sem sentimento, droga, bebida. É a história da minha vida. Não vou mentir nem esconder de você sobre o que me moveu por mais de dez anos. Foi ridículo. Eu transava em busca de um milésimo de satisfação, aquela sensação de bem-estar pós-orgasmo que desaparece assim que os corpos se separam. Quando não era o bastante, procurava o prazer nas drogas. Hoje falo sobre isso numa boa, mas não foi fácil.

Uno a ponta de todos os meus dedos e encosto os indicadores nos lábios, permitindo que minha cabeça assimile tudo o que ele revela. Saulo não diz mais nenhuma palavra, claramente com intenção de me dar espaço. Levo um tempo para absorver que eu não estava tão longe da realidade e que as temidas imagens além de serem reais são também recentes em algum canto do mundo. Espalhadas pela internet ou em serviços de *streaming*. Ainda bem que não pesquisei por Clark Holtz na rede, somente no aplicativo. Eu me arrepio só de imaginar o que poderia ter encontrado.

Eu não estava errada, afinal. Bem, em termos, no início estava. Saber que ele sofreu instala toneladas de pedra maciça sobre meu peito e me faz questionar se poderia ter evitado agindo de forma diferente. Mas ele tem razão, nada mudaria o que senti e as consequências que dolorosamente sofri nos primeiros anos. Ter lido as cartas, na época, talvez fizesse com que eu compreendesse melhor o cenário, todavia não seria o suficiente para acalentar meu coração. As crises não cessariam, a probabilidade é que teriam se intensificado. Nosso amor era forte demais para que eu conseguisse me desvincular e separar racionalmente o que era dele e o que era meu. Não me surpreenderia se em vez de passar cerca de três anos lutando para sobreviver, eu acrescentasse dois ou mais à equação. Mesmo à distância, teria sentido na pele cada momento que ele relatasse o uso de alguma substância, com medo de que nunca voltasse para mim. O transtorno teria sido imenso.

Ação, reação. Impressionante pensar que uma decisão tem tanto poder. É como um meteoro caindo no oceano, o estrago tem repercussão imediata, erguendo ondas altíssimas que se propagam até a costa, levando casas, bairros e tudo o que vê pela frente. A agressividade da destruição não se reduz aos primeiros minutos da tragédia, anos são necessários para lidar com as consequências e restabelecer a tranquilidade. E mesmo que a cidade afetada seja reconstruída, não há meio de voltar ao que foi um dia. É impossível esquecer o que sofreu. Exatamente o que sinto que aconteceu com a gente. A dívida do tio, a ida para outro estado, meu adoecimento, sua dependência, meu relacionamento com outro homem, sua decepção...

Saulo sente minha reticência e aguarda, paciente, respeitando o silêncio tão necessário. Nós dois sabemos o quanto é importante deixar tudo às claras, mesmo que nos machuque. Perdemos tanto nessa janela temporal, vinte anos não são meses e jamais poderiam ser encarados como algo banal. Nossa história está em xeque, sendo escancarada com bisturis afiados. Cada ferida mal cicatrizada é analisada com pinças e lupas, sem o uso de anestesia. Precisamos disso. Ele, para concluir os passos do programa e finalmente se perdoar. Eu? Quem sabe não consigo respirar com mais facilidade e relaxar os músculos dos quais me sinto refém? Seria uma dádiva.

E por falar nisso, percebo que meu organismo não está mais à beira de um ataque de nervos. Eu me concentro à procura de sinais do desconforto. Nada. A vertigem e enjoo se dissiparam, somente minha respiração aparenta estar fora do ritmo normal, ofegante. O que acontece no meu interior é um mistério e me surpreende entender que tanto a garganta quanto o estômago estão tão calmos como a água de um lago.

Tomando mais alguns segundos para mim, beneficio-me da paz que não esperava ser tão arrebatadora. A falta da pressão na traqueia. A escassez do embrulho no esôfago. O sumiço das contrações estomacais.

Inspira.

Expira.

Reparo que o sol está alto no céu e começa a aquecer minha pele. A claridade trouxe movimento para a praia. Algumas pessoas transitam, outras correm e três cachorros passeiam pela areia. Um casal de mãos dadas passa por nós dois, caminhando rumo às ondas. Ela grita e tenta se afastar ao tocar a água, mas ele não permite que se separem, sorrindo, o rapaz a puxa ao encontro dele, envolvendo-a com os braços e rodando a garota no ar. É lindo, natural. A cena mexe comigo e, inevitavelmente, grudo meus olhos no Saulo, consciente de que tivemos algo semelhante àqueles dois. Sem fardos e traumas, só expectativa.

Ele nota que, descaradamente, estou com os olhos presos em seu rosto e também desvia a atenção do casal para mim, correspondendo à intensidade do que perpassa minha mente.

— Perdemos o nascer do sol...

— Vai nascer de novo amanhã. — Saulo curva um dos cantos dos lábios, mas não chega a sorrir.

Contemplo seu semblante pensativo e, talvez, um pouco inseguro. As sobrancelhas em linha reta. Os lábios unidos. As pequenas rugas ao redor das pálpebras. Os fios do cabelo curto que não se mexem com o vento. A simetria do nariz e olhos, compondo o rosto que nunca me cansei de encarar. Propositalmente, deixo os olhos por último, ciente de que podem me fisgar.

Em algum momento, Saulo se sentou sobre os pés, sua cabeça está acima do nível da minha, porém mais baixa do que antes. Meu coração aquece, irradiando a temperatura por meu tórax. Eu não sei o que me possui, incapaz de conter o impulso, levo a mão direita à sua face, desejando reconhecer e explorar cada parte dele.

Pequena. Frágil. Quebrada.

Sou tomada pelo anseio de analisar cada ferida, cada cicatriz, cada faceta do homem que sobreviveu a essas duas décadas do mesmo jeito que eu. Um dia após o outro. Caindo e levantando.

Reticentes, meus dedos percorrem o espaço entre a orelha e o nariz, delineando a angulação do osso facial, nasal e cartilagem. Suas pálpebras se fecham e ele expira, abrindo uma pequena fenda entre os lábios. Instantaneamente, meu indicador, anelar e polegar escorregam, traçando o contorno de sua boca, do meio para os cantos, passando por cima dos lábios, sentindo o sopro da respiração. Completamente envolvida, eu me ajoelho, nivelando a diferença de nossas estaturas, e ergo a outra mão, repousando-a entre seu pescoço e ombro. Um suave franzir de nariz é o único sinal de que abrirá os olhos, estou certa disso. Saulo não será capaz de se manter imóvel.

Meu peito se expande quando ele, rapidamente, abre as pálpebras e me encara. Minha mão fica paralisada enquanto as duas pupilas negras se revelam, contrastando com somente dois milímetros do círculo castanho cor de avelã. A dilatação das pupilas deveria me intimidar, mas causa o efeito oposto. E – *ah, como vou me conter*! – o brilho ressurge, inflando a esperança de que *meu* Saulo ainda existe e habita esse adulto com o passado tão turbulento.

— O que te fez voltar? — pergunto com a voz entrecortada.

— Eu precisava resolver a minha vida. Acabaria me matando, não dava para continuar daquele jeito.

Engulo em seco e continuo falando, sem querer pensar no que implica o "daquele jeito". Perguntas disparam por minha mente, porém não as faço. Não agora. Teremos outros momentos para conversar. Eu acho.

— Quando voltou?

— Pro Brasil?

Minha cabeça sobe e desce sem perder o contato visual.

— Faz três anos.

Caramba, o que ele fez nesse período? Onde ficou? Como foi? Quando começou a reabilitação? Foi a primeira vez? Teve muitas recaídas? Como está hoje? O que faz em Poços? Num lampejo, recordo-me do momento chave, quando pedi para segui-lo na rede social, o que parece ter ocorrido há dias e não há poucas horas.

— E o que são aquelas legendas no...

Saulo coloca o indicador em meus lábios, impedindo que finalize o raciocínio.

Ah, droga! Estava tão fácil quando somente eu o tocava. Sua pele na minha é um problema. Quando estou no controle é uma coisa. Quando não sei o que ele pretende fazer, é outra. Como manteiga no fogo, meu cérebro derrete. Um dedo liquidou minha racionalidade. Só sei sentir. Coração galopando feliz da vida, pelos eriçando por todo lado, pulmões estáticos, barriga infestada por borboletas idiotas. Não posso confundir as coisas, mas não sou imune. Nunca fui.

— Quando a gente tinha uma visão infantil da vida, você acreditava em destino — ele diz.

Eu continuo só encarando aqueles filetes dourados ofuscados pela pupila dilatada, como uma tonta. Seu indicador desceu para o meu queixo, segurando-o no lugar, bem de frente para ele.

— Ainda acredita nisso?

— Depois de tudo o que vivi, sim.

— Pois eu mudei. Muito do que acreditava antes não faz mais sentido.

— Você achava uma grande bobagem — replico baixinho.

Saulo assente.

— Está querendo dizer que nos reencontramos por destino? — questiono e prendo a respiração.

— Talvez.

— Então é destino estarmos aqui, perdendo o nascer do sol juntos?

Inspira.

Expira.

— Definitivamente.

Meu coração se agita e tento mascarar o efeito que suas palavras têm em mim.

— Tanto tempo e ainda gosto do seu jeito de pensar. Gosto de estar aqui, com você.

— O que quer de mim, Saulo?

— A pergunta que não quer calar. — Ele solta o ar sem pressa e quase enlouqueço. — Aprendi que não temos como controlar tudo. Não te procurei pensando em resgatar o que tivemos, mas não posso fingir que nosso vínculo não é real.

Devagar, ele tira minha mão do seu pescoço (o que claramente esqueci que estava perambulando por lá) e a leva para seu peito, esticando minha palma sobre o esterno. É suave, mas mesmo com os ruídos que nos cercam e todos os outros estímulos sensoriais que poderiam interferir, tenho plena capacidade de sentir a vibração de seu corpo. O coração de Saulo bombeia seu organismo com força, praticamente uma cópia do que acontece dentro de mim.

— Tá sentindo?

Concordo movimentando a cabeça, meus olhos marejam e amaldiçoo as lágrimas infelizes que ofuscam minha visão. A nitidez já era. Ignorando os grãos de areia que grudam e pinicam meus joelhos, permaneço atenta a tudo que é o Saulo: seu tom de voz, seu cheiro, a umidade de sua mão, o afeto com o qual pressiona e entrelaça os dedos nos meus. Sua presença está por toda parte, envolvendo-me a cada segundo.

— Lu, se destino existe e se somos guiados por ele, não sei dizer. Mas o que sinto aqui dentro é muito nítido. Sei que temos nossas diferenças e um oceano gigantesco entre nós. Não é fácil pra você, muito menos pra mim. — Ele pausa para respirar e travo a mandíbula, pressentindo o tremular de meus lábios que antecedem o choro. — Tem muita coisa que não sei explicar e que será complicado aceitar. Só que estou disposto a tentar. Perdi tempo demais com futilidades. Não me interessa se você está magra ou acima do peso. Se teve quinze namorados e um filho com cada um. Ou se, por algum motivo idiota, resolveu que *Street Fighter* supera *Mortal Kombat.*

Solto a gargalhada no mesmo instante em que as lágrimas escorrem.

— Nunca!

— Exatamente. Eu sei que *você* está aí dentro. Pode ter vivido e me superado, mas sempre será a *minha* Lúcia. — Sua voz soa alterada em determinadas palavras, como se precisasse enfatizar o que diz.

Como se eu fosse capaz de não acreditar e desconsiderar tamanha manifestação de carinho. Entendo o que quer dizer, pois sinto exatamente o mesmo. Ele respira fundo e completa, acabando comigo:

— Quero ter você em minha vida. Você é uma parte do meu coração e não pretendo viver sem ela.

22

Parte do meu coração.
Uma parte do meu coração.
Você é uma parte do meu coração e não pretendo viver sem ela.

As palavras ecoam por minha mente, fazendo um sentido absurdo. Saulo também é isso para mim. Uma parte deslocada e complexa, que ainda não sei como encaixar.

Ele aproxima o rosto do meu, estudando minha feição.

— Lu, diz alguma coisa — suplica, apertando com mais afinco a minha mão em seu peito.

Pisco repetidas vezes, procurando recuperar o bom senso e voltar para a realidade. Meneio a cabeça devagar, inspirando o ar carregado de umidade da praia. O cheiro característico e único da areia e da água salgada me lembra que não estamos sozinhos em outra dimensão, e sim com os pés bem firmes na orla de Copacabana. Meu casaquinho, de repente, se torna pesado e desnecessário perante o calor que se espalha por meu corpo.

— Você está pálida. Me diz que não fiz uma besteira, que não me apressei e que estamos na mesma página — Saulo continua falando e eu o ouço, mesmo sem demonstrar o quanto sua fala me agrada.

Fecho os olhos por um segundo para me recompor e exalo o gás carbônico acumulado em meus pulmões. É como um livramento, indescritível e delicioso. Saulo reaparece, embaçado, e embora minha pele esteja desprovida de cor, meus lábios se curvam para cima. É a primeira fagulha de felicidade que tenho há muito tempo. Isso é grande. Um mês atrás era totalmente proibido permitir que minhas divagações chegassem perto de qualquer coisa que me fizesse lembrar dele.

Limpo o rosto com os dedos que não estão presos a ele e amplio o sorriso.

— Você está bem? — insiste com a preocupação permeando cada sílaba.

— Estou. — Assinto ao responder. — Por incrível que pareça, estou.

Ele suspira e me puxa para si, inclinando meu torso para frente. Arrasto meus joelhos para ficarmos o mais próximo possível, colando meu corpo ao dele, das pernas aos ombros. Suas mãos espalmam minha lombar e escápula, irradiando uma sensação sublime. Seu perfume cítrico e muito masculino invade meu olfato. Seu rosto repousa na lateral da minha têmpora sem se mover. Abraço sua cintura com vontade, descarregando anos de saudade e sofrimento.

— Apressei as coisas? — ele questiona no meu cabelo.

Discordo balançando a cabeça.

— Não. Eu precisava disso. Precisava ouvir tudo isso.

— Eu também. — Saulo me afasta lentamente, mas não abre espaço entre nós dois, procurando em meus olhos a segurança que ambos ansiamos.

— Como ficamos agora? — Tomada por coragem, pergunto o que mais desejo saber.

Ele sorri e traça o caminho das minhas lágrimas com o polegar, pela maçã do meu rosto.

— Eu ia te perguntar a mesma coisa.

Mordo o lábio inferior, considerando se estou preparada para aceitar, com total ciência de que tive uma overdose de tudo relacionado ao meu ex.

— Amigos?

Saulo franze o cenho com se eu fosse muito tola por ousar tal ofensa.

— Nós nunca conseguiríamos ser somente amigos. Pode tentar se convencer o quanto quiser, mas amizade não vai rolar. Ultrapassamos esse limite há muitos anos — pontua olhando deliberadamente para baixo, onde nossos corpos permanecem colados, e voltando o olhar para mim.

Certo.

Ele tem razão.

— Humm — é o que consigo resmungar.

— É… humm.

Enquanto meus canais lacrimais descansam, sua imagem fica mais nítida e posso estudar a expressão divertida que esboça. O clima pesado se esvai e essa nova versão do Saulo é, digamos, interessante.

— Preciso saber como vou agir ao te encontrar na academia, ao nos esbarrarmos por acidente no corredor, ou quando vasculhar seu perfil na internet e, sem querer, curtir todas as suas fotos antigas — Ele brinca e inclino o pescoço para o lado, aguardando aonde quer chegar. — Tenho que saber como vou te chamar e como vou me portar. Quero o número do seu telefone e ter liberdade para…

— Me mandar mensagem de madrugada? — Sorrio.

— Exato! Não vamos nos esquecer que você respondeu em menos de um minuto. — Ele pisca e meu peito se agita por outro motivo bem diferente.

Ó, Deus, tenha piedade da minha alma. Como posso ficar tão confusa perto dele?

— Vou precisar de uma ordem de restrição?

Saulo ri descaradamente.

— Vai. Se depender de mim, Lu, não te perco de vista.

— Falando sério, Saulo — solto um suspiro e me esforço para passar firmeza —, não estou pronta para me envolver.

— Temos todo tempo do mundo. — Ele beija minha testa e faíscas se espalham, arrepiando dos pés à cabeça. — Quem está com pressa?

Fecho um dos olhos e esboço uma expressão de quem não acredita no que acabou de ouvir.

— Paciência é meu sobrenome.

Saulo distribui beijos suaves pela lateral da minha face e quase coloco tudo a perder virando o rosto, dando um ponto final à tortura. Tenho que ganhar um prêmio de autocontrole.

No instante em que nos afastamos, após mais um longo abraço, escuto um burburinho às minhas costas. Buzinas e xingamentos ecoam pela praia, atrapalhando o sossego da manhã carioca. Olho para trás, por cima do ombro, curiosa com o caos.

Uma pessoa entrou no meio do trânsito e corre entre os carros, desrespeitando o sinal verde e colocando sua vida em risco. Uma pessoa não! O meu irmão! Levanto depressa, com o coração disparado, aflita pela insanidade do meu irmão.

— O que seu irmão… — Saulo começa, mas o grito do Nico nos congela no lugar.

— Lúcia! — berra a plenos pulmões.

Ele avança pelo calçadão, descalço, vestindo somente o short do pijama.

Para me proteger, Saulo tenta se posicionar à minha frente na tentativa fútil de me defender, mas não vou permitir que lute as minhas batalhas, o que deixo bem claro ao interpelá-lo, estendendo o braço para que fique onde está. Respeitando meu desejo, ele se contenta em ficar ao meu lado e não demora para que eu sinta seu braço rodear a minha cintura. É um gesto simples para quem vê de fora, porém para quem nos conhece – como o maluco que caiu da cama e que está vindo como uma bala em nossa direção – quer dizer muita coisa.

O clima pacífico já era. Finco os pés na areia e espero pelo esporro. Ao menos Nico saiu ileso da muvuca que causou no trânsito.

— Como você sai assim, sem avisar, deixando o celular para trás? Não sei sua senha, porra! — Ele agita o aparelho com a mão para o alto, furioso.

— Não tive a intenção!

— O inferno está cheio de gente que não teve intenção. Não estamos em Poços! Já viu o noticiário? Já ouviu falar sobre sequestro? Assassinato? Bala perdida?

— Ei, ela não estava sozinha, eu não deixaria nada acontecer à sua irmã. — Saulo se intromete e os olhos do Nicolas se tornam duas fendas.

Ele leva dois segundos para reconhecê-lo. Um misto de expressões enfeitam seu rosto, a ira se sobressaindo à incredulidade. A reação me confunde. Sei que Nicolas não gosta muito do Saulo por tudo que me fez passar, mas me encontrar nos braços dele não justifica tanta fúria.

— Ah, mas será possível! — Ele joga os braços para cima e encara meu antigo namorado. — Por causa *dele*? Me fez morrer de preocupação por causa desse... *argh*! Pelo amor de Deus, Lúcia!

— Não sou uma donzela indefesa, Nico, para com isso!

— Nicolas, abaixa o tom.

Falamos simultaneamente, só que a firmeza na voz do Saulo se destaca e ele se torna o alvo.

— Como é? — Os olhos do meu irmão soltariam fogo, se pudessem. — Você apareceu há cinco segundos e pensa que manda? Se toca, Saulo! Ela é minha irmã!

— E não merece que fale assim com ela! — Saulo retruca.

— Cale a boca, Nicolas! Você não sabe metade do que...

— Quem não sabe é você! — Ele me corta, apontando o dedo em riste para mim.

Pela primeira vez, no rompante de raiva, percebo que ele treme da cabeça aos pés. Tem algo errado. Ele não está nesse estado só pelo meu sumiço. Afinal, quantas horas fiquei aqui, conversando com o Saulo? Duas? Três, no máximo. Nicolas não surtaria por ter acordado e não me achado no quarto. Ele está descontando em mim algo bem maior.

Saulo percebe a mudança em minha postura e me envolve na altura das costelas, me segurando junto ao seu corpo.

— O que está acontecendo? — questiono ao observar os espasmos em seu corpo, o que não é nada normal.

Nico caminha até nós e Saulo me aperta ainda mais contra o peito, como se fosse possível nos fundir. Meu irmão olha para o céu com a boca aberta, piscando várias vezes. Quando me encara, a tonalidade vermelha em seus olhos é nítida.

— Enquanto você está aqui, rolando na areia com esse... — Ele meneia a cabeça e fita o oceano, travando os dois lábios, indignado.

— Nico! Pelo amor de Deus, desembucha!

Tem coisa que nunca esquecemos, e o soluço do meu irmão entra para a lista dos ruídos que eu nunca quis escutar. Nicolas me olha e não tenta esconder as lágrimas. Meu peito aperta como se garras perfurassem a pele, rasgando tudo o que encontram pela frente.

— É a vovó.

Antes

Em silêncio, fecho a porta do quarto da minha filha, tomando cuidado para que ela não desperte. O celular indica duas horas da manhã. No último mês, Flavinha tem custado para dormir, dando um baile de disposição até altas horas da noite. Seu padrão de sono foi completamente afetado pela nova rotina da nossa casa e está dando trabalho para voltar ao normal. Cada pessoa reage ao luto de uma forma, mas quando passamos por ele é muito diferente do que imaginamos.

Meu irmão se esquiva e se distancia na primeira oportunidade. Ele não perde tempo, voltando para Uberlândia e se enfiando no escritório no dia seguinte.

Papai se irrita, proferindo asneiras que geralmente não tem coragem de expor e que machucam, como o fato de que nunca gostou muito do meu marido.

Mamãe passa mal, tem quedas de pressão que podem se tornar desmaios e, às vezes, convulsões. Ela chega a ficar de cama por dias.

Vovó é sensata, quer conversar e racionalizar a perda. Acredita que algo maior nos move e que existe um motivo desconhecido por trás de cada evento traumático, cheia de lições de moral.

Iago come feito um morto de fome. Aparece aqui em casa, sem falta, três vezes por dia. Pizzas, potes de sorvete, bolos, salgadinhos, sobremesas, pacotes de balas, paçocas e lanches são exemplos do que costuma trazer para mim e engolir tudo sozinho.

Eu?

Bem, quando não somatizo, coloco meu sofrimento no trabalho. Não é novidade, foi fazendo da máquina de costura uma extensão do meu corpo que superei a decepção amorosa. E também não encaro como uma fuga, tenho uma filha para sustentar, um financiamento para quitar, uma vó para cuidar.

E isso me faz lembrar que deixei uma caixa com sianinhas, apliques, fivelas e botões no andar de baixo. Meus pés, com meias estampadas, ajudam-me a descer os degraus sem emitir som – truque que aprendi quando Flávia era bebê e andar descalça ou com chinelo resultava em horas balançando um pacotinho nos braços. Ciente de que meus glúteos ficarão pelo menos uma hora grudados na cadeira, encho uma garrafa de 500 ml com água e pego a caixa, equilibrando a garrafinha entre a parafernália que pretendo usar nas minhas futuras criações.

— O que você tá fazendo com a caixa a essa hora da manhã?

O papelão escapa dos meus dedos e atinge o chão, tombando de lado. Observo em câmera lenta todos os objetos minúsculos se espalhando pelo tapete da sala. Com o coração na boca, levo a mão ao peito, fuzilando vovó com o olhar.

— Puta que o pariu! — Evito palavrões, mas tem hora que não dá para manter a classe.

— Você não tá pensando em costurar, né? — indaga sem um pingo de preocupação com a altura de sua voz.

— Shhhhh, a Flavinha acabou de dormir — sussurro, torcendo para que não tenha despertado.

Vovó balança a cabeça para cima e para baixo. Sentada no sofá, curva o corpo para frente e começa a pegar parte dos botões que caíram perto da sua pantufa de oncinha. Com a garrafa cheia numa das mãos, ela me fita com um semblante acusatório.

— Até quando vai ficar costurando sem parar?

Finjo que não a ouvi e me agacho para recolher as argolas.

— Lúcia.

— Humm?

— Tá me ouvindo? — pergunta baixinho.

— Aham. — Estico o braço por baixo do sofá com a intenção de pegar um carretel que rolou, mas vó Marta segura o meu ombro.

— Você precisa parar.

— Eu estou bem.

— Não, não está.

Bufando, solto a bunda no tapete e encaro as lentes pequenas dos seus óculos de aro vermelho.

— O que a senhora quer que eu faça? Fique chorando pelos cantos? O que minha filha vai pensar se eu me sucumbir às lágrimas?

— Que a mãe dela perdeu uma pessoa importante? Oras! Vocês duas perderam! — Vovó balança a cabeça. — Você precisa colocar para fora, Lúcia, chorar, sofrer, passar um dia na cama, não tomar banho.

— Eu tive muito tempo para processar que um dia…

— Ninguém se prepara o suficiente para perder alguém querido. Não é possível.

Termino de juntar cada objeto minúsculo e abraço a caixa, fitando o semblante reprovador da vovó.

— Eu me recuso a me definhar, vó. Não fiz isso antes e não vou fazer agora.

Ela meneia a cabeça.

— E sabemos muito bem como foi o resultado. Dar vazão para a dor é a melhor forma de superar. Quando perdi seu avô, chorei por dias, foi como se uma parte de mim tivesse sido arrancada à força.

Eu me preparava para levantar, mas paro no meio do movimento assim que ouço suas palavras. Sei exatamente como é esse sentimento e jurei a mim mesma que nunca mais passaria por algo parecido. O buraco é profundo e dolorido, similar à dor fantasma de um órgão amputado que as pessoas sentem mesmo não existindo.

— Vovó, eu estou sofrendo.

Suas sobrancelhas sobem alguns milímetros.

— Sei disso, mas o que quero dizer é outra coisa.

Conto até dez, minha paciência se esgota e explodo.

— A senhora quer o quê? Que eu fique resmungando pelos cantos, lamentando e chorando como uma viúva sem esperança na vida? Eu tenho uma filha, uma casa, compromissos, não posso me dar o luxo de...

— Sofrer pela morte do amor da sua vida? É o que deveria estar fazendo! E não se matando de trabalhar!

— Bernardo não era o amor da minha vida! Ele era... era... — Perco a voz quando me dou conta do que saiu pela minha boca e começo a chorar inconsolavelmente. Meu coração diminui de imediato, tomado pelo fardo do arrependimento e da culpa. De onde veio esse pensamento terrível? É claro que ele era, *é* meu grande amor, tanto que não pretendo me envolver com nenhum outro homem. — E-ele... ele... — Tento, mas as palavras morrem.

Mas que droga! Sou incapaz de definir o que Bernardo foi e ainda é para mim. As lágrimas rolam soltas sem piedade, encharcando meu moletom azul-marinho. Solto a caixa no chão e abraço minhas pernas, apoiando a cabeça nos joelhos. Meus ombros e peito sacodem com os soluços esganiçados que cortam minha garganta. *Ah, Bernardo*! Fecho os olhos com intuito de interromper meu pranto, mas é inútil, agora que comecei, não vou parar.

Meu amigo, confidente e amante. Quem me ensinou a interpretar a vida com outros olhos, a ter mais paciência e que esteve ao meu lado por anos. Como aceitar que não está mais aqui?

Os dedos frios da vó Marta tocam meu braço, mas demoro para sair do limbo, descarregando minhas frustrações num choro lacerante. Quando os soluços se tornam mais espaçados e minha respiração mais regulada, vovó está murmurando baixinho. Levo segundos para reconhecer a melodia do Pixinguinha, que vovô cantava para ela quando namoravam. Esboço um sorriso aguado e levanto o olhar. Ela corresponde e continua entoando a música enquanto me desloco para o sofá. Meus braços apertam vovó com vontade, agradecendo em silêncio por me entender como ninguém.

— *E só assim então serei feliz, bem feliz* — finalizo a canção, acompanhando o ritmo dos seus murmúrios. — Obrigada, vó.

— Você é uma mulher maravilhosa, Lúcia. — Ela acaricia meu cabelo passando os dedos entre as mechas extremamente curtas, que fez questão de criticar quando voltei do salão na última semana. — Um bocado teimosa, não vou tapar o sol com a peneira, mas também é uma mulher muito forte.

Sorrio e me afundo em seu colo, permitindo a queda de mais uma cascata de lágrimas, dessa vez molhando seu pijama turquesa.

23

Dias atuais

— Você não devia ter vindo.

— Claro que devia. — Natália segura minhas mãos com carinho.

— Mas ainda está com os pontos da cesárea.

— Mero detalhe, tinha que te dar um abraço, Lu, e a Mari veio comigo para garantir que não vou extrapolar.

Dou um abraço na linda jovem de olhos verdes, filha da minha amiga.

— O Caetano e o Rafael? Como estão meus sobrinhos?

— Ficaram com o pai, dormindo.

Meus olhos cansados se concentram na Nat. Mal me recordo da saída do hotel, aeroporto e voo. É um borrão, não registrei praticamente nada da viagem.

— Não tive tempo de te visitar. Sou uma péssima amiga.

— Lúcia, os gêmeos têm dias de vida — ela retruca, exasperada. — A minha família é a última coisa em que você tem que pensar agora. Vou encher sua caixa de mensagens com fotos, pode ser?

— Vou adorar — respondo com franqueza, vou precisar me apegar a tudo o que possa me fazer sorrir, e quem resiste a dois bebês sonolentos?

— Já cumprimentei seus pais e seu irmão, mas não vi a Flavinha.

— Está lá fora, com o Gui.

— Meu Gui?

— O próprio. Ele me garantiu que não vai sair do lado dela. É muito difícil, Nat, ela é nova demais para lidar com isso de novo.

— Ninguém está preparado para lidar com a perda, Lu.

Nat me fita com pesar, um tipo de expressão que sei identificar facilmente. Cansei de ver a mesma complacência no rosto das pessoas. Quando Saulo partiu. Quando Bernardo se foi. E agora.

Sentindo uma ardência em meus olhos, evito encará-la, como tenho feito com todos que se aproximam. Não é que desprezo o sentimento da minha amiga, muito pelo contrário, é real. Isso que complica, quanto mais real, mais difícil de assimilar. E não tenho como reagir a não ser sucumbir a um limbo infinito. Então tento ao máximo me abstrair.

Acabaram as lágrimas. Minhas pálpebras pesam, inchadas e vermelhas. Meu nariz está machucado e dolorido. Meu peito vazio se expande de forma automática, respondendo aos comandos involuntários do meu organismo.

Poucas pessoas vieram e não desejamos estender o sofrimento nesse local apático e sem vida. Em respeito à vontade da vovó, eu, mamãe, papai, Flávia e Nicolas recebemos as condolências de três primas, dois tios, alguns vizinhos do condomínio e da nossa antiga casa. Iago deu um pulo aqui mais cedo, não ficou por estar saindo de viagem, vai passar o réveillon com a família num cruzeiro.

Vovó era muito amada e recebeu oito coroas de flores. Uma delas minha, com rosas brancas. Apesar da ironia, a suavidade das pétalas combina com ela e representa o quanto vou sentir sua falta, além de ser uma flor que evoca lembranças de vários momentos especiais. Não posso ignorar o afeto entre o Bernardo e a vovó só por ter descoberto que o Saulo foi o responsável pelo início da brincadeira.

Suspiro, soprando o ar carregado e Natália intensifica o aperto em minha mão. Pisco várias vezes antes de olhar para ela, cerrando os lábios.

— Mãe, temos que ir — Mariana diz com um semblante empático, guardando o celular no bolso. — Igor ligou, ele acha que o Caetano quer mamar.

— Acha?

— Um deles tá esgoelando, não tem certeza se é o Caetano ou o Rafael.

Nat dá uma risadinha e faço uma força descomunal para erguer as sobrancelhas.

— Você tem que parar de vesti-los com macacões idênticos, vai enlouquecer seu marido — digo com vontade de sorrir, mas incapaz de fazê-lo.

Em três dias, Natália me mandou mais de meia dúzia de fotos com seus bebês usando roupas iguais. Ela faz de propósito, divertindo-se com os gêmeos univitelinos, confundindo a família.

— É só conferir os *bodies*. Caetano está de amarelo, Rafael de verde.

Meneio a cabeça.

— Eu queria ficar, Lu — ela emenda —, e te ajudar a passar por isso.

— Mas precisa ir. Não se preocupe comigo, de verdade, vá pra casa cuidar daqueles fofuchos. O mais difícil ainda está por vir.

Ah, como eu gostaria de não saber disso. De não ter vivido isso.

— Conte comigo pra tudo. Estou literalmente do seu lado. É só gritar.

Sorrio com o máximo de sinceridade que consigo no momento, grata por ter uma amiga como ela.

— Obrigada, significa muito pra mim. — Retribuo os abraços, sugando cada partícula de energia positiva que eles me proporcionam. — Vou lá fora com vocês, quero ver como está a Flávia.

Juntas, saímos pelo amplo corredor branco do Velório Municipal. A falta de cor me deprime e, por um breve segundo, penso que vovó merece mais. Dona de uma personalidade alegre e contagiante, sempre me instigando a dar o meu melhor e não aceitar menos que isso. Ela merecia mais do que rosas brancas, independentemente de seu significado. Vou pedir um arranjo colorido, com todo tipo de flor. Gérberas, cravos, lírios, margaridas, tulipas e o que mais a floricultura tiver disponível.

Saímos pelo estacionamento e seguimos até o vermelhinho da Nat, apelido carinhoso de seu carro redondo e pequeno. Nos despedimos novamente e, olhando ao redor, avisto Flavinha sentada no meio-fio, com a cabeça deitada no colo do Guilherme. Ele passa a mão nos fios de seu cabelo com cuidado. Uma pessoa de fora talvez ficasse alarmada com a cena. Um homem de vinte e dois anos – com o cabelo vermelho fogo, *piercing* no lábio inferior e nas orelhas, tatuagens visíveis pela gola e manga da camiseta – consolando uma menina que ainda não completou treze primaveras. Eu não me preocupo, conheço o Gui e a história da sua adolescência. Confio nele, não existe malícia. Flavinha está em boas mãos e eu, neste momento, sou uma péssima companhia. Como confortar o coração da minha filha quando o meu está despedaçado? Nós duas teremos um longo período de adaptação pela frente.

Só de imaginar a falta dos ruídos no andar de baixo sem o arrastar do andador... Eu me abraço, apertando uma mão sobre as costelas e segurando o pescoço com a outra. É inevitável que meus pensamentos tomem esse rumo. O que vou fazer, como vai ser?

Eu me perco em divagações inúteis, observando o vale entre os bairros. A beleza da minha cidade é nítida até nos pontos mais controversos, como a localização de um velório. Estou tão distraída que, mesmo com o silêncio, não ouço a aproximação de outra pessoa. Sinto a presença às minhas costas e, depois, sei que parou ao meu lado. Não me viro para ver quem é, tenho um pressentimento e, do jeito que anda minha vida, aposto que estou certa.

Permanecemos lado a lado, olhando para o nada por um bom tempo, até que sua mão aperta levemente o meu ombro direito. O contato é amigável e mexe comigo. Fecho os olhos quando marejam, cerrando os dentes para evitar que fiquem batendo. Engulo com dificuldade e meu peito vibra. Sem chão, solto a mão do meu pescoço e coloco sobre a dele, apertando com intenção de demonstrar a profundidade da angústia que me assola. Encosto a bochecha no seu pulso e inspiro devagar, inflando e murchando meus pulmões. Mantenho a cabeça abaixada, fitando a calça jeans escura e os tênis totalmente pretos.

Quando Nicolas se acalmou e nos contou que vovó teve um AVC, Saulo se prontificou a nos acompanhar, mas não aceitei. Sabe-se lá qual tipo de trabalho estava fazendo no Rio, não chegamos a tocar nesse assunto e eu não quis atrapalhar. Nós viemos embora, ele ficou.

Ou acreditei que tivesse ficado.

Não existe janela temporal, mágoa ou trauma que supere o impacto emocional de uma perda. Ele estar aqui representa muito mais do que eu gostaria de admitir. E seu silêncio não é esmagador, muito menos desconfortável. É um diálogo entre duas almas que se conhecem, que dividem medos e inseguranças, que sofrem e se esforçam, ávidas para subirem à superfície. É incondicional.

Vovó estava certa. Amo Bernardo, mas o que sinto por Saulo é diferente.

— Lu? — Nicolas me chama e hesito em me virar.

Minha falta de resposta faz com que ele atravesse o estacionamento e me alcance. Se meu irmão ainda tem algum argumento contra a presença de Saulo, omite muito bem.

— Mamãe pediu pra te chamar. Está na hora.

Assinto e procuro por Flavinha entre a meia dúzia de carros, encontrando-a exatamente onde estava agora a pouco, nos braços do Gui.

— Já vou.

Nicolas se afasta e, sabendo que tenho que dizer alguma coisa ou tomar uma atitude, opto por prolongar o silêncio. Escorrego a mão, deixando que caia rente à lateral do meu quadril. Com a cabeça pesada e o raciocínio comprometido, penso muito pouco no que vou fazer e, em vez de agradecê-lo por ter vindo ou simplesmente sair de fininho, agarro a mão dele, segurando com intuito de não deixá-lo partir. Saulo não diz uma palavra enquanto caminho pelo asfalto, puxando-o, obrigando-o a vir comigo. Não quero que vá embora.

Guilherme me vê se aproximando e interrompe o carinho que fazia no cabelo da Flavinha. Seu olhar rapidamente desce para minha mão e sobe para analisar meticulosamente o *estranho* atrás de mim.

— Ela dormiu — ele sussurra.

— Eles vão levar a vovó. — Tento engolir o caroço, mas não importa quantas vezes movimento a traqueia, parece não aliviar.

Desvinculo meus dedos do Saulo e me agacho diante deles. Guilherme me dá espaço, afastando-se sutilmente da minha menina.

— Filha — pronuncio perto de sua orelha, afagando suas costas.

— Humm — ela resmunga.

— Vamos, temos que nos despedir da bisa.

Flávia responde soluçando e me corta o coração.

Só existe uma coisa pior do que sofrer sozinha: compartilhar a perda e o luto com um filho. Vocês estão vivendo a mesma situação, mas são duas pessoas distintas, cada uma com um comportamento e forma de lidar com a dor. E como toda mãe, meu desejo é acabar com o sofrimento da minha filha, mesmo que o meu seja multiplicado por dois.

Eu a ajudo a se levantar e a envolvo em meus braços, permitindo que desabafe. Com a movimentação na porta do velório, sei que não podemos demorar. Dou um passo para frente, mas Flávia empaca.

— Não. — Ela finca os calcanhares no chão e balança a cabeça com veemência.

— Filha, não teremos outra oportunidade de nos despedir da vovó. — Eu me esforço para soar sensata, mesmo ciente de que não há sensatez na morte.

— Não quero ir.

— É só por um minuto. Vamos com você. É difícil pra mim também. — Tento confortá-la com medo de que, depois, possa se arrepender. — Não precisamos entrar, ficamos no corredor, tá bem?

O movimento de sua cabeça para cima e para baixo é quase imperceptível, mas o suficiente para me convencer de que estou fazendo o que é certo. Devagar, caminhamos para a entrada, grudadas uma à outra, com dois guarda-costas ao nosso encalço.

O processo é rápido e em minutos o caixão é carregado para o carro funerário. Vovó Marta ficará no mesmo túmulo onde vovô João foi sepultado, no Cemitério Municipal, ao lado do velório. Aos poucos, a pequena carreata segue o rabecão. Prefiro ir à pé, então desço o morro na companhia da minha filha e meu irmão, seguidos por Guilherme e Saulo. Mamãe e papai foram à frente com o restante da família e amigos.

— Temos que ver? — Flávia choraminga.

— Não necessariamente.

— Vou ficar com a mamãe — Nicolas comenta. — Vocês não precisam subir se não quiserem.

E assim fica decidido. Poupo Flavinha da recordação de ver sua bisavó sendo enterrada, mas aguardo que retornem. Nós nos encostamos no muro perto do portal e esperamos. Quando mamãe aparece, descendo a rampa, minha vontade de chorar retorna. Amparada por Nicolas e papai, a mulher que me colocou no mundo parece um zumbi. Olhos fundos, olheiras proeminentes, inchaço nas faces e cabelo preso todo bagunçado. Perder vovó é árduo para a família inteira.

— Lúcia, vou levar sua mãe pra casa, mas preciso que seu irmão vá com a gente, tenho que resolver umas coisas no trabalho e posso demorar. Não quero que ela fique sozinha — papai pontua.

— Claro. — Como negar um pedido desses? — Eu e a Flávia temos vizinhos ao nosso dispor. — Indico Gui com a cabeça.

— Podem contar comigo também, para o que precisarem. — Saulo oferece.

Meu pai encara meu ex com as narinas infladas e um semblante, digamos, assassino. Ninguém tinha visto o Saulo até agora, com exceção do Nico, e foi quase um desastre. Minha família não teve tempo de assimilar o que a presença dele em um momento tão íntimo significa. Francamente, nem eu, só que estou deixando isso para depois. Vovó Marta era minha única aliada, então me preparo para o esporro.

— Ora, ora. Quem é vivo sempre aparece.

Para quem não conhece, este é o senhor Roberto. Se ironia é meu sobrenome, herdei dele.

— Minha filha não precisa de nada seu, moleque.

— Roberto. — Mamãe intervém.

— Não, Lídia, eu já vi esse filme. — Ele pausa deliberadamente e sorri com sarcasmo. — E não estou falando dos que você fez, mas aquele da história do homem que abandona a namorada para curtir a vida, sabe?

— Pai! — digo, porém sou ignorada.

— Não quero te ver perto da minha filha nem pintado de ouro! — acrescenta, por cima de mim. — Não tem noção do que fez com a Lúcia!

— Já chega! — ergo a voz. O que menos preciso é de uma cena na porta do cemitério porque meu pai está com os nervos aflorados e vai descontar tudo no Saulo. Sei que parte do que diz é verdade e que sua intenção é me proteger, mas está indo longe demais. — Por mais que queira me ajudar, sou capaz de discernir o que quero ou não. Exijo que respeite meu julgamento. Se eu quiser, ou não, aceitar a ajuda dele, cabe somente a mim!

Papai abre a boca, insatisfeito, porém Nicolas se coloca entre nós, apaziguando os ânimos.

— Tá legal. — Ele abre os braços e as mãos. — Pai, a Lúcia tem razão. Ela que precisa decidir o que é melhor pra ela.

— Obrigada, Nico. — Ergo a cabeça por cima do seu ombro para ver o rosto do meu pai, preocupada com a reação da minha mãe.

— Não é hora de lavar roupa suja — meu irmão continua. — Temos que pensar na mamãe e no que vamos fazer daqui para frente. Nenhum de nós está com cabeça para lidar com o Saulo, e se minha irmã quer que ele esteja por perto, paciência.

Papai me fuzila com o olhar e correspondo com o mesmo fervor. Estou há mais de trinta horas sem dormir, esgotada pela tragédia, mas com a cabeça borbulhando, pronta para explodir com quem se oferecer para comprar briga.

— Te ligo mais tarde. — Nico se despede e guia meus pais até o carro.

Observo o veículo se afastar.

— Eu não gosto de você — minha filha comenta, tirando-me do torpor. — Só faz minha mãe chorar, vomitar e brigar com meu vô.

Ah, não. Só me faltava essa.

— Flávia, né? — Saulo limpa a garganta enquanto ela assente. — Não começamos com o pé direito e te peço desculpas por isso. Eu gosto muito da sua mãe, da sua família, e só quero ajudar. Desculpe se fiz algo que te magoou, não era a minha intenção.

— Você machucou a minha mãe, vovó me contou tudo.

Encaro Saulo com os olhos arregalados, não sabia que vó Marta tinha agido nas minhas costas. De novo. Saulo coça a cabeça e volta a se concentrar na minha filha.

— Você está certa, eu machuquei a sua mãe. Muito. E estou tentando consertar as coisas.

— Não confio em você — ela retruca.

— Flávia, acho que é melhor irmos para casa — finalizo a discussão.

Ela nega com a cabeça.

— Não quero ir pra casa, mãe.

— Como assim? — Minha voz sai arrastada, a exaustão dando as caras. Eu devia ter pedido para o Nicolas me levar embora antes de sair com meus pais. Não estou em condições de dirigir.

— Tô sem cabeça. Não me obriga, por favor.

Desarmada, começo a ponderar as opções, mas Guilherme se adianta, salvando-me da minha indecisão temporária.

— Flavinha, se sua mãe deixar — ele me fita de relance e volta para ela —, quer ir comigo ajudar o pessoal a cuidar dos meus irmãos? Podemos pedir uma pizza e assistir a um filme, o que acha?

— Jogos Mortais? — Ela negocia. Flávia pode ter apenas doze anos, mas é inteligente.

— Você não tem estômago pra isso, pirralha. — Gui balança a cabeça, sorrindo.

— Posso, mãe? — Ela ignora o comentário e olha para mim, à espera do veredicto.

Sou incapaz de negar.

Não gosto da ideia de não a ter ao meu lado agora, principalmente depois do dia pesado que tivemos, e só concordo com a sugestão do Guilherme porque sei que existe uma grande possibilidade de que eu caia desmaiada nos próximos dez minutos. Observo os dois subindo o morro e sou nocauteada pelo cansaço só de pensar que terei que caminhar até o carro.

— Ser mãe de adolescente é uma merda.

Saulo ri e pega a minha mão.

— Vamos, te levo em casa.

Ele tenta me puxar, só que não vai funcionar. Meus pés parecem duas chapas de chumbo, pesando toneladas. Ergo seu braço e o coloco sobre meus ombros, encaixando-me à sua lateral. Muito exausta para me importar com as repercussões, não me envergonho de soltar meu corpo e ser praticamente arrastada morro acima. Quando chegamos a um SUV branco com os vidros completamente escuros, levanto o rosto em questionamento.

— Mas meu carro…

— Depois dou um jeito.

A essa altura do campeonato, eu aceitaria qualquer coisa, então permito que me leve, perdendo os sentidos assim que meus glúteos encostam no couro do banco do passageiro.

24

O que você quer com a minha mãe?

É como num sonho. Leve e descomplicado. Ou confuso e dolorido.

Por que está aqui? Quer aproveitar do sofrimento da minha irmã?

Fragmentos sem nexo flutuam em minha mente enquanto me esforço em identificar as vozes.

Voltou para ficar? Por que demorou tanto?

Mãe? Ela não foi levada para algum lugar?

É melhor que não magoe minha melhor amiga.

Ouço a Natália, o Gui, o Nicolas.

Confie em mim...

Saulo?

Meu corpo se sacode com os solavancos de um carro em movimento. Espaçoso e perfumado. *Ah, o perfume.* Adoro o perfume.

Será que estou deitada em algo macio e confortável?

Promete que vai ser feliz?

Espinhos me arranham e me contorço, desejando que parem. Por favor.

Ele nunca fez seus olhos brilharem.

Ou estou andando, subindo uma escada infinita, só para perder o passo e cair, afundando no abismo.

Não vai fugir dos seus sentimentos.

A escuridão me aprisiona e corro desesperada atrás de qualquer indício de luz.

Prometa.

Uma sensação terrível de impotência.

Prometa.

De perder algo essencial e não compreender o que é.

Eu também te amo.

Estico os braços para cima, alongando as pernas e a coluna.

Jesus, que dor!

Quando fui atropelada? É evidente que sobrevivi a um acidente grave. Ou enchi a cara e não recordo? Meu corpo berra, cada pedacinho me punindo por algo que não lembro. Caramba, daqui a pouco terei que começar a tomar os remédios para memória da vovó.

Ah, vovó...

Por que acordei mesmo?

Inspiro controlando os canais lacrimais. Expiro abrindo as pálpebras e piscando repetidamente.

Uma parte de mim deseja passar o resto do dia na cama.

Comida para quê?

A outra parte, mãe, responsável e empresária, sabe que precisa sair da cama para dar um jeito na vida.

Quanto tempo dormi?

O escuro lá fora me desorienta. Meu quarto está parcialmente iluminado e a porta semiaberta. Acho que alguém esqueceu a luz do corredor acesa. Procuro o celular na mesa de cabeceira, mas não encontro nada. Eu me sento e também não vejo a minha bolsa.

Mais importante, como vim parar aqui?

Afasto o edredom e me viro, encosto a ponta dos pés no piso gelado e levo a mão ao cabelo. Olho para baixo e... O que estou usando? Cadê meu vestido? Estava de vestido amarelo, aquele que coloquei antes de sair do Rio de Janeiro. Vestido e tênis. E isso é o quê? Puxo o tecido para frente, analisando a... camiseta? Essa essência cítrica é perfume? Aproximo a gola do nariz, convicta de que já senti antes.

Sem condições de me concentrar e desvendar "onde", "como" e "quando", me levanto e dou um pulo no banheiro. Necessidades em primeiro lugar. Descalça, vacilo rumo à escada, espiando dentro do quarto da Flavinha. Era para ela ter voltado, não? Por que a cama está intacta?

E onde está o Nicolas? Não voltou da mamãe?

Com medo de cair e sair rolando escada abaixo, desço cada degrau a passos de tartaruga. Um depois do outro, com cautela. Sei que não bebi e também não fui atropelada, mas, sinceramente, se pudesse escolher, a ressaca generalizada seria consequência de um dos dois, e não do desgaste provocado pelo luto.

Com os dois pés firmes no chão, foco o olhar no breu da cozinha e da sala, grata, por um segundo, por não ser capaz de enxergar nenhum objeto que pertenceu à vovó. A gratidão evapora instantaneamente, tenho que encarar a realidade, não? É bom ir me acostumando e...

Isso é um ronco? Estática, presto atenção nos ruídos, apurando a audição. Sim, é um ronco, mas não pertence ao meu irmão, Nicolas parece uma motosserra. Forçando a memória, lembro que Saulo me trouxe para casa, só que duvido que tenha ficado. É mais provável que o Gui tenha se oferecido para passar a noite no sofá. E falando no vizinho, ainda não vi sinal da minha filha. Talvez esteja no sofá e ele no chão?

Devagar e sem acender a luz, vou à cozinha com a garganta seca, ávida por um copo d'água. Insatisfeita com apenas um, tomo dois, e minha barriga ronca alto. Parece que meu estômago não está feliz.

E que cheiro é esse? Dou umas fungadas tentando identificar. Frango? Alguém cozinhou frango?

Meu Deus, que doideira.

— Dormiu bem?

— Puta que pariu! — Solto o copo na pia. Ele quica, mas não quebra.

— Desculpa, Lúcia, não pretendia te assustar.

Com a mão no meu esterno, tento acalmar meu coração disparado. Meu peito sobe e desce sem parar.

— O que faz aqui? — A afobação da minha voz não é nada surpreendente, eu me acostumei a virar uma bagunça perto dele, a diferença é que, dessa vez, quase morri de susto e não de me policiar para não vomitar.

— O Nicolas pediu e eu não quis te deixar sozinha, vou ficar até alguém retornar. — Saulo pausa e aproveito para me recompor.

A iluminação na cozinha é fraca, advinda somente da lâmpada do corredor no andar de cima, mas suficiente para que eu possa identificar sua silhueta. Não dá para ver muita coisa. Está de jeans, deve ser a mesma calça escura de antes. Sem os tênis. E sem... franzo o nariz e as sobrancelhas, piscando algumas vezes. Está faltando roupa naquele peito. Olho de seus ombros nus para meu corpo – porque não tenho coragem de descer o olhar –, desvendando o primeiro dos mistérios.

— Por quê? — Tusso, limpando a garganta. Imediatamente meu peito se aquece e me dou conta de que estou usando *só* camiseta. *Dele*. — Por que estou com a sua camiseta?

Ele hesita, tomando tempo para responder. Contraio e solto os glúteos, incapaz de definir se estou ou não vestindo minha calcinha favorita: bege, confortável e horrorosa. Definitivamente, hoje não é meu melhor dia.

— Então — Saulo coça a nuca —, você vomitou quando a gente estava no carro. Seu vestido ficou... bem... coloquei numa sacola, caso queira lavar. Como está se sentindo?

Mortificada, desvio o olhar para a camiseta. Vomitei em mim e não recordo de nada? Ignoro a última pergunta por não querer pensar na vovó ou em como meu corpo parece ter sido nocauteado em um ringue de UFC. Manter a leveza é fundamental, por agora.

— Por que não lembro?

— Você estava dormindo e me assustou. Não consegui te acordar, parecia que tinha sido dopada. Isso acontece com frequência?

— Dormir como uma pedra? — indago e ele assente. — Não, é mais fácil o contrário.

— E vomitar dormindo?

— Não, te disse que tenho um problema com indigestão. Mas dormindo? É inédito.

Saulo não se moveu desde que me assustou, só que mesmo a dois metros de distância, sinto como se estivesse mais perto. Posso jurar que a temperatura escalou uns bons graus. Afasto o tecido da camiseta do meu peito, tentando fazer com que o ar circule e esfrie um pouco a minha pele. Faço uma careta no processo e meu estômago berra por atenção. O homem que estou novamente conhecendo solta uma risadinha e agradeço pelo assunto constrangedor ter morrido.

— A Flávia me disse que você ainda detesta canja — Saulo comenta, como se meu ex manter um diálogo com minha filha fosse o mesmo que passar manteiga no pão. Algo que se faz desde criança e não existe nada de estranho nisso.

— É, isso não mudou.

— Que pena, fiz um pouco.

Hipnotizada, acompanho seus movimentos pela *minha* cozinha, abrindo o armário e pegando um prato, tirando uma panela e talheres do escorredor, mexendo na geladeira, carregando uma vasilha... Quando está indo para o fogão, levanto as mãos e espalmo seu peito, impedindo que continue. Sua sobrancelha sobe fazendo um arco perfeito, questionando-me, como se eu fosse a bizarrice nesse cenário.

— Espera, aí. Pausa. Volta o filme. Dá o *play*.

— O quê? — Ele segura a panela no ar. — Você está com fome, vai recusar?

— Canja?

— É canja ou miojo. Nenhum restaurante dessa cidade funciona depois da meia-noite.

A expressão de desgosto indica a minha escolha. Canja será.

Inclino a cabeça para trás com intuito de vê-lo melhor.

— Tá, mas essa não é a questão.

— Tudo bem. Então o que foi? — Ele encara minhas mãos, ainda em seu peitoral.

Eu não devia estar tocando nenhuma parte dele. O que tivemos na praia foi maravilhoso, mas está longe de resolver anos de decepção. Afasto as mãos e fico sem saber o que fazer com elas, acabo cruzando os braços sob meus seios.

— Quantos dias eu dormi?

Saulo pensa antes de responder:

— Umas cinco horas.

Só? Parece muito mais.

— E nesse tempo, você me trouxe para casa e me livrou do vestido. Essa camiseta é sua?

— Exatamente.

— Certo. Pode me explicar o que aconteceu depois de eu ter lavado o interior do seu carro? Não sei nem como cheguei no meu quarto e, de repente, como mágica — pontuo cada evidência levantando um dos dedos —, você falou com meu irmão, está numa boa com a minha filha e fez canja? Saulo, você sabe até o lugar onde guardo meus pratos!

— No mesmo lugar que sua mãe guardava, em cima da pia, foi moleza descobrir. As panelas também, embaixo da pia, previsível. — Ele sorri, divertindo-se às minhas custas.

— Rá, rá.

— Não existe mágica, Lu. Você passou mal, te limpei e te vesti com a minha camiseta. Seu vizinho, Guilherme, abriu o portão. Sua filha me mostrou qual era o seu quarto. Enquanto te levei para lá, os dois começaram a limpar o meu carro. Desci e me juntei a eles. Foi rápido, no fim, a Flávia parou de ajudar e ficou fazendo um inquérito. — Ele ergue a panela e me fita no escuro. — Pode acender a luz?

O fato de eu estar só de camiseta e calcinha devia me constranger. Ele já viu coisa pior e melhor, depende da perspectiva. Um pouco de pele, celulites e gordura localizada à mostra não vão nem fazer cócegas. Sigo para a parede oposta e aperto o interruptor. Eu me viro de frente para ele e, *opa*! Certo. Talvez minha pele à mostra não seja um problema, mas a dele é um pecado. De parar o trânsito. Um espetáculo. Lisa e definida.

Eu vou para o inferno!

E devia me envergonhar. Tenho mil coisas para pensar e resolver, preciso ver o que vou fazer com as coisas da vovó, lidar com o luto da Flavinha, ver como está a minha mãe… Mas, não! O que estou fazendo? Babando pela boa forma do meu ex. É muito errado me distrair da dor mensurando a elevação do trapézio ou a curvatura dos bíceps? Será que ele se importa se eu pegar a fita métrica?

Saulo continua, alheio à minha batalha interna:

— Ela quase não foi para a casa dele, preocupada com você. Eu me senti mal, não conheço sua menina direito, mas vocês estão passando por uma situação delicada, então ofereci de ficar até o Nicolas voltar, e falei que ela podia ir, como vocês tinham combinado.

De costas para mim, ele mexe na panela e conversa com a parede enquanto permaneço no banquinho. Sem demora, o aroma de frango se torna mais evidente. Minha barriga urra exigindo atenção. Não creio que estou faminta por canja. É o fim da picada!

E muita informação. Pele. Costas. Pescoço... além de considerar, claro, o que está me contando.

— A propósito, ela ameaçou enfiar uma chave na minha jugular.

Começo a rir, sacudindo os ombros.

— Você precisa ficar de olho no que sua filha anda assistindo — Saulo repreende, mas vislumbro seu sorriso ao menear a cabeça.

Desconsidero o alerta fajuto, Flavinha está obcecada por filmes de terror, é uma fase. Eu e o Saulo também passamos por isso.

— Ela dormiu lá?

Quando deixei Flavinha ir com o Gui não cogitei essa possibilidade. A família inteira da Natália está em casa, adaptando-se aos mais novos integrantes, não é certo que eu abuse de sua amizade.

— Não. — Ele espia por cima do ombro e volta para a panela. — Adormeceu no quarto da vó Marta.

Suspiro fazendo barulho e descanso os cotovelos sobre a bancada, apoiando a cabeça nas mãos. Meus olhos ardem, a garganta aperta, a barriga revira.

Ah, vovó.

— Desculpa, não queria te lembrar. — Ele lança um meio sorriso.

— Tudo bem, é impossível esquecer, ela está em cada canto dessa casa. — Engulo o caroço e me concentro em acalmar a taquicardia. Talvez tenha chegado o momento em que eu realmente necessite do ansiolítico. Quem diria? No fim das contas, o luto, não a presença de Saulo em minha casa, será a gota d'água.

— A Flávia estava bem, Lu, melhor, acho. E muito cansada. Entrou em casa e foi direto para a cama. Ela me avisou que dormiria lá, caso você perguntasse.

Assinto, encostando os braços no granito. Estico meus dedos, alongando os músculos, tendões e cartilagem. Começo a estalar as juntas, mania que vovó odiava. *Vai engrossar os dedos*, é o que dizia. Rodo a aliança e repouso as mãos na bancada.

— Ela não estranhou você ainda estar aqui? Não me leve a mal, mas não estamos acostumadas com pessoas diferentes em casa, principalmente homens. Depois que

Bernardo se foi, eu não me envolvi com… — Avalio o que dizer e me conformo de que não há maneira de explicar sem que seja direta, e não pretendo abordar minha história com Bernardo de novo.

Saulo interpreta as entrelinhas e não me pressiona. Meu marido é um tópico dolorido para nós dois. Temos que voltar a falar sobre ele, só que no momento certo, não no dia do velório da minha vó. Tecnicamente, na madrugada do dia seguinte, mas quem está reparando?

— Fica tranquila. — Ele desliga o fogo e serve uma boa porção de canja no prato fundo. — Para seu alívio, tem mais frango que arroz.

Saulo traz o prato para a bancada e desliza até que a gororoba esteja à minha frente. Torço o nariz, apesar do aroma estar divino. Ele puxa uma banqueta e fica me observando enquanto encho a colher e levo à boca. Até que não está tão ruim. Comível.

— Sobre sua pergunta, acho que seu irmão falou com ela. Não sei. Ele te ligou, mas como você estava desmaiada, tomei a liberdade de atender.

Com a cabeça abaixada, ergo os olhos para fitá-lo.

— Meu celular estava na minha bolsa.

Ele me observa atentamente.

— Sim, no bolso de fora.

— Mexeu na minha bolsa?

— Não de propósito. O aparelho não parava de apitar. Não quis ser invasivo, iria somente silenciar, mas vi que era o Nicolas e pensei que fosse importante.

— E era? — Raspo o prato e limpo o canto da boca com um guardanapo.

Ele não me pergunta se quero mais, simplesmente serve mais uma porção.

— Sua mãe não estava bem, seu pai demorou, seu irmão achou melhor dormir por lá.

Antes de atacar o segundo prato, levanto-me para pegar um pouco de suco. Sei que tinha um restinho na geladeira quando fui para o Rio e ninguém em casa gosta de suco de uva integral, inclusive eu, porém está no cardápio elaborado pela nutricionista. Abro a geladeira e me inclino, procurando a garrafa de vidro que estava no fundo da última prateleira. Fecho a porta e me viro para pegar o copo, só que a expressão de Saulo me congela no lugar. As íris castanhas praticamente sumiram com a dilatação das pupilas negras. Ele não pisca e suas narinas inflam. Os punhos se fecham e… e…

Oh.

Ohhhh.

Interessante.

Com "quase quarenta anos" ainda sou capaz de *causar*. Eu quero muito olhar para baixo e ver se, você sabe, o corpo dele reagiu. A calça escura não vai ajudar no meu objetivo, então, fingindo que os últimos dez segundos não aconteceram, vou até o escorredor em busca de um copo limpo. Minhas mãos oscilam ao servir o suco, no entanto, por incrível que pareça, não é por medo de passar mal.

Aliás, aonde foram parar os sinais da crise?

Presto atenção por dois segundos, só para garantir. Nada de sintoma de bulimia. O que estou sentindo tem outro nome. Excluindo a sensação de ressaca aterradora, o que se sobressai é um tipo de apreensão, sem dúvida, porém outras partes do meu corpo foram ativadas. Sinceramente, não sei o que fazer com isso, a não ser ordenar que meu coração sossegue.

Volto para a bancada fazendo a minha melhor cara de paisagem, implorando para que ele não mencione o que acabou de ocorrer. Foi um lapso. Meu e dele. Ninguém aqui quer pular no colo do outro.

Não.

De jeito nenhum.

É só emoção à flor da pele. Muita coisa acontecendo ao mesmo tempo. Saulo em Poços. Saulo na academia. Bella Fur. Saulo na internet. Saulo na praia. Vovó. Saulo dentro da minha casa. Não é atração, é overdose de estímulos. Estamos confundindo as coisas.

Estamos.

Quem disse que é recíproco? Pupilas dilatam por inúmeros motivos. Narinas inflam e punhos se fecham, são reações comuns do ser humano. Saulo deve estar exausto. Só isso. Igual eu.

Certo. É bom me concentrar e comer mais um pouco. Caramba, onde já se viu uma canja ser tão apetitosa?

Olho para ele e noto que algo mudou. O ar parece mais pesado. Sentindo necessidade de aliviar o clima, jogo a cautela para o espaço. Ele viu mesmo, qual o problema de brincar com isso?

Levo a colher aos lábios pela última vez e repouso sobre o prato, limpando a garganta.

— Então... só uma pergunta que está me matando.

Saulo desobstrui a garganta, com os olhos presos em mim.

— Diga.

— Já que você teve uma visão privilegiada do meu "lugar sagrado", pode me informar se estou usando calcinha?

25

Saulo dá um pulo da banqueta e tem um acesso de tosse.

E eu? Morro de rir. Um alívio extremamente bem-vindo. Eu me divirto observando seu embaraço por ter sido flagrado desejando minhas partes íntimas. Ele não sabe o que fazer com as mãos: tira da bancada, apoia nos joelhos, volta para o granito, mexe no cabelo. Já mencionei que o cabelo dele está com um dos lados amassado e o outro arrepiado? O desarranjo deixa a situação mais engraçada. Quem diria, um homem que coleciona experiências lascivas ficar constrangido pela simples menção de uma calcinha.

Por fim, se levanta, meneando a cabeça. Saulo estica o braço para pegar meu prato e *olá, abdômen!* Preciso acessar o perfil do Clark Holtz para conferir se as fotos não são montagens. Mal tive tempo de vasculhar e, de repente, meu interesse multiplica.

Mas o que é isso agora? De onde vem essa curiosidade? Não tenho que ficar reparando em tanquinho muito menos comparar a realidade com o personagem. Eu seguro as bordas do prato, impedindo que pegue a louça. Por segundos, disputamos como duas crianças, ele puxando e eu segurando, exatamente como fazíamos antigamente. A nostalgia abraça meu coração e não posso deixar de me sentir envolvida por uma nuvem imaginária de carinho e afeto. A brincadeira dura pouco, até que Saulo ri.

— Sim. — Ele dá um puxão, arrancando o prato de mim.

Caio na risada e analiso o suave sobe e desce de seus quadris enquanto ele vai para a pia.

— Sim?

Alguém faça o favor de me estapear!

Quem é essa Lúcia que só repara no que não deve?

Saulo molha o prato antes de voltar. Apoiando os cotovelos e antebraços na bancada, ele se inclina, flexionando o peitoral e os músculos dos braços. *Jesus, está quente aqui, não?*

Ficando a poucos centímetros de mim, ele me encara como um predador que sabe muito bem como hipnotizar sua pobre vítima.

— Sua pergunta?

Meio embriagada pelo excesso de pele exposta à minha frente, engulo em seco. Minha mente, rápida no gatilho, associa aquele tórax esculpido ao protagonista preferido do meu romance de cabeceira – que você jamais saberá o título – e, por muito pouco, não preciso resgatar meu queixo no chão e colocá-lo no lugar.

Alguns segundos depois, percebo o que está fazendo. Saulo está tentando me seduzir, calculando seus movimentos para evidenciar o resultado da academia. Enrugo o nariz, incomodada, porém incapaz de virar o rosto e interromper a palhaçada.

O que ele falou mesmo?

— Bege, grandona e esquisita. Te lembra alguma coisa?

Oh, meu Deus!

— Não ia comentar, mas você insistiu.

Cordas vocais? Seria o momento ideal para voltarem a funcionar!

Cerro os lábios na falta de uma resposta melhor. O que dizer para seu ex que já viu e tirou milhões de calcinhas? Pensar nesse detalhe não é algo inteligente e minha garganta concorda. Nossa proximidade se torna dolorosa e meus olhos lacrimejam. Pisco algumas vezes e forço o desconforto na traqueia a se aquietar, engolindo saliva. Droga. Cabeça idiota. Estava tão bom, o clima leve me distraindo e me fazendo esquecer temporariamente da realidade. Mas, aí, vem minha mente e destrói o clima. A leveza some e a canja pesa toneladas em meu estômago.

Por favor, não quero vomitar de novo.

Com receio de causar uma cena, espalmo as mãos no granito e empurro, afastando-me dele e da bancada. Saulo segura meus pulsos, forçando-me a olhá-lo. Ele estuda minha expressão, tentando compreender quem é essa Lúcia. A mulher emocionalmente estagnada que um dia respirava e vivia desafiando o medo, mas que, no presente, sucumbe a qualquer sinal de fumaça.

— Lu, o que foi?

— Nada. — Desvio o olhar para baixo.

— Por favor, seja honesta comigo. — Ele vira as mãos em meus pulsos, acariciando o bracelete indiano. — Não quero nada mal resolvido entre nós.

Limpo a garganta, tossindo. O medo de vomitar supera minha valentia.

— É besteira, Saulo.

— Eu vi a mudança no seu olhar. Tem a ver com a calcinha, não tem?

Fecho os olhos com força e balanço a cabeça.

— Você não quer recuperar o vínculo que perdemos? Entendi errado?

Continuo meneando a cabeça, agora com mais veemência.

— Confiar em mim é essencial, mesmo que eu não goste do que vá dizer. — Ele pausa e, tomando um pouco de coragem, abro os olhos. Saulo suspira. — Acha que é fácil estar aqui, na sua casa, perto de você? Não é, Lu, posso te garantir. Tem foto sua, do seu marido e da sua filha por toda parte. É um pesadelo estar rodeado por tudo que um dia eu quis para mim e fui privado.

— Saulo…

— Tenho que conviver com as consequências das minhas escolhas e da minha fraqueza. Diariamente.

Suas mãos me soltam e não gosto da falta de contato. Eu não sei o que me possui, mas diminuo a distância entre nós, caminhando ao redor da bancada com determinação. Minhas inseguranças e medos que se explodam, eu quero e vou me aproximar.

Saulo se vira e me observa com cautela. Ao notar minha intenção, trava a mandíbula, nitidamente afetado por meu rompante. Não me deixo abater por sua postura relutante e praticamente colo o corpo no dele. Com o coração palpitando muito acima da frequência considerada saudável, deslizo minhas palmas em seus braços, de baixo para cima, até que meus dedos alcancem os ombros. Envolvo seu pescoço, acariciando o ponto logo abaixo das orelhas. Saulo fecha os olhos e suspira.

— Você viu milhões de calcinhas. Isso que pensei.

As pupilas dilatadas voltam a me encarar, passeando por meu rosto. Ele assente e o que sinto é contrário à minha expectativa. Em vez de sentir uma punhalada no peito, causando uma hemorragia imediata, parece que meu coração está sendo coberto por uma camada de conforto. Como se fosse bom falar nesse assunto agoniante. Talvez esteja realmente abalada a ponto de não identificar o que me faz mal, ou finalmente incorporei a coragem para lutar pelo que cansei de me negar.

— Milhões de calcinhas… e nenhuma era sua. Eu trocaria todas pelo tecido bege horrendo que você está usando.

Começo a rir e inclino a cabeça para o lado. No mesmo instante, sinto seus dedos traçando a flor que adorna a lateral esquerda do meu pescoço. Quando fui ao estúdio, minha intenção era tatuar uma homenagem ao Bernardo, um único botão de rosa aberto, feito em preto e sombreado, estilo *old school*. Embora Saulo não saiba que seu buquê desperdiçado se tornou simbólico, ele não é estúpido. Comentei sobre o arranjo de rosas brancas que enfeitam o túmulo do meu marido. Ele entende que não é coincidência e acaricia cada milímetro da arte, despertando um milhão de sentimentos inomináveis.

— Uma rosa. — Sua voz grave e lenta arrepia minha coluna e encolho os ombros. Um substantivo carregado de significado.

Ele sobe e desce o dorso do indicador sobre ela, compenetrado.

— As "milhões de calcinhas" que vi e tirei não passam perto do que senti quando vi a sua.

Não respondo. Não consigo. O desconforto na garganta é grande demais, mas minha resposta é nítida e não precisa ser pronunciada. Meus lábios tremulam e eu choro. Lágrimas rolam soltas e selvagens. Saulo me abraça apertado, apoiando minha cabeça contra o peito enquanto entro em combustão, colocando para fora anos e anos de angústia acumulada.

Choro por nós. Por Bernardo. Por vovó. Eu me dou o luxo de desabar em seus braços e ser consolada.

— Senti sua presença em todo lugar, Lu. Você estava em tudo.

Molho seu peito com gosto, soluçando descontroladamente. Ele abaixa a cabeça e encosta sobre a minha, intensificando o momento. Não impeço a vontade esmagadora de retribuir e, ao circular meus braços em sua cintura, crio um limbo de intimidade que apenas nós dois compreendemos. É real e profundo.

— Quero saber cada detalhe. Quero que você tenha liberdade de me contar, de perguntar, de me xingar. Quero entender o que você passou, o que ainda passa. Quero ouvir sua história, cada vírgula e ponto de interrogação. Cada lágrima. Quero entender seu relacionamento com o Bernardo. Quero conhecer sua filha. Quero tentar aliviar seu sofrimento e espero, realmente espero que me aceite. Então, Lu, não guarde a sete chaves os comentários, a ironia, o sarcasmo. Quero ter você por completo.

Assinto, ainda com a cabeça aninhada no seu abraço. As palavras são reconfortantes e permeadas de emoção. O carinho de sua mão nas minhas costas, o afeto e a verdade em sua fala atingem meu peito com uma força esmagadora, resgatando sentimentos antigos e esquecidos. O desespero lentamente se dissipa, substituído por algo muito diferente. Quente. Vivo. Faminto.

Ele beija o topo do meu cabelo e meu controle vai para o espaço. Cravo os dedos em suas costas e meus sentidos se liquefazem com o calor de sua pele. Diminuo os milímetros que ainda haviam entre nós, unindo nossos corpos. A respiração entrecortada em meu ouvido junto ao perfume másculo impregnado em minhas narinas dominam meu lado racional. Saulo está por toda parte e me derreto na explosão sensorial. Tato. Olfato. Audição. Visão. Posso jurar que, apesar de ser uma recordação longínqua, sou capaz de identificar o sabor de seu beijo em minha língua.

Eu não penso. Fecho os olhos e me permito mergulhar nas ondas desse impulso selvagem, rendendo-me. Viro a cabeça com a intenção de comprovar se a lembrança é fiel à realidade. Resvalo meus lábios nos dele, suave e gentil, testando o terreno. Uma carga elétrica percorre minhas terminações nervosas, deixando tudo em alerta.

Não sei se é resultado da exaustão psicológica e física ou por estar passando por um momento difícil, mas é como se meu organismo fosse o interior de uma máquina e meus neurônios, minúsculas engrenagens, as peças vão se conectando, revelando algo muito maior. Saulo. Uma parte do meu coração. Perdida. Reencontrada. Com encaixe perfeito.

Ávida por mais, separo meus lábios, deixando que minha língua se aventure por território altamente incendiário. No início, ele não corresponde, porém a falta de reciprocidade não me intimida. Agarro sua nuca com mãos exigentes, apertando, puxando, intensificando. Meus lábios, língua e dentes se revezam nas provocações, exigindo uma resposta tão insana quanto meus atos. É loucura, mas não estou nem aí, preciso me sentir viva. Quando enfio os dedos no seu cabelo, meu corpo é prensado contra a ilha de granito e Saulo emite um gemido. Em milésimos de segundo, a reticência evapora e assalta minha boca como um esfomeado.

O beijo ensandecido desencadeia desejos e vontades há muito adormecidos. Em instantes, volto a ser aquela garota que suplicava para o namorado, tentando fazer com que cedesse e me tomasse a qualquer custo. Quero que me possua, aqui e agora. Que se fodam as precauções, mágoa e todo o receio que carreguei por uma vida.

Desço por seu pescoço distribuindo mordiscadas e chupões, dando atenção especial ao buraco do alargador que ainda tenho que investigar melhor. Seu cheiro é intoxicante, seu sabor incomparável. Suas mãos escorregam pelas laterais das minhas costelas, apertam minha cintura e se preenchem com meus glúteos. Com um impulso para cima, Saulo me coloca sentada na bancada, puxando meus quadris de encontro com sua virilha. O indício do desejo evidente.

Perfeição.

Enquanto ele se ocupa em despertar milhares de sensações em meu pescoço, desço as mãos por seu peito, manuseando cada elevação muscular. Sem pressa, alcanço a braguilha da sua calça e, ciente de que não está usando cinto, começo a soltar o botão. Não quero perder tempo, as consequências que se danem. Eu quero e eu vou. Com o botão aberto, avanço para o zíper, mas Saulo me interrompe, segurando a minha mão no lugar. Indignada, encaro suas íris. Ele não vai fazer isso. Não vai.

— Lúcia… — Sua respiração ofegante demonstra seu desejo tanto quanto o tom rouco da voz.

Apenas correspondo ao seu olhar, inconformada por constatar que ele vai interromper.

Saulo não desvia o olhar.

— Não.

Milhões de calcinhas.

Nenhuma minha.

Fecho os olhos e solto o ar que alfineta meus pulmões. O constrangimento pede passagem para a valentia e é recebido de braços abertos. É como se toneladas de chumbo fossem depositadas em cima do meu peito, esmagando a vontade alucinada de segundos atrás. Meneio a cabeça e mordo o lábio inferior, sentindo o inchaço resultante do aumento da circulação sanguínea.

— Lu… — Ele toca a minha face e me afasto como se tivesse levado um tapa.

Desço da bancada plantando os pés no chão com um baque, furiosa. Meu sangue ferve.

Como ele ousa?!

Encaro a dilatação de suas pupilas sem saber o que argumentar. Agora é a vez dele fechar os olhos.

— Eu quero, você não faz ideia — ele sussurra. — Mas prefiro esperar.

— Esperar? — Ergo a sobrancelha. — Mais?

— Lu, por favor, amanhã você pode se arrepender e…

— Arrepender? — Corto seu raciocínio. — Quer saber, Saulo? Estou exausta.

Sem aguardar que me responda, dou as costas e sigo determinada para o quarto da vó Marta. Quer dizer, ex-quarto, sei lá! Não olho para trás, giro a maçaneta e me encosto contra a madeira ao fechar a porta. Minha cabeça cai para trás e inspiro profundamente, absorvendo e processando o que está ao meu alcance. A fragrância adocicada e enjoativa da colônia preferida da vovó invade meu olfato, dando-me um choque de realidade.

O que foi isso, meu Deus? Quase botei tudo a perder me jogando para cima dele! Estou de luto, não é hora para nada relacionado ao Saulo. Nada!

Com a cabeça pulsando pela liberação de endorfina misturada a toda carga emocional das últimas trina e seis horas, meu corpo pesa, demandando trégua. Vislumbro a silhueta da Flavinha na cama que era da vovó e me aproximo. Devagar, sento-me ao seu lado e me deito, abraçando seu corpo, precisando da minha filha. Ela se mexe, mas não desperta. Fico quieta e, no ritmo da sua respiração, adormeço, evitando pensar no que quase aconteceu na cozinha.

26

Ei, Lu, espero que esteja melhor.

Espero que você leia...

Não tive coragem de te acordar para me despedir, você precisava descansar. Estou indo para casa e vou passar os próximos dias por aqui, só tenho compromisso na segunda quinzena de janeiro. Eu poderia te mandar mensagens no celular, é menos antiquado, mas estou começando a aceitar que tenho um certo fetiche por cartas. É nostálgico e, apesar de não ter sido correspondido, faz parte da nossa história. Pode me chamar de burro por insistir em uma estratégia que não deu certo.

Então aqui estou com um caderno e caneta em mãos, como nos velhos tempos, com a expectativa de que, dessa vez, você leia e corresponda.

Achei que seria fácil.

Mas, vamos lá. Não fique chateada pelo que ~~rolou~~ quase rolou. Eu quero, Lu, mais que tudo, e dizer não acabou comigo.

Espero que entenda que não era o momento certo.

Sua filha dormia no quarto ao lado, seu irmão podia chegar. E, sendo bem sincero, eu te quero inteira. Quero que seja a melhor noite da sua vida e não uma fuga para o que você está passando. Quero que tenha um significado. É pedir muito?

Estou torcendo para que essa minha loucura de te negar faça sentido. Estou rezando para isso. Porque estou fodido se aquela foi minha única oportunidade de te ter em meus braços.

Fica o aviso que te perdi uma vez, não vou correr esse risco de novo.

Voltei para ficar e vou lutar, Lu. Coisa que deveria ter feito há muitos anos.

S.

27

— Insanidade temporária advinda de sobrecarga emocional. É comum, ouvi muitos relatos no hospital.

Descanso o pano encardido no chão e, sem me levantar, puxo o balde com a mistura de água e desinfetante para perto das pernas. *Insanidade temporária.* Meneio a cabeça, discordando.

— Tem tratamento?

— É uma fase, Nicolas, temos que esperar. Não está sendo fácil pra ninguém, principalmente para sua irmã.

Reviro os olhos e torço o pano em cima do ralo, até que fique o menos encharcado possível. Irritada, mas tentando me abstrair do diálogo, volto a esfregar a base do vaso sanitário.

— Mas fazer faxina?

Não sei qual é o problema! A vida inteira pegaram no meu pé por ser desorganizada, deviam ficar felizes por estar me ocupando com isso.

— É uma forma de lidar.

Exatamente!

— Eu entendo, mãe, mas direto? Ela passa horas dentro de cada cômodo, esfregando tudo o que vê pela frente.

Mentira! Nicolas está exagerando e quase me levanto para rebater, só que, assim que penso em fazer isso, noto uma manchinha amarelada na parte de trás da porcelana e me concentro em eliminá-la.

— Fica tranquilo. Estou de olho, se precisar arrasto a Lúcia até a clínica do doutor Marcelo.

Deu.

Com fogo saindo pelas ventas, jogo o pano dentro do balde e me viro para o corredor. Mamãe e Nicolas estão apoiados no batente com os braços cruzados, um de cada lado, atentos ao que estou fazendo.

— Mas será possível? Não posso nem limpar o banheiro em paz?

— Pela terceira vez no mesmo dia? — Mamãe ergue as sobrancelhas.

— Por que está uma nojeira! — retruco, abrindo os braços para indicar os pontos que merecem mais um esfregão.

Nicolas se afasta da porta e se agacha diante de mim.

— Lu, levanta. Temos coisas da Lu.Cost para resolver antes que eu vá. Recebemos um novo e-mail da Mônica pedindo para enviar a lista dos materiais que você precisa. Não quer começar logo?

— A produção é só para março. Tenho tempo de sobra.

— Certo. — Ele apoia os cotovelos nos joelhos abertos e junta as mãos. — E o treino?

— Puxa vida, posso tirar uma semana de férias, não posso?

— E colocar todo o seu progresso a perder? — Nico inclina a cabeça e sua expressão de pena me incomoda, mas não o bastante para que eu saia do banheiro e corra para a academia.

Estou seguindo o cardápio à risca, é algo a se considerar, não é mesmo?

Volto a pegar o pano e começo a torcê-lo novamente. De relance, vejo quando ele olha para trás, silenciosamente pedindo reforço.

— Filha, você está devendo uma visita para os bebês mais cuti-cuti do universo. O Rafael e o Caetano completaram três semanas ontem. Não acha que a Natália está magoada com seu pouco caso?

Exalo inflando as narinas.

— Não estou fazendo pouco caso! Falo com a Nat todo dia, ela entende, mãe!

— E logo a Flavinha vai chegar — Nico emenda. — Você não vai querer que ela te veja nessa situação.

Situação?

— Vai, levanta daí, toma um banho, lava esse cabelo… e joga essa camiseta da Armani no lixo.

Camiseta da Armani?

Paro com o pano no ar e olho para baixo, dando-me conta do meu visual. Meias vermelhas com desenhos fofos de batatas fritas sorridentes, que comprei de um site da China. Pernas brancas nuas à mostra, cheias de veias e vasinhos inconvenientes. Calcinha com estampa de ovelha sonolenta, daquelas grandinhas, estilo cueca. Camiseta de algodão cinza-chumbo com um pequeno logo A|X em um minúsculo bordado branco. Sei que meu cabelo está preso em um coque, mas é estranho não ter nenhuma mecha caindo. Isso só acontece quando estão sujos e...

O que estou fazendo com a camiseta do Saulo? Eu tinha colocado para lavar, não tinha?

— Caiu a ficha, né? — Nico me cutuca. — Segue o conselho da mamãe, Lu, já pro banho!

Não vou me envergonhar, é normal passar por alterações de humor e fazer coisas estranhas durante o luto, mas não posso deixar de pensar que talvez estejam certos. Estou mesmo devendo uma visita à Nat. A Flávia precisa de uma mãe forte e não de um zumbi. E o novo contrato da Lu.Cost foi a melhor notícia que tive nos últimos meses, será burrice pisar na bola.

— Que dia é hoje?

— Dois de janeiro — minha mãe informa.

— Impossível! Ontem foi véspera do réveillon e...

— Tá vendo? — Nico comenta. — Eu disse que ela precisa de ajuda profissional.

Desisto da limpeza e penduro o pano na lateral do balde. Quando consigo de me equilibrar em pé, aliso o tecido da camiseta, notando uma porção de manchas.

— Eu não tenho que ir ao médico. Sei me cuidar.

— É bom que saiba, estou quase contratando uma cuidadora. — Mamãe brinca e recebe um olhar assassino e calculado.

— É uma fase — argumento, fazendo uso das suas próprias palavras. Posso estar dispersa e desleixada, mas continuo atenta ao que acontece à minha volta. Apesar de não saber direito que dia é hoje, sei que Flavinha dormiu na casa da amiga e que iriam passar o dia na piscina do clube. — Só preciso de uma ducha.

— Vai lá, vou te esperar no quartinho, temos que trabalhar — Nico avisa.

— E eu vou buscar uma roupa limpa.

Satisfeitos, os dois se retiram e eu gasto uns minutos ponderando a *situação*. É fácil para eles, não que eu menospreze o sofrimento da minha família, é apenas um fato. Nicolas está se mandando para outra cidade e mamãe retomou os plantões no hospital. Nenhum dos dois acorda e dorme cercado com as coisas da vovó. Mamãe perdeu a mãe, Nico a vó, e sei o quanto estou sendo injusta e egoísta em comparar, porém é inevitável. Não perdi uma parente, perdi minha companheira, uma parte importante de quem eu sou.

E a danada partiu sem me dar a chance de confrontá-la! Típico da vovó, desenterrar o defunto, cutucar a ferida, deixar aberta e sair à francesa. Jamais saberei o motivo de não ter me contado sobre o buquê ou o retorno tardio do Saulo, terei que me contentar com hipóteses.

Ah, vovó.

Inspiro profundamente e o cheiro do meu cabelo me enoja. Não creio que me deixei ficar assim. Em segundos, livro-me da roupa, colocando tudo no gavetão. Abro o registro e me enfio debaixo do jato d'água, esperando que junto à sujeira seja dissolvido o peso no meu peito.

A água não é revigorante. Eu me sinto sufocada e sem chão.

— Filha?

Suspiro alto, sem saber se quero ficar sozinha ou não. A falta de resposta instiga Dona Lídia a entrar no banheiro enquanto encharco meu cabelo com shampoo antirresíduo. Retiro o excesso de espuma com água abundante, como sugerem os rótulos das embalagens.

— Quer que eu fique aqui com você?

— Não precisa. — Aplico um pinguinho de condicionador, só para que os fios fiquem macios. Não posso exagerar, meu cabelo é oleoso e sem volume por natureza.

— Posso falar com seu pai e trocar o plantão. Não tem problema.

Esfrego o corpo com as palmas das mãos, espalhando sabonete.

— Não, mãe, vou ficar bem. — Desligo o chuveiro e me enrolo na toalha verde gigante. Enxugo parte da umidade e começo a me trocar, vestindo a calcinha preta lisa e o short de malha com estampa de margaridas que ela deixou sobre a pia. Ignoro o sutiã e pego a regata justa. A frase "Cuida da Tua Vida" na altura dos seios me faz sorrir. Natália sempre acerta na escolha dos presentes. — Sei que está preocupada, mas não vou definhar.

Seus olhos atentos me estudam por um tempo e executo minha melhor encenação de sanidade, ajeitando o cabelo diante do espelho. Meu reflexo revela o caos do meu rosto, um conjunto nada agradável de olheiras, inchaço e apatia. Paciência! Beleza é a última coisa na minha cabeça.

— Meu coração estava mais leve com seu irmão aqui. Agora que ele vai para casa, não sei.

— Sua filha tem plena capacidade de ficar sozinha. Não venha com discursos machistas.

— Não é isso, Lu! Não generalize. — Ela aparece atrás de mim, no reflexo do espelho, antes de apoiar as mãos em meus ombros.

— Não estou vendo sua preocupação com o Nicolas e ele também perdeu a avó.

Ela meneia a cabeça, reprovando meu comentário.

— Ele não mora mais sozinho em Uberlândia.

Ergo a sobrancelha em questionamento.

— Você acreditou mesmo que ele tinha que ir embora por causa do trabalho?

— Não, só achei que queria ir embora daqui. Quem é ela?

— Não tenho a menor ideia, mas ouvi uma conversa entre eles, a tal *Beta* queria que ele voltasse logo "para casa".

Humm.

— Ele fugiu do assunto quando perguntei.

— O mesmo comigo, então achei melhor dar espaço. Seu irmão sabe o que faz.

Assinto, pronta para sair do cubículo e, bem, não sei o que vou fazer. Costurar, talvez?

— Não importa agora, o que eu dizia é que ele tem essa Beta, eu tenho seu pai...

E eu não tenho ninguém, completo mentalmente. Não tenho um marido nem uma avó para me ajudarem a levantar após um tombo dolorido. Não tenho o Bernardo para amenizar o peso com piadinhas, não tenho a vó Marta para me consolar numa crise de lágrimas.

Sem me deixar abater, estufo o peito e encaro a minha mãe.

— E eu tenho uma filha. Não estarei sozinha.

Ela aperta meus ombros, massageando os nós de tensão em minhas omoplatas enquanto me observa com cautela. A mulher que me colocou no mundo e quem admiro incondicionalmente, concorda com um movimento de cabeça.

— Mas mamãe morava com você — pontua com a voz embargada. — Se é difícil pra mim, acordar e não tê-la a uma ligação de distância, vai ser impossível pra você, Lu. Eu a sinto em cada canto de casa e ela não morava lá há mais de dez anos. E vocês eram tão próximas...

Meus olhos cedem e uma cascata de lágrimas umedece minha face.

— Não é machismo, é preocupação de uma mulher que perdeu a mãe e não quer ver sua filha sofrer como antes — ela completa entre soluços e minha emoção é tão grande que me viro e me jogo em seus braços.

Mamãe sabe como eu me sinto. Todo lugar que eu olho, cada cômodo e pedacinho da minha casa me lembra a vovó. Isso sem contar todas as coisinhas que ficaram para trás. Seus livros. Suas roupas. A colcha horrenda. A penteadeira antiquada. As pantufas de oncinha e os pijamas coloridos. É um vazio terrível. No meu peito, na minha casa... no lugar que escolhi para viver com Bernardo, onde aumentamos a família. Tudo marcado por mais uma perda.

— Vou ficar bem, mãe. Se a barra pesar, grito pela Nat.

— Eu queria que gritasse por mim.

Sua voz baixa me faz erguer a cabeça para fitá-la. Não sei precisar quando, mas perdemos aquele vínculo sagrado entre mãe e filha. Talvez quando eu lutava contra a bulimia, lá no início do caos. Na época, minha mãe trabalhava em turnos e chegava a passar dois dias sem voltar para casa. Ela não podia ficar comigo e nunca a culpei pela ausência, pois entendia seus motivos. Enfermeira padrão, assumiu a responsabilidade de chefiar seus colegas de profissão no maior hospital da cidade, pouco antes do Saulo ter partido. Era seu sonho e jamais a cobraria por não poder ficar grudada em mim, monitorando o que e qual a quantidade que eu comia. Foi automático, vovó assumiu essa responsabilidade, ocupando um papel gigantesco.

Não existe rancor. Eu me recordo de fingir estar dormindo quando ela chegava de madrugada e passava no meu quarto para deixar um beijo de boa noite. Eu recebia o carinho e meu peito suavizava. Mesmo não estando presente, ela acompanhou tudo, conversando com frequência com a vó. Lembro também de suas tentativas de aproximação, inventando passeios aleatórios para me tirar do abismo emocional, tentando uma abertura para saber realmente como eu estava. Só que meu esgotamento não me permitia reviver o sofrimento e, geralmente, quem suportava as explosões era a vó Marta. Quando eu estava com minha mãe, não queria contar o que tinha acontecido ou o que resultou em mais uma crise. O afastamento foi natural, eu me apoiei na vovó ao passo em que mamãe correu atrás do seu sonho profissional. Famílias fazem isso, equilibram as dificuldades entre si.

Com meus polegares, limpo parte da umidade de seu rosto, esboçando um sorriso de compreensão.

— Eu te amo, mãe.

Ela balança a cabeça para cima e para baixo, travando a mandíbula.

— Se ficar insuportável, vou te ligar, você é a minha mãe — respondo, emocionada. — E vou precisar de amparo, a falta da vovó… — Minhas palavras morrem.

Ela segura minhas mãos e o conforto se espalha por mim.

— Temos que superar e vamos encontrar uma forma de não ser tão árduo. — Ela suspira. — É o que eu espero.

— Eu também.

— A Flavinha, que horas você vai buscá-la?

— Às seis.

— Certo. — Mamãe solta minhas mãos e se recompõe, lavando o rosto. — Tenho que ir.

Assinto e ela sai para o corredor. Sigo ao seu encalço até chegarmos à escada, quando se volta para mim.

— Filha, fique de olho na Flávia, você sabe o que o estresse pode causar.

— Sei e estou prestando atenção.

Mamãe tosse, desobstruindo a garganta.

— Converse com ela, não permita que ela se afaste e vocês acabem…

Como nós duas.

— Vou fazer isso, mãe.

E vou mesmo, se tem uma coisa que faço questão de manter, independentemente do momento que estamos vivendo, é o bom relacionamento com a minha filha. Serei para ela o que minha avó foi para mim. O ombro amigo, a confidente, a melhor amiga, a pessoa a quem recorrer quando o peso do mundo despencar em suas costas.

— Tudo bem, então. — Ela confere o relógio de pulso e solta uma risada. — Olha só! Estou atrasada.

— Ah, Senhor! Minha Nossa Senhora! Jesus Cristo! — Tiro sarro e ela finge beliscar a minha cintura.

Mamãe nunca atrasa. Nunca!

— Sempre tem uma primeira vez pra tudo — brinco enquanto ela corre pela casa procurando a bolsa.

Desço os degraus me sentindo um pouco mais leve. A obsessão pela faxina e a conversa me fizeram bem. Estou até inclinada a costurar um pouco, o que evito desde que voltei do Rio, porque, bem... vovó está por todo lado, mas o quartinho era o nosso retiro.

Estou guardando os copos que estavam no escorredor quando mamãe aparece na cozinha para se despedir com a bolsa a tiracolo.

— Te ligo mais tarde — promete ao beijar minha bochecha.

— Tá bom.

— Ah, aqui. — Ela tira meu celular do bolso da calça e me entrega. — Estava apitando, lá em cima.

— Flávia? — Indago, sabendo que ela não seria capaz de pegar o aparelho sem verificar quem tentava falar comigo.

— Não. — Mamãe meneia a cabeça e deixa escapar um breve sorriso, antes de me olhar com uma expressão de advertência.

É rápido, mas pego no flagra.

Seguro o celular com os dedos coçando.

— Quem?

— Não olhei. — Ela disfarça, mas não se contém. — Está esperando que seja o Saulo?

— Não, mãe. Não falei mais com ele. — *E ele não respondeu a mensagem*, acrescento em silêncio. Claro que ser ignorada me incomodou, principalmente após o bilhete e tudo o que conversamos.

— Ainda não sei se gosto dessa aproximação. Talvez seja bom pra você. Foi o que falei com seu pai, é difícil pra gente esquecer o que você sofreu por ele, sempre ficaremos do seu lado. Mas temos que confiar no seu julgamento, só você sabe o que consegue suportar. Então, se permitir que ele volte para a sua vida, vamos dar um jeito de engolir. Só queremos te ver bem, filha.

— Eu sei. Obrigada, mãe. Na verdade, não sei como estamos.

— Mas voltaram a conversar.

— Sim. É uma longa história.

— Tenho certeza! Me conte quando se sentir à vontade.

Com um abraço final, ela se despede, deixando-me sozinha numa casa vazia demais para o meu gosto. Mal tenho tempo de fechar a porta quando Nico quase me mata de susto.

— Ei, Lu, vamos? Não posso demorar.

— Estou indo! — grito ao seguir para o quartinho.

Diante da porta, a instabilidade do meu coração me faz questionar se estou pronta para ficar cara a cara com o local que mais me lembra a vovó. Fecho os olhos e procuro pensar nas coisas boas, em tudo o que vivemos e superamos juntas, permitindo-me um minuto de reflexão.

— Lúcia! — Nico insiste, acabando com o meu sossego.

Expiro lentamente e me esforço a girar a maçaneta, deparando-me com as máquinas, banquetas, carreteis e rolos de tecido. Sem me apegar ao enorme buraco negro prestes a me engolir, sigo direto até meu irmão, mantendo o foco no caderno de anotações e nas planilhas que ele dispôs sobre a mesa de corte. Debruçado sobre os papéis, Nicolas levanta o olhar e sorri, contudo, é evidente que estar aqui machuca nós dois.

— Vamos lá, Lu, vida nova. — Ele aponta para o e-mail na tela do notebook. — Está vendo esse gráfico?

Concordo, debruçando-me ao lado dele.

— É uma estimativa de produção, venda e lucro. O projeto é invejável, tentei encontrar alguma brecha para erro ou alguma ponta solta, mas não encontrei nenhum. Eles sabem o que fazem.

Analiso os números pensando nas mudanças que terei que fazer no meu ritmo de trabalho para dar conta.

— Ela quer que você envie os modelos até fevereiro e o primeiro lote com bolsas personalizadas até julho. A ideia é exibi-las nas vitrines num primeiro momento, para depois produzir apenas sob demanda.

— Só vinte e cinco bolsas? — indago, atenta à planilha.

— No primeiro lote sim, uma para cada franquia, todas distintas. A estratégia é fisgar a cliente no conceito de exclusividade. Sua linha será direcionada para consumidores que exigem produtos de qualidade e não se preocupam com o valor do "investimento". — Nico faz aspas com os dedos na última palavra.

— Esse investimento seria?

— O valor estipulado de cada peça feita sob medida. As bolsas serão confeccionadas de acordo com a personalidade de cada cliente.

Endireito a postura e passo o olho no quartinho. É impossível não me orgulhar de onde cheguei. Onde posso chegar.

— Então, se entendi direito, de uma mera artesã e costureira... — Divago em voz alta.

Nicolas mexe a cabeça para cima e para baixo, encarando-me com um sorriso largo no rosto.

— Passou a *personal designer* — completa por mim ao envolver meu ombro com o braço esquerdo e me puxar para perto. — A pentelha que pegava no meu pé, *designer* de grife! Vai conquistar as madames de Milão.

Apesar de não estar completamente feliz, sorrio, suspirando. Meu emocional responde encharcando meus olhos, mas quem liga para isso? Nico me aperta e beija minha testa.

— Eu tenho mesmo que ir. Promete que vai me mandar a lista dos materiais?

Assinto, limpando a umidade do rosto.

— Até amanhã. Não esquece.

— Não vou. — Puxo a banqueta e pego o caderno. — Vou listar agora.

— Isso aí, Lu! — Ele dá uma batidinha nos meus ombros quando me sento e começa a se afastar. — Você vai ficar bem?

— Vou — garanto. Antes que possa sair do quarto, lembro-me da conversa com a mamãe. — Nico?

— Quê? — Ele para na porta, segurando o batente.

— Manda um abraço pra Beta.

A coloração do seu rosto se esvai e me divirto, sacudindo os ombros. Meu corpo vai pedir férias com esse vai e vem emocional. Sem dizer nada, ele meneia a cabeça e se retira. Aproveitando a deixa, grito para que possa me ouvir antes de ir embora:

— Vê se traz ela na próxima visita! Quero conhecer minha cunhada!

Em questão de segundos, ouço a porta da frente batendo.

É, agora sim, sou só eu e meu vazio.

28

27 notificações de e-mail.

9 notificações de mensagem.

#Caribe Chamando!
Ainda não programou sua viagem na alta temporada? Confira nossos pacotes promocionais para praias paradisíacas e não deixe de aproveitar o verão.

Ansiosa, analiso as notificações na tela bloqueada do celular e meu coração murcha na hora. Pensei que pudesse ser um desastre. Depois do bilhete que encontrei, mandei uma mensagem simples, mas mandei. Ele não respondeu. Evitei tocar no telefone desde então, conferindo somente quando preciso falar com a minha filha ou quero ver as fotos do Caetano e do Rafael.

Se estou decepcionada?

Não. Talvez um pouco. Tudo bem, muito. Esperava mais e Saulo deu a entender que também queria mais, então a suave dor no peito é justificada.

Vida que segue, não vou ficar remoendo.

Guardando o telefone no bolso, tento ficar em casa por cinco minutos, porém o silêncio me sufoca.

Bato na porta da Nat em busca de colo, só para ser recebida por uma Mariana sonolenta, avisando que a mãe e o padrasto saíram, foram levar os pequenos ao pediatra.

Ainda tenho duas longas horas para matar até que chegue a hora de buscar minha filha na casa da amiga. Por que mamãe e o Nico fizeram tanta questão de colocar bom senso na minha cabeça me fazendo parar de faxinar? Pode ter sido um pouco bizarro, porém serviu para preencher o tempo. Agora, o que me resta é sentar no meio-fio, de costas para casa, esperando que uma distração caia do céu. Poderia adiantar encomendas e rascunhar os primeiros modelos que enviarei para a Anabella? Sim, se não fosse tão difícil ficar no quartinho de costura.

Vislumbro o meu carro, ponderando o que fazer. Meu pai encheu a geladeira ontem. Nicolas resolveu as urgências na loja e com a Bella Fur. A lista de materiais foi enviada. Minha mãe foi trabalhar. Natália saiu. Iago está na academia. E o Saulo... não quero pensar sobre ele.

Corro em casa e pego as chaves do carro. Não vou ficar aqui com a angústia me fazendo companhia, de jeito nenhum! Somente com o celular e o chaveiro em mãos, destravo o alarme e me sento, pronta para dar a partida, dar o fora e espairecer a cabeça dirigindo. Ligo o som e desço pela rua do condomínio, sem rumo, com apenas uma coisa na cabeça: me distanciar de tudo.

É terapêutico. Ao rodar pela Avenida João Pinheiro e entrar na bagunça do trânsito no centro, eu me pego xingando as estações de rádio. Não tem nem uma dúzia e todas – é sério, todas! – estão tocando sertanejo. Nenhuma tem a decência de colocar um rock clássico para elucidar a nova geração e seu gosto duvidoso.

Inconscientemente, estaciono perto do clube. Uma pena não estar com roupa adequada para treinar, seria uma boa opção malhar até a fadiga, liberando endorfina. Como preciso de endorfina!

Observo o comércio agitado, as pessoas entrando e saindo do Mercado Municipal com sacolas. O sol ainda alto e o céu claro. Pombinhas passeando pela calçada. Uma viatura estacionada mais à frente. Bem, ficar parada dentro de um espaço limitado e sem ter o que fazer está fora de cogitação. Jogo um chiclete na boca, pego a chave, o celular e vou para o clube. Quem sabe não encontro o Iago? É uma boa ideia, ele vai me fazer rir ou comer. Provavelmente os dois.

Sigo da portaria até a sala de musculação mais rápido do que pretendia, totalmente ciente dos nervos atiçados. O movimento de janeiro é alto, muitos adolescentes de férias abarrotam os aparelhos, dificultando que eu encontre alguém conhecido. Com receio de ser vista por minha instrutora – e julgada por ter tomado chá de sumiço nos últimos dias –, fico no canto, passando o olho por cada pessoa. Procuro entre os sócios, franzindo as sobrancelhas. Nada do cabelo ralo do Iago ou da silhueta imponente do Saulo.

Droga.

Lá no fundo, nutri uma esperança de vê-lo e a decepção me toma. Claro que estou falando do Saulo, não vou me enganar. Queria descobrir o motivo de não ter aparecido por esses dias e, principalmente, de não ter me respondido.

Cabisbaixa, vou para a área das piscinas e me esparramo em uma espreguiçadeira. Apesar de estar em pleno verão, o sol não está tão forte, então não me sinto culpada por não ter aplicado protetor. Encosto a cabeça para trás e escuto as conversas abafadas da galera que curte a piscina, divertindo-me com o vai e vem das meninas, com as risadinhas e exageros da puberdade. Época boa que não volta.

Distraída, pego o celular e acesso as redes sociais. Estou muito atrasada com as postagens, sorte que o Nico deixa tudo programado com antecedência. Interajo com algumas fotos, respondo comentários e prometo novidades para minhas clientes. Tudo em dois minutos.

Fitando os meninos do outro lado da piscina, pulando na água para molharem as meninas sentadas na borda, tomo coragem para fazer o que eu queria desde o início. Com receio, mas incapaz de me conter, acesso meu perfil pessoal. Sem notificações, ignoro o campo de mensagens privadas e vou direto para a barra de pesquisa. Não paro para pensar.

Clark Holtz.

Ah, vou me arrepender!

Clico na pequena foto redonda – Saulo com a camisa desabotoada e mãos no bolso –, e me preparo para a facada. Chegou a hora de descobrir se ele desistiu depois de ter tempo para refletir, concluindo que estar perto de mim é arriscado demais para seu novo estilo de vida.

Prendendo a respiração, confiro as fotos mais recentes. Número de postagens após nossa conversa na praia? Oito. Quatro na academia. Duas em restaurantes. Uma no carro. E uma... Viro o celular na horizontal e amplio a imagem com o indicador e dedo do meio, inclinando a cabeça para ver melhor.

Na cama.

Um sorriso malandro de quem acabou de acordar e lençol cobrindo as partes essenciais.

Inspira.

Expira.

Meu coração salta feito uma britadeira, incapaz de decidir se fica animado ou magoado. Era o que queria encontrar, não? Antes de bloquear o aparelho e lançá-lo com tudo na piscina, leio a legenda:

That's it.
Day 7.
I'm coming for you.
Oh, come on you dirty minds, I'm not talking about that.
But to be fair, that's not far from my mind when I think about HER.
I'm a healthy man but we're not there yet. Baby steps people, baby steps.
While your dirty minds are thinking about that kind of stuff,
I'm just wanting
to hold HER in my arms and be someone SHE can rely on. Are
you reading this?
I'm here for whatever you want me too.
I've just woken up and I'm giving you a few more hours.
I'm going after you.
I won't let you go.
* Já deu.
Dia 7.
Estou quase lá.
Ah, por favor, vocês e suas mentes poluídas, não estou falando daquilo.
Sendo bem sincero, penso naquilo com ELA.
Sou um homem saudável, mas ainda não chegamos lá. Calma,
galera. Muita calma.
Enquanto vocês ficam pensando besteira, o que mais quero é poder
abraçá-la e ser alguém com quem ela possa contar. Está lendo isso? Estou
aqui para o que VOCÊ precisar.
Acabei de acordar e vou te dar mais algumas horas.
E pode esperar que estou chegando. Não vou te deixar dessa vez.

Meu Deus…

Clico na próxima foto, uma de academia. De regata branca e short azul, Clark Holtz está deitado em um colchonete, com suor evidente em sua fisionomia.

What are you guys planning to do this weekend?
I'm still waiting for... you know.
Meanwhile, I'm killing time in bed, working and reading.
Netflix and chill.
Day 6.

Just one more day, and I'm going to knock on your door and kiss the shit out of you. That's what I'm hoping for.
*Quais são os planos pro fim de semana?
Eu continuo esperando por… vocês estão cansados de saber.
Enquanto isso, mato meu tempo na cama, trabalhando e lendo.
Me jogando na Netflix.
Dia 6.
Só mais um dia para que eu bata na porta da sua casa.
Vou te beijar tanto que você não será capaz de sentir nada a não ser eu.
É o que espero.

Automaticamente, entro na foto seguinte. E na próxima. E na outra. Não perco tempo analisando as imagens, vou direto nas legendas:

Waiting sucks.
Why am I doing this to myself?
Oh right, because I'm some kind of masochist who took the high road.
I know that what's happening to HER right now is much bigger than me and my selfish thoughts.
Day 5.
I really want to write your name here to make things more personal, but I won't do it.
I don't even know if you're reading this bullshit.
But if you are, remember that I'm here just waiting. No pressure.
*Esperar é um saco.
Por que estou fazendo isso comigo?
Ah, sim, porque sou um tipo de masoquista nobre.
O que está acontecendo com ELA nesse momento é muito maior do que meus desejos egoístas.
Dia 5.
Eu quero muito escrever o seu nome aqui para que fique mais íntimo, mas não vou fazer isso.
Nem tenho certeza se você está lendo.
Mas se você estiver lendo, lembre-se de que estou te esperando. Sem pressão.

My muscles are screaming for mercy. I'm done for today.
So ready to go home and talk to you all. Meet me here at 8pm.
Day 4.
How stupid am I? Not a single sign.
Hey L, come on! Don't wait too long.
(Ooops, I almost revealed your name here, sorry about that.)
*Meus músculos clamam por misericórdia. Deu por hoje.
Pronto para ir pra casa e conversar com vocês. Nos encontramos aqui, às 20h (horário de SP).
Dia 4.
Sou muito burro? Nenhum sinal.
Ei, L, por favor! Não demore.
(Ops, quase revelei seu nome, me desculpe.)

Did my phone beep with a private message? Not yet.
Yeah, I'm cocky as hell. SHE will surprise me, I'm not alone this time.
Day 3.
Hey, don't make me wait too long, okay?
*Se meu telefone recebeu uma mensagem? Ainda não.
É, confio no meu taco (haha, engraçadinhos). ELA vai aparecer, não estou sozinho nessa.
Dia 3.
Ei, não me faça esperar muito, ok?

No news. I just spent some time at the gym and came straight home.
Can you message me already?
Day 2.
Wish me patience.
*Sem novidades. Acabei de sair da academia e vim direto para casa.
Será que você pode fazer o favor de me responder logo?
Dia 2.
Dai-me paciência.

Oh, I have some news to share.
I DID IT!
We finally met. And no, we are not together "together" (yet), but I'm going to fight for HER.
SHE's going to be mine again. I'll make sure of it.
Are you reading this? I'm waiting for... you know what.
Yes, not only did we talk and cry our hearts out but now she's one of you nosy people. SHE is following me. Here. On my account.
So just to make things clear, we're good I think. She's been through a lot lately and I'm giving her some time to think. Seven days is enough time, right?
I'm counting on it, and today is Day 1.
See, I'm not giving up. I'm fighting for what I want. And I'm so proud of myself, I'm going to burst.
*Oh, tenho novidades!
EU CONSEGUI!
Nós finalmente conversamos. Não, não estamos "juntos" (ainda), mas vou lutar por ELA.
ELA vai ser minha. Pode apostar.
Está lendo isso? Estou esperando por... você sabe o quê.
Sim, nós não apenas conversamos e desabafamos, ELA agora é uma de vocês, curiosos. ELA me adicionou e está me seguindo. Aqui. No meu perfil.
Então, só para esclarecer, estamos bem, acho. Ela está passando por uma fase difícil e vou dar um tempo para que possa pensar. Sete dias é o suficiente, né? Conto com isso. Hoje é o Dia 1.
Viu? Não vou desistir. Vou correr atrás do que quero. Estou tão orgulhoso de mim que vou acabar explodindo.

Como uma estátua, releio.

Hoje é o "Dia 7"?

E estou aqui, na piscina do clube, esperando o quê?

Ele não viu minha mensagem. Só para confirmar, antes de tomar qualquer atitude, verifico o histórico e... Caramba! Claro que Saulo não viu! A pequena palavra de duas letras sorri para mim no campo de digitação, sem ter sido enviada. Meu estupor emocional confundiu as coisas, eu tinha certeza de ter enviado.

Releio as últimas postagens com a respiração ofegante. Já sei o que devo fazer.

Eu me levanto, mas antes dou uma última olhada rápida no seu perfil e vejo um círculo colorido envolvendo a foto do perfil. Ele acabou de compartilhar alguma coisa. Meus dedos impulsivos não perdem tempo e clicam na fotinha, revelando uma série de vídeos de 15 segundos. Saulo sorridente e descamisado conversa com a câmera do celular, andando por um lugar aberto e ensolarado, mandando um "oi" para quem está assistindo. No segundo vídeo, ele se afasta do celular e outra pessoa preenche a tela: Kelly Myers – que conheço como Vitória. Com a parte de cima de um biquíni laranja e o cabelo esvoaçante, ela caminha ao lado dele.

Confesso que a cena me incomoda. Muito. Mesmo ciente de que não existe nada romântico entre eles, meu estômago dá um nó. Perto um do outro, tão confortáveis e claramente íntimos, sou confrontada com a dura realidade de que eles combinam. Formam um casal perfeição.

Amigos, apenas amigos.

Expirando o máximo de gás carbônico possível, continuo assistindo à dupla.

No terceiro vídeo, os dois conversam, dando risada. No quarto, atravessam um pátio cheio de piscinas. Espera. Conheço esse lugar.

Ergo a cabeça com o coração palpitando a mil por hora. Corro os olhos pela turma que está nadando, atenta a cada cabeça para fora d'água. Depois percorro as mesas e espreguiçadeiras. Meu corpo ferve como se minhas artérias e veias transportassem faíscas em vez de sangue.

Inspira.

Expira.

Deve ser gravação antiga. Entro no quinto vídeo, alerta para qualquer indício de que ainda estejam no clube. Eles sobem a escada e, sem conseguir evitar, deixo o celular de lado e desvio o olhar para o topo da mesma escada.

Saulo e Vitória não estão lá. Não estão porque se sentaram na mesa mais próxima, praticamente oposta ao local onde estou. Com clareza, vejo o brilho do cabelo volumoso dela, acompanhado daquele corpo milimetricamente trabalhado, evidenciado pela parte de baixo do biquíni que também é laranja. E o Saulo...

Ai. Ai. Ai.

Sobe um calorão só de observá-lo à distância. A euforia no meu corpo por vê-lo tão perto é incontrolável.

Vou te beijar tanto que você não será capaz de sentir nada a não ser eu.

Há um mês, eu deixaria quieto e sairia de fininho, sem ousar colocar meus sentimentos em pauta. Mas hoje? Depois de termos esclarecido alguns pontos, de ele ter me acompanhado pelo velório da vovó e escrito aquele bilhete?

Volto para o aplicativo e curto as sete fotos, uma por uma, atenta à sua reação ao interromper o vídeo que gravava. Com o celular mirando para o rosto, Saulo vê instantaneamente, levanta o olhar e encara a amiga, falando alguma coisa e mostrando a tela. Ele esfrega a nuca e Vitória ri. De longe, observo a dinâmica entre eles, enciumada, não vou negar. Quando volta para o aparelho e recomeça a gravar, curto mais meia dúzia de fotos e reajo aos vídeos, querendo ver seu sorriso de longe. E ele não me decepciona.

Percebendo sua concentração nas gravações e me divertindo um bocado por estar atrapalhando com as notificações em excesso, levanto-me com o corpo borbulhando de antecipação. Pode ser uma péssima ideia abordá-lo aqui, com testemunhas para minha insanidade, porém não vejo outra alternativa e meus pés agem como se tivessem vida própria.

Deliberadamente, eu me aproximo. Vitória me vê primeiro e seus lábios se curvam em um sorriso aberto. Saulo está de costas para mim, concentrado no celular. Paro atrás dele, subindo a cabeça por trás do seu ombro. Ele está dizendo alguma coisa e aproveito a deixa para enfiar meu rosto no enquadre da câmera. Faço questão de aparecer na tela, piscando com apenas um olho, dando um jeito de estragar o vídeo. Vitória cai na risada, tampando a boca para omitir o som.

Incrédulo, Saulo perde o rumo do que falava e vira o rosto para mim.

— Lúcia?

Meu sorriso aumenta e me seguro para não gargalhar de nervoso. Agora que estou diante dele, bate uma leve insegurança, então não digo nada, só ergo as sobrancelhas instigando-o a me confrontar. Saulo desce o aparelho e me encara, nitidamente perplexo.

— Oi, Lúcia. — Vitória acena ao lado dele.

— Oi.

— O que faz aqui? — Saulo indaga com um sorriso bobo e fico louca de vontade de arrancar seus óculos escuros para ver as íris que tanto me fascinam.

Mas não me prendo a bobagens, em questão de segundos, jogo-me em seus braços e o beijo. E sigo beijando, *kissing the shit out of him.*

29

Agarro seu pescoço e o calor percorre meus poros, alcançando partes de mim há muito adormecidas. Suas mãos pressionam as minhas costas, as gotas de água em seu peito e barriga molham a minha regata, mas quem se importa? Nossa respiração sai ofegante e descontrolada, no ritmo alucinante do show de *heavy metal* que embala meu coração.

— Ei, pombinhos — diz Vitória —, sei que estão se divertindo, mas o salva-vidas não está nada feliz com a demonstração de afeto.

Com uma força de outro mundo, afasto-me dele, passando a língua em meus lábios inchados. O beijo durou muito pouco e não sou só eu que me sinto assim. Suas pupilas descem por mim, piscando várias vezes. Deixo que meus olhos percorram seu corpo seminu, registrando na memória a escultura que Saulo se tornou nesses vinte anos. A sunga azul-escura mascara parte da sua empolgação – graças a Deus! Se fosse branca não sobraria lucidez em minha pessoa –, mas a consequência do meu avanço é bem evidente.

— Eu amo um final feliz — Vitória comenta.

Equilibro o peso do meu corpo de um pé para o outro, procurando alívio para algo que não vai rolar no momento.

— Desculpe por não ter respondido — começo a me explicar.

— Mulher, se o que acabei de testemunhar não foi uma resposta, não sei o que será! — Vitória se intromete, fazendo-me rir.

Olho para ela de relance e a vejo abanando o rosto com as duas mãos.

— É, aham, dê o fora — Saulo pede, extrapolando a educação.

— Sério que não vou poder ouvir? — ela reclama com uma expressão hilária. — Sacanagem, estou esperando o desfecho dessa novela há séculos! Você não vai fazer isso comigo.

Saulo cruza os braços e encara a amiga com propósito.

Vitória pisca para mim.

— Que injustiça! Então eu fico aqui e vocês saem para botar o papo em dia.

Olho para ele, aguardando, e me deparo com um semblante pouco amigável.

— Se eu sair daqui agora, nesse estado, vou ter o título suspenso. — Ele ergue a sobrancelha e fico sem entender por que ele seria suspenso se não fez...

Olho para baixo e... Ah! Eis o motivo.

Segurando para não rir, travo os lábios e me viro para sua amiga.

— Pode nos dar licença por um minutinho?

— Já te disse como gosto da sua ex? — Vitória se levanta e bate o indicador no nariz dele. — Ah, Clark, se eu tivesse chance seria uma briga boa. — Suas sobrancelhas sobem e descem em provocação.

— Cai fora, Kelly.

Não sei como me sentir ouvindo os pseudônimos. Se ele é o Clark e ela é a Kelly... quem sou eu?

Dando uma piscadela ao passar por mim, Vitória se distancia com passos graciosos, quebrando alguns pescoços ao se preparar para mergulhar de ponta na piscina. Quando some na água, Saulo limpa a garganta, chamando minha atenção.

— Então — falo constrangida.

— Então...

— Não vai facilitar pra mim, né?

Ele meneia a cabeça e sorri de lado.

— Não conte com isso.

Solto o ar num sopro. *Tome jeito, Lúcia*! Na hora de agarrar você vai, mas quando precisa conversar a valentia some?

— Desculpe por não ter respondido. Na verdade, se serve de consolo, eu respondi.

Ele inclina a cabeça para o lado para me analisar, permanecendo em silêncio.

— Só que esqueci de enviar. — Esboço um sorriso exagerado.

Saulo encosta o quadril na mesa de concreto e cruza os braços.

— Humm — é o que ele diz.

Só *humm*.

Estou lascada.

— Não tenho muito tempo, preciso buscar a Flávia às 18h na casa da amiga, só passei aqui para... para...

— Me beijar? — Uma de suas sobrancelhas está tão arqueada que consigo vê-la por cima da armação dos óculos.

— Exato! — respondo na lata e me contento com a visão parcial de seus dentes mordendo o lábio inferior.

Ah, como eu queria que fossem os meus lábios...

Limpo a garganta, dando-me conta de que concordei com a ideia ridícula de que eu estava ali só por causa dele. Claro que fui parar na academia por outros motivos! Mas será possível? Ele me desorienta e acabo concordando com qualquer coisa.

— Não, quer dizer, eu estava no clube porque não aguentava mais ficar em casa, o silêncio estava me sufocando.

O semblante do Saulo se altera e ele solta os lábios, assumindo uma expressão de seriedade.

— Aí, subi pra piscina, fucei no celular, vi suas postagens e deu no que deu.

— Não conseguiu se controlar e teve que pular em cima de mim.

— Rá. Rá.

Mexo na base da mesa com a ponta do dedão do pé, disfarçando meu embaraço.

— Ei, Lu. — Ele segura meu queixo e sobe o meu rosto. Os filetes dourados nas íris escuras me cumprimentam, felizes e repletos de expectativas.

Quando foi que tirou os óculos?

Saulo me fita de um jeito engraçado e percebo que falei em voz alta. Balanço a cabeça, desejando que não compreenda totalmente o quanto mexe comigo.

— Nada, esquece.

Ainda com a mão em meu rosto, ele pontua:

— Mexeu no meu perfil. Curtiu minhas fotos. Creio que leu o que escrevi.

Concordo, apesar de não ter sido uma pergunta.

— Hoje é o sétimo dia — emendo. — Estourou o prazo.

Ele confere o relógio no pulso.

— Ainda não. São quase 18h, você ainda tem duas horas.

Inclino a cabeça em questionamento.

— Você tem duas horas para pegar sua filha e ir para casa. Às 20h vou apertar o interfone. É melhor que atenda.

Arregalo os olhos, surpresa.

— Você disse 18h? — Solto meu rosto dos seus dedos e vejo o sol escapulindo por atrás das montanhas que cercam a cidade. — Porcaria! Tenho que ir — digo, virando-me rumo à saída.

Saulo segura meu braço e me puxa, colando meu corpo no dele. Ele roça a barba curta em minha face, despertando aquela sensação gostosa de ardência. Sem que possa me preparar, vira o rosto e assalta meus lábios. Ah, caramba! Quando começo a me derreter, apertando seus braços, ele dá um passo para trás, criando um espaço entre nós. Sua boca traça uma linha entre o canto dos meus lábios e minha orelha.

— Duas horas — promete com a voz rouca.

Pisco várias vezes com a intenção de retomar o controle do meu corpo. Assinto, mas não respondo em voz alta, simplesmente deixo Saulo para trás e saio apressada pelos corredores do clube, com o corpo em brasa e a mente borbulhando.

— Está com fome? — pergunto para minha filha assim que entra no carro. Meu estômago briga comigo, faminto, eu devoraria uma pizza inteira se pudesse. Um lanche com uma porção de batatas fritas também não cairia mal. Seguido de um milkshake de morango.

Flávia se ajeita no banco, posicionando a mochila entre os pés e travando o cinto. Depois olha para mim com um sorriso murcho.

— Não muito, a gente comeu pipoca — informa quando dou a partida.

Não consigo evitar minha decepção. Estava programando levá-la a alguma lanchonete para nos esbaldarmos.

— O que assistiram?

— Malévola.

Sorrio ao ouvir o desgosto evidente em sua voz.

— Ah, é? — Fito Flavinha de relance. — Achei que gostasse.

Ela dá de ombros e bufa.

— É infantil demais, mãe, e já assisti três vezes. A Alê ama a Angelina Jolie, não tive opção.

No último semáforo da rua Prefeito Chagas, pego o caminho que contorna a parte de trás do centenário prédio das Thermas Antônio Carlos, um dos cartões de visita da cidade. As ruas do centro datam de mil oitocentos e bolinha, época em que os boêmios tomavam conta dos cassinos e usavam charretes. Os primeiros carros demoraram um pouco para chegar aqui, todavia, agora se multiplicam como coelhos. Apesar de as ruas serem consideradas amplas para o padrão viário da época, o resultado são vias que não foram projetadas para trânsito intenso, e ficam abarrotadas em horários específicos – almoço e saída do trabalho –, ou quando alguma rua importante é fechada pelos órgãos municipais para poda de árvore e outros serviços públicos. Gera um caos. Exatamente onde estamos no momento, travadas no trânsito por causa do horário do *rush*.

Ao menos a vista é linda. Através do vidro, admiro a lateral do Palace Hotel, uma das estruturas arquitetônicas mais bonitas de Poços, com suas varandas e janelas marrom avermelhadas, contrastando com o tom creme das paredes e a exuberância dos jardins à sua volta.

— Como não? Ela fez vários outros filmes, a franquia Tomb Raider, Sr. & Sra. Smith... meu preferido, à propósito.

Flávia esboça uma carranca.

— Eu queria assistir Garota Interrompida, mas a mãe dela não deixou, disse que é muito pesado.

— E não está tão errada — digo, tentando me lembrar do que se trata o filme. Se não me engano, a protagonista é internada num hospício. — Assisti quando foi lançado, eu era um pouco mais velha que você.

— Essa coisa de idade apropriada é um saco!

Avanço alguns metros com o carro, aproveitando a brecha liberada por um dos semáforos. Paramos de novo, dessa vez ao lado do parquinho municipal, onde eu trazia a Flávia para brincar quando era pequena. Foi reformado há pouco tempo e está arrumadinho. Ao fundo, o Palace Cassino nos brinda com sua grandiosidade, cercado por árvores anciãs enormes. Outro prédio fenomenal, irmão dos anteriores.

Ah, se as paredes falassem...

Antes dos jogos de azar terem sido proibidos, o local foi um dos principais antros pecaminosos do país, onde celebridades e políticos se esbaldavam em apostas, bebedeira e tudo o que um bom cassino proporciona. Anos mais tarde, funcionava como um estabelecimento com salões de aluguel para eventos. Na adolescência, fui a inúmeras formaturas e festas nos salões vermelho e azul, pode-se dizer que o bicho pegava. Não é à toa que foi interditado, restaurado e as festas vetadas. Se continuasse como antes, não sobraria nenhum cristal de seus lustres exuberantes para contar história.

— Acho que podemos assistir juntas, o que acha?

Pode ser que a mãe da Alessandra tenha razão e o filme seja inapropriado para meninas de doze anos, mas sinto que preciso me aproximar da minha filha de alguma forma. O luto que estamos vivendo implora por medidas drásticas. Assistindo ao longa-metragem com ela, podemos conversar sobre o roteiro e fazer disso um momento nosso.

— Sério? — Seus olhos vibram em expectativa.

— Sim, mas não hoje.

— Por que não?

Considero a deixa para abordar a visita do Saulo. Se não me engano, naquela madrugada exaustiva, ele disse que conversou superficialmente com a minha filha, só que não sei como ela se sente em relação a ele. Também não tenho ideia de como anda seu emocional. Talvez conversar sobre um assunto novo, como um antigo e importante ex-namorado com um grande potencial de voltar a fazer parte da minha vida, nos aproxime.

— Porque teremos visita — informo como se não fosse algo estranho em nossa rotina.

Flávia se vira e me encara arqueando as sobrancelhas castanho-claro, com a testa franzida.

— Visita?

— Sim, às oito.

— Desde quando temos visita?

— Sempre! A Natália, o Gui, sua vó, tio Nico…

Ela revira os olhos.

— Família não é visita! Quem, mãe? Eu conheço?

Aproveito o alívio temporário no trânsito e dirijo por mais alguns quarteirões, passando pela Fepasa, Urca e o Museu da casa rosa. Quando paro no segundo semáforo da avenida, respondo:

— Lembra do Saulo?

— *Argh*! — Ela emite um som de nojo. — Você não tá ficando com ele, né?

— Flávia! — Minhas bochechas fervem, respondendo sua pergunta sem que eu precise falar.

— O quê? — A ingenuidade em pessoa se faz de boba. — É simples. Tá ou não tá?

— Será um problema se estiver?

Ela fica em silêncio, refletindo, e piso no acelerador, seguindo adiante até a esquina que dá acesso ao Parque Municipal. Pego a esquerda e faço a curva na ponte, parando em mais um semáforo.

— Depende.

— Do quê?

— De um monte de coisa. — Evasiva, desvia da resposta, olhando para o lado oposto quando o carro volta a rodar.

— Como, por exemplo? — Pressiono, determinada a não deixar o assunto morrer.

Do jeito em que deixamos as coisas quando saí do clube e levando em consideração meus últimos encontros com Saulo, a probabilidade de que ele se torne uma pessoa frequente em nossa vida é bem alta. Claro que tudo ainda está indefinido, os únicos fatores de que temos total ciência é da atração absurda que sentimos um pelo outro e os resquícios de um antigo amor mal resolvido.

— Ah, mãe, sei lá, ele te fez sofrer pra caramba, vovó me contou. — Ela tenta explicar e se inclina para mexer na mochila.

— Sim, isso é verdade. — Aciono o controle do portão e aguardo até que se feche atrás de nós, para retomar a conversa. — Temos uma longa história. O final não foi dos melhores, mas fomos felizes por muitos anos, filha. — Encosto o carro rente ao meio-fio da rua privativa do condomínio e descemos do carro. Com a chave na fechadura, dou sequência: — O que você sabe sobre nós?

Flávia suspira, mas não se esquiva, olhando nos meus olhos.

— Que ele foi seu amigo de infância.

— Foi.

Aguardo com a intenção de terminar a conversa antes de abrir a porta.

— E que te deixou porque tinha que ser o herói da família. A bisa disse que ele fez péssimas escolhas, mas que ia deixar para você me contar.

Ah, merda. Vovó era mestre em cutucar a onça com vara curta e nos oferecer de isca. Engulo em seco o mal-estar que obstrui minha traqueia. Não será uma conversa simples.

— Eu vou te contar, só que não agora, tá legal?

— Acho que sim. — Sua voz sai embargada, tal conversa só pode ter ocorrido nos últimos dias de vida da vó Marta.

Meus pulmões sofrem com a pressão repentina da caixa torácica. Maior que Saulo, temos outra questão extremamente relevante nas mãos: a falta da vovó. Envolvo a Flávia num abraço apertado, querendo ocupar parte do vazio do luto.

— Ela era uma enxerida. — Brinco e sou recompensada por uma risada. — Não tinha nada que te contar.

— Mas foi bom, mãe. — Flavinha se afasta e limpa o canto dos olhos, visivelmente emocionada.

Minha visão embaça e me transformo em uma manteiga. Meus lábios tremulam e não escondo a vulnerabilidade da minha filha. Temos a dor em comum, é saudável extravasar.

— Quando ele apareceu aqui, eu sabia o que tinha que fazer.

— Ameaçá-lo de morte iminente? — Ergo uma sobrancelha, sorrindo, apesar das lágrimas.

Flávia ri e parte do fardo em meu peito se esvai.

— Ele te contou? — pergunta, animada, e levo a cabeça para cima e para baixo, concordando. — Véi, você tinha que ter visto a cara dele, mãe!

— É, imagino o medo que sentiu de uma adolescente de doze anos…

Ela me cutuca com o cotovelo e caio na risada. Com a certeza de que o clima está mais tranquilo, finalmente giro a chave, abrindo a porta do nosso lar doce lar. Antes que possa se fechar no quarto ou correr para o banho, seguro sua mão e encaro seus olhos com intensidade.

— Você não tem que se preocupar comigo, filha, sei o que devo e não devo fazer. O Saulo me fez sofrer muito, mas não acredito que o erro foi apenas dele. Também errei e me arrependo de ter tomado certas atitudes.

— Eu sei.

— O que quero te pedir é que converse comigo sobre qualquer coisa que te incomode. Pode ser sobre ex-namorados, sobre o seu pai, sua avó... E entenda que somos mais fortes juntas.

— Tudo bem.

Ergo a palma da mão e aguardo que ela segure, como fazíamos quando ela era menor. Um tipo de pacto entre mãe e filha.

— Só nós duas. Agora e sempre? — indago quando sua palma envolve a minha, sentindo meu coração na mão.

Flávia suspira alto e corresponde à profundidade do meu olhar.

— Só nós duas. Agora e eterno — ela completa, respondendo igual quando era criança. Uma frase esquisita, mas repleta de significado, que repetíamos uma para outra quando Bernardo se foi.

Aperto sua mão com firmeza e a puxo para mim, contornando seu corpo esguio num abraço de urso, com intenção de que sinta tudo o que me toma da cabeça aos pés.

Amor de mãe. Inquestionável. Imensurável. Indescritível.

30

Morrendo de fome, estou com a cabeça praticamente enfiada dentro da geladeira quando toca o interfone. Nem preciso olhar para o relógio de parede, sei muito bem que são 20 horas em ponto. E antes pense o contrário, não passei a última hora conferindo a lerdeza dos ponteiros a cada três minutos. Óbvio que não! Só fiz isso poucas vezes. O mínimo mesmo, como, por exemplo, no momento em que entramos em casa. Ou quando a Flávia sumiu de vista. Talvez ao sentar no sofá para acalmar minhas pernas inquietas. Também para verificar se dava tempo de tomar uma ducha gelada para refrescar o ânimo. E conferir se eu tinha alguns segundos para comer.

Está bem, alguns podem dizer que me excedi e encarei o relógio com um pouco de obsessão. Mas que culpa tenho eu? Melhor ficar fissurada nos ponteiros do que me corroer com pensamentos negativos. E como estou rodeada por gatilhos, escolho a primeira opção com facilidade!

Atendo o interfone com borboletas assanhadas se debatendo contra as paredes do meu estômago. Saulo responde com sua voz sedutora de sempre e meu coração salta uma batida. Ele está aqui, na minha casa, onde vivi com Bernardo. Um local sagrado, cheio de lembranças afetivas decorando cada cantinho em que cabe um porta-retrato. Flávia bebê. Vovó emburrada. Bernardo lendo. Eu, costurando. Nicolas, mamãe e papai empilhados no sofá da sala quando nos visitaram na Páscoa. Tudo emoldurado com carinho e memorizado com muito amor.

Não me liguei nisso da outra vez que ele esteve aqui porque a situação era crítica e eu estava completamente atordoada. Não que eu esteja normal, ainda tenho muito a superar, mas só de não sentir vertigem e náusea considero um avanço astronômico. Talvez o luto tenha colocado essa parte de mim em modo soneca. Ou confrontar o trauma tenha realmente funcionado.

Deixo minhas divagações de lado e vou para a porta, sem nenhuma vergonha de ficar esperando na entrada de casa. Vovó ficaria desapontada, de acordo com ela, demonstrar ansiedade para um homem dá azar. Não sei se concordaria que, no caso do Saulo, existe uma exceção.

Perco o raciocínio quando avisto um veículo branco subindo pela rua com pouca iluminação. Milhões de neurônios bombardeiam meu cérebro que, coitado, não consegue se decidir sobre o que interpretar primeiro. Coração alucinado, pele arrepiada, barriga gelada e mãos suando são só o começo. *Onde estou me metendo?*

Saulo estaciona atrás do meu carro e abre a porta. Meus olhos aproveitam o momento para demonstrarem como são bons no que fazem, registrando cada movimento minuciosamente. Os tênis encostando no chão. A falta de meia na canela. A falta de roupa nas pernas. Pele e músculos visíveis abaixo da barra da bermuda jeans. A camiseta branca com estampa do...

— *Street Fighter*? Tá tirando com a minha cara, Saulo?

Ouço sua risada de longe, enquanto aciona o alarme. Ele se vira para mim com todos os dentes à mostra entre aqueles lábios de tirar o fôlego, e eu me encosto no batente para não cair. Puta que pariu. Esse homem não tem jeito!

Saulo emburrado fica lindo.

Saulo chateado se torna fofo.

Saulo bravo esbanja *sex appeal*.

Saulo sorrindo é quase um nocaute.

Estou perdida, não estou? Ah, como estou...

— Notei que suas roupas sempre dizem alguma coisa e pensei: por que não? — Ele para diante de mim e enfia as mãos nos bolsos da bermuda. — Achei a estampa a sua cara.

— Tenho pena de você. Muito mal gosto.

— É um jogo legal — argumenta, rindo.

— Você precisa rever seus conceitos. — Meneio a cabeça, entrando na brincadeira. — Está ultrapassado.

— Ultrapassado, eu? E o que diz da Britney Spears?

— A Britney jamais será ultrapassada. Não tem acompanhado as notícias? Tem até um documentário recente bem interessante sobre ela e o pai. Uso com orgulho.

— Sim, eu assisti. — Saulo fica mudo por alguns segundos, varre meu corpo com os olhos e sorri de lado. — Gostei de não ter sido o único que caprichou no visual.

Eu não diria que caprichei, mas confesso que não usava a peça há uns bons meses. Olho para baixo e analiso meus gigantes 1,57m cobertos por um vestido de malha fria rosa goiaba, modelo justo estilo camisetão, com a frase "*It's Britney, Bitch*" em preto, bem acima dos meus seios. Particularmente, amo o recorte canoa da gola, que cai dos meus ombros deixando as alças finas do sutiã preto à mostra, além de revelar parte dos detalhes da tatuagem da meia face do leão que tenho nas costas. Os tênis brancos, cabelo preso e nenhuma gota de maquiagem completam o visual. Gostei do resultado quando me vi no espelho, a simplicidade combina comigo, com as tatuagens, com a tonalidade rosa e preto do meu cabelo…

— Sexy desleixado — comento ao erguer a cabeça, me divertindo.

Suas pupilas dilatam alguns milímetros e me sinto flutuar.

— Como?

— Meu estilo. Sexy desleixado, sabe? — Aponto para o cabelo, para a falta de batom ou rímel, enfim, para o conjunto completo. — É tipo um sexy sem ser vulgar, mas de alguém que parece ter caído da cama e colocado a primeira roupa que viu na frente.

Saulo ri abertamente e me regozijo por não sofrermos com falta de jeito ou timidez.

— Você fica linda até vestindo saco de estopa, Lu.

— Mentiroso — retruco, me divertindo.

Ele me ignora e balança o corpo para frente e para trás, meio inquieto. Dou um passo para o lado e estico o braço, indicando a entrada.

— Seja bem-vindo, de novo. — Esboço um sorriso tímido.

Quando penso que vai passar por mim e entrar, Saulo aproxima o rosto do meu, depositando um beijo casto e rápido demais para satisfazer as borboletas descontroladas na minha barriga.

— Obrigado — diz e se afasta, respirando fundo ao colocar os dois pés sobre o capacho laranja com os dizeres "Vá Embora" e um gatinho branco mostrando o dedo do meio, que ganhei do Nico uns anos atrás.

Saulo para e sua cabeça vai de um lado ao outro, estudando a sala minúscula e a cozinha toda iluminada, como se nunca tivesse pisado ali. Soltando o ar, dá mais alguns passos, chegando ao tapete indiano antiquado e colorido que destoa dos móveis funcionais que compõem a minha mobília.

— Conheço esse tapete.

— Era da vovó — informo ao fechar a porta, com o peito apertado —, ela trouxe uma tranqueira da casa da minha mãe quando viemos pra cá.

— Isso! Ficava na copa da casa dos seus pais, debaixo da mesa de mogno. — Ele recorda com um breve sorriso.

— O próprio.

Suspiro e fico perto dele, mas mantenho uma distância aceitável, como se fôssemos meros velhos amigos relembrando coisas básicas e sem importância. Passo a mão no meu cabelo, conferindo se ainda está no lugar, sem fios despencando do amarrador. Como não tive psicológico nem tempo para tingir nas últimas semanas, as raízes naturais e os grisalhos começaram a aparecer. Preso fica menos visível.

— Ainda tenho que dar uma olhada nos seus pertences, separar para doação, ver o que minha mãe vai querer.

Saulo assente com uma expressão compreensiva.

— Posso ajudar, se...

— Mãe, o que a gente vai comer? — Flávia grita do andar de cima e olho para o Saulo, erguendo as sobrancelhas.

— Tá a fim de pizza?

— Calabresa?

Balanço a cabeça em negação.

— Muita coisa continua a mesma, mas meu paladar para pizza mudou, meu caro. — Vou para a porta da geladeira e Saulo me segue. Procuro entre os imãs o contato da minha pizzaria favorita e entrego para ele. — Brócolis Especial, especialidade da casa, com bacon e catupiry.

— Brócolis? — Sua cara de nojo é tão forçada que chega a ser ridícula. — Está doente? — Ele coloca a mão na minha testa. — Coitada, te obrigaram a fazer lobotomia?

Bato sua mão para longe com um tapinha sutil e volto para a sala. Dou uma olhada para o alto, na dúvida se chamo a Flávia para ficar com a gente ou se espero um pouco para colocar os dois no mesmo ambiente.

— O que foi? — Saulo me acompanha e também olha para cima.

— Nada, eu...

Ouço movimentos no andar superior e, como transmissão de pensamento, a mão da Flávia surge no corrimão. Puxo Saulo de lado, para não dar tão na cara de que estávamos à sua expectativa e o empurro para o sofá. Ele se senta meio desequilibrado, soltando o corpo de uma vez, fazendo com que o sofá arraste uns milímetros para trás. Como quem não quer nada, eu me encosto no rack e lanço um olhar de aviso para o meu ex. *Comporte-se.* Ele abre um sorriso, claramente respondendo: *deixa comigo.*

— Mãe, já pediu... — Ela para assim que vê Saulo numa posição desconfortável sobre o estofado vermelho. — Ah, oi. — Flávia acena e trinca os dentes. Sua postura é tensa, a coluna tão reta que aparenta estar travada.

Obviamente, não curte muito a presença dele aqui. Deve ser confuso, se para mim é algo complexo, imagina para uma garota da idade dela.

— Oi, Flávia — Saulo responde, imitando o aceno —, como vai?

— Bem.

Saulo não se intimida com a frieza do cumprimento.

— E o Gui? Tem falado com ele?

Flavinha assente.

— Conseguiu dobrar sua mãe sobre o *paraglider*?

A tensão nos ombros da minha filha parecem sumir com a menção do nosso vizinho e da ideia absurda de se jogar de uma montanha amarrada a um pedaço de lona.

— Ainda não — ela suspira —, mas vou dobrar.

Saulo instiga a maluquice assentindo e eu, por mais que deseje me intrometer e acabar com a palhaçada, abstenho-me dando espaço para que interajam.

— Já pulei de paraquedas uma vez.

— Jura?

— Sério?

Nós duas perguntamos simultaneamente e ele ri.

— Aham, em Boituva, no interior de São Paulo, lá tem um clube de paraquedismo. E andei de helicóptero também — acrescenta, se sentindo bem à vontade com a conversa.

Flavinha me olha de relance e sorri para o Saulo, antes de soltar:

— Agora botei fé, mãe.

Mordo o lábio para não rir e observo, atônita, minha prole caminhando rumo ao braço do sofá e se sentando de lado, ficando parcialmente de frente a ele. Saulo não tira os olhos dela, como se a reverenciasse de alguma forma. Flavinha, minha doce rebelde, fã de Alfred Hitchcock, Stephen King e doramas. A menina que discute comigo quando escuto Linkin Park, "porque funk carioca é mil vezes melhor". A pequena que me confronta quando bato na tecla de que livro é muito superior a filme, rebatendo que artes cênicas são e devem continuar sendo mais valorizadas.

Não quero incentivá-la com esportes radicais, porém adoro saber que eles têm algo em comum. Eu me emociono e a vontade de chorar bate forte, o que disfarço piscando, fascinada pela facilidade com que Saulo captou a atenção da minha filha.

Certo. Estão se dando bem.

— Que fique bem claro, Saulo...

Ou não.

Encaro a Flávia, repreendendo o que ainda nem saiu da sua boca. Meus sentidos se amplificam.

— O que prometi, ainda está em jogo. — Ela aponta o dedo em riste para ele, enfatizando o aviso.

Saulo assente com seriedade, dando completo aval para as atrocidades que minha filha planeja fazer com ele.

— Tudo bem! — Interrompo a disputa de olhares batendo as mãos. — Só uma pizza dá? De brócolis?

— *Argh*! — Flavinha reclama, soltando as costas no encosto do sofá. — Detesto brócolis.

— Uma de brócolis e uma de calabresa? — Saulo sugere.

— Uma de calabresa — Flávia retruca —, a outra pode ser meia pepperoni e meia marguerita.

Vamos ignorar o que a mamãe gosta, por que não?

— Uma de brócolis especial — insisto, fazendo uma careta para a pestinha.

— Meia brócolis e meia... — Saulo finge indecisão.

— Pepperoni? — Flávia rebate.

Ambos me observam com um sorriso vitorioso, o qual não vejo nenhuma graça. Saulo pisca para mim e pega o celular, digitando o número impresso no ímã. Menos de dois minutos depois, ofereço refrigerante zero açúcar, o que rende outra discussão.

— A segunda opção é suco de uva integral — argumento em oposição à Flavinha e ao Saulo, completamente engajados e se unindo contra mim.

— Puxa vida, mãe, nem pra comprar algo decente, adoçante é prejudicial para a saúde.

— No suco de uva não vai adoçante.

— E o gosto é parecido com o de vinho — Saulo comenta, botando lenha na fogueira.

— É! Horrível! — Flávia concorda como se fosse familiarizada com o sabor do vinho, sem ter noção do motivo do Saulo evitar qualquer coisa que se assemelhe a uma bebida alcóolica.

— Mas é o que tem na geladeira — começo a responder, porém me lembro de alguém ter mencionado algo sobre compras. — Ou não — aponto para os dois —, não saiam daí.

Volto para a cozinha e verifico, deparando-me com duas embalagens de suco.

— Serve suco de pêssego? — falo alto.

— Serve — Saulo responde.

— Pode ser! — Flávia emenda.

Quando volto para a sala, minha filha está agachada na frente do rack, fuçando no gavetão. Nem dois segundos depois, ouço uma batida na porta e ela se levanta às pressas, some atrás da porta e esquece a gaveta escancarada.

— Ei, mocinha! Aonde pensa que vai a essa hora? — questiono e apoio as mãos na cintura, sem entender. — Ela disse para onde ia? — indago o Saulo à espera de uma explicação.

— Não. Adolescente, né? Vai entender. — Ele ergue os ombros e esboça uma feição divertida que não me convence nadinha.

Olho para o rack e para a entrada de casa. Sem entender, vou rumo à porta, mas Saulo me contém, segurando meu ombro.

— Dê um minuto a ela — diz às minhas costas e minha coluna se contorce involuntariamente com o arrepio inesperado.

Saulo percebe a mudança em minha postura e, como o sacana que é, aproveita a deixa para encostar o peito em minhas omoplatas, aproximando o rosto do meu pescoço. Ele suspira naquele ponto perto da orelha e o sopro intensifica a sensibilidade hiperalerta da minha pele, faiscando como o pavio de um explosivo prestes a detonar.

— Saulo — aviso baixinho.

— Quê? — sussurra e morde de leve o lóbulo da minha orelha, roçando a virilha lentamente nas minhas nádegas.

A malha fina do vestido não me impede de sentir o volume por trás do zíper da bermuda.

Ah, Deus! Solto a cabeça para trás, sem capacidade de responder uma letra sequer.

— Mãe! — A voz da Flávia interrompe o clima.

Saulo se afasta, rindo, e volta a se sentar na mesma posição de antes, como se o que acabou de acontecer fosse uma alucinação. Poderia até ser, caso meus pulmões não estivessem funcionando como se enfrentassem uma batalha contra uma crise de asma. *Filho da mãe*! Sua presença me desorienta de tal forma que, por um instante, me distraí do sumiço da Flavinha.

Inspira.

Expira.

Ele vai me pagar por essa. Ah, vai!

Dou um jeito de me recompor, ajeitando o vestido que mal saiu do lugar. Vou até a porta, onde encontro Flávia roendo as unhas, mas com o rosto alegre.

— O que foi isso? Quem era?

— Chamei o Gui pra comer pizza com a gente.

E o Saulo devia saber, não teria me distraído se não soubesse. Eu me preocupei à toa.

— Não pensou em pedir antes?

Ela franze o cenho.

— É só o Gui, mãe, você tá cansada de ver ele aqui.

— Sim, mas ainda sou sua mãe. — E isso deve valer alguma coisa.

Flavinha ri e volta para o sofá, deixando-me plantada na porta. Nem cinco minutos depois, Guilherme aparece e ela atende a campainha toda sorridente.

— Nunca vi uma amizade tão forte — comento perto do Saulo.

Ele só me olha e sorri.

— Tá bem, a nossa era, mas a gente tinha a mesma idade, estava na mesma sala…

Saulo ergue as sobrancelhas.

— Argh, não tem como conversar com você. — Jogo uma almofada nele quando começa a rir.

— Oi, Lúcia, Saulo — Gui nos cumprimenta. — A pirralha, aqui, me chamou para uma balada regada a videogame e rodízio de pizza.

Flávia revira os olhos e passa por ele, esbarrando o ombro propositalmente no amigo.

— Vou te dar uma surra — comenta, com o controle em mãos, escolhendo seu personagem no menu.

Os dois se sentam no tapete ancião e continuam a discussão. Após observá-los implicando um com o outro pelo primeiro *round*, sou acometida por uma sensação nostálgica, como se um curta-metragem passasse em minha mente. Eu e Saulo disputando na casa da mãe dele, as discussões intermináveis, a indignação por perder a rodada, o sorriso no rosto ao ir embora, feliz por ter um amigo de verdade. Meu peito se enche de ternura com a lembrança e me sinto confortável como não me sentia há dias. Espio Saulo pelo canto do olho, pegando-o no flagra.

Com um sorriso tímido, porém com grande significado, ele me fita, e tenho certeza que está pensando o mesmo que eu. Como tivemos sorte em nos encontrar no passado.

Disfarçadamente, ele pega a minha mão e aperta, entrelaçando nossos dedos. Um gesto acolhedor e muito apreciado.

Volto a olhar para a tela, ciente de que não estou tão sozinha e que ainda tenho muito o que viver.

31

Após uma noite aconchegante e bem divertida, mas sem muitas surpresas, finalmente tomei vergonha na cara e vim conhecer os vizinhos mais "*iti malia*" do universo.

— Eles estão lá em cima — Igor avisa quando consigo manobrar pela porta o meu corpo e as duas caixas embaladas em celofane.

— Obrigada.

Ele me observa com o pescoço inclinado, segurando para não rir. Tudo bem que os pacotes são quase do meu tamanho e que segurar os dois ao mesmo tempo não é muito inteligente, mas quero compensar por ter sido uma amiga ausente nas últimas semanas.

A planta das nossas casas deveria ser idêntica, porém analiso o trajeto à minha frente, avaliando mais ou menos quantos metros terei em meu caminho até a escada. Ando no escuro tranquilamente pela minha casa, sem a necessidade de acender a luz, mas o andar inferior da casa da Nat é bem diferente do meu, ela não teve que adaptar um quarto. A sala é ampla – quase duas vezes maior que a minha –, decorada com tons pastéis em marrom e creme, com algumas almofadas e enfeites bem coloridos. É um ambiente acolhedor.

— Tem certeza que não quer ajuda com isso? — O pedaço de mal caminho, mais conhecido como professor bonitão ou marido da minha melhor amiga, oferece pela segunda vez.

Meneio a cabeça com vigor.

— Não, tá tudo certo! — Ergo o queixo por cima do laço elaborado.

— Mas a escada… — ele começa, prevendo uma tragédia.

— Fica tranquilo, posso subir com os olhos vendados.

— Se você diz, não sou eu que vou duvidar.

Sigo equilibrando os presentes nos meus braços curtos e quase trombo no Guilherme no primeiro degrau.

— Nossa, Lu, quer ajuda pra subir?

— Não, Gui, valeu — garanto e vejo de soslaio que ele se junta ao padrasto, sentando-se em uma das poltronas da sala. Embora não tenham o mesmo sangue, eles se parecem em alguns aspectos. Por exemplo, agora, os dois estão com os braços apoiados nos joelhos, na mesma posição, olhando para mim como se eu fosse um filme de comédia.

Dou um passo para frente e quase caio em cima da Mariana, que se materializou à minha frente.

— Opa, desculpa, Mari.

— Lúcia?

— Eu.

— Não quer que eu leve…

— Não, não — Igor corta a enteada —, ela quer fazer isso sozinha.

— *Okay*. Não está mais aqui quem falou.

Mari não é tão alta quanto o irmão e tenho mais dificuldade para vê-la sobre o embrulho do presente. Imitando o Gui, ela também se senta e me torno a atração principal do recinto.

— Não ligue pra gente, pode continuar — Gui indica a escada com a mão, rindo descaradamente.

Ignoro o interesse coletivo e inflo meus pulmões. Com os pacotes obstruindo grande parte da minha visão, subo o segundo degrau. Os pacotes não são pesados, mas desajeitados, e meu corpo pende para o lado. Encosto o ombro na parede e dou um passo de cada vez, concentrada na tarefa.

— Rá! Consegui! — Vibro ao alcançar o topo, lançando uma olhadela por cima do ombro para a pequena plateia.

Gui pisca, Mari faz um joinha e Igor finge que bate palmas. Reviro os olhos e sigo em frente, focada na primeira porta do corredor, ex-quarto da Mari que foi cedido para os gêmeos. Quando ela está de férias na cidade, divide o outro quarto com o irmão. O terceiro cômodo continua sendo do casal mais apaixonado da galáxia.

— Lúcia? — A voz cansada da Natália me cumprimenta e, no instante seguinte, uma das caixas é retirada dos meus braços. — Por que não pediu para alguém te ajudar?

— Ah, eles ofereceram. Eu que não quis.

Coloco a outra caixa sobre a cama de solteiro para ficar com os braços livres e poder abraçar minha amiga. Envolvo seu corpo com carinho, apertando bem perto de mim.

Ai, como sinto sua falta!

Não vou dizer em voz alta, pois não quero que se sinta culpada ou algo parecido, até porque não é o caso. Nat tem vivido um momento único e está rodeada por pessoas maravilhosas. Quando a Mariana voltar para a faculdade e o Igor retomar os horários na escola, posso brincar de ser babá nas horas vagas e dar uma forcinha. Mas, por ora, não quero sufocar.

Natália corresponde o meu entusiasmo, retribuindo o afeto do meu gesto.

— Desculpa, Nat, por não ter vindo antes.

— Lu, para com isso.

— Não paro, sou uma amiga terrível. Está muito brava comigo? — Aperto meus braços ao seu redor com força.

— Pare de bobeira, se você tivesse ficado à toa nessas semanas, até estaria chateada. Só que estou por dentro de tudo que tem acontecido. Não quero que se sinta mal só por causa de uma visita adiada.

— Mas demorei dias para...

— Esquece isso. Estou tão ocupada com a casa cheia que nem tenho tempo para pensar. — Ela se afasta um pouco. — Me diga como você está, Lu?

— Caminhando.

Ela pega minhas mãos com carinho, cerrando os lábios.

— Tem dia que é difícil aceitar que não verei a vó Marta quando for à sua casa.

— Nem me diga. Acordo com o peito vazio, Nat. Ainda não consegui costurar, o que tenho que fazer sem demora.

— Você vai dar conta. Pense na Bella Fur e nos desfiles pela Europa. — Brinca, erguendo as sobrancelhas.

— Vou tentar ainda hoje. Pretendo começar os desenhos, Mônica pediu que enviasse até dia vinte. — Sorrio sem ânimo. Falar sobre a partida da vovó ainda não é natural e dói como uma fibromialgia que não foi medicada. — O que me consola é saber que, seja lá onde estiver, está bem acompanhada. Sei que Bernardo e o vovô cuidam dela por mim.

— Claro que sim. — Nat assente e indica as caixas com a cabeça. — E o que são essas caixas?

— Presentes. Cadê meus afilhados? — Observo a decoração azul e verde das paredes do quarto e os berços brancos, mas não os encontro.

Ela cruza os braços sobre os peitos que triplicaram em volume. Quase comento sobre a mudança, porém conhecer os gêmeos é indiscutivelmente mais relevante do que um salto do sutiã 40 para o 46.

— Está se autointitulando madrinha? — Nat pretendia soar brava, mas eu a conheço e ela não me engana. — Achei que precisasse ser convidada.

— Eu? De jeito nenhum! Já sou madrinha desde a barriga! — Esboço um sorriso largo. — Vamos, onde estão meus lindinhos?

— No meu quarto. O Rafa estava acordado quando vim te receber — ela diz ao sair pelo corredor comigo ao seu encalço.

Poucos metros depois, vejo os dois pacotinhos em cima da cama. Um do lado do outro. Os dois de macacãozinho verde água. Natália se aproxima da borda e pega um deles com cuidado, levando para perto do colo. Como a manteiga que sempre fui, meus olhos marejam. É tão lindo ver minha amiga feliz e com dois pequenos para cuidar.

Ela estende o bebê para mim, sorrindo.

— Rafael, essa é a dindinha, Lúcia.

Fecho os lábios com firmeza e pisco repetidas vezes para não chorar.

— Lu, esse é o Rafa.

— Ah, meu Deus! — comento em voz baixa e infantilizada, aceitando o pequeno em meus braços. Eu me derreto pelas sobrancelhas quase inexistentes. As bochechas coradas e macias. A pele lisa e os lábios rosados. A testa e o nariz franzidos. As duas íris acinzentadas de coloração indefinida e bolinhas pretas minúsculas que não param de me encarar. — Como você é lindo! — falo para ele e, em seguida, olho para a Nat. — O Rafael está proibido de namorar.

Ela ri com vontade e nino meu afilhado, balançando o corpo suavemente. Para frente. Para trás. Para frente. Para trás.

— Que preciosidade, Natália. — Continuo falando com ela, mas meu foco é totalmente do garotão. — Dá até vontade de ser mãe de novo.

— Mesmo? Você reclama tanto da gestação, pensei que tinha horror a ficar grávida.

— E tenho! — concordo. — Não interprete além da conta. Eu disse que dá vontade, não que pretendo ter.

Nat meneia a cabeça.

— E quem falou em engravidar? Eu falei ser mãe. — Levanto o Rafa alguns centímetros para enfatizar meu ponto de vista. — Veja bem, é uma belezinha quando está assim, quietinho, educado… — Aproximo o nariz de seu cabelinho escuro e dou uma bela fungada. — … e cheiroso.

Ao voltar para perto do meu peito, ele mexe os dedinhos compridos da mão e, mesmo sabendo que não é o ideal, dou meu indicador para que agarre. Tem coisa mais gostosa do que a mãozinha de bebê segurando o seu dedo?

Uma reclamação aguda soa da cama, mais parecida com um resmungo do que um acesso de choro. Instantaneamente, Nat se debruça sobre o colchão e pega Caetano, afagando seu corpinho para tranquilizá-lo.

— Coisinha mais gostosa da dinda! — balbucio cantando e Rafa faz pouco caso, virando o rostinho à procura da mãe e do irmão, fazendo *fusquinha*.

— Ei, lindinho, o que foi agora? — Nat conversa com o filho com um tom de voz único, permeado por puro amor.

O rosto do Caetano assume uma coloração vermelha, nitidamente furioso.

— Tá com fome?

Eu testemunho, admirada, a reação do Rafael ao escutar o afeto da sua mãe por seu irmão. Sem chorar, começa a se alongar e a se contorcer nos meus braços. Gêmeos são realmente incríveis. Ele estava tranquilo e calmo até ouvir o incômodo do irmão.

Nat se senta na poltrona rosa claro – mobília nova que destoa do ambiente verde e azul – e acomoda Caetano para amamentá-lo. Ele praticamente devora a mãe, sugando com vigor, tanto que chega a engasgar.

— Seu peito não rachou? — questiono, levemente indignada pela coloração saudável e sem sinal de machucado.

Ela nega movimentando a cabeça, com os olhos fixos em sua prole.

— Graças a Deus, não. Tive só um pouquinho de incômodo, no segundo dia, mas acho que era mais uma adaptação do meu corpo do que um machucado. Nada que tomar sol no fundo de casa não resolvesse.

— Sua sortuda. Sofri com a Flavinha.

— Se te alivia, meu leite empedrou, compressas com água morna viraram rotina na primeira semana.

— Mas, também, olha o tamanho desses peitos!

Natália cai na risada e Rafael volta a se contorcer.

— Calma, lá, bonitão, mamãe já te pega, vai ter que se contentar comigo por enquanto.

Natália sorri e afasta Caetano do peito, colocando-o na vertical.

— Mas já? — Eu posso estar enganada, mas faz o quê? Cinco minutos que o menino começou a mamar!

— Sim, eles mamam rápido. — Ela estica o braço para mim. — Agora é a vez do Rafael.

— Vaca leiteira... — Brinco e me aproximo, colocando o bebê delicadamente em seu braço e aproveitando para conhecer meu segundo afilhado. — Vem com a dindinha, seu comilão.

— Não basta se convidar para ser madrinha, tem que ser dos dois?

Lanço um olhar triunfante para minha amiga.

— Mas é lógico! Nunca vou fazer diferença com esses dois. São os gostosos da dinda, vão ser os meninos mais bonitos da escola!

Diferente do irmão, Caetano precisa ficar numa posição vertical por não ter arrotado, então apoio seu corpo no peito e sua cabeça repousa sobre meu ombro direito. Dou uns tapinhas de leve em suas costas, com muito carinho. Ah, como é muito melhor celebrar a vida de duas crianças em vez de ficar em casa com muitas recordações me atormentando.

Balançando seu corpinho para lá e para cá, noto que a Nat me olha com um semblante divertido.

— O quê?

— Não tem nada para me contar?

— Humm… a Flávia está lidando com a perda da vovó melhor do que pensei. Nós conversamos um pouco e combinamos com a minha mãe de organizar as coisas dela na sua próxima folga. — Tento sair pela tangente.

A expressão de *acha que me engana* me faz rir.

— Certo. Não quero e nunca vou menosprezar a vó Marta e a falta que ela faz, mas, fala sério, Lu!

Caetano escolhe esse exato momento para soltar um arroto digno de adulto, regurgitando em minha blusinha vermelha – esqueci de me proteger com a fralda de pano.

— Eita!

Nat me entrega um lencinho e manobro meu afilhado, sentando-me na cama para limpar e poder admirar a inocência do pequeno em meus braços. Eu me livro do filete de baba com resquícios de leite e limpo a boca perfeita do Caetano. O perfume do lencinho ofusca parte do odor azedo, no entanto, outro cheiro impregna o ambiente.

— Parece que ele não sujou só a sua roupa — Nat comenta ao colocar o Rafael na vertical e fechar o sutiã de amamentação.

Aproximo o nariz da fralda do Caetano, confirmando a hipótese.

— Você não foi com a minha cara, né? — Analiso suas íris mais esverdeadas que as do irmão, as bochechas redondas e coradas, o movimento do tórax, subindo e descendo com a respiração.

— Ou está marcando território — Nat emenda.

O sacana sorri e por mais que os estudiosos afirmem que sorriso dos bebês são apenas reflexos, compreendo direitinho a mensagem subliminar.

— Não. Eu entendi, tá avisando que vai dar trabalho. Sei que vai.

Caetano mexe a língua exibindo as gengivas, como se quisesse me responder. É impossível não sorrir.

— Lindinho, fique sabendo que seu esforço foi inútil, vou ficar de olho em você daqui pra frente.

Depois que Rafael arrota, ajudo Natália a ajeitar o trocador e pegar as fraldas, lenços, toalhas e pomada. Deitamos os dois de barriga para cima, lado a lado, e passamos a trocá-los. A obra do Caetano borrou a fralda e escapou para a roupa. Rafael não estava sujo, mas Nat insistiu que trocássemos os dois, vestindo-os com macacões idênticos.

— Ainda está nessa de confundir o Igor?

— Eu tento, mas ele aprendeu a identificar. O Rafa tem uma marquinha de nascença atrás da orelha. Foi bom enquanto durou.

Meneio a cabeça e volto a pegar Caetano no colo, pronta para namorá-lo um pouco mais, antes de voltar para casa.

— Você não vai ser dessas mães que fica vestindo os filhos com roupa igual para sempre, né?

— Não. — Ela se apressa em assegurar. — As roupinhas iguais estão ficando pequenas, é uma brincadeira divertida, mas, embora muito parecidos fisicamente, eles são duas pessoas distintas, merecem ser tratados assim desde a roupa que vestem.

Concordo e o assunto me faz lembrar dos presentes que ela ainda não abriu. Começo a andar com a intenção de voltar para o quarto dos meninos, mas Natália me intercepta:

— Ah, não, senhora, você não vai a lugar nenhum sem me contar o que rolou ontem com o Saulo! — Ela se coloca à minha frente, indicando que eu volte para a cama.

— Seu filho é um fofoqueiro.

— Pensa que foi ele que me contou? — Ela volta para a poltrona, acomoda-se com o Rafael no colo e me encara, erguendo as sobrancelhas. — Vamos lá, sou toda ouvidos.

— Não rolou nada de mais — falo em voz baixa, Caetano está quase cochilando e não quero atrapalhar seu sono.

— Conta outra, pensa que não vi quando ele chegou?

— Não creio que ficou bisbilhotando pela janela como uma velha mexeriqueira! — Finjo estar horrorizada.

— Meros detalhes — desconversa. — Não esconda o ouro, foi tão quente que senti daqui!

Balanço a cabeça, porém meu peito se aquece com as lembranças da noite anterior, e não há nenhum mal em dividir com minha amiga.

— E então, como foi? Eu nem sabia que tinham voltado a conversar direito! Você comentou alguma coisa sobre o Rio, mas muito por cima. Quero a parte sórdida. Vocês se entenderam?

— Digamos que estamos tentando.

— Jura? — Ela se levanta e coloca Rafael na cama, que caiu num sono profundo. — Meu Deus, quem diria, Lu. Ontem, você não podia nem ouvir o nome dele.

— Pois é. Nós conversamos, mas ainda temos muito o que resolver.

— O que quer dizer com isso?

— Não sei, Nat, o Saulo que conheço era um garoto de dezoito anos que me decepcionou. Você sabe que só existiu o Bernardo e como a história terminou. Tenho meus receios.

— Você precisa ser feliz, quem sabe essa é sua chance?

— É, quem sabe. — Observo Caetano, que continua firme com os olhinhos curiosos e vesgos fixos no vermelho da minha blusa.

— Chega de filosofar, quero que você seja feliz de verdade, mas estou louca para saber como foi o beijo! — Nat me cutuca, dando um sorriso torto.

— Beijo? Quem disse que teve beijo?

Ela ri.

— Ah, Lúcia, você pode tentar, só que te conheço e consigo ver a mudança no seu olhar ao falar nele. Aposto que as crises melhoraram e que já rolou alguma coisa mais picante.

Solto a respiração num sopro.

— Nada picante.

Suas sobrancelhas caem e seu olhar se torna confuso.

— Mas pensei que...

— A não ser que uma sessão de amassos em cima da bancada da minha cozinha conte.

— A-ha! Eu sabia! — Ela aumenta a voz e Rafael resmunga, mas volta a dormir. — É claro que conta! Vai, detalhes, quero detalhes sórdidos e indecentes!

Meu peito sacode com uma risada. Ah, como adoro a Natália! Ela me faz sentir como se eu fosse vinte anos mais nova, sonhadora e romântica. Eu poderia esconder e não revelar o que tem acontecido, contudo, que mal há? Se tem uma pessoa que entende o que estou vivendo é essa mulher espetacular, que teve sua própria história de amor complicada, porém com final feliz. Então inspiro uma grande quantidade de ar e me preparo para voltar no tempo e contar tim-tim por tim-tim para minha amiga.

32

— Lúcia? — Alguém me chama e, mesmo sabendo que tenho que responder, não estou muito inclinada a fazer isso.

Passo a mão nos braços na tentativa de aquecê-los. Apesar do sol forte lá fora, o clima em casa é gélido e nunca senti tanta solidão. Não estou sozinha, na verdade, acho que minha casa nunca viu tanta gente se deslocando pelo andar de baixo, contudo é um sentimento esmagador dentro do peito.

Caixas foram empilhadas e sacos azuis abarrotados ocuparam a sala, dificultando a locomoção pelo espaço que já é pequeno. Quando combinei de dar uma limpa com mamãe e Flavinha, não imaginei que seria tão trabalhoso, tendo em vista que a vovó não tinha muitos pertences – a maioria acumulado no seu quarto. Nossa grande dificuldade foi emocional. Cada casaco de veludo, xale de tricô, abrigo, saia, camisa, conjunto de abrigo e toda a sua parafernália, carrega uma história e recordação diferentes.

Minha vontade de sentar no chão e chorar a cada pedacinho da vó Marta do qual eu tive que desapegar foi tremenda. Como se farpas fossem arrancadas com pinças direto do meu coração. Mas sabíamos o quanto esse momento é importantíssimo para superarmos. Por isso não cedi ao impulso de desistir e não permiti que minha mãe ou filha se sucumbissem à tristeza, fazendo questão de lembrar dos momentos engraçados e das inúmeras enrascadas que vovó armou para cima de mim. Foi fundamental que fizéssemos a arrumação juntas. Embora o despencar das lágrimas fora inevitável, apoiamo-nos uma na outra e demos sequência, até tudo estar devidamente organizado.

— Filha?

— Já vou — respondo ao chamado da minha mãe, ciente de que passou a hora de sair do meu casulo.

Solto o cabelo e dou uma batida para que a falta de volume não seja tão evidente. Fito meu reflexo no espelho pela trigésima vez e, tomando coragem, saio do banheiro.

Chegou num ponto em que ficou impossível respirar, precisei me recompor em silêncio e em paz.

No andar de baixo, estranho não encontrar ninguém. Passo os olhos pela sala e nada parece fora do lugar.

Já levaram a pilha de caixas? Levaram tudo?

Meu corpo treme da cabeça aos pés, o que dificulta o equilíbrio ao caminhar. Com passos vacilantes, eu me aproximo da porta do quartinho.

Inspira.

Expira.

Observo a falta de mobília. Sem cama, penteadeira e o armário de duas portas, tudo desmontado e apoiado na porta de casa há cerca de uma hora. Analiso a parede branca apática e sem vida. Meus órgãos internos se contorcem de agonia.

Ah, vovó!

Será que ainda dá tempo de ficar com a penteadeira?

Abraço meu corpo e apoio o ombro na moldura da porta, esforçando-me a ficar firme. Não quero desabar, não vou fazer isso.

— Lu?

Saulo.

Depois de tudo organizado, precisávamos de alguém que pudesse transportar as doações para a instituição de caridade. Lembrei que a amiga do meu ex estava com uma pickup no dia do parque e tentei a sorte. Pensei que seria uma boa distração chamá-los para ajudar, então mandei uma mensagem curta para o perfil do Clark Holtz – não me julgue, preciso pedir seu número de celular, mas quando estou perto dele fico muito distraída e, bem, ainda não tenho seu contato.

Quem estou querendo enganar? A despedida das coisas da vovó é absurdamente dolorida, eu queria que ele estivesse ao meu lado e foi a desculpa perfeita.

Quase não funcionou, o carro era alugado e Vitória não estava mais na cidade, mas Saulo resolveu o problema, aparecendo no condomínio com uma carreta de mudança que conseguiu contratar de última hora. A nossa movimentação fez com que Igor, Guilherme e Mariana aparecessem para ajudar. Natália também se prontificou, só que não deixamos que carregasse nem uma pena.

— Ei. — Ele surge às minhas costas, apoiando as mãos delicadamente em meus ombros.

— Oi. — Limpo o rosto com a mão direita antes de olhar para ele, mas permaneço encolhida junto à parede, procurando segurança.

Saulo suspira e me abraça, afastando meu corpo do concreto e transferindo para si. Eu me deixo levar, ávida por qualquer resquício de segurança, aninhando-me em seu peito. Como as coisas são engraçadas. Alguns dias atrás, eu estava exatamente aqui, observando vovó deitada, lendo, antes de termos nossa última conversa, quando ela me falou algumas verdades difíceis de digerir e me fez prometer que daria uma chance ao amor. O amor verdadeiro, que traz brilho ao olhar e conforta o coração.

— Vovó deve estar feliz — comento encarando o espaço vazio, sentindo o calor do seu corpo aquecendo as minhas costas.

— Tenho certeza disso — ele responde bem perto do meu ouvido.

Em outro momento, eu teria me arrepiado e estaria me debatendo de vontade de me virar e tirar proveito da proximidade, mas o efeito não é nada sensual. É carinho, respeito, atenção. É ouvir o que não foi pronunciado e compreender a intensidade do que me atormenta. É estar do meu lado, apenas.

— Já imaginou o que ela vai fazer no céu?

A pergunta inusitada me faz virar para poder olhá-lo.

— Ensinar os anjos a costurar?

Saulo meneia a cabeça, sorrindo.

— Vai correr atrás dos que ousarem não obedecê-la, agitando a bengala feita de nuvens.

Solto uma risada baixinha.

— Sua última lembrança da vovó foi traumatizante.

Ele fecha um olho e contorce o nariz.

— Na verdade, aquele não foi nosso último encontro.

Intrigada, analiso os dois círculos castanhos que adornam suas pupilas.

— Que história é essa?

— Nós nos falamos antes de…

— Mãe? — Flavinha aparece na sala, interrompendo que minha curiosidade fosse saciada.

Droga! Com calma, empurro Saulo para o lado para que ela possa me ver.

— O caminhão vai sair.

Engulo em seco, assentindo. Hora de me despedir de vez. Flávia some pela porta e aponto meu indicador para ele:

— Esse assunto não acabou.

Saulo simplesmente lança uma piscadela e pega a minha mão, conduzindo-me para a porta da frente.

— Temos tempo, vamos lá.

Juntos, seguimos para o meio-fio, onde o motorista nos aguarda. Os pertences da vovó parecem pequenos e escassos na traseira do caminhão, tem espaço de sobra para mais caixas e móveis. Combinamos de segui-lo até a ONG que meu pai providenciou para receber as doações. Não havia necessidade, mas Saulo, Guilherme e Mariana fizeram questão de nos acompanhar. Flavinha e Mari foram no jipe do Gui. Eu e minha mãe aceitamos carona com Saulo.

Papai nos aguardou na porta e não passou despercebido o olhar de reprovação em minha direção quando me viu ao lado do meu ex. Como esperar que entenda nossa aproximação se eu mesma não compreendo por completo?

Depois foi tudo muito rápido. Em poucos minutos, a carreta foi esvaziada e agradecimentos feitos. Hora de partir. Virar mais uma página do livro da minha vida.

— Mãe, o Gui e a Mari vão pra rampa. Posso ir com eles? — Flávia pede, após nos despedirmos dos meus pais.

— Melhor não.

O semblante decepcionado da minha filha me deixa entre a cruz e a espada.

— Por que não? — insiste e sei o quanto precisa de distrações.

Sinto o mesmo, mas, desconsiderando meu receio de que ela volte ainda mais incentivada a voar, preciso reconhecer que estou com medo de ficar sozinha no vazio da minha casa.

— Por... — *Puro egoísmo de minha parte.*

— Lu — Saulo me chama e indico com um movimento de cabeça que escutei, porém não desgrudo meus olhos da Flavinha. — Vamos com eles.

A sugestão me faz observá-lo.

— Você tem algum compromisso agora? — Saulo continua.

— Não. — Meneio a cabeça. Nada além de voltar para meu limbo de saudade.

— Vamos com eles. Eu também não tenho nada importante para fazer e duvido que o Guilherme se oponha.

— De jeito nenhum — Mari responde pelo irmão. — É bom ter mais companhia.

Considero a ideia por meros segundos.

— Tudo bem, vamos — concordo, para a alegria da Flavinha.

O caminho da ONG até a rampa é sufocante, mas esse detalhe nada tem a ver com a temperatura escaldante e atípica que tem derretido a montanhosa Poços de Caldas. O rádio está conectado no celular do Saulo e o acústico MTV da Cássia Eller – um misto de *cover* com faixas autorais, cem vezes melhor que o top dez atual – agrada meus ouvidos, contudo, minha mente não consegue curtir. Antes, com a minha mãe perto, foi fácil fingir que éramos somente dois conhecidos de longa data com um propósito e nada mais que isso. Mas agora? Sozinhos e fechados em poucos metros quadrados? Estou em alerta total.

Sei que nos beijamos algumas vezes e que eu não deveria reagir com tanta ansiedade, só que o perfume do interior do carro me arrebata, os olhares furtivos me perseguem e, aparentemente, perdi minha capacidade de abstração. As árvores escuras da mata úmida e densa da Serra de São Domingos, cenário que sempre me hipnotiza, passam como um borrão.

Serei uma grande mentirosa se afirmar que algumas dúvidas não permeiam minha consciência. Estão lá no fundo, em conflito com meus sentimentos, uma constante batalha entre racional e emocional. Ao menos minha respiração e batimentos cardíacos estão equilibrados. E não sinto falta nenhuma dos sintomas da ansiedade que me abatiam quando escutava o nome dele. Náusea e vertigem? Nada! Nem pareço a mesma Lúcia vulnerável e angustiada. Não, no lugar dela, fui possuída por uma desconhecida, cujas vontades e desejos se sobressaem e me atormentam.

As curvas estreitas e sinuosas da estrada para o Cristo Redentor não facilitam. O alto movimento de janeiro, com turistas subindo e descendo, obriga Saulo a reduzir a velocidade e dirigir como uma tartaruga. É dificílimo não ficar observando seus movimentos. A suave contração dos músculos da perna. A cicatriz saliente e esbranquiçada no dorso da mão enquanto os dedos contornam o couro da direção, passando para lá e para cá, esporadicamente descendo à embreagem. O arrepio em minha pele quando sua voz grave canta baixinho a primeira estrofe de *Por Enquanto*, uma música que combina com a nossa história.

Cruzo as pernas para evitar que minha inquietação se torne evidente. Estou com tanto calor que o coitado do ar-condicionado não está dando conta da tarefa. Peço para abrir o vidro, à espera de um mísero sopro de vento.

Antes de chegarmos ao estacionamento do Cristo, viramos para a esquerda e seguimos pela estrada de terra que nem todos os turistas se aventuram desbravar. Estacionamos perto da porteira e da cerca de madeira que delimita a área reservada para a prática de voo livre. Avisto o carro vazio do Gui a poucos metros. Não sei se o tempo fez com que Saulo se tornasse um cavalheiro do tipo que abre portas para damas, mas também não vou descobrir agora. Abro a maçaneta e desço os pés no chão, sem me importar com o estrago que a poeira laranja da estrada de terra vai causar nos meus tênis brancos. Dou a volta no carro e encontro Saulo fechando a porta. Sem dizer uma palavra, ele pega minha mão e, juntos, caminhamos até a corda que separa o público dos profissionais.

No céu, meia dúzia de *paragliders* sobrevoam os campos que se espalham por quilômetros. Alguns passam por cima de nós, enfeitando o céu azul-claro e sem nuvens. Silenciosos e leves, como se flutuassem sem o menor esforço dos condutores.

Procuro a Flavinha entre o público, mas não a encontro. Presto atenção no pessoal além da corda de proteção e, adivinhe, claro que a minha filha não está do lado de cá! Ficar no meio dos espectadores? Flávia está bem no meio do gramado que beira a queda do morro, local onde os praticantes de voo estendem seus equipamentos antes de armar o *paraglider* com ajuda do vento e correr para o salto no penhasco.

Fico observando minha menina de longe. Ela sorri, animada, enquanto ajuda o Guilherme e a Mariana a esticarem a lona preta e verde.

— A amizade deles é interessante — Saulo comenta, ainda segurando a minha mão —, os irmãos são adultos, mas se dão tão bem com a Flávia. Quantos anos de diferença?

— Dez. Eles se conheceram faz uns cinco anos. Foi ótimo quando descobri que a Natália era minha vizinha. Na época, a Flávia estava com sete anos. Eles tinham acabado de voltar para a cidade e ficavam muito em casa por causa do Gui. Foi inevitável a gente se esbarrar.

— O que aconteceu? — Saulo se vira para mim com um semblante curioso.

— O Gui teve aplasia medular. É uma longa história...

— Que bom que tenho tempo de sobra para ouvir — Saulo retruca e solto uma risada curta.

— Quem sabe outra hora? Quero falar sobre coisa boa — respondo e volto a observar a minha filha, agora esticando e desembaraçando as cordas do equipamento do Gui. — E garantir que a maluquinha não pense que vá voar.

Saulo meneia a cabeça e aceno com o braço por cima da cabeça, tentando chamar atenção dos três. Mariana nos vê e acena de volta, antes de avisar a Flavinha da nossa presença.

— Não sou o pai dela e não quero que pense que estou invadindo seu espaço, mas acho que você devia deixar.

Eu respondo com uma carranca e ele ri.

— Lembra como a gente era quando queria alguma coisa?

— Pelo amor de Deus, não ouse contar pra ela.

Saulo não contém a gargalhada.

— Se ela souber que tentamos fugir de casa para viajar com o circo, não vai me deixar em paz.

— Ela sabe da vez em que convencemos nossas mães que dormiríamos na casa um do outro e...

Fico de frente para ele na hora.

— Não! E não vai saber.

— Lúcia! O que você contou pra sua filha sobre a nossa infância? Crianças adoram saber o que os pais aprontavam quando eram pequenos — ele me repreende, sem pensar no que diz, porém, no mesmo instante, suas palavras pesam entre nós. Um deslize de conteúdo doído e implícito permeando seu discurso. Ele desobstrui a garganta. — Quer dizer, eles gostam de saber o que a mãe aprontava, não quis dizer que...

— Eu sei. — Suspiro com a resposta. Por mais que Saulo aceite e demonstre gostar da Flávia, o fato de não ser sua filha é um peso. — E você não está invadindo meu espaço. Não estaria comigo se eu não quisesse.

Ele assente e parte da apreensão se esvai. Saulo solta minha mão e seu braço rodeia a minha lombar. Eu me aninho à lateral do seu corpo, repousando a cabeça em seu peito. Nós nos afastamos dos espectadores e seguimos a delimitação da corda, caminhando abraçados rumo ao outro canto da rampa. Ao chegarmos no pequeno espaço praticamente vazio, nos sentamos na grama, lado a lado.

— Sabe o que eu mais desejo? — começo, após ficar alguns minutos observando o horizonte.

— Diga.

— Que a gente consiga seguir em frente sem se apegar ao que aconteceu no passado ou deixar que nossas decepções nos persigam. Não quero mais pensar no que você fez ou deixou de fazer. Só me importa o que faremos daqui em diante.

— Não posso concordar mais. — Saulo beija minha testa e o local solta faíscas.

— Sei que a Flávia é um lembrete ambulante do Bernardo.

— Ela é sua filha, pode ter certeza que, mesmo não merecendo, meu coração é grande o suficiente para abrigar vocês duas. Sei onde estou entrando, Lu, posso não ser o pai biológico, mas vou tratá-la como se fosse.

Eu limpo a garganta, sem saber como responder. Como fomos de pessoas que mal conseguiam se ver para uma possibilidade de relacionamento? Respiro fundo, procurando sinais de desespero, mas nada acontece.

— Não estou pedindo que ela me reconheça como pai e jamais pretendo ocupar o lugar do Bernardo. Mas quero que possa contar comigo.

Meus olhos marejam. Pode tanto amor ser ignorado? Não, de forma alguma.

Concordo com a cabeça. Minhas cordas vocais pararam de funcionar.

— E daqui a um tempo, quando me tornar pai, quero que ela se sinta parte da família e vou fazer de tudo para que não sinta nenhuma diferença com a chegada das irmãzinhas.

E, simples assim, minha falha vocal some.

— Como é? — indago meio esganiçada, afastando-me dele como se portasse uma virose extremamente contagiosa.

— Você me ouviu.

Balanço a cabeça.

— Sim, mas acho estou ouvindo coisa. Você falou em irmãzinha?

— *Nhas*. Irmãzinhas. Acho que três está de bom tamanho.

Ao passo em que meus olhos arregalados encaram a serenidade de seu rosto, o descarado tem a decência de manter a atenção fixa nos instrutores que voam pelo ar.

— Você lembra que eu tenho trinta e oito anos, certo?

— Aham — responde, sem desviar o olhar do cenário deslumbrante —, você negou aos dezesseis e dezessete. Com trinta e oito vai ser difícil me convencer.

— *Argh*, estamos mesmo falando em filhos? Bebês? Saindo de mim? — As palavras me atropelam. Eu não fazia ideia de que ele ainda pensava em ter filhos. — E me diz como isso vai ser possível se a gente ainda nem... Não que eu pense em...

Deliberadamente, Saulo vira a cabeça e me fita. A intensidade de suas íris brilham com vigor, a tonalidade mais vibrante impossível. Eu me torno uma refém em segundos.

— É. — Ele passa a língua pelo lábio inferior. — Temos esse pequeno problema.

— Temos.

— O que acha de começar a praticar o quanto antes?

33

Sem esperar resposta, Saulo se levanta, levando-me com ele. Segurando minha mão com firmeza, ele ultrapassa a delimitação da área de segurança, pulando a corda, e sou obrigada a imitá-lo.

— Saulo! O que deu em você?

Ele olha por cima do ombro, mas não perde mais que um segundo me fitando e volta a caminhar assim que minhas pernas curtas passam pela corda.

— Vem comigo.

Meu ex-namorado – possivelmente atual – me instiga a andar rápido e, por sorte, o gramado é bem cuidado, senão seria tombo na certa.

— Pra onde? — Minha voz sai um pouco aflita. Ele não está pensando em... Está. Sei que está. — Saulo! — vocifero e puxo sua mão, parando a uns dois metros da minha filha e dos nossos vizinhos. Algumas pessoas se viram em nossa direção, mas ignoro os olhares curiosos com meu foco totalmente nele.

Obrigado a parar, Saulo me encara e a resolução está estampada em cada traço de seu rosto.

— Você não está querendo resolver isso agora, né?

— Perdemos tempo demais — diz enquanto as pupilas negras dilatam visivelmente.

Meu sangue borbulha.

— *Agora*?! Mas nós...

Ele encara meus lábios e... Por que estou criando resistência?

— Nós. Temos. Um. Problema. — Ele pausa em cada palavra. — Pretendo. Acabar. Com. Ele.

— Agora? — E eu, patética, fico repetindo como um papagaio de pirata.

Saulo inspira profundamente e ergue apenas uma sobrancelha, a atenção fixa em meu rosto.

— Você tem algum compromisso?

— Agora?

Ah, Lúcia, pelo amor de Deus! Seja racional!

— É, você tem algum compromisso inadiável... *agora*?

Sua voz sai como um sussurro e eu derreto. Ao passo em que meu cérebro ergue a bandeira branca, o órgão responsável pela distribuição sanguínea trabalha dobrado e freneticamente em meu peito. Estou perdida, não estou? Ah, estou!

— Não, mas...

— É só o que preciso saber.

Ele beija meus lábios superficialmente e rápido demais para o meu gosto, selando a promessa de algo maior. Sem ter noção de que não estou operando no "modo normal", Saulo volta a me guiar entre os instrutores e a equipe técnica de voo livre. É tão rápido que, num átimo, alcançamos Guilherme.

— Ei, Gui — diz assim que paramos perto dos três —, vou sair com a Lúcia para espairecer um pouco. Tudo bem se deixarmos a Flávia com vocês?

Deixarmos. Plural. Como se ele fosse tão responsável por minha filha quanto eu. Meu coração reage como um doido martelando entre meus pulmões.

Meu vizinho inclina a cabeça para a direita e nos estuda, atento aos detalhes. A fala apressada do Saulo, nossas mãos unidas e corpos próximos o suficiente para indicar intimidade, meus olhares furtivos como se tivesse sido pega em flagrante, a inquietação das minhas pernas.

Devagar, os cantos dos lábios do Gui se curvam para cima, combinando com as sobrancelhas arqueadas.

— *Espairecer*? — comenta, sorrindo abertamente. — Acho que tem outro nome.

O sangue ferve em minhas bochechas, deixando ainda mais na cara o meu embaraço.

— Ai, Gui, deixa de implicar! — Mariana vem ao meu socorro e eu a encaro aliviada. — Podem ir, eu levo a Flavinha pra casa.

— Na sua casa ou na minha? — Gui se intromete, ainda rindo.

Ah, meu Deus! Cadê o buraco para enfiar a cabeça e fingir que esse momento nunca existiu?

— Afff! — Mariana meneia a cabeça para o irmão que se diverte às nossas custas.

Ainda bem que minha filha está tão absorta experimentando o que parece ser um assento do *paraglider*, que nem se tocou no nosso diálogo.

Espere aí!

— Flávia! Pode tirar o cavalinho da chuva! — Recupero meu bom senso a tempo de evitar uma tragédia. — Saia de perto dessa coisa! — Aponto para o negócio preto que imita um casulo.

— Mas, mãe! — ela reclama. — Eu tava só olhando!

— Não, senhora! — repreendo, conheço minha filha muito bem e sei que tudo tem segundas intenções. — Pode vir pra cá! — Aceno para que se aproxime da gente.

— Lúcia, ela não vai voar, pode ficar tranquila. O Gui não trouxe a selete apropriada — Mariana me tranquiliza, embora eu não faça ideia do que seja uma *selete*. — Assim que ele decolar, vou com ela tomar sorvete. Vamos esperar que aterrize para voltar para casa. — Ela lança um olhar de aviso para o irmão e Gui levanta as duas mãos ao lado do rosto, bancando o inocente.

— Você vai sair? — Flavinha questiona.

— Vou levar sua mãe para dar uma volta — Saulo responde.

— Eles vão só espairecer, pirralha — Gui pisca para ela, brincalhão —, você é nossa pelo resto da tarde!

— Tudo bem se eu sair com o Saulo? — indago olhando diretamente para minha menina.

— De boa, mãe — ela responde e começo a movimentar a cabeça para cima e para baixo, só que Flávia não terminou —, quando chegar em casa a gente conversa.

Com a testa e nariz franzidos, pondero a fala da minha filha.

— Sobre o que exatamente?

— Meu voo com o Gui.

Solto o ar num sopro, meneando a cabeça. Ela não vai descansar até que eu permita. Estou ferrada.

— Tá bem? A gente vai conversar em casa? — Flavinha insiste.

Saulo aperta minha mão, lembrando-me do que iniciou toda essa confusão.

— Tudo bem. — Eu cedo.

— Isso! — Flavinha vibra, contando com minha permissão.

— Não foi um sim, conversamos em casa. — Faço questão de avisar para que saiba que a guerra não acabou.

— Aham! — ela concorda, toda sorridente. — Vai namorar, mãe! — Flávia acena, despedindo-se.

— Mas eu não disse que ia…

— Nem precisa. — Com uma risada, Flávia sai correndo para segurar uma das pontas do *paraglider* que começou a se levantar com o vento.

— Deixe comigo. — Mariana dá um tapinha no meu ombro antes de sair ao encalço da minha filha, segurando a outra ponta do equipamento.

— Valeu, cara! — Saulo estende a mão para o Gui, que aceita o gesto.

Lanço um sorriso de agradecimento para o maluco do meu vizinho enquanto ele se afasta, porém permanece de frente para nós, dando passos para trás sem ver por onde pisa. Quando ergue as sobrancelhas e aponta o indicador em nossa direção, sei que lá vem.

— Usem proteção, crianças! — grita ao nos dar as costas.

O comentário faz com que recebamos vários olhares e risadinhas de quem está por perto. Saulo não espera que eu reaja, puxando-me, abrindo caminho entre os turistas e curiosos prostrados atrás a corda de contenção. Em menos de um minuto chegamos ao carro. Ele solta a minha mão para procurar a chave nos bolsos da bermuda jeans.

Aproveito a pausa para acalmar os ânimos. Sério que estamos saindo às pressas para transar? Tão estranho pensar dessa forma, causa uma impressão superficial e fútil de algo que deveria ser um momento mágico. Ou isso seria somente uma fantasia boba e infantil da minha parte?

— Lu?

Pisco algumas vezes antes de perceber que o veículo está destravado e com a porta aberta, me aguardando.

— Desculpe — respondo, balançando a cabeça.

É bobagem ficar pensando nos prós e contras de dar mais um passo no meu novo relacionamento com meu ex. E, como me convenci mais cedo, não pretendo ficar relembrando e sofrendo pelo que passamos. Somos as mesmas pessoas, numa situação completamente nova. A ingenuidade e expectativas ilusórias foram há muito esquecidas, o que temos é o aqui e agora. Justamente o que está à nossa frente.

Sem mais delongas, vou até o lado do passageiro e entro no carro. Saulo se senta logo depois de mim e fico esperando de que dê a partida, com meus olhos fixos ao painel cinza chumbo do veículo. Minhas mãos e pés estão gelados, embora a temperatura passe dos trinta graus. Meu indicador e polegar giram freneticamente a aliança dourada, acessório que me recuso a tirar. Eu não me divorciei, me tornei viúva, são duas situações bem distintas.

Inspira.

Expira.

— Lu, olha pra mim — ele pede e obedeço, deparando-me com o semblante permeado por preocupação. — O que está sentindo?

Solto uma risada sem graça, incomodada pela carga de insegurança. Eu posso ter quase quarenta, ser mãe, viúva e tudo mais. Posso me sentir bem com minhas imperfeições e viver numa boa com a falta de relacionamento ou de aventura. Bernardo foi meu único homem e era saudável, sem bagagens profundas e significativas. Saulo... nem se compara.

— Ei. — Ele segura meu queixo e me surpreendo com a temperatura fria dos seus dedos. — Não pense. Vamos deixar rolar.

— Fácil dizer quando você… — Afasto os pensamentos negativos e limpo a garganta. — Saulo, eu não sou como antes, eu…

Com um suspiro, ele se vira no banco do motorista e apoia a outra mão na minha coxa, apertando suavemente.

— Vamos fazer o seguinte. Relaxa com essa história de sexo, é um passo importante e não quero que seja imposto pelas circunstâncias.

Enquanto ele fala, minha respiração parece se regular. Meus batimentos seguem o mesmo padrão, diminuindo a frequência, pegando um ritmo mais leve.

— Nós temos tempo e estamos à toa. Vou te levar para conhecer a minha casa. Sem pressão, nem segundas intenções, combinado?

— Uma coisa de cada vez.

— Exato.

Solto o ar que mantinha preso nos pulmões. Com isso, consigo concordar.

— Tudo bem. — Sorrio com os lábios cerrados. — Eu estou bem.

— Ótimo.

Ele me abraça, mas é rápido, nada com o que eu possa me aninhar. Em dois tempos, dá a partida e pegamos estrada, rumo à base da montanha, com os instrumentos acústicos e os vocais roucos de *Malandragem* como trilha sonora – outra música que cai como uma luva. Que adulto, de vez em quando, não se sente como uma criança por dentro? Ainda estou para conhecer um.

Se eu soubesse que a casa do Saulo fosse tão perto da estrada do Cristo, não tinha aceitado a proposta "sem segundas intenções" tão facilmente. Ele esqueceu de mencionar que mora no Jardim dos Estados, um bairro com localização privilegiada por estar colado ao centro de Poços. Quando mencionou "minha casa", pensei que fosse perto da casa da Melissa, no Santa Ângela, que fica na direção oposta e me daria mais alguns minutos para divagar.

Mas, não. Em cinco minutos, estacionamos na porta de uma casa térrea, branca e amarela, com arquitetura moderna. Ele desliga o carro e me fita, mordendo os lábios. Parece ansioso.

— E aí, o que acha? — Ele indica a fachada da residência com o queixo e eu me viro para analisar melhor.

Uma calçada extensa, composta por blocos retangulares de concreto, demarcados por grama bem cuidada, desemboca em uma parede branca chapiscada. Três janelas de vidro fumê estreitas, porém compridas, se alinham entre um amplo portão de garagem e outro menor, ambos amarelo mostarda. Pela transparência esfumaçada do vidro, é possível ver uma folhagem, indicando a existência de um jardim atrás do muro. Também observo uma pequena abertura para cartas ao canto, quase no limite com a casa vizinha.

Não é grande nem imponente como muitas das residências do bairro, mas deve ter sido uma fortuna. Só o terreno vale uns cinquenta rins no mercado clandestino. Não que eu entenda algo sobre isso.

— É linda! — respondo, sendo sincera.

— Levei dias para terminar.

Eu me volto para ele, intrigada.

— Sozinho?

Saulo assente com uma expressão orgulhosa.

— Comprei caindo aos pedaços, há quase seis anos. Usei a grana dos apartamentos.

— Apartamentos?

— Eu tinha dois. Vendi o do Rio e juntei com o que economizei quando trabalhei em Los Angeles. Só faltava vender o apartamento que... — Ele coça a nuca. — Bem, que eu tinha comprado pra gente, foi meio difícil desapegar. — Saulo ri, sem jeito. — Mas não podia voltar pra cá e ficar nele, era deprimente.

Assinto, bastante interessada. Quero perguntar mais sobre esse tal *nosso* apartamento, no entanto, creio não ser a hora.

— Então, seis anos atrás, você planejava voltar?

— Nunca desisti de voltar, só não estava pronto. — Ele sobe a mão da nuca para o topo da cabeça, bagunçando os fios. — Aí, ficou fácil, comprei a velharia por uma barganha e usei minhas economias para reformar. Aos poucos, ganhou a forma que você vê hoje.

— E quer me convencer de que não teve ajuda na reforma? — Eu me divirto instigando.

— Um pouco, mas fiz questão de fazer parte de cada troca de tijolo. E foram muitas.

Meu sorriso é tão escandaloso que corro o risco de ter cãibras nas bochechas.

— Uau! Quem diria, você, *influencer* no Instagram, sujando as mãos com argamassa?

Saulo solta uma gargalhada e me dá um esbarrão com o ombro.

— Vamos, quero te mostrar tudo. — Ele volta a ligar o carro e manobra para entrar na garagem, estacionando bem no centro.

A primeira coisa que noto ao descer do veículo é a bicicleta pendurada em um suporte na parede. Um dos cantos é decorado com um vaso rústico, de onde sobe um cacto de alguns anos de idade, daqueles clássicos que vemos em desenhos animados. Ao dar a volta pela traseira do carro, vislumbro o pequeno jardim que avistei antes, com alguns arbustos espinhentos.

Ele abre a porta da entrada, larga, alta e maciça, de coloração tabaco, e me espera para fechá-la. Meus olhos percorrem cada centímetro da sala mobiliada em madeira clara e compensado preto. Sempre tive certo receio com móveis em preto, mas o contraste é muito bonito, criando um ambiente acolhedor e sofisticado. O piso é neutro, as paredes em *off-white*, e um painel metade madeira, metade espelho, se complementam, criando uma harmonização peculiar ao cômodo.

— Caramba! — comento ao estudar a delicadeza do lustre em formato de taça invertida, como se fosse uma imitação de vidro, posicionado logo acima de uma mesa de seis lugares. O único sofá, em tom cru, descansa sobre um tapete felpudo com uma tonalidade mais escura. De onde estou, consigo ver uma bancada que dá acesso à cozinha, toda planejada em preto com eletrodomésticos em inox.

— Gostou?

Do canto do meu campo de visão, Saulo está inquieto. Suas mãos se agitam com as chaves, antes de subirem ao cabelo, bagunçando ainda mais o que já estava despenteado.

— Se gostei? — Fico de frente para ele querendo testemunhar aquele brilho inconfundível.

Ele me encara com esperança, expectativa e quase um sorriso completo.

— É espetacular!

Sem me desapontar, Saulo balança a cabeça, concordando, e sorri. Eu queria poder gravar esse momento, porque seu sorriso é tão bonito que vale por cada lágrima que derramei por esse homem. Aquece meu peito saber que a minha opinião sobre sua moradia é tão importante ao ponto de deixá-lo assim, com um sorriso bobo no rosto e um quê de esperança no olhar.

Eu me aproximo devagar, sem medo do que pode ou não acontecer, e coloco a mão no seu pescoço. Ele fecha as pálpebras e expira sem pressa. Permito que meus dedos passeiem por sua pele até chegarem ao buraco no lóbulo da orelha.

— Me diz que aqui ficava um alargador…

Ele ri e abre os olhos.

— Não sei, vai ter que descobrir.

— E como vou descobrir?

— Acho que precisa conhecer outro cômodo.

Sem que eu me prepare, Saulo me pega no colo, com um braço segurando minhas pernas e outro por baixo da minha axila. Caio na risada e agarro seu tórax, sem nenhuma preocupação com onde, quando e como. Só quero que ele me leve e que me faça feliz.

34

Saulo segue por um corredor que não notei antes. Passamos por duas portas abertas, mas ele não permite que eu veja nada, andando apressado rumo à terceira porta. Não contenho a risada quando ele nos arremessa em uma cama de casal, soltando o peso do seu corpo completamente sobre o meu, afundando-me no edredom macio e perfumado.

— *Te peguei!* — Brinca com o rosto a milímetros do meu.

Eu me contorço para colocar as pernas numa posição melhor e criar um pouco de espaço entre nós, mas Saulo é mais ágil. Com o mínimo de esforço, apoia o torso no meu peito e me manipula tal como uma boneca de pano, prensando-me no colchão em uma posição comprometedora. Meus pés estão plantados na cama, meus joelhos dobrados e abertos. Saulo se acomoda entre minhas coxas e segura meus pulsos acima da minha cabeça. Tudo isso em segundos. Com os cotovelos sustentando seu tórax levemente afastado de mim, ele me encara com um sorriso sacana.

— *Te peguei outra vez!* — ele diz e finge morder meu nariz, estalando os dentes de propósito.

A referência ao desenho animado não passa batido e, em vez de disputar quem é o mais forte como faz o casal de leões mais fofo da história das animações infantis, eu me permito sentir. Correspondo à sua expressão brincalhona, sorrindo, deixando claro que estou pronta para qualquer coisa, principalmente para ser feliz ao seu lado. Suas pupilas diminuem e dilatam a cada pestanejar e observo as suaves nuances da coloração de suas íris. É quase imperceptível, a tonalidade se escurece gradativamente, como se mudasse de acordo com seu humor. Dos olhos, vou para as sobrancelhas e testa, avaliando cada marquinha. Saulo solta uma das minhas mãos quando tento me desvincular, e a coloco sobre sua face, passando o polegar por cima da cicatriz de catapora acima da pálpebra esquerda. Subo para o cabelo, acariciando um cacho em formação, sentindo a textura do misto de fios escuros e grisalhos.

Desnecessário pontuar em voz alta o quanto esses pequenos momentos de redescoberta são extremamente importantes para nós dois. E Saulo se regozija com meu toque, por mais inocente que possa parecer, porque, cá entre nós, não há inocência no que estamos fazendo. Minha apreensão e insegurança saíram à francesa e não espero que retornem tão cedo. O melhor mesmo é que fiquem bem longe.

Saulo entrelaça os dedos nos meus, ainda mantendo minha mão esquerda como refém. Ele respira fundo e, inconscientemente, levo o indicador e dedo do meio ao seus lábios, traçando o limite do seu lábio superior, à espera de que o sopro de sua expiração aqueça a ponta dos meus dedos. Sorrio quando seus lábios se abrem e recebo minha recompensa.

— Posso te beijar agora?

Volto a fitar seus olhos, com o ritmo cardíaco extrapolando a frequência habitual. Sua fala e a vibração de sua voz em minha pele me faz perder a lucidez. No impulso, umedeço meus lábios em antecipação e o movimento por si só é o suficiente para que ele interprete a minha resposta antes que eu diga:

— Tá esperando o quê?

Saulo solta mais uma parte do seu peso sobre mim, segurando minha cabeça com ambas as mãos. Ele morde o lábio inferior e quase imploro para que não desperdice mordidas. Quero ser o alvo daqueles dentes e senti-los raspando pela minha pele.

Muito devagar, ele roça o nariz no meu, e uma lembrança nostálgica dos nossos primeiros beijos me invade. Muitos primeiros beijos. Na mão quando teve a fratura exposta. Na bochecha, na formatura do pré. Na testa quando eu queria implicar. O selinho nojento na infância. O selinho que envelheceu nossas mães na pré-adolescência. A primeira troca de saliva, desengonçada e pura, na cama dele…

Minha linha de raciocínio se esvai no instante em que seus lábios começam a explorar o canto da minha boca. Não possuo o mesmo autocontrole e, correndo o risco de parecer uma mulher esfomeada, cravo os dedos em sua nuca e inclino a cabeça, evidenciando a minha intenção. Puxo seus lábios nos meus e não poupo o entusiasmo, abrindo a boca para recebê-lo com fervor. Assim que nossas línguas se tocam, minha coluna e pernas agem por conta própria, arqueando meu corpo para cima. Solto um gemido baixo e sufocado ao perceber que uma de suas mãos escorregou por minha cintura e começa a puxar a saia do meu vestido para cima. Minha virilha se aperta involuntariamente e prendo as pernas ao seu redor, almejando intensificar o contato entre a calcinha e o volume por trás do cós da sua bermuda jeans.

Ah, meu Deus!

É real.

Solto o ar aprisionado nos pulmões e viro o rosto para o lado, à procura de algum alívio. Esforço em vão, Saulo assalta meu pescoço, desviando da corrente de corações, mordiscando, beijando e distribuindo chupões que produzem uma ardência maravilhosa.

— Saulo! — Enfio os dedos em seu cabelo, segurando sua cabeça na altura do meu ombro.

Ele não para de me beijar e, sem viso prévio, me pressiona na cama, friccionando a virilha onde mais preciso. Para frente, para trás. Para frente, para trás. Minha cabeça cai no edredom com a explosão sensorial e meu peito se preenche de luxúria e insanidade.

O que estamos fazendo não é muito, mas é *ele*. É *com* ele. Fato que amplifica cada detalhe.

Aperto seus ombros e o excesso de roupa me incomoda. Tento me livrar da camiseta, juntando uma boa porção do tecido e forçando para rasgar, como li em inúmeros romances *hot*. Tudo balela, na realidade é praticamente impossível. Desisto e passo a puxar para cima, mas preciso de ajuda e ele se diverte em prolongar minha tortura, mordendo minha clavícula.

Para solucionar o problema, solto a camiseta e, com as duas mãos, agarro meu vestido – amassado na altura da cintura – e puxo para cima. Não é um movimento bonito e delicado, está mais para desespero. Praticamente obrigo Saulo a se afastar para tirar a peça e jogá-la para o lado, revelando um sutiã branco com um minúsculo lacinho cor-de-rosa entre os seios. Quando volto a fitá-lo, Saulo está focado em meu corpo, medindo cada milímetro. Ajoelhado entre minhas coxas, seus olhos me estudam, percorrendo da rosa no meu pescoço até a cerejeira na minha canela. Ele demora na elevação do meu busto, na extensão de pele do sutiã ao umbigo, na calcinha preta lisa – graças aos céus, não tão grande quanto aquela bege horrenda. Um sorriso sacana enfeita seu rosto no processo.

Tiro proveito do seu transe e me sento. Depressa, seguro a barra da sua camiseta, levantando o tecido, revelando o resultado de horas dedicadas à musculação. Ele resume o meu trabalho e se livra da roupa. Só que é pouco. Eu o quero por inteiro. Meus dedos soltam o botão da bermuda e se preparam para deslizar o zíper quando ele me impede. Mas que porra! De novo?

Olho para ele e vejo que continua sorrindo, só que agora com os lábios fechados. Ele apoia uma mão no meu ombro, passeando os dedos por minha pele. Ah, não! Dessa vez não vai conseguir me distrair. Ainda com as mãos no pequeno metal, ignoro sua hesitação e desço o zíper. De relance, vejo que ele me observa com intensidade, mas não me dou por vencida. Com as duas mãos nas laterais do jeans, empurro para baixo e ele – finalmente – me auxilia, levantando um joelho de cada vez para que eu deslize a bermuda para baixo. Quando retomo a posição, sentada à sua frente, levo dois segundos para que meu cérebro processe o que tenho diante de mim.

Não sei o que esperava encontrar, talvez que ele estivesse sem cueca, coisa que acontece com frequência nos livros e, diga-se de passagem, considero muita falta de higiene. Mas o Saulo... Engulo em seco. Ele usa uma boxer cinza, com um largo elástico preto. Não é estilo shortinho e ressalta a silhueta do seu membro acomodado para o lado. Uma mancha escura e úmida demarca o tecido justo, ilustrando o quanto sua excitação é evidente. Quando solto a respiração, ele faz o impensável, segurando o meu foco de atenção e ajeitando para cima. Agora estou lascada. A nova posição muda o ângulo e traz uma nova imagem que vai ficar impressa na minha memória por anos e anos. Como estou vendo de cima para baixo, o tecido da cueca não é o bastante para esconder a ponta, e sou agraciada com um vislumbre do que pedi de aniversário de dezoito anos.

Hipnotizada, não sinto quando Saulo solta o fecho do meu sutiã, recuperando parte do meu bom senso ao ser empurrada de volta para a cama. Ele escorrega as alças por meus braços ao passo em que me deixo levar por uma sensação de paz. De estar fazendo a coisa certa.

— Lúcia, eu... — começa a dizer, ao voltar para cima de mim, mas não quero palavras entre nós.

Além de ser desnecessário, nenhuma construção gramatical será capaz de descrever o que ocorre aqui dentro. Então calo sua boca com a minha, retomando de onde havíamos parado, absorvendo tudo o que está ao meu alcance.

A pele contra pele aumenta as sensações e me permito explorar e ser explorada. Mãos, lábios, dentes, unhas, afagos e apertos. Dançamos na horizontal, dando e recebendo de igual para igual. Quando o ar se torna escasso e somos tomados pela urgência, Saulo solta meu mamilo com um estalo prazeroso e me encara com seriedade.

— Anticoncepcional? — O substantivo soa arrastado em sua voz rouca pela falta de uso.

Meneio a cabeça, ofegante.

— Não. Parei há anos.

Ele assente e se levanta da cama, saindo pela porta do quarto.

Porcaria. Acabei com o clima?

Mal consigo olhar para o teto e refletir nas potenciais consequências de transar sem proteção. Filhos. É o meu primeiro pensamento. Mas existem outros fatores que...

Saulo retorna com uma embalagem de preservativo em mãos, eliminado minha divagação no ato.

— É melhor que a gente use. — Ele hesita e fico confusa. — Faz tempo que eu... é... — Uma pausa para limpar a garganta. — ... faz alguns anos que eu não...

Ele me encara e, mesmo sendo difícil de acreditar, compreendo o que Saulo está tentando dizer. Caramba, será?

— Saulo, eu... — *Não tenho intimidade com alguém desde que me tornei viúva.* Completo mentalmente, mas não tenho coragem de tocar no nome do meu marido num momento que deve ser só nosso. — Sou só eu, não tem o que temer.

Ele assente.

— *Só você.* — Ele ri ao voltar para os meus braços, aninhando-se em meu corpo. — Lúcia, eu nunca tive relação sóbrio.

— Mas sabe o que fazer — afirmo sorrindo. — E como fazer.

Ele bate o pacotinho plástico na mão.

— Nunca teve sentimento envolvido. — Saulo deposita um beijo casto nos meus lábios inchados, mostrando um lado vulnerável que eu desconhecia. — Talvez eu não seja tão...

Pela segunda vez, calo sua boca com a minha língua, passeando por seus lábios deliberadamente, buscando um equilíbrio entre emocional e racional.

— Fiz uma bateria de exames, repito com frequência e sei que estou limpo, mas se você quiser posso repetir.

— Não quero pensar nisso agora. — Eu me levanto e, lentamente, abaixo a calcinha, descartando-a no chão.

Saulo me observa com os olhos vidrados e volta a ofegar. Bom. Muito bom.

— Pare de pensar — sugiro ao me ajoelhar ao seu lado e segurar o elástico da cueca.

Inspira.

Expira.

Ele respira fundo e exala devagar, imitando-me sem ter consciência disso. Desço a peça de lycra com elastano por suas pernas, deixando para prestar atenção no seu corpo depois. Teremos tempo mais tarde, o que importa nesse instante ultrapassa beleza corporal. Tomando coragem, volto para minha posição inicial, deitando as costas sobre o edredom perfumado. Faço com que ele se deite comigo e me acomodo em seus braços.

— Sabe o que eu mais quero agora? — comento no pé do ouvido, aproveitando para morder o lóbulo, bem no buraquinho que deu início a tudo isso. — Que você me faça esquecer todas as mágoas. Quero o seu corpo. Quero você. Da mesma forma que tanto desejei anos atrás.

Ele suspira ao se virar, aconchegando-se entre as minhas pernas. Pego a embalagem dos seus dedos trêmulos e rasgo, sendo tomada por uma enxurrada emocional.

É isso.

É agora.

Saulo percebe o tumulto em meu interior e volta a pegar o preservativo. Mesmo sabendo onde estão suas mãos e o que elas fazem, não desvio minha atenção das suas íris, procurando demonstrar a magnitude do que estamos prestes a fazer significa para mim.

— Se eu permitir que minha mente divague, não vamos chegar a lugar algum — comento, trazendo-o para cima de mim. A intensidade do seu olhar me incendeia como se milhões de faíscas se espalhassem por mim. — Esqueça o resto — imploro, arfando em expectativa. — Me mostra como é ser amada.

Ele não perde mais um segundo, após registrar o que saiu por meus lábios. Saulo mergulha em meus beijos e me deixo levar pela profundeza e lascívia do nosso momento, tão esperado, tão temido e tão esplêndido. As carícias aceleram, toques se transformam em apertos e arranhões. Minha cabeça não acompanha com clareza a sequência de movimentos. Ele está em todo lugar, intrínseco em meus poros, apesar de ainda não estar fisicamente dentro de mim.

Em dado momento, sinto-o se ajustando à minha entrada, preparando-se para invadir meu corpo da única forma que ainda não fez.

— Eu te amo, Lúcia — é o que ele diz com a voz entrecortada.

— Eu também — respondo com os olhos lacrimejando e o peito explodindo.

Como é possível tanto sentimento por uma pessoa? Como o tempo não foi capaz de amenizar sua falta? Como a decepção e a realidade não conseguiram nos afastar de vez?

Destino.

Só pode ser destino.

Repouso a mão em seu rosto e balanço a cabeça para cima e para baixo, dando permissão para que ele tome o que sempre lhe pertenceu.

Meu corpo.

Minha alma.

Meu coração.

Saulo empurra, fazendo pressão, abrindo e ocupando espaço. Ele me observa enquanto o recebo, admirando o sentimento estampado em meu rosto. Minha cabeça pende para trás e meus lábios se abrem num gemido. O contato é invasivo e queima, mas não é uma sensação ruim. Meu coração palpita euforicamente e meu corpo todo corresponde com espasmos.

Eu me esforço para não fechar os olhos, mas é difícil. Após uma rápida pausa em que nós dois tentamos manter o controle, cedo aos impulsos agarrando suas nádegas com as unhas. Ele ri e corresponde movendo o quadril para frente e para trás, aumentando a velocidade e os ruídos à medida em que chegamos quase lá.

Sei que não vamos durar, posso observar a agonia em seu semblante e minha virilha começa a dar sinais da iminência do paraíso. Trago seu corpo para mais perto, abraçando suas costas para me estabilizar. Nossos movimentos se sincronizam e, juntos, escalamos ao ápice. Saulo solta um gemido rouco e enfia a cabeça em meu ombro, arfando no meu pescoço. Eu me seguro a ele e recebo de braços abertos o prazer do qual tanto me privei.

Fecho os olhos em contemplação.

A vida é linda.

Árdua, às vezes amarga, mas magnífica.

35

Solto o ar e demoro para voltar a encher os pulmões, tentando me recompor. Saulo permanece com o rosto encaixado entre meu pescoço e meu ombro, deitado sobre mim, dentro de mim. Minhas pernas abraçam seu quadril, os pés entrelaçados se encaixam sobre seus glúteos. Minhas mãos descansam, inúteis, em suas omoplatas. Imóveis, nos recuperamos da descarga elétrica e emocional da nossa primeira vez. Vinte anos depois.

O conhecido incômodo na garganta ressurge à medida em que a consciência volta à tona, abrindo espaço para meu lado racional numa sucessão ininterrupta de informações. Meu melhor amigo. Meu primeiro amor. Meu sonho. Decepção. Sexo. Mulheres. Doença. Abandono. Mágoa. Angústia. Medo. Receio. Luta.

Sobrevivência.

A vertigem me sufoca quando penso no que acabamos de fazer. Não quero passar mal. Não agora.

Apavorada com os sintomas de uma crise, esforço-me para evocar novas emoções. A felicidade que vivi com Bernardo. A aventura de ser mãe. As conversas sinceras com a vovó. O contrato com a Bella Fur. A promessa.

Saulo.

Nossa reaproximação. O esclarecimento na praia. As consequências das nossas escolhas. Seus vícios. Minhas questões psicossomáticas. Nossas diferenças. O carinho que, mesmo após tanto tempo, ainda existe e provou ser infinitamente maior do que qualquer sentimento negativo. A perspectiva de uma nova chance. Ressignificar a nossa história. A aceitação de um amor inexplicável e atemporal.

Coisas que só o tempo e muita sabedoria podem abraçar.

A onda de náusea me abandona lentamente. Meus lábios se fecham e tremulam, incapazes de omitir o tumulto dentro de mim. Saulo está em todo lugar, minha pele registra o suor em cada ponto onde temos contato. Da cabeça aos pés. O sentimento no meu peito é tão esmagador que lágrimas escorrem, umedecendo minhas faces num choro silencioso impossível de controlar.

Instantaneamente, seus dedos resvalam as maçãs do meu rosto e ao redor dos meus cílios, causando cócegas. Sem a menor pressa, Saulo recolhe minhas lágrimas, limpando uma por uma. Eu sorrio e abro os olhos, piscando algumas vezes para ajustar a visão.

— Espero que sejam lágrimas de felicidade — comenta ao acariciar meu rosto mais uma vez, e o tom embargado não passa despercebido.

Meu sorriso aumenta ao notar que seus olhos também estão emocionados. Levo minha mão à sua face, retribuindo com o mesmo afeto.

— Pensei que homens não chorassem. — Brinco e Saulo meneia a cabeça. — Você está quebrando padrões de masculinidade. É a terceira vez que te vejo chorando.

Ele arqueia as sobrancelhas numa careta divertida. Para ilustrar, levanto o indicador, pontuando:

— Quando fraturou a mão.

Sua cabeça cai para o lado e ele retruca, com o nariz franzido:

— Não chorei naquele dia.

— Chorou sim. — Ergo o segundo dedo e dou sequência. — Quando perdeu dez vezes seguidas no *Mortal Kombat.*

Sua expressão horrorizada precede o argumento indignado.

— Nunca!

— E agora — finalizo, com três dedos em riste.

Saulo ri e as vibrações reverberam por meu corpo, uma sensação espetacular. O clima de leveza quebra a tensão de uma vez por todas. Exatamente o que eu pretendia desencadear quando comecei a brincadeira. O que aconteceu há poucos minutos foi um momento especial, não quero que o pós seja carregado de emoções controversas.

Respirando com mais facilidade, contorço-me por baixo dele, atenta ao peso do seu corpo sobre o meu. Solto meus pés e pernas, descansando-os no edredom. Saulo se afasta devagar, saindo de dentro de mim, seu membro naturalmente mais "calmo". Ele me deixa na cama e vai se livrar do preservativo. Aproveito o minuto sozinha para analisar seu quarto. Um armário ocupa a parede, com três portas, uma espelhada e duas em cinza claro. Duas mesinhas de cabeceira em vidro e no mesmo tom de compensado cinza.

À distância, mas não muito longe, ouço água saindo de uma torneira. Enquanto Saulo não retorna, apoio-me nos cotovelos para ver melhor o restante da decoração. As bordas de um tapete cinza chumbo aparecem sob a cama. A cabeceira é simples, um painel de móvel planejado que desemboca em papel de parede geométrico intercalando tons escuros e claros. Sou surpreendida por um banco preto estofado aos pés da cama.

Saulo retorna e me encontra praticamente de quatro em cima do edredom esverdeado. Ele cerra os olhos e avança com passos lentos.

— Isso é um convite?

Eu me sento na cama e observo seu corpo se aproximando. Os ombros largos, os músculos salientes, mas não exagerados, que compõem seus braços e abdômen. Os pelos distribuídos pelo peito, formando a trilha para a felicidade. As coxas firmes e definidas. O membro flácido no balanço suave do seu caminhar.

Ergo as sobrancelhas em questionamento.

— A meu ver, não está pronto pra outra.

— Por enquanto. Me dê alguns minutos.

Começo a rir.

— Pensei que atores tivessem mais vigor — solto sem pensar.

Saulo ataca me jogando para trás, fazendo cócegas na minha barriga. Tenho um acesso de riso irrefreável.

— Ah, eu tenho — diz entre investidas contra minha pobre pessoa.

Quando consigo me desvincular, deito de bruços e olho para ele. Seu sorriso combina com o brilho nos olhos.

— Só não sei o tempo de recuperação.

Eu o encaro, intrigada, e Saulo se apressa em elaborar:

— Disse que nunca estive sóbrio quando encenava. As medicações prolongam o ato.

Ele me estuda enquanto eu delibero a informação. Por mais que não queira saber dos detalhes e que eles tenham gosto amargo, creio que será melhor deixar às claras. Estarei aberta para o que quiser contar e vou lidar com os efeitos colaterais que surgirem.

— Para quem alegou nunca ter assistido pornô, você sabe um pouco demais — ele emenda.

— Nunca mesmo. Não assisti nadinha. Só que eu li.

— Cinquenta Tons de Cinza?

— Não! Quer dizer, também! — corrijo, o que resulta em mais uma onda de gargalhadas. — Mas nem chega perto de ser o meu preferido.

Ele solta a cabeça na cama e passa a mão no cabelo, antes de me puxar para si.

— Você me mata, Lu.

Sorrio em silêncio e me acomodo de conchinha, aninhando-me contra ele. Seus braços me envolvem e dou início a um vai e vem com a mão em sua pele. Alguns segundos se passam e me lembro de algo que me deixou curiosa.

— Você disse que fazia tempo.

— Quatro anos. — Ele suspira. — Desde que fiquei limpo.

Meu Deus.

— Você não transava há quatro anos?

Ele arruma meu cabelo atrás da minha orelha.

— Não sei porque tanta surpresa. Você teve alguma relação desde que ficou viúva?

— Nenhuma.

— Seis anos, certo?

Olho para a aliança em meu dedo e, antes que minha consciência pese por ter me entregado a outro homem, trato de me convencer de que Bernardo gostaria que eu fosse feliz. Não duvido disso.

— Sim.

— Comigo era um combo. Bebida, droga, sexo. Não existia um sem o outro. Parei um, parei todos.

— E não sentiu falta? — Prendo a respiração, ansiosa por sua resposta e realmente me esforçando para quebrar um conceito que aprendi desde criança .

Não é o que os homens argumentam? Que é impossível controlar a vontade? Que é "coisa de homem"? Mesmo sem a intenção de padronizá-lo num estereótipo, é o que sempre ouvi.

Saulo passeia os dedos por minhas costas, ombro e clavícula.

— Não — informa, após considerar por alguns segundos. — Eram relações vazias. Não sinto falta da vida que levava antes. Estou bem melhor hoje.

Um alívio perpassa meu corpo. Expiro com um sibilo e recompenso meus pulmões sugando a maior quantidade de ar possível, deliciando-me com a mistura de aromas que me cerca. Perfume. Pós barba. O cheiro suave de amaciante no edredom.

Tenho um milhão de dúvidas. Tantas perguntas e assuntos que precisamos conversar, que é complicado escolher sobre o que falar em seguida. A sutileza emocional do momento me ajuda a escolher um, entre os tópicos mais urgentes.

— Sei que você quer filhos. — Eu me viro de frente a ele, atenta à sua reação. Acaricio seu rosto, dando atenção especial ao lóbulo da orelha, com uma pontinha de receio permeando minhas palavras. — Não sei se aguento mais uma gravidez.

Saulo não se afasta, pelo contrário, observa-me com cuidado, como se escolhesse a melhor resposta.

— Foi difícil ter a Flávia?

— Não.

— Foi uma gravidez complicada? E o parto?

Levo um instante para encontrar a melhor forma de explicar.

— Não tenho nada contra ser mãe. Amo ser mãe, mas detestei a gravidez.

Ele aguarda que eu termine, com as íris suavemente mais claras.

— Meu problema é o psicológico. A ambivalência emocional, os altos e baixos hormonais. — Dou uma risadinha baixa e me preparo para me abrir, revelando mais uma parte sombria do meu passado. — Você sabe como não me dou bem com essas questões internas. Desenvolvi bulimia sem precisar enfiar o dedo na garganta, tudo emocional! E a gravidez mexe com muita coisa que não queremos lembrar, não queremos sentir. Foi um período tenso. Eu queria curtir a barriga crescendo, vibrar com a vida que eu e Bernardo criamos, e fiz isso, juro por Deus que fiz tudo o que uma grávida tem direito. Só que faltava o essencial. Com os hormônios vieram as dúvidas e inseguranças. Eu passava o dia admirando o desenvolvimento da minha filha, mas durante a noite…

— À noite? — Saulo me instiga a continuar.

Uma lágrima escapa e eu a limpo, não pretendo despencar no precipício de agonia, só esclarecer mais essa questão que parece tão fundamental para ele.

— Eu sonhava com nossas conversas. Com todas as vezes em que você falou em filhos. Com sua empolgação quando fazia planos para a nossa vida. Achei que estava enlouquecendo. Você não fazia mais parte da minha rotina, mas era como se nossas almas se encontrassem em sonho para me lembrar de que nem tudo estava certo. De que eu estava feliz, mas tive que sair pela tangente. E odiei passar por isso. Me sentia péssima, amando Bernardo e feliz por conquistar mais uma etapa, enquanto meu inconsciente navegava numa tempestade de águas sombrias. — Pauso para limpar mais uma lágrima. — A pressão foi tão grande que quase pedi suas cartas. — Olho para ele com um sorriso morno nos lábios. — Já imaginou como eu poderia ter me sentido se tivesse lido? Se hoje continua sendo um assunto delicado, durante a gestação teria sido trágico! Eu descobriria tudo e me culparia…

Seus dedos em meus lábios interrompem meu monólogo e procuro em seu olhar por algo que não sei nomear com precisão. Segurança? Talvez. Ou mais que isso. Meu coração está tão agitado que, se eu ousar mover as mãos, estarão tremendo. Não compreendo como fui capaz de confessar tudo o que jamais assumi para o meu marido.

— Sabe, Lu — Saulo desce a mão à minha cintura, onde passeia por minhas curvas. — Acredito que tudo tem um motivo. Não sei por que foi necessário que ficássemos tanto tempo afastados, fomentando mágoas e decepções, só que olha pra gente agora. Faz pouco mais de um mês que nos reencontramos. Eu me sinto mais forte perto de você, minhas expectativas têm outra proporção quando você volta a fazer parte dos meus planos. Não vou abrir mão do que estamos construindo e também não pretendo ficar pensando no que já passou. Eu tenho um passado promíscuo. Você tem uma filha. Uma vida, Lúcia.

— Sim.

— E não vou te obrigar a fazer nada que você não queira. Então se ter um filho comigo é algo impensável, tenho que aceitar.

— Mas não é justo que abra mão dos seus sonhos, Saulo. E sei que sempre desejou ser pai…

— Calma, não terminei — ele me corta e começo a rir. — Eu quero ser pai, mas entendo o seu lado. E só vou deixar bem claro que, se por acaso você engravidar, tenho certeza de que serão os melhores nove meses da sua vida. Vou me certificar disso.

— E adoção? — sugiro, sem saber de onde veio a ideia.

Saulo me observa com as pálpebras parcialmente cerradas.

— É uma opção? — indaga e concordo com a cabeça.

— Nunca pensei nisso, mas estaria disposta.

— Eu topo. Vai ser meu filho de qualquer jeito, saindo de você ou não. — Ele se aproxima e beija minha testa. — Podemos pensar nos dois, biológicos e adotivos — acrescenta, subindo e descendo as sobrancelhas.

Dou um tapa de leve em seu peito e ele me puxa para mais perto, envolvendo-me com amor e cumplicidade.

— E por falar em filhos, quero que considere a possibilidade de vir morar comigo — sussurra baixinho em minha orelha.

Arregalo os olhos, incapaz de mascarar a surpresa.

— Não é algo que precisamos resolver nesse segundo, mas também não quero que demore.

— Tipo, sem pressão, mas te esmagando contra a parede? — comento, ainda em choque.

Ele ri.

— Vai, pode começar a alegar que é cedo, mal nos conhecemos, não sabemos se vai dar certo e blá, blá, blá.

— Eu não ia fazer isso!

Ele cerra os lábios e suspira.

— Ia. Sei que ia, só que tenho contra-argumentos na ponta da língua.

— Então, vamos lá, sou toda ouvidos — retruco sorrindo.

Uma mudança de casa não seria má ideia, principalmente pelas perdas que tive em meu lar, mas não sou sozinha e seria uma mudança precipitada. Acabamos de nos reencontrar.

— Minha casa tem quatro quartos. Dois estão vazios. Na garagem cabe dois carros e tenho apenas um. Minha cama está vazia — ele faz cara de coitado, logo substituída por um sorriso malicioso —, e vou precisar de uma dose de Lúcia por dia. Talvez duas.

Eu dou risada.

— Podemos montar seu quarto de costura num dos cômodos vazios. Ou no fundo, onde tem uma edícula que você ainda não viu. Com seu sucesso na Lu.Cost, vai precisar de um espaço maior para trabalhar e, quem diria, eu tenho.

— Além de ser cedo, não posso tomar essa decisão sem falar com a minha filha.

— Não é cedo, demoramos demais. E a Flávia vai amar — emenda, convencido. — Ela pode escolher o quarto que quiser e moro colado ao centro, perto da escola e do clube.

— Só estamos nos esquecendo de um detalhe.

— Qual? Sua filha já gosta de mim. — Ele pisca.

— Sim, mas ela não sabe o verdadeiro motivo do nosso término.

— Ah, merda!

— Pois é. Merda fedida.

— Não sei o que te dizer. Se pudesse apagar meu passado…

Ele pausa no meio da fala e, por curiosidade, presto atenção em seu semblante. Pode ser coisa da minha cabeça, mas parece que seu tom de pele se tornou mais claro de uma hora para outra. Uma pulga atrás da orelha faz com que eu insista no assunto.

— Saulo?

Ele sacode a cabeça e me olha.

— Desculpe, eu…

— O que foi isso?

Desconfortável, Saulo desobstrui a garganta e retribui meu olhar. Não gosto nem um pouco da sua expressão apreensiva.

— Tem a ver com seu passado, né? Se pretende passar o resto da vida comigo, ter filhos e espera que me mude para cá, precisa me contar tudo. Tudo, Saulo.

Ele aperta a mão na minha cintura, abre e fecha os lábios, pisca algumas vezes, para, enfim, me responder:

— Eu não queria falar sobre o meu trabalho.

— Desembucha, Saulo! Ou vou pensar que é muito pior do que realmente é!

Ele assente e abre a boca, soltando a bomba.

— Eu não me desvinculei totalmente da indústria pornográfica.

Eu me encolho na cama, sentindo a explosão em todas as partículas do meu ser. Cada cantinho sendo estraçalhado por estilhaços de dor.

36

Inspira.

Expira.

...

Inspira.

Expira.

...

Inspira.

Expira.

Ele não pronuncia mais uma palavra sequer e o silêncio me sufoca. Permanecer deitada só piora o desconforto, então me sento e seguro a ponte do nariz. Por mais que eu queira me convencer de que há uma explicação plausível e sensata, assimilar o fato de que ele ainda possui certo grau de envolvimento com o que nos separou é indigesto.

Meu lado racional entende que o Saulo não estaria fazendo planos comigo, desejando filhos e me pedindo em casamento se ainda atuasse – não formalmente, óbvio, mas um convite para dividir a mesma cama é o quê? Ele me garantiu que tinha deixado para trás, disse que está a quatro anos sem ter relação... então de que jeito?

— Como assim? Pensei que tinha aposentado.

Saulo me imita e também se senta, apoiando a mão na caveira mexicana desenhada em minha coxa, acomodando-se de forma que seu rosto fique diante de mim.

— Eu não contraceno há anos e não cogito voltar, fui sincero quanto a isso.

— Mas omitiu.

Ele engole a seco.

— Pode-se dizer que sim, mas não foi intencional, eu juro. Só não tivemos a oportunidade de falar sobre o que eu faço atualmente.

Penso por um minuto, passando uma lupa por nossos diálogos e, realmente, o assunto nunca esteve em pauta. Simplesmente deduzi que ele salvou e voltou a trabalhar na empresa da família, e pelo visto me enganei. Tento manter a frequência cardíaca num ritmo aceitável e ignoro as pontadas na boca do estômago, mandando a crise para o raio que a parta! *Agora, não*!

— E o que seria esse trabalho?

— Lu, eu vi muita coisa quando estava no ramo. Conheci muita gente influente, investidores e celebridades, você nem imagina. É um mercado que movimenta trilhões, talvez o mais lucrativo da internet.

Em outras palavras: sexo vende. Fato. Não é à toa que os romances eróticos figuram entre os mais vendidos no mundo.

— Certo. E onde você se encaixa nisso? — Pressiono para que chegue logo ao objetivo.

— Tenho alguns investimentos. — Saulo hesita e minhas sobrancelhas quase alcançam as raízes do meu cabelo.

Faço um gesto com a mão para que continue.

— É... bem, sou sócio de uma produtora.

Meu queixo vai ao chão. Com todo seu histórico negativo com produtores e substâncias ilícitas, imaginei que a única coisa que ainda quisesse com esse negócio seria distância. Mas, pelo visto, estou tremendamente errada. Saulo nota meu incômodo e se apressa em justificar:

— Não é nada parecido com o que você está pensando.

— Então quer dizer que sua produtora não grava filmes de entretenimento adulto e que você não tem contato direto com o que tanto te prejudicou?

Ele meneia a cabeça.

— Não, Lu, quer dizer, trabalhamos com gravação e edição, mas não faço parte de nenhuma etapa do processo. Há uns cinco anos, eu e um amigo adquirimos os direitos de várias mídias e hoje, com o sucesso dos *streamings*, embarcamos na moda e somos uns dos pioneiros em criação de conteúdo para esse tipo de plataforma.

— Espere aí, tá me dizendo que existe uma Netflix pornô?

— Não, não tem nada a ver com a Netflix, mas é semelhante. Sabe YouTube/RedTube? No mesmo estilo, mas com conteúdo completamente distinto.

Olho para ele como se tivesse surgido uma segunda cabeça em seu pescoço.

— E o seu papel nisso é...?

— Quando comecei, coordenava os funcionários da plataforma, escolhia novos roteiros e entrava com a grana.

Aguardo em silêncio, com as batidas no peito muito espaçadas.

— Mas hoje não estou tão envolvido — ele se apressa em esclarecer. — Só tenho ações.

Solto a respiração pesada e inflo os pulmões com uma boa quantidade de ar. Tento ultrapassar a parte dolorida do que ele está me contando, esforçando-me para analisar com lucidez.

— Então é um investidor.

Ele concorda com a cabeça.

— E o seu retorno? — Não que eu entenda de mercado financeiro, só que já ouvi muitos noticiários.

— Razoável. Desde que começamos não tive nenhum retorno negativo. Na verdade, o menor que recebi foi o dobro do valor inicial.

— Você considera *o dobro* um valor razoável? — Se antes meus olhos estavam arregalados, agora saltaram das órbitas *à la* desenho animado.

Ele sorri, sem graça.

— É... ainda não alcançamos o patamar que almejamos.

Saulo me estuda e, por um segundo, quase me esqueço totalmente de que estamos nus. Na cama dele. Conversando sobre investimentos pornográficos.

— Lu, preciso que seja honesta comigo, isso vai ser um problema?

— Sinceramente? Não sei.

Ele movimenta a cabeça para cima e para baixo.

— Tudo bem. Podemos conversar mais sobre isso.

— E vamos, não sei se consigo conviver com resquícios do seu passado influenciando o presente.

— Entendo.

— Mas preciso de um tempo — concluo, nitidamente decepcionada. Estava tão bom para ser verdade.

— Claro.

— Tem mais alguma coisa, Saulo? Algo que pode me magoar?

Ele cerra os lábios e, pela forma como suspira, sei que tem mais.

— Diga.

— Só tem mais uma coisinha.

— Estou ouvindo.

Como ele não prossegue, indico com a cabeça para que desabafe de uma vez por todas.

— Sei que você não tem contato com artigos eróticos. — Ele começa e sinto todo o sangue do meu corpo subindo para o meu rosto.

Oh-oh.

Certeza que minhas bochechas fervem. Por que, quando afirmo que não assisto pornô, as pessoas entendem que sou praticamente uma freira? Não assisto aos vídeos nem filmes. Também não vejo fotos. Mas leio e, vamos dizer, já adquiri alguns produtos que o carteiro deve ter julgado duvidosos. E com toda razão.

— Humm… — É o que consigo pronunciar.

Pela forma que evita me olhar, Saulo está completamente alheio à minha batalha interna.

— Então. Servidemodeloparaumalinhaexclusivadeconsolo. — Ele vomita as palavras e não entendo bulhufas.

— Como?

Frustrado, esfrega a nuca e bufa.

— Fui modelo para uma linha de — ele pausa para tossir na palma da mão — vibradores realistas.

— Quer dizer que por aí, nas lojas, tem uma cópia do seu pênis?

Ele assente.

— Igual? Tipo, igualzinho?

Ele assente de novo e procuro no fundo da minha memória se já vi algo parecido pela internet.

— Há quanto tempo foi isso?

— Uns cinco anos.

— E ainda encontro disponível?

Ele concorda e solto a respiração numa lufada ruidosa. Levo a mão à boca, em punho, e me levanto, inquieta. Não tenho nem o que dizer sobre isso. Não consigo imaginar, nem pensar. Ando de um lado para o outro no estreito espaço entre o armário e a cama. Ele me pegou desprevenida e não sei como administrar a confusão na minha mente. Chateada? Irritada? Inconformada? Insegura? Enciumada? Tenho direito de me sentir assim em relação a um brinquedo sexual que foi fabricado anos antes, quando uma reconciliação estava totalmente fora de pauta?

Concentrada em meu debate interno, não vejo Saulo se levantar, muito menos se aproximar de mim, todavia, quando suas mãos seguram meus bíceps, interceptando o meu deambular, eu paro. Paro e procuro uma resposta nos olhos que me observam com cautela.

— O que você está pensando? — indaga com certa vulnerabilidade na voz.

Eu pisco algumas vezes e balanço a cabeça.

— Lu, fale o que está aqui dentro. — Ele põe a mão bem em cima do meu coração e aposto que consegue sentir as batidas descontroladas. — Não sei o que dizer, não quero ficar falando sobre o meu passado porque sei que podem ser gatilhos.

— Eu não sei. Sinceramente, Saulo, sinto tanta coisa que fica impossível colocar em palavras.

— Se você não consegue, vou falar por nós. Não quero que se afaste ou que nos boicote por detalhes.

— Não são detalhes. — Inclino o pescoço e mordo o lábio inferior. — Bem, o brinquedo é, sei que foi antes e não tenho o que fazer com essa informação a não ser me conformar, da mesma forma que fiz com os filmes. Existem. Estão por aí. Enquanto conversamos, pode ter alguém fantasiando com... ou usando seu... — Faço uma pausa para engolir saliva, mesmo que minha garganta esteja mais seca que solo árido. — Não posso...

Tento me afastar à medida em que imagens do que acabei de dizer preenchem minha imaginação.

— Lu, não pense assim. — Ele me segura onde estou, sem permitir que eu crie distância entre nós.

— Vou tentar! Quero tentar! Só preciso de um tempo para absorver tudo. Não se trata só de ter um vislumbre imaginário do que algumas pessoas fazem em sua intimidade com um pênis de silicone inspirado na sua imagem. É sobre você, sobre nós! Sobre o seu trabalho e como isso nunca acaba!

Argh, a história da minha vida!

Resignada, eu me afasto, procurando por meu vestido e minha lingerie.

— Não desista da gente — Saulo implora enquanto visto a calcinha.

— Não pretendo desistir, mas tenho que pensar. Não me pressione a tomar uma atitude agora. Preciso da distância, não para fugir do assunto, para raciocinar. Elaborar. Não vou mentir, saber que você ainda faz parte de um mundo que nos fez tão mal é uma decepção.

— Não faço parte do mundo, nem tenho contato com ninguém, a não ser a Vitória. Só recebo porcentagem dos lucros. É só dinheiro, nada mais.

Enfio os braços e a cabeça pelo tecido azul do vestido e ajeito o caimento antes de olhar para ele de soslaio.

— Exatamente. Dinheiro. O que deu início a todos os nossos problemas. Antes era a falta dele, agora como você lucra com ele. — Arrumo o cabelo, soltando os fios que ficaram presos pela gola alta de algodão e calço os tênis. — Você parou de atuar, mas ainda vive com a pornografia. Literalmente, vive *da* pornografia.

— Lu...

— Isso não é uma despedida, Saulo. Eu pensei que tinha deixado tudo para trás, entende? Preciso pensar.

Quando termino, finalmente volto a fitar seus olhos. Ele parece perdido e um pouco bravo, o que compreendo. Talvez sua expectativa fosse que eu aceitasse qualquer condição para que ficássemos juntos, porém é inteligente o bastante para prever que não seria uma conversa simples. O assunto é delicado para nós dois, e por mais que eu queira bancar a mulher superpoderosa e desgastar todos os tópicos racionalmente, meu emocional bloqueia minhas decisões. O lado positivo desse episódio é que não vomitei. Ponto para mim.

Quanto a como vamos ficar? Não me faça pergunta difícil.

Eu espero em silêncio enquanto ele veste a cueca, bermuda e camiseta. Quando estende o braço para pegar a chave do carro, impeço que continue com a mão em seu ombro. Ele me olha e meneio a cabeça de leve.

— Vou pedir um Uber.

Saulo reage como seu eu tivesse lhe dado um tapa, franzindo o rosto instantaneamente.

— Não interprete errado. — Tento amenizar sua frustração.

Ele abre a boca e vejo sua língua passear pelos dentes superiores. Suas narinas inflam. Deve estar se segurando para não explodir. De raiva. De inconformismo. De medo. Mas o que posso fazer? Fingir que não me afeta? Não sou de ferro.

— Ei. — Levo as mãos ao seu rosto e forço para que me olhe.

O tumulto em seu interior é nítido como água em suas pupilas minúsculas. Como previ, é tão complexo para ele quanto para mim.

— Se te deixa mais tranquilo, não acho que seja nosso fim. É um desentendimento. O primeiro de muitos. Vamos resolver.

— Detesto te deixar ir assim, sem poder reverter a situação e voltar meia hora atrás.

— Encare como a nossa primeira DR. E, por tudo que seja mais precioso, não faça bobagens — acrescento ao me lembrar das recaídas.

— De jeito nenhum — ele garante. — Nunca mais, Lúcia. Esse capítulo não tem volta.

Suspiro com certo alívio, no entanto, meu peito permanece conturbado.

— E acredito em você, sempre vou acreditar.

Saulo me abraça apertado, transmitindo tanta afeição, como se pudesse retirar o amargor que acabou com a tarde mais bonita que vivi há semanas.

Com o celular em mãos, aciono o aplicativo e aguardo até que um motorista aceite a corrida. Juntos, seguimos pelo corredor. Apesar da minha visão estar funcionando bem, estou alheia ao que me cerca. A cada passo rumo à saída, meu coração bate mais forte, como se quisesse me dizer alguma coisa. O ar se torna mais denso e respirar não parece natural. Começo a me sentir levemente sufocada e confusa. É engraçado.

Sei que necessito de um tempo sozinha, entretanto, a iminência de me separar dele, mesmo que seja por alguns bairros, não é confortável.

— Saulo, você...

— Lu, posso...

Falamos ao mesmo tempo e sorrimos.

— Você primeiro.

— Certo. Por mais que eu me divirta com suas postagens diárias e adore os recados pelo Instagram, passou da hora de ter seu número — peço, mostrando o celular.

Saulo concorda, mordendo o lábio inferior.

— Vou contar os segundos — completa assim que salvo seu contato.

— Você anda muito exigente, não? — Tento erguer apenas uma sobrancelha, como os personagens fazem nos livros, mas sou péssima nisso. Desisto e ergo as duas.

Ele ri, mas sei que é uma forma de colocar pano quente no que está sentindo de verdade.

— Eu te ligo — prometo ao avistar minha carona.

Antes que eu possa sair pela porta, Saulo me puxa para si.

— Estamos bem, né?

— Estamos — confesso. — Só preciso refletir um pouco.

— Eu espero. Só depende de você — sussurra e se afasta.

Quando entro no carro, fico observando sua imagem se distanciando até que feche o portão. Com a cabeça borbulhando, deixo que minha coluna descanse no assento, sem trocar muitas palavras com o motorista. Mando uma mensagem rápida para a Mariana, que responde de pronto avisando que a Flavinha está com eles na praça. Eu não contava com isso, achei que já estaria no condomínio, a um chamado de distância. Só de pensar que chegarei em casa e terei que me deparar com o vazio, sinto-me acuada dentro da minha própria pele.

Não, não quero ir para casa e, aparentemente, ficar sozinha não me trará o conforto que preciso.

Após pensar por poucos segundos, tomo uma decisão de última hora e peço que o motorista faça um desvio. Na realidade, faço uma alteração completa na rota, solicitando que me deixe em outro local. Com isso, guardo o celular no bolso lateral do vestido e aprecio a movimentação das ruas do centro da cidade.

37

— Eu não sei onde você estava com a cabeça quando pensou que falar comigo sobre seu ex seria uma boa ideia. Sou a pessoa menos indicada, Lúcia.

Observo meu pai, com sua barriga saliente e óculos para leitura, sentado na poltrona de courino marrom – daquelas reclináveis que ficaram famosas na década de 1990.

— Além de não ser bom com conselhos amorosos, não gosto dele.

Concordo sem responder. O aroma de café permeia a sala, um cheiro que sempre vou associar ao meu pai. Os quadros de pintura a óleo, com paisagens, animais ou fazendas antigas, enfeitam a parede branca, um hobby que mamãe tentou levar adiante, mas que não teve futuro.

— Sua mãe é melhor com essas coisas. — Ele apoia as mãos nos joelhos e me encara.

Papai não está errado. Nossa relação teve altos e baixos e, atualmente, estamos em cima do muro. Depois da cena no enterro da vó Marta, evitei encontrá-lo. Lidar com Saulo sozinha é intenso, envolver meu pai, a pessoa que sempre me verá como uma menina indefesa, somente complica a situação.

— Por isso que te procurei, não quero a opinião de quem gosta dele ou torce por nós dois.

Ele me estuda por um tempo e encosta no estofado, cruzando as mãos sobre a camisa amarelo pastel. Seu Roberto, como todos o chamam, aguarda que eu me manifeste, mas mantenho a fachada coringa.

— Tudo bem, se prefere ouvir verdades, vamos logo com isso. O que o idiota fez agora? Pensei que estivessem às mil maravilhas.

Não me sinto intimidada pelo xingamento, muito menos por sua carranca. Ganho tempo pegando a xícara de café para conferir se esfriou um pouco, bebericando. Com as duas mãos, envolvo a porcelana e abro o jogo sobre tudo o que aconteceu nos últimos dias. Conto sobre a festa, minhas crises, a academia e o que rolou no Rio de Janeiro.

Passo superficialmente pelo velório da vovó, pulando para as vezes em que Saulo foi à minha casa e nas confissões que encontrei na internet. Cito Vitória e o histórico dos vícios. Não esqueço de mencionar o envolvimento da vó Marta e o buquê de rosas. Finalizo com uma geral do que aconteceu na rampa e na casa dele, com exceção do nosso momento de entrega e da existência do vibrador – por motivos óbvios.

Papai me escuta como se eu estivesse naquelas casinhas de confessionário da igreja católica, sem elaborar nenhum comentário. Talvez ele tenha razão, um pai na casa dos sessenta ter que ouvir as lamentações amorosas não é uma excelente ideia. Principalmente quando o assunto é um ex que, aos seus olhos, só fez a filha adoecer. E talvez eu o tenha procurado por esse motivo. Ele será o único que não irá me poupar, deixando claro tudo o que um relacionamento com Saulo trará de negativo para a minha vida.

Meu monólogo dura quase uma hora. A xícara de café descansa, fria e vazia sobre a mesinha de mogno. Eu espero. E espero mais um pouco. Giro a aliança, nervosa. O grande e antiquado relógio de pêndulo deve estar com defeito, os ponteiros se arrastam mais do que o normal. Papai parece refletir por horas, quase me matando de ansiedade. Quando ele – *Graças a Deus!* – abre a boca, não contenho a careta de insatisfação.

— Como assim, tudo bem? — rebato, indignada. Mais de sessenta minutos para isso?

Ele me encara com uma expressão serena, como se não houvesse nenhum conflito.

— Uai, tudo bem, tudo bem.

— Pai! — Minha inconformidade é aparente até no tom de voz.

— Lúcia — ele muda a posição das pernas, apoiando a canela no joelho —, se você veio até aqui esperando que fosse ouvir conselhos ou que eu pudesse decidir por você, sinto muito, mas não vou.

— Não foi pra isso que te procurei — retruco. — Queria ouvir de alguém...

— O que exatamente? Que você deve aceitar as propostas de um homem que deixou muito claro que te ama? Isso qualquer amiga pode fazer! Sua mãe pode fazer! Mas eu? — Ele balança a cabeça deliberadamente.

— Então o senhor é contra?

— Não coloque palavras na minha boca. Não foi o que eu disse. — Ele lança com um olhar pontual. — Acho que você me procurou porque sabe que posso listar argumentos contrários a esse namoro. E algo me diz que o seu intuito ao entrar aqui hoje, era sair convencida de que dar mais uma chance ao Saulo seria um erro. Você quer que eu te dê um motivo para desistir porque tem medo de se arriscar por já ter sofrido por ele, o que é natural. Só que caiu do cavalo. Acima do que *eu* considero importante para você, está o que *você* quer para a sua vida. Determinar o que te faz feliz está fora da minha alçada.

Não quero acreditar em sua fala, mas papai acertou em cheio. Inconscientemente, procurar por ele era uma tentativa de me convencer da loucura que seria aceitar Saulo em minha vida, em definitivo.

Dando o assunto como terminado, papai se levanta e vem até mim, estendendo a mão para que eu também me levante. Aceito e inclino a cabeça para trás para poder ver seus olhos, já que tenho uns bons centímetros de desvantagem no quesito altura. Ele aperta minha mão ao perguntar:

— O que você quer, filha?

— Não depende só de mim, pai, tenho a Flávia e...

— *Você* — ele é enfático. — Esqueça sua família e a opinião dos outros. O que você quer?

— Ficar com ele — respondo tão logo o pensamento invade minha mente.

Papai sorri como se dissesse "eu sabia".

— Então tem sua resposta.

— Mas não posso deixar de considerar a minha filha! Ou as coisas que ele fez, que ainda trabalha com...

— É um trabalho. É honesto.

— Mas, pai!

Seu Roberto meneia a cabeça.

— Não estou dizendo que concordo, só que realmente movimenta uma grana boa. É um investimento inteligente.

— Mas quando a Flávia descobrir... seus amigos... não consigo parar de pensar nisso.

— A Flávia terá que lidar com os problemas dela, na hora em que eles aparecerem. O seu problema não é dela. E o trabalho dele sempre foi um problema para você, filha. Você pode estar se preocupando à toa e a Flavinha nem se importe com o que o seu namorado fez ou deixou de fazer. Ela está crescendo, você tem certeza que pretende jogar sua felicidade para o alto e viver de migalhas? E se ela fizer faculdade em outra cidade e não voltar? O que será de você?

Chego em casa com a cabeça pesada. As palavras do meu pai, do Saulo e da vovó agitam meu coração. Bato a porta com tudo e o som ecoa, lembrando-me de tudo o que falta dentro do meu lar. O aperto gigantesco em minha barriga faz com que me encoste na porta e escorregue o corpo até que a temperatura gelada do piso esfrie o meu quadril. Minha cabeça cai sobre os joelhos e abraço as pernas. Fecho os olhos e escuto os pequenos ruídos da casa. O farfalhar das cortinas indicam que esqueci as janelas abertas. O canto das cigarras ressoa à distância. O vento parece arredio, provavelmente vai chover.

Inspira.

Expira.

Amar sempre tem um preço. Será que estou disposta a pagar?

Levanto a cabeça e observo as paredes, os móveis, a escada e a porta do quarto que era da vovó, ciente de que morar aqui será desgastante. Já está sendo, se parar para pensar no meu recente surto de limpeza. Isso sem contar com a minha hesitação em entrar no quarto de costura, local praticamente sagrado e que sempre me fez bem.

Tenho tanta coisa para fazer e mal consigo passar pela porta!

E protelar está fora de cogitação, mais cedo recebi zilhões de mensagens do Nicolas, exigindo que eu coloque a cabeça no lugar e volte a produzir. Embora meu contrato com a Bella Fur só comece para valer após o Carnaval, o período de férias que estipulei para a Lu.Cost termina na próxima segunda. O medo de perder prazos e prejudicar a reputação da minha empresa vai me obrigar a enfrentar, mas costurar será angustiante. Tudo, cada coisinha me lembra a vovó. A disposição das máquinas, das estantes e do material, é exatamente o mesmo do quarto que tínhamos na casa da minha mãe.

E a casa vai ficar tomada pelo vazio quando a Flávia voltar para a escola, daqui a menos de dez dias.

A solução está à minha frente, piscando em neon, convidativa. E estou cansada de me apegar à parte negativa da minha história com o Saulo. Acho que devo mudar. Escrever um novo fim. E será impossível fazer isso sozinha.

Com o coração batendo forte no peito, levanto-me, decidida, e saio de casa sem pensar mais nas consequências e nos "e se". A vida é feita de momentos, se posso escolher como serão daqui para frente, é isso que vou fazer.

Bato diversas vezes na porta da casa da Nat, exigindo que me atendam depressa. Dou alguns pulinhos, sem sair do lugar, para gastar um pouco da energia que me possuiu há pouco. Minha amiga aparece e faz uma cara divertida diante da minha inquietação.

— Oi, cadê a Flávia? — pergunto, deixando a educação para outra hora.

Ela se afasta da porta, me dando espaço.

— No quarto do Gui.

Faço um aceno com a cabeça e corro escada acima. Encontro Flavinha largada na cama, com o controle do videogame em mãos. Mal registro a presença do Guilherme, nitidamente desconfortável, sentado no chão.

— Mãe? — Flávia pausa o jogo e me encara.

— O que acha da gente mudar?

Curiosidade. Repulsa. Tristeza. Contemplação. Várias expressões passam por seu rosto antes que consiga responder:

— Mudar o quê?

— De casa.

Surpresa, seu queixo cai. Minhas pernas começam a tremer, ilustrando o quanto estou pilhada.

— Pra onde? — Flávia deixa o controle de lado e me estuda com cautela.

— Pra casa do Saulo.

Ela emudece e quase explodo por antecipação. Suas sobrancelhas franzidas são um péssimo sinal.

— Sei que é impulsivo e que você nem o conhece direito, mas ele convidou e...

— Quando podemos ir? — ela me interrompe e desce da cama, ajeitando a blusinha branca sobre o short jeans.

Sua fala me emudece. Claro que eu gostaria que aceitasse, mas não deveria ter argumentado ou algo parecido? Como qualquer adolescente faria?

— Flávia... você topa? Mesmo? — indago ao administrar meu choque inicial.

Ela assente com vigor, como se a sugestão de morar na casa de um desconhecido tivesse caído do céu e fosse a melhor coisa da vida.

— Jura? — questiono mais uma vez, preciso garantir que não entendi errado ou que mude de ideia.

— Eu não aguento mais entrar em casa, mãe! Por que acha que só estou ficando aqui ou na casa da Alê?

Com o peito pequeno, encaro minha filha. Eu tinha percebido, porém pensei que fosse temporário.

— Por que não me disse antes?

— Porque você adora aquela casa! É onde morou com meu pai.

Meus olhos marejam e me contenho para não abraçá-la.

— Quando era só ele, tudo bem, eu lembro apenas das fotos e das coisas que vocês me contam mesmo. Só que fui eu que encontrei a vovó quando ela...

Seu soluço rasga meu peito em dois e sou incapaz de me controlar. Corro até a minha filha e a envolvo com todo amor que posso transmitir em um abraço.

— Eu odeio aquele lugar. — Ela chora em meu ombro.

— Nós vamos superar isso — respondo emocionada.

— Eu sei — responde baixinho enquanto tento confortá-la, passando a mão em suas costas.

Pouco depois, nos afastamos e Flavinha sorri. Ainda não é um sorriso feliz, está mais para conformismo, mas farei de tudo para que volte a sorrir como antes.

— Onde ele mora?

— No Jardim dos Estados.

A curvatura de seus lábios aumenta ao passo em que movimenta a cabeça para cima e para baixo. Meu peito fica um pouco mais leve.

— E quando vamos?

Dessa vez, quem sorri sou eu, pois tive uma ideia maluca e meu corpo está eufórico para que coloque em ação. Pisco para ela e seguro sua mão, indicando que me siga.

— Tchau pra vocês também! Foi bom ser seu vizinho, viu? Só para deixar registrado! — Gui comenta e me lembro que testemunhou nossa conversa.

Solto uma risada gostosa.

— Não pensem que vão se livrar de mim, lá tem espaço pra mais um? — emenda.

— Nem pensar! — Flavinha rebate. — Quero distância de você. Por que não mudamos antes, mãe? — Ela se vira para mim com a mão na cintura, fazendo tipo.

— Ah, pirralha! Vai menosprezar mesmo? — Ele abre os braços, fingindo indignação.

Meneio a cabeça, mas Flavinha não aguenta manter a fachada e corre para abraçá-lo. Guilherme sorri para mim por cima da cabeça dela, e corresponde ao abraço colocando uma mão em seu cabelo e outra em seu ombro.

— Vou sentir sua falta, Flavinha, vê se aparece uma vez por ano.

— Eu não tô mudando de cidade, só de bairro. — Ela dá um cutucão na cintura dele e se afasta.

—Ah, porcaria! Então quer dizer que não me livrei de você? — Ele faz uma cara de choque e ganha uma careta com direito a língua para fora.

Sorrindo, desço as escadas apressada, com a Flávia ao meu encalço.

— Que correria é essa? — Natália nos intercepta, mas desvio do seu corpo, ansiosa para executar o que tenho em mente.

— Minha mãe está correndo atrás do amor da vida dela! — Flávia responde por mim.

— Como assim? — A voz surpresa da minha amiga não é o suficiente para me fazer parar. Abro a porta e saio com uma ideia fixa.

— Te ligo depois! — grito por cima do ombro para uma Natália estupefata, prostrada na calçada da sua casa.

— Vou ficar esperando! — ela devolve, mas já estou abrindo a minha porta e não me preocupo em responder.

— O que vamos fazer agora? — Flávia pega minha mão e olho para suas íris cor de mel.

— Não se importa mesmo? De ir morar na casa de um homem que você mal conhece? — indago só para ter certeza de que está ciente de onde estamos entrando.

Flávia revira os olhos.

— Mãe, se ele fosse assim tão ruim, você não estaria com ele.

— Mas você não sabe de tudo...

— Ele matou alguém?

Nego com a cabeça. Eu devia me espantar com a pergunta, porém levando em consideração o apreço da minha filha por filmes de terror, era de se esperar.

— Roubou um banco?

Também nego.

— Então qual é o grande segredo? — ela insiste impaciente.

— Ele trabalhou como ator pornô — respondo, atenta à sua reação. Falar assim, sem preparar o terreno não era a minha intenção, mas como pretendemos dividir um teto com Saulo, melhor que seja sem mistérios.

Flávia franze o nariz e cerra os lábios enquanto continuo:

— Por isso ele foi embora. Tinha que acertar uma dívida da família e foi a forma mais rápida para pagar.

— Só isso?

Confusa, não desprendo os olhos da minha filha.

— Como assim, *só isso*?

— Que coisa mais sem graça! Pensei que fosse um ex-condenado, mãe, seria uma história muito mais emocionante!

Estudo sua expressão por um instante, avaliando se ela realmente concorda com o que disse, ou o fez só para que eu me sinta melhor.

— Então, pra você... *isso* não é um problema?

Ela balança a cabeça de um lado para o outro.

— Só é nojento.

Contenho minha vontade de cair de joelhos no chão e agradecer ao cara lá de cima pela filha magnífica que ele me mandou e, em vez disso, solto um suspiro longo e puxo Flávia para mais um abraço esmagador. Ela não tem noção do quanto aliviou o peso em minhas costas. Se o histórico do Saulo se tornar um problema futuramente, resolveremos futuramente.

— E aí? — Flavinha pergunta ao dar um passo para trás. — O que vamos fazer agora?

— Vamos arrumar as nossas malas! — Coloco meu braço em seu ombro e a guio degrau acima, com meu sangue fervendo em expectativa.

38

Uma hora e meia depois, embico o carro na frente do portão da casa do Saulo e puxo o freio de mão. O sorriso no rosto da minha menina confirma que estamos fazendo a coisa certa. Ela me fita de relance, sem tirar os olhos da fachada que me encantou mais cedo.

— Chegamos?

— Sim.

Antes de descer do carro e revelar nossa presença, procuro por qualquer sinal de que ela esteja insegura, mas não encontro nada. Parece tão entusiasmada quanto eu, o que é uma bênção. Também levo um tempo para respirar e concretizar a ideia. Eu e o Saulo temos questões abertas que precisam ser resolvidas? Sim, mas creio que conversaremos e resolveremos cada empecilho que a vida lançar no nosso caminho.

— Vamos?

— Vamos! — Flávia me responde e abre a porta.

Destravo o porta-malas e pego a mala mais pesada, levando-a até o portão. Flávia me imita, com uma mochila pendurada no ombro, puxando sua mala cor-de-rosa, toda decorada com adesivos. Volto para o carro para buscar minha bolsa e a terceira mala, daquelas estilo "representante de laboratório". É pouca bagagem, na pressa para sairmos de casa, escolhemos trazer somente o básico. Terei que fazer algumas viagens nos próximos dois dias para trazer tudo, principalmente o material de costura, que é impossível de ser transportado em um carro pequeno. E duvido que às dez e meia da noite, num sábado, encontraria alguma carreta disponível.

Quando estou pronta, aceno para que aperte o interfone. Flávia aperta o botão sem dó por vários segundos. O barulho agudo penetra meus tímpanos.

— Pois não? — Saulo atende e meneio a cabeça quando Flávia me olha. — Olá?

Ficamos em silêncio até ouvir o barulho do fone ser colocado no gancho. Ela sorri e afunda o botão do interfone pela segunda vez.

— Quem é? — Sua voz ressurge, nitidamente irritada.

Começo a rir sem emitir barulho e Flávia me acompanha, seu peito sacudindo com os espasmos da risada.

Na terceira vez que apertamos o interfone, conseguimos fazer com que ele desista de atender e saia para conferir o que está acontecendo na rua. Pelas janelas verticais entre os portões, vemos a luz da sala acender. Meu coração se agita, fazendo os coitados dos meus pulmões de trampolim. Em seguida, um pequeno holofote que ilumina o jardim é aceso. Prendo a respiração, imaginando como irá reagir. Vislumbro a sombra da sua silhueta ao cruzar os poucos metros entre a porta da casa e o portão.

Minha mão começa a suar e Flávia me encara como se não me conhecesse.

— Mãe! Você tá nervosa? — pergunta baixinho.

— Só um pouquinho — respondo, atenta ao barulho da chave destrancando a maçaneta.

O portão é escancarado por um Saulo bravo, com o cabelo completamente armado. Sua camiseta, a mesma que usava antes, toda amassada. Ele arregala os olhos e pisca algumas vezes, dando-se conta das duas mulheres, malas e carro que o aguardam.

— Fiquei sabendo que tem quarto vago na sua casa. — Flávia quebra o silêncio.

— Vocês… — Ele fica com a boca aberta, mas não encontra palavras para continuar.

— Ainda está querendo companhia? — Ofereço.

— Eu… — Saulo se atrapalha de novo.

— Podemos entrar? — Flavinha se impõe.

Ele confirma movimentando a cabeça, aparentemente recuperando a capacidade de raciocínio.

— Você sabe cozinhar? — Saulo indaga encarando a minha filha.

— Sei fazer miojo, brigadeiro e pipoca.

Ele me olha, reprovando minha falta de dotes culinários que consequentemente foram transmitidos para a Flávia.

— Temos que corrigir isso. — Saulo planta a mão no portão e acena para que ela entre. — Vá em frente.

Flávia sorri e, segurando a alça da mochila, puxa a mala para dentro do portão, deixando-nos sozinhos por alguns segundos.

— Não pensei que fosse decidir tão rápido. — Sem tirar os olhos de mim, ele pega as duas malas.

— Não iria. É loucura. Totalmente inusitado. E mal começamos um relacionamento.

— É mais do que um relacionamento.

Sorrio em compreensão. Claro que é mais, muito mais.

— Estou a duas décadas esperando por esse momento.

— Então vamos — mostro o caminho da entrada —, não temos motivo para prolongar a espera.

Seus lábios se curvam, mas um lado fica mais proeminente, criando um sorriso torto. Meu peito se expande, capaz de sentir o afeto sem ter sido pronunciado. Ah, Deus, algum dia serei imune a seu charme? Espero que não.

Ao bater o portão às minhas costas, Saulo comenta:

— Chegou a entrar no Instagram?

Confusa, franzo as sobrancelhas e interrompo meus passos a poucos centímetros da porta da sala.

— Não. Nem peguei o celular. Por quê?

— Curiosidade.

— Humm, falando em curiosidade, você usava alargador?

Ele ri alto e me deixa para trás, passando por mim para entrar na sala.

— É sério! Te perguntei antes e você não respondeu!

Eu me apresso para tentar bloquear seu caminho, mas não tenho sucesso, Saulo segue determinado pelo corredor, onde Flavinha está parada, nos aguardando.

— Qual deles é o meu?

— O que você quiser. Tenho uma cama de solteiro na edícula, podemos trazer para dentro até buscarmos seus móveis.

— Posso ficar com a suíte, então? — pede com os olhos brilhando.

Saulo concorda, deixando uma pré-adolescente bem feliz.

Observo a interação ciente de que esse instante, à minha frente, é o que importa. Cuidar e ser cuidado. Estar perto das pessoas que querem meu bem. Que me fazem bem. Estar onde me sinto bem. Amar e ser correspondida. Valorizar e agradecer pela família que tenho, a família que construímos, seja ela como for. Uma sensação de plenitude percorre meu ser. Ainda estou longe de me sentir cem por cento, mas é o início de uma nova etapa. Posso estar muito errada em apostar em algo que no passado acabou tragicamente, no entanto, preciso tentar, sinto na minha alma.

— Lu? — Saulo me chama e pisco algumas vezes, saindo do meu torpor momentâneo. Ele indica o quarto mais adiante, onde está a cama que amei conhecer. — Será que vai ter problema se você dormir comigo? Não tenho outra cama, não sei o que você disse pra Flávia e dormir no sofá é meio desconfortável.

Sua preocupação é legítima, mas adoro me divertir às suas custas e não perco a oportunidade.

— Ah, tem, ela não vai gostar. Pensando no conforto, fico aqui e você fica com o sofá.

Ele me encara como se estivesse constipado. Não sou capaz de manter a cara de paisagem e começo a rir, revelando o deboche.

— Engraçadinha. — Saulo deposita as malas perto da banqueta aos pés da cama.

O edredom bagunçado me lembra do que aconteceu ali, provocando um arrepio na coluna.

— O que explicou para ela?

— Muito por cima, conversamos sobre o nosso passado. Mas não tive tempo de aprofundar.

— O que contou?

— A parte sórdida — acrescento com um meio sorriso.

Ele assente.

— E ela aceitou numa boa? Mesmo sabendo?

— Foi mais tranquilo do que imaginei.

— Certo. E quanto a vir para cá?

Suspiro.

— Acontece que ficar em casa estava tão difícil pra ela quanto pra mim. A saudade da vovó nos impede de fazer qualquer coisa. A Flavinha mal parava em casa e eu preciso de um novo ateliê. No fim, nós duas queremos uma mudança radical.

Ele sobe e desce as sobrancelhas e estende a mão para mim.

— Prazer, meu nome é Mudança Radical. Prometo fazer de vocês as mulheres mais felizes da Terra.

Com os lábios esticados num sorriso, aperto a palma da sua mão com firmeza.

Ele se aproxima e, suavemente, passa os lábios nos meus, mas o contato é tão rápido que parece nem ter acontecido. Fico à espera de mais, enquanto Saulo cruza o quarto rumo à mesa de cabeceira. Inclino a cabeça, encafifada, quando retorna com uma caixinha de veludo preto na mão. Nervosa, agarro minha aliança, temendo que ele peça que eu a retire. Ou pior, a substitua. Não vou fazer isso. Não posso fazer isso.

Saulo separa minhas mãos. O suor e a temperatura fria em minha pele é evidente.

— Saulo, o que está fazendo? — Meus olhos sobem e descem de suas mãos para seu rosto. Não que eu não queira assumir um compromisso mais sério com ele, só não estou preparada para um pedido de casamento. Bem, quer dizer, não pretendo formalizar nenhum compromisso por agora. Nem sabemos se esse novo arranjo dará certo!

Ele sorri de lado e, sem gastar a voz com uma palavra, abre a caixinha, revelando três pequenas joias. Redondas e robustas, duas pratas, outra com uma tonalidade chumbo, com milímetros de diferença no tamanho da circunferência. Todas com um buraquinho minúsculo no centro.

Alargadores.

— Eu sabia! — Olho para ele sorrindo, totalmente aliviada.

— Quase te matei de susto, vai, pode assumir. — Ele brinca, mas me recuso a confirmar. — Você precisava ver sua cara de pânico.

— Desculpe. — Cerro meus lábios com medo de que minha relutância possa fazer estrago.

— Ainda não, Lu, temos um longo caminho a percorrer. Mas um dia vamos.

Com poucas palavras, ele acaricia minha alma, retirando toneladas de receio e apreensão. Ainda com a caixinha em mãos, ele retira as joias e suspende a almofada, revelando o que tem embaixo.

— Minha corrente! — Sem acreditar, pego a correntinha e acaricio os corações com cuidado, lembrando do dia em que ele me deu. Usei por anos, sem retirar. — Pensei que tivesse perdido!

Saulo balança a cabeça.

— Estava comigo.

— Esse tempo todo? — Meus olhos marejam. Como um objeto que não vejo há anos pode evocar uma emoção tão forte?

Ele assente e toca a minha mão, retirando a corrente dos meus dedos. Com cuidado, passa o metal com os pingentes de coração por meu pescoço. Claro que não serve da mesma forma que servia antigamente, mas pode ser usada como uma gargantilha. Ao se afastar, Saulo me prende num olhar cheio de promessas.

— Como não guardaria? Era o meu talismã.

Limpo uma lágrima e seguro a corrente sem acreditar no que está acontecendo. Todas as lembranças ruins se encontram com as boas, diluindo a carga negativa que suportei por todo tempo em que ficamos separados.

Saulo fecha a caixinha e a joga sobre a cama, segurando meu rosto com as duas mãos, fazendo com que meu foco seja totalmente seu. Os fios de ouro que enfeitam suas íris parecem sumir na intensidade com que me observa. Posso prever que o assunto é sério antes de ele começar a falar, então abro meu peito para ouvir e responder com a mais pura honestidade.

— Eu preciso saber, por mais que odeie tocar nesse assunto perto de você.

Emudeço, analisando os sinais de insegurança que tomam sua expressão confiante. Só existe um quesito entre nós com o poder de causar esse efeito.

— Se é sobre o seu trabalho, não vou exigir que desista.

Ele só me observa, a dilatação das pupilas entregando o tumulto emocional. Se minhas íris não fossem escuras como breu, aposto que ele também veria os mesmos sinais, de um desejo enorme de que dê certo permeado de incerteza. De medo. De insegurança. No entanto, estou convicta de que temos um futuro juntos.

— Vivemos vinte anos separados. — Subo a mão e me regozijo da aspereza de seu rosto com a barba que começa a despontar. Não sou capaz de decidir se encaro seus lábios ou seus olhos. — O último mês é uma prova concreta de que nosso sentimento é maior do que qualquer questão mal resolvida que exista entre nós.

— Mas é meu trabalho, Lu, não é algo que eu possa acordar e simplesmente desistir. Principalmente se vou me responsabilizar por vocês duas e...

Coloco o indicador sobre seus lábios.

— Vamos dar um jeito. — Engulo em seco e desobstruo a garganta, tossindo. — Você vai me explicar direito o que é esse serviço de *streaming*, como funciona e qual a sua função. Vou me esforçar para entender. Juntos, vamos avaliar o que consigo suportar ou o que considero insuportável. *Juntos*. Tá legal?

Saulo se emociona e sei que acertei na decisão. Os traços de seu rosto, antes receosos, assumem uma expressão de serenidade. Por mais complexo que seja para mim aceitar e conviver com suas escolhas profissionais, chegou a hora de ouvi-lo e compreender qual exatamente é o seu papel nessa indústria.

— Eu te amo tanto. — Ele me puxa em seu peito, depositando um beijo casto na testa, bem na linha do cabelo. — Você não imagina o quanto.

Ah, imagino... se for o mesmo tanto que eu...

— É recíproco, Saulo. — Levanto o rosto e procuro por seus lábios, dizendo sobre eles: — Nós vamos dar um jeito. Vai dar certo.

Ele me beija, o toque é gentil e promissor.

— *Argh*! Sai de cima da minha mãe! A gente nem chegou direito e já vão começar?

Arrumo a postura e olho para a porta do quarto, onde Flávia nos encara com feição típica de aborrescente.

Saulo limpa a garganta e tenta se afastar, mas não permito, segurando-o junto a mim. Não quero que a Flavinha se sinta desconfortável, no entanto, apesar de novo, somos um casal e vamos morar na mesma casa. Ela terá que se acostumar com demonstrações de afeto.

E, também, conheço a filha que tenho e, embora queira causar uma impressão de desgosto com uma carranca, sua postura não indica tensão. Flávia está debochando e se divertindo com isso. Com o tempo, espero que Saulo também aprenda a identificar suas nuances e não se sinta acuado diante dela.

— Qual o problema? — pergunto, incapaz de esconder a felicidade que irradia por meu ser.

Ela cruza os braços sob os seios ao encarar Saulo.

— Você não tem televisão?

— *Pfffff* — ele sibila. — Televisão é superestimada! Quem precisa de uma?

Os olhos da Flavinha quase saltam das órbitas e sinto o corpo do Saulo começar a vibrar.

— Sério que não tem TV? — Ela olha de mim para ele, inconformada. — Quem não tem TV?

Saulo ri descaradamente, o que deixa minha menina ainda mais confusa. Eu o estudo, intrigada. Duvido que não tenha uma TV nessa casa, em algum canto.

— Sério, mãe? Vou ter que usar o note? E como vou jogar? — Sua voz começa a sair mais aguda.

Dessa vez, quando tenta se distanciar, não me oponho. Saulo caminha até ela e faz um curto afago em sua cabeça.

— Vem comigo.

Juntas, o seguimos até a sala. Saulo abre um gavetão no rack preto, disposto rente a uma parede bege. Tirando de lá um controle remoto, ele apaga as luzes, aumentando o mistério. No mesmo instante, um barulho baixo e mecanizado ressoa pelo ambiente. Uma luz forte atravessa a sala, revelando, num painel que deslizou pela parede, o menu de uma SmartTV com vários aplicativos. Saulo seleciona o YouTube e coloca em um videoclipe dos anos 2000. Somos cercadas pela explosão sonora, por todos os lados, semelhante à propagação de uma sala de cinema. O queixo da minha filha vai ao chão.

— Ah, meu Deus! — ela grita. — Que tudo!

Flávia corre para o sofá e se joga, embasbacada.

— Mãe! — Ela vira o rosto de mim para a tela, apontando com o dedo. — Olha isso! Ele tem um cinema em casa!

Meu sorriso não poderia ser maior.

Saulo entrega o controle para ela. Fascinada, Flávia mexe no menu, acessando ícone por ícone, testando o conteúdo disponível. Sua empolgação me faz sentir ainda mais completa.

— Acho que terei competição — comento com um meio sorriso.

Ele segura meus ombros e me abraça por trás, repousando o queixo em meu ombro, bem próximo da corrente que adorna meu pescoço.

— Como assim? — Ele ri e a vibração reverbera por mim.

— Você ganhou a minha filha. Como vou competir com isso? — Indico o painel que reflete a imagem produzida pelo projetor, previamente escondido entre o gesso do teto.

Saulo gargalha e beija meu pescoço de leve.

— Vem cá — pede ao pé do meu ouvido.

Olho para ele, curiosa.

— Tenho outra coisa para mostrar.

— Mais uma surpresa?

— Eu não classificaria como uma surpresa, foi mais uma coerção. Mas não deixa de ser uma surpresa.

Sem entender o que quer dizer, permito que me guie para um quarto pequeno e bagunçado. Algumas caixas empilhadas competem por espaço com uma mesa de canto, onde se encontra um notebook e algumas pastas.

— Um quartinho de bagunça. — Sorrio.

— É o meu escritório. — Ele solta minha mão e, com dois passos, fica diante da mesinha, passando a mexer nas pastas.

Observo atenta quando pega um envelope branco e se volta para mim. De onde estou, consigo ver o selo e carimbo decorando o papel.

— Uma carta?

Saulo assente com os lábios fechados e fita o envelope, porém mantém distância.

— O que tem nela?

Sua hesitação me instiga. Seja lá o que for, é importante. Sem esperar que tome a iniciativa, ergo a mão e aguardo que me entregue. Assim que meus dedos se fecham no papel, ele me espia com olhar de cautela.

— Recebi há pouco mais de seis meses. Foi endereçada para a casa da minha mãe.

Extremamente curiosa, analiso o envelope. Instantaneamente, meu peito se expande, incapaz de amenizar a descarga elétrica liberada por meu sistema nervoso.

Meu deus!

Viro o envelope com os dedos trêmulos, não acreditando no que vejo. Levo a mão à boca e meus olhos dobram de tamanho.

Inspira.

Expira.

Saulo me puxa para a cadeira e não compreendo como meus pés respondem. Estou em choque e ele sabe disso, não é à toa que me acomoda sentada em seu colo. Enquanto me concentro para manter um ritmo de respiração saudável, Saulo coloca as mãos sobre as minhas, me ajudando a abrir a carta. O vislumbre da folha pautada descarrega mais uma onda de emoção em meu peito. Eu reconheceria aquela caligrafia em qualquer lugar. Com um traçado irregular e curvas acentuadas, a letra da vovó preenche várias linhas da folha destacada de um dos meus cadernos de costura. A preguiçosa não teve nem a capacidade de cortar a borda rasgada, deixando a carta com a cara dela. *O conteúdo é mais importante do que a embalagem*, ela me disse inúmeras vezes nos nossos trinta e oito anos de convivência.

Com os olhos marejados, analiso o esgarranchado "Saulo" escrito na primeira linha. Passo a mão por cima das suas palavras com carinho, como se um pedaço de papel pudesse resgatar a vida da minha vó. Saulo me beija na lateral do rosto e sorrio entre lágrimas.

— Por isso que ela sabia — contemplo em voz alta e recebo mais um beijo suave, antes de tomar coragem e ler.

Saulo,

Seu imbecil! A vida está passando e cadê você para fazer as pazes com a minha neta? Quase vinte anos sem falar com ela? Não acha que chegou a hora de parar com a covardia?

Encontrei a sua mãe na cabeleireira, toda feliz por você estar bem, disse que deu um jeito na vida, e se orgulha por ter se tornado o homem que ela sempre sonhou. Só que tenho as minhas dúvidas quanto a isso. Se fosse homem mesmo, não tinha deixado que uma velha te colocasse para correr. Melissa me falou que você sofreu, me contou das drogas e bebedeira. Que escolha idiota! Tava tentando se matar? Ainda bem que tomou juízo antes que fosse tarde demais.

Para sua informação, a Lúcia é feliz (ou pensa que é). A verdade é que minha neta merece muito mais do que tem hoje, então toma vergonha na cara e apareça! Sua mãe não vê a hora de você morar aqui, perto dela, e eu quero puxar sua orelha mais uma vez antes de bater as botas.

Não demore. Meu tempo está acabando, posso sentir. Estou cansada, mas não vou partir desse mundo antes de saber que vocês se reencontraram.

Preciso de você perto da minha Lúcia. Não vou deixá-la sem rumo.

Por favor, volte e faça a minha menina feliz.

Ou quem vai voltar sou eu, para puxar seu pé quando estiver dormindo.

Da sua vó preferida, Marta.

Ah, vovó!

Com a carta vacilando em meus dedos, eu me afundo no colo do Saulo enquanto meu corpo mergulha na profundidade do amor que me envolve. Um amor que extrapola o tempo, a distância e os conflitos. Um amor que começou na ingenuidade da infância, cresceu e só aumentou, ao ponto de nos sufocar em dor e quase nos destruir.

Um amor pelo qual vale a pena lutar, mesmo que a batalha seja árdua, afinal, o que seria da vida sem o sentimento de paz após a superação dos momentos difíceis?

E me sinto vitoriosa. Por tudo o que vivi e sobrevivi. Por tudo que tive que engolir. Por tudo que ainda tenho pela frente. Uma nova vida, um novo relacionamento e uma nova perspectiva me aguardam.

Quer saber se existe alguma lição na nossa novela?

Somente uma: detalhes são apenas detalhes. E não vão nos separar.

Nunca mais.

Epílogo

Oh, my God!
I'm so proud of HER.
Look how she was stunning in that red dress!
She was so happy that I can still feel it like it was happening today.
What a moment in her carreer! She deserves everything... and so much more!
My woman is so damn talented!
France, people!
Had I said already how proud am I? She's my world and her designs are conquering the world!
MY WIFE. Did you saw the platinum band on her finger? Next to the gold one?
Oh, and that little bump? Right at her stomach? I did that. She's carrying my boy.
MY SON!
Can u believe it? I got the girl and the dream!
I'm so happy.
So, so happy.
*Ah, meu Deus!
Olha como ela está linda naquele vestido vermelho! Tava tão feliz que posso sentir como se estivesse acontecendo agora.
Que momento da sua carreira! Ela merece tudo... e muito mais!
Minha mulher é foda! Talentosa ao extremo!
França, gente!
Já disse como estou orgulhoso? Ela é o meu mundo e seus designs estão conquistando o mundo!

MINHA ESPOSA. Viu a aliança de platina no dedo? Do
lado da dourada?
Ah, e aquela saliência? Bem na barriga? Eu que fiz. É o meu menino.
MEU FILHO!
Dá pra acreditar? Zerei a vida!
Estou muito feliz.
Muito, muito feliz.

FIM

Agradecimentos

Sentar e escrever um livro não é tarefa fácil. Pensar no enredo, imaginar as cenas, estruturar diálogos, caracterizar personagens, criar personalidades... de onde vem tanta criatividade? Muitos autores se inspiram em atores, filmes e livros. Não é o meu caso. Minha inspiração sempre começa com uma música. É um processo interessante, costumo colocar a mesma música para repetir e não me canso de ouvir. Enquanto a melodia e a letra adentram a minha mente, cenas ganham forma, visualizo os protagonistas e seus principais conflitos. Tudo ocorre durante os quase cinco minutos de uma única música. Às vezes, mais de uma acaba se tornando a trilha sonora, auxiliando na construção de mais um romance de tirar o fôlego.

No caso do livro que vocês acabaram de ler, uma música específica não parou de tocar nos meus fones de ouvido (necessários, né? Quem, além da autora, aguenta ouvir repeteco quase 50 vezes por dia?). Pensando nisso, nada mais justo do que agradecer a quem me ajudou a fomentar a criatividade e dar vida à história da Lúcia, um dos livros que mais gostei de escrever. Por esse motivo tão importante, meu primeiro agradecimento vai para Janis Joplin e sua incrível interpretação de *Piece of my Heart*.

Agora, sim, posso agradecer aos coadjuvantes na criação do livro, porém protagonistas na vida real, aqueles que me inspiram diariamente a não desistir: meu marido, João Gabriel (meu maior incentivador) e meus filhos, Gabriel e Davi (duas partes do meu coração). Pertinho deles estão meus pais e meu irmão. Minhas amigas e minha família. E mais um bocado de gente que me acompanha, como parceiras e leitoras.

A história da Lúcia é especial e não sou capaz de pensar nela sem me lembrar de uma pessoa que fez parte de tudo o que sou: minha avó, Dulce. A vó Marta foi inspirada na minha avó, a primeira personagem que homenageei de forma tão direta. Diferente da Dona Marta, vovó Dulce não é muito fã de ler – diz minha mãe que ela lia muito, o que diminuiu com o passar dos anos. Quando comecei a escrever, lá em 2017, vovó não conseguiu ler sequer meu primeiro livro, os primeiros sinais do Alzheimer a impediam de manter a atenção. No entanto, sempre me apoiou, mesmo sem entender o que eu ganhava passando o dia no computador. O que ela tem a ver com a vó da Lúcia? Bem, vovó costurou a vida inteira, cuidava de mim e do meu irmão enquanto cumpria prazos no quarto de costura, onde confeccionava lençóis, toalhas e bordava para hotéis, para alguns clientes particulares e, claro, para a família toda. Ela também fez algumas roupas, mas somente para filhas e netas. Nosso vínculo é forte igual ao que vocês leram nessa história e tentei transmitir o mesmo tipo de amor para a Lúcia e a vó Marta. Então obrigada, vó, por ter sido tão carinhosa, ter me ensinado a perdoar e a sempre acreditar no melhor das pessoas, independentemente do que elas fizeram.

Como estamos falando em homenagens, queria contar que não foi apenas a vovó que homenageei aqui. Minha professora de redação na adolescência, aquela que cansou de dizer que eu deveria trabalhar com escrita em vez de cursar Psicologia, também foi lembrada durante a história. Qual seu nome? Lúcia Mariussi. Acho que esse detalhe diz o bastante. A personagem merecia um nome que remete a uma mulher forte, assim como a minha professora, que lutou contra o câncer magnificamente até seu último suspiro, descansando quando a batalha chegou ao fim.

Deixando as homenagens de lado, *Uma Parte do meu Coração* é meu décimo romance e esse feito não seria possível sem algumas pessoas, então deixo aqui minha gratidão para uma lista básica:

Às meninas da Agência Literação: Verônica Sobreira, Lia Christo e Bianca Benitez, que batalharam o máximo possível para que esse livro ganhasse uma casa editorial bacana.

Às Helozetes, leitoras que se uniram para me acompanhar e que possuem uma paciência fora do comum, me aturando inclusive quando sumo do mapa. Vocês sabem que a espera vale a pena.

Às betas: Tamara Padilha, Jéssica Alves, Alessandra Sálvia e Talitha Kechichian, que leram esse romance em primeira mão e foram fundamentais para os retoques finais.

À Bruna Costabeber, que também é leitora beta, mas se tornou minha melhor amiga virtual –azar o dela, foi quem mais me aguentou choramingar, desde que idealizei essa história até ela ser, de fato, publicada.

À Simone Fraga, por abraçar a história da Lúcia e desejar lançá-la para o mundo, pelo cuidado com o original, pela companhia e conversas nas bienais.

À equipe editorial da Qualis Editora por deixar esse romance da forma que ele merece: perfeito!

Por último, muito obrigada a todas as leitoras me perguntaram "A Lúcia já foi publicada?", "Onde leio o livro da Lúcia?", "Quando sai o livro da Lúcia?",

"Cadê a Lúcia?". Por causa de vocês, nunca perdi a esperança de tê-lo em mãos. *Uma Parte do meu Coração* é um livro para segurar, cheirar, para exibir na prateleira e, ao ver a capa, lembrar de tudo o que sentiu enquanto lia. Espero que tenham se emocionado a cada capítulo, assim como eu.